उन आँखों की कथा

उन आँखों की कथा

रावूरि भरद्वाज

सम्पादक

भीमसेन 'निर्मल'

वाणी प्रकाशन ग्रुप

भारतीय ज्ञानपीठ

वाणी प्रकाशन : भारतीय ज्ञानपीठ की पुस्तकों के एकमात्र प्रकाशक एवं वितरक

सजिल्द पहला संस्करण : 1991
सजिल्द दूसरा संस्करण : 2024

राष्ट्रभारती
लोकोदय ग्रन्थमाला : ग्रन्थांक 531

प्रकाशक
वाणी प्रकाशन ग्रुप
4695, 21-ए, दरियागंज, नयी दिल्ली-110 002
फ़ोन : 011-23273167, 23275710
ईमेल : sales@vaniprakashan.in

ISBN : 978-93-5518-741-3

उन आँखों की कथा
(कहानी-संग्रह)
रावूरि भरद्वाज
सम्पादक भीमसेन 'निर्मल'

Un Aankhon Ki Katha
(Short-Story)
by Ravuri Bharadwaj
Edited by Bhimsen 'Nirmal'

मुद्रक : आर. टेक ऑफ़सेट प्रिंटर्स, दिल्ली-110 032

Price : INR. 475

प्रस्तुत

भारतीय साहित्य की विभिन्न विधाओं में लब्धप्रतिष्ठ साहित्यकारों की प्रख्यात कृतियों को भारतीय कवि, भारतीय उपन्यासकार, भारतीय कहानीकार, भारतीय नाटककार आदि श्रृंखलाओं के अन्तर्गत प्रकाशित करने की नयी योजना भारतीय ज्ञानपीठ ने हाल ही में आरम्भ की है। इससे भारतीय भाषाओं की सर्वोत्तम कृतियाँ देश की सम्पर्क भाषा हिन्दी के माध्यम से उपलब्ध हो सकेंगी और इस माध्यम से अन्य भारतीय भाषाओं में भी उनके प्रकाशन का मार्ग सुगम बन जायेगा। इस दृष्टि से यह कार्य केवल साहित्यिक और सांस्कृतिक महत्त्व का ही नहीं, बल्कि राष्ट्रीय महत्त्व का भी हो जाता है। पिछले दो वर्षों से कार्यान्वित इस योजना का साहित्यिक जगत् ने जो भव्य स्वागत किया है, उससे ज्ञानपीठ इस दिशा में आगे बढ़ने के लिए उत्साहित है।

'भारतीय कहानीकार' की श्रृंखला के अन्तर्गत तेलुगु के जाने-माने साहित्यकार डॉ. रावूरि भरद्वाज का कहानी-संकलन 'उन आँखों की कथा' प्रकाशित करते हुए ज्ञानपीठ गर्व, गौरव और गरिमा का अनुभव करता है। डॉ. भरद्वाज जनमानस की गहराइयों को जनभाषा में सहज रूप से चित्रित करने में सिद्धहस्त हैं। उनकी प्रसिद्ध कृतियाँ 'जीवन-समरम', 'ऐतरेयम्', 'सशेषम्' आदि इस बात की पुष्टि करती हैं। उनके अक्षर निरक्षर हृदय को भी साक्षर बना देते हैं। उनकी लेखनी में एक ऐसी स्पर्शवेदिता है कि वहाँ तक पहुँचते ही कोई भी घटना अपनी कहानी इस प्रकार सुनाने लगती है कि वह किसी प्रसंग तक सीमित न होकर हमेशा के लिए प्रासंगिक बन जाती है।

इस संकलन में माँ की ममता है, दिल की बात है, सत्य की कथा है और कड़वा सच भी है। चींटी, मच्छर और चूहे से लेकर डॉक्टर, नायक और यहाँ तक कि भगवान् भी इन कहानियों में घुस जाते हैं और पाठकों के दिल में बस जाते हैं।

सुरुचिपूर्ण साहित्यकार और सफल अनुवादक डॉ. भीमसेन 'निर्मल' ने इन कहानियों का सुन्दर अनुवाद प्रस्तुत कर लेखक की बात पाठक तक पहुँचाने में सन्धाता की भूमिका कुशलतापूर्वक निभायी है।

ज्ञानपीठ लेखक और अनुवादक दोनों का आभारी है।

नयी दिल्ली
29.12.1991

पाण्डुरंग राव
निदेशक

भूमिका

□ डॉ. 'भीमसेन निर्मल'

तेलुगु कथा-साहित्य

आधुनिक युग की अन्यान्य विधाओं के समान आधुनिक कहानी का उद्भव भी यूरोपीय भाषा साहित्य के सम्पर्क से ही हुआ है। वैसे देखा जाय तो भाषा जितनी पुरानी है, कहानी भी उतनी ही पुरानी है। प्राचीन भारतीय साहित्य कहानी के अनेक रूपों से भरा पड़ा है। किन्तु आधुनिक कहानी इन प्राचीन कथाओं से एकदम भिन्न है। आधुनिक कहानी का तथ्य और शिल्प दोनों ही विशिष्ट प्रकार के हैं। यह मानना पड़ेगा कि आज की कहानी पश्चिमी साहित्यिक प्रवृत्तियों की अनुगामिनी है। आज की कहानी सामाजिक जीवन या विशिष्ट व्यक्तित्व से सम्बन्धित अंशों या समस्याओं के अभिव्यक्तिकरण की सफल और सशक्त साधन बन गयी है। इस रूप में तेलुगु का कथा-साहित्य भारतीय कथा-साहित्य का अभिन्न अंग है और अपनी विशिष्टताओं के कारण विलक्षण भी। यह कहना अतिशयोक्ति नहीं होगी कि तेलुगु भाषा में हर वर्ष में लगभग पाँच-छह हजार कहानियाँ लिखी जा रही हैं।

आधुनिक तेलुगु साहित्य के युगपुरुष कन्दुकूरि वीरेशलिंगम पन्तुलु ने साहित्य की कई विधाओं में लेखनी चलाकर उन्हें नया रूप-सौन्दर्य प्रदान किया है। पता नहीं क्यों, उन्होंने कहानी की रचना का श्रीगणेश नहीं किया। यह कार्य स्व. गुरजाड़ अप्पाराव जी के हाथों सम्पन्न हुआ। अप्पाराव जी की कहानियों का एक संकलन प्रकाशित हुआ था। उनकी कहानियों में 'आपका नाम' और 'दिद्दुबाटु' कहानियाँ अत्यन्त लोकप्रिय हुई हैं। अप्पाराव जी समाज-सुधार के समर्थक थे और भाषा के क्षेत्र में बोलचाल की भाषा के प्रयोग के हिमायती थे। अप्पाराव जी के बाद समाज के हर वर्ग के प्रबुद्ध और प्रतिभाशाली व्यक्ति ने अपने विचारों को अभिव्यक्ति का रूप देने के लिए 'कहानी' को ही उत्तम विधा के रूप में स्वीकार किया। इसलिए कवि हो या चित्रकार, डॉक्टर हो या वकील, वैज्ञानिक हो या प्रशासनिक अधिकारी, सम्पादक हो या अध्यापक, नेता हो या अभिनेता, कहानी के माध्यम से अपने हृदय की अभिव्यक्तियों को अक्षर रूप देते थे।

प्रथम उत्थान के लेखकों में शतावधानी श्री वेलूरि शिवराम शास्त्री प्राचीन और नवीन का सामंजस्य करते हुए, विभिन्न विषयों को कथावस्तु के रूप में

स्वीकार कर कहानियों की रचना करने वाले सुधारवादी लेखक हैं। धर्म विशेष का निरूपण करने वाली या किसी सन्देश को अभिव्यक्ति देने वाली शास्त्रीजी की ये कहानियाँ सुसंस्कृत और परिष्कृत बुद्धिवाले पाठकों द्वारा समादृत हुई हैं।

कहानी की रूपरेखाओं का सुष्ठु निर्माण कर, छोटी-बड़ी सभी की रुचियों के अनुकूल विभिन्न प्रकार की कहानियाँ लिखने वालों में श्री चिन्ता दीक्षितुलु उल्लेखनीय हैं। इन्हें 'कथक-चक्रवर्ती' कहा गया है। दीक्षितुलु प्राचीन सम्प्रदाय के पक्षपाती थे। आधुनिक सभ्यता पर मीठी चोट करते हुए लिखी गयी इनकी 'वटीरावु कथलु' अत्यन्त लोकप्रिय हुई है। इन्होंने बालोपयोगी कहानियाँ भी बहुत लिखी हैं। कहानी की रचना में कुछ नये मार्ग भी इन्होंने बनाये। इसलिए परवर्ती लेखकों के ये मार्गदर्शक माने जाते हैं।

श्री श्रीपाद सुब्रह्मण्य शास्त्री श्रेष्ठ कहानीकार हैं। इनकी रचनाओं पर पाश्चात्य विचारधारा का तनिक भी प्रभाव नहीं है। केवल वार्तालापों द्वारा कहानी लिखना इनकी अपनी विशिष्टता है।

कथावस्तु में, शैली में, भाव में और भाषा में, नवीन प्रयोग करने वालों में श्री गुडिपाटि वेंकटचलम् अग्रगण्य हैं। तेलुगु कहानी साहित्य के इतिहास में ये 'विपथगा', 'विप्लवकारी' के नाम से प्रख्यात हैं। आधुनिक कहानी में शक्ति और जीवन का प्रसार करने का श्रेय चलम् को है। तेलुगु के अन्य कथाकारों पर इनका प्रभाव बड़ी गहराई तक पड़ा है। इन्होंने नारी के मनोविश्लेषण और स्वतन्त्रता की उद्दाम इच्छा को व्यक्त करने वाली कहानियाँ लिखी हैं।

अडवि बापिराजु ने ऐतिहासिक कहानियाँ लिखी हैं। श्री विश्वनाथ सत्य-नारायण, तल्लावझ्झल शिवशंकर शास्त्री प्राचीन परम्परा और संस्कृति के पक्षधर कहानीकार हैं। जबकि श्री मुनिमाणिक्यं नरसिंहराव और मोक्कपाटि नरसिंह शास्त्री ने हास्य-रस-प्रधान कहानियाँ लिखी हैं।

श्री कोडवटिगण्टि कुटुम्बराव ने प्रगतिशील दृष्टिकोण को लेकर मध्यवर्ग के जीवन का यथार्थ चित्रण करते हुए कहानियाँ लिखी हैं। श्री गोपीचन्द सशक्त कहानीकार हैं। उनकी कहानियाँ समकालीन सामाजिक और राज-नीतिक विचारों से प्रभावित हैं। पालगुम्मि पद्मराजु मनोविश्लेषण प्रधान कहानियाँ लिखने में प्रसिद्ध हैं। इनकी 'गालिवान' (तूफान) नामक कहानी को अन्तर्राष्ट्रीय पुरस्कार प्राप्त हुआ था।

1945 के लगभग कहानी के क्षेत्र में प्रवेश करने वाले भरद्वाज पर गुडिपाटि वेंकटचलम का विशेष प्रभाव रहा है। इसीलिए इनकी प्रारम्भिक कहानियाँ कामोद्दीपक विषयों पर आधारित रही हैं। इसी कारण एक आलोचक ने उन कहानियों को 'सामाजिक चेतना' से युक्त कहानियाँ कहा है। लेकिन बाद में भरद्वाज ने भाव और भाषा में अपनी विशिष्टता से युक्त और

सामाजिक चेतना से युक्त सैकड़ों कहानियाँ लिखीं। कुछ अपने नाम पर और कुछ छद्म नामों से। सामाजिक कहानी के क्षेत्र में गोपीचन्द और कुटुम्बराव से भिन्न भरद्वाज की कहानियाँ अधिकतर आदर्शवादी हैं।

भरद्वाज की कहानियों के लगभग 40 संकलन अब तक प्रकाशित हो चुके हैं। कहानियों के अतिरिक्त, भरद्वाज ने साहित्य की सभी विधाओं को अपनी लेखनी से सुसम्पन्न बनाया है। इन्होंने बीस-एक उपन्यास लिखे हैं। बालकों के लिए उपयोगी साहित्य की रचना की है। इनके कई निबन्ध-संग्रह भी प्रकाशित हैं। नाटक, कविता और रेडियो रूपक लिखने में भी भरद्वाज सिद्धहस्त हैं। तेलुगु साहित्य के इतिहास में कवि सम्राट् विश्वनाथ सत्यनारायण के बाद साहित्य की समस्त विधाओं को अपनी लेखनी के बल से समृद्ध करने वालों में कलाप्रपूर्ण रावूरि भरद्वाज का नाम उल्लेखनीय है। अपनी पत्नी के देहान्त के बाद भरद्वाज ने स्मृति-काव्यों के चार संकलन पाठक-जगत् को दिये हैं। इन संकलनों में भरद्वाज ने अपना शोक श्लोक के रूप में परिवर्तित कर, उसे आध्यात्मिक चिन्तन के उत्तुंग-शृंग पर पहुँचाया है। अति साधारण धरातल पर रचना का प्रारम्भ करने वाले इस लेखक की आध्यात्मिक उदात्तता की अभिव्यक्ति स्पृहणीय है।

अब तक कहानीकार और उपन्यासकार के रूप में भरद्वाज लब्धप्रतिष्ठ रहे। अब स्मृति-काव्यों के आधार पर आध्यात्मिक चिन्तक के रूप में इन्हें महत्त्वपूर्ण स्थान प्राप्त हो रहा है। इनकी प्रारम्भिक रचनाओं में सेक्स की गन्ध है। (इसका कारण यह है, उस समय इन्होंने अभिसारिका, रेराणी आदि पत्रिकाओं के लिए जो कहानियाँ लिखी हैं, वे केवल जीविकोपार्जन के लिए हैं। तेलुगु में एक सूक्ति प्रचलित है कि जो कामी नहीं होता, वह मोक्षगामी नहीं होता।) यद्यपि अपने वैयक्तिक जीवन में संयमशील, साधु, सरल स्वभाव से युक्त होने पर भी सामयिक परिस्थितियों के कारण भरद्वाज को कुछ ऐसी कहानियाँ लिखनी पड़ीं। लेकिन बाद में चलम् के प्रभाव से मुक्त होकर कहानी की रचना के क्षेत्र में इन्होंने अपने लिए विशिष्ट स्थान बना लिया है। अपनी कहानियों में ये सामाजिक कुरीतियों, रूढ़िगत कुप्रथाओं पर प्रहार तो करते ही हैं, प्रत्युत् समाज के पतित पात्रों के जीवन के पीछे जो लाचारी और विवशता है उसका हृदयद्रावक चित्रण बड़ी सूक्ष्मता के साथ करते हैं। इसके कारण भरद्वाज की कहानियाँ पाठकों को प्रभावित करती हैं। जीवन में अभावों और दारिद्र्य के भुक्तभोगी होने के कारण वे दलित, पीड़ित और शोषित लोगों की मानसिक वेदना की गहराइयों को पैनी दृष्टि से आँक सके हैं। एक स्थान पर उन्होंने स्वयं कहा है कि इन अभावों ने और दारिद्र्य ने, झिड़कियों और घुड़कियों ने ही मुझे लेखक बनाया है। आज के समाज के

यथार्थ रूप का चित्रण करते हुए वे पाठक को आदर्श की ओर प्रेरित करते हैं। प्रेमचन्द के समान उनकी रचनाएँ आदर्शोन्मुखी यथार्थवाद को नहीं, वरन् मात्र यथार्थ को चित्रित कर पाठक को आदर्श के बारे में सोचने के लिए विवश करती हैं। इस दृष्टिकोण से तेलुगु साहित्य के इतिहास में भरद्वाज का अन्यतम स्थान है।

कलाप्रपूर्ण डॉ. रावूरि भरद्वाज

कहावत है कि "होनहार बिरावन के होत चीकने पात"। किन्तु कुछ ऐसे भी पेड़ होते हैं जो प्रारम्भ में चिकने पत्तों से रहित और साधारण पौधे-से लगते हैं। सामान्य परिस्थितियों में जन्म लेकर, प्रतिकूल वातावरण में पलकर, अनेकानेक बाधाओं-कठिनाइयों का सामना कर, अन्यतम स्तर तक पहुँचने वाले इने-गिने कलाकारों में श्री रावूरि भरद्वाज अग्रगण्य हैं।

भरद्वाज के दादा पुल्लय्या सिद्ध-साधक थे। इनके तीन पुत्र थे। बड़े वेंकट सुब्बय्या आजीवन ब्रह्मचारी बने रहे और आध्यात्मिक चिन्तन में ही सारा जीवन बिताया। तीसरे पुत्र भूषय्या, विद्यार्थी अवस्था में ही भगवान् को प्यारे हो गये थे। दूसरे पुत्र कोटय्या समाज-सुधार के प्रेमी थे। उनकी पत्नी का नाम मल्लिकम्बा था। इनके प्रथम पुत्र के रूप में भरद्वाज ने 5 जुलाई 1927 में वर्तमान कृष्णा जिले के मोगुलूरू नामक गाँव में जन्म लिया। यह एक जमाने में निजाम रियासत के अन्तर्गत था। कोटय्या उस समय के सुप्रसिद्ध समाज-सुधारक और हेतुवादी त्रिपुरनेनि रामस्वामी चौधरी से तथा राष्ट्रीय आन्दोलन के नेता उन्नव लक्ष्मीनारायण पन्तुलु से अत्यधिक प्रभावित हुए। इन दोनों प्रकार के आन्दोलनों में भाग लेते रहने के कारण कोटय्या जी को घरबार की ओर ध्यान देने की फुरसत ही नहीं थी। धीरे-धीरे उनकी सारी जायदाद बिक गयी। 1941-42 तक, जब भरद्वाज लगभग पन्द्रह-सोलह साल के थे, दरिद्रता ने उनके घर में पैर जमा दिये। ऐसी हालत बन गयी कि कोई-न-कोई काम किये बगैर दिन गुजारना दूभर हो गया। उन्हें स्कूल छोड़ देना पड़ा। उस समय अपने हिन्दी अध्यापक की प्रेरणा से वे राजनीतिक आन्दोलनों में भाग लेने लगे। पिता से कहा-सुनी हो जाने पर घर छोड़ दिया। उसके बाद कुछ दिन ढोर चराते हुए, खेती-बाड़ी के कामों में मजदूरी करते हुए, बढ़ई के पास आरा चलाने तथा लुहार के पास धौंकनी चलाने का काम करते हुए, किसी मिल में आइल-मैन और ग्रेडिंग-मजदूर का काम करते हुए जीवन-यापन किया। दिन में ये सब काम करते हुए वे रात के समय राजनीतिक आन्दोलनों में सक्रिय रूप से भाग लेते। उस गरीबी की हालत में कई सहृदय लोगों ने उनकी सहायता की। किसी अवसर पर अल्लसानि

पेद्दना कृत 'मनु चरित्र' के बारे में सुनकर, उस प्रबन्ध काव्य को पढ़ डाला। उसी दौर में अकल्पनीय रूप से उन्होंने तेलुगु के कतिपय महाकाव्यों को पढ़ लिया। पढ़ना ही नहीं, उन काव्यों के पद्यों को अर्थ-सहित कण्ठस्थ कर लिया। इस प्रकार दो साल बीत गये। भरद्वाज ने तेलुगु भाषा पर अच्छा अधिकार प्राप्त किया। पद्य-रचना करने का प्रयास करते हुए, उन्होंने प्राचीन शैली में गद्य की रचना की। उन्हें उस प्राचीन गद्य-शैली से आधुनिक गद्य-रचना की ओर लाने वाले थे—सुप्रसिद्ध कहानीकार और सम्पादक श्री जीवनप्रभात।

1943 से 1945 तक भरद्वाज ने मिलिटरी में भी काम किया। मिलिटरी से लौट आने के बाद 15 रुपये मासिक वेतन पर उन्होंने 'पेपर-ब्वाय' का काम किया। ताड़िकोण्डा नामक गाँव में किसी कोऑपरेटिव स्टोर्स में बारह आने दैनिक मजदूरी परमहीना भर काम किया। इस प्रकार दिनभर कोई-न-कोई काम करते हुए, रात के समय पढ़ना-लिखना या नाटकों के लिए रिहर्सल करना, सभा के लिए लोगों को इकट्ठा करना, दीवारों पर नारे लिखना या कागज चिपकाना आदि-आदि काम करते थे।

ताडिकोण्डा से 1946 में भरद्वाज नेल्लूर गये। वहाँ 'युवजन कांग्रेस शिविर' में महीने भर प्रशिक्षण प्राप्त किया। नेल्लूर के निवासी वेंकटरामा नायुडू ने उन्हें अपनी 'जमीन रैतु' नामक पत्रिका में काम दिया। वहीं उन्होंने समाचारों का संकलन करना, पत्रिका के लिए लिखना, प्रूफ का काम करना, कम्पोज करना आदि काम सीख लिया।

'जमीन रैतु' के साझेदार श्री पेल्लकूरू गोपाल कृष्णा रेड्डी ने 'दीनबन्धु' नामक साप्ताहिक का प्रारम्भ किया तो भरद्वाज को अपने यहाँ नौकरी दी। दिनभर पत्रिका के कार्यालय में और रातभर अनाथाश्रम में काम करते रहे। वेतन मिलता था केवल पच्चीस रुपये।

1949 में भरद्वाज तेनालि पहुँचे। आलपाटि रवीन्द्रनाथ ने उन्हीं दिनों 'ज्योति' नामक अर्धमासिक, 'रेरानी' और 'सिनेमा' नामक मासिक पत्रिका का सम्पादन-प्रकाशन शुरू किया। भरद्वाज ने रवीन्द्रनाथ के पास कुछ ही समय के लिए काम किया। उसके बाद कोगण्टि राधाकृष्णमूर्ति की 'समीक्षा' नामक पत्रिका में काम किया। राधाकृष्णमूर्ति नालन्दा प्रेस, नालन्दा पब्लिशर्स, प्रजा-साहित्य-परिषद् नामक तीन संस्थाएँ चलाते थे। भरद्वाज इन तीनों संस्थाओं में काम करते थे।

तेनालि प्रवास के अवसर पर उन्हें तत्कालीन प्रसिद्ध लेखकों की संगति में रहने का अवसर मिला। वहीं उन्होंने अंग्रेजी भाषा सीख ली और अंग्रेजी साहित्य का अध्ययन भी किया।

उसी समय उन्होंने वेश्याओं की कथाओं को कामोद्दीपक रूप में लिखा

और प्रकाशित हुआ। सन् 1950 में 'कलावाणी' नामक संस्था की ओर से उनके के दो कहानी संकलन और प्रकाशित हुए।

भरद्वाज 1956 में तेलुगु के प्रसिद्ध लेखक और सम्पादक धनिकोण्डा हनुमन्तराव के निमन्त्रण पर मद्रास गये। वहाँ 'ज्योति', 'अभिसारिका', 'चित्रसीमा' नामक पत्रिकाओं में काम किया। उसी समय सिनेमा क्षेत्र के कई लोगों से उनका परिचय हुआ। हनुमन्तराव के पास नौकरी छोड़कर कुछ समय के लिए 'रानी एण्ड कम्पनी' में काम किया। उन दिनों आर्थिक समस्याओं को हल करने के लिए भरद्वाज ने जासूसी उपन्यास और कहानियाँ लिखीं। कुछ सिनेमाओं के लिए कहानी और संवाद लिखे। लेकिन मद्रास का जीवन उनके लिए दूभर हो गया। मद्रास छोड़कर 1959 में पहली बार वे हैदराबाद आये और 'युवा' नामक पत्रिका के सम्पादकीय विभाग और प्रेस में काम किया।

उन दिनों आकाशवाणी के हैदराबाद केन्द्र में तेलुगु के कई प्रसिद्ध लेखक काम करते थे। उनमें से गोपीचन्द की प्रेरणा से भरद्वाज ने स्क्रिप्ट राइटर के रूप में नौकरी कर ली। 1987 में वे आकाशवाणी से सेवा-निवृत्त तो हुए लेकिन साहित्यिक क्षेत्र से कार्य-निवृत्त नहीं हुए। वे आजकल अपनी पत्नी के स्वर्गस्थ होने के शोक को श्लोक में परिणत करने की दिशा में, भौतिकता को आध्यात्मिक चिन्तन में परिणत करने की दिशा में तत्पर हैं।

समाज के निम्न और दलित वर्ग में जन्म लेकर भरद्वाज ने जीवन का जो यथार्थ और आदर्शोन्मुख चित्रण किया है वह अनन्य है। इस दिशा में उनके उपन्यास, कहानियाँ और 'जीवन समर' नामक रेखाचित्र सर्वथा उल्लेखनीय हैं। कई विश्वविद्यालयों ने और साहित्यिक-सांस्कृतिक संस्थाओं ने भरद्वाज को मानद उपाधियाँ देकर और सम्मानित कर अपने आप को गौरवान्वित किया। आशा है, भविष्य में भी भरद्वाज की रचनाओं से तेलुगु साहित्य सुसम्पन्न होगा।

भरद्वाज का कथा-साहित्य

प्रारम्भ में भरद्वाज की दृष्टि पद्य-रचना की ओर गयी थी। उन्होंने पद्य हो, कविता हो—कुछ लिखने का प्रयास किया। लेकिन उन्हें लगा कि यह उनका क्षेत्र नहीं है। युवावस्था में उन्होंने कभी सोचा नहीं था कि वह कहानियाँ या उपन्यास लिखेंगे या लिख सकेंगे। लेकिन यह बड़े आश्चर्य की बात है कि कहानी और उपन्यास के क्षेत्र में उन्हें अद्वितीय सफलता मिली। यद्यपि उन्होंने कुछ नाटक, कुछ निबन्ध, कुछ अनुवाद और कुछ अधिक मात्रा में बाल-साहित्य तथा विज्ञान संबंधी सुगम साहित्य की रचना की है, रेडियो के लिए विशिष्ट प्रकार की वार्ताएँ और रूपकों की रचना की है, (भरद्वाज की

कुल प्रकाशित रचनाओं की संख्या 120 से अधिक है) तथापि कथा-साहित्य और उपन्यास-साहित्य के क्षेत्र में उन्होंने अपना विशिष्ट स्थान बना लिया है।

1943 में उनकी पहली कहानी प्रकाशित हुई थी।[1] 1943 से 1947 तक भरद्वाज की लिखी कहानियों में तीन कहानियाँ प्राप्त हुई हैं। इन कहानियों की भाषा एकदम शुद्ध व्याकरणिक (जिसे तेलुगु में ग्रान्थिक भाषा कहते हैं।) है और कथावस्तु पौराणिक या लोकसाहित्य से सम्बन्धित है। उसके बाद 1947 से 1953 तक की कहानियाँ तेलुगु के लब्धप्रतिष्ठ कहानीकार और नारी-स्वातन्त्र्य और नारी-मनोविश्लेषण को कथावस्तु बनाकर, पाठक-जगत् को अतीव रूप से प्रभावित करने वाले गुडिपाटि वेंकटचलम् की रचनाओं से प्रभावित होकर लिखी गयी हैं। समालोचक श्री जीवनप्रभात के शब्दों में, "भरद्वाज पर चलम् का इतना प्रभाव था कि यदि लेखक का नाम न दिया जाय तो यह कहना मुश्किल हो जाता कि उस कहानी का लेखक कौन है।" लेकिन 1956 तक भरद्वाज चलम् के प्रभाव से (भाषा और कथा संयोजन की शैली में) पूरी तरह मुक्त हो गये और अपनी विशिष्ट रचना-शैली का सूत्रपात किया। तब से लेकर उन्होंने लगभग 500 कहानियाँ लिखी हैं, जो उनकी अपनी रचना-शैली और विचार-पद्धति का प्रतिनिधित्व करती हैं।

किसी घटना को चुनने में और उसे कहानी का रूप देने में भरद्वाज की शैली उनकी अपनी है। प्राचीन वातावरण हो या आधुनिक समाज हो, उक्त घटना को अपनी शैली के अनुरूप व्यक्त करने में भरद्वाज अपने क्षेत्र में अकेले हैं। एक स्थान पर अपनी कथा-रचना-विधान के बारे में उन्होंने इस प्रकार लिखा है—"मैंने अपनी कहानियों की कथावस्तु को अपने चारों ओर के जीवन से ही चुना है। मेरी कहानियों के चरित्र स्वयं उन घटनाओं के कर्ता-धर्ता हैं। जो घटनाएँ मेरे अनुभव में आयी हैं और जिन्हें मैंने देखा-सुना है, उन्हीं को मैंने कथा का रूप दिया है। जीवन के सभी अनुभव सबको एक समान रूप से प्रभावित नहीं कर सकते। मुझे प्रभावित करने वाली छोटी घटना, देखा हुआ छोटा दृश्य, पढ़ा हुआ एक वाक्य, सुना हुआ एक समाचार—इन्हीं को मैंने कथा का रूप दिया है। एक विषय को एक ही पद्धति में कहना मुझे पसन्द नहीं है। एक ही विषय को दस प्रकार से कहना भी मैं पसन्द नहीं करता। दस विषयों को दस प्रकार से कहना मुझे अच्छा लगता है। वैसा ही करने का मैं प्रयास करता आ रहा हूँ।"[2]

---

1. 'मैं भगवान को देखना चाहता हूँ'—नामक कहानी संकलन की भूमिका में श्री त्रिपुरनेनि सुब्बाराव।
2. भरद्वाज—जीवन और साहित्य, पृ. 39

पिछले चालीस वर्षों में प्रकाशित कहानियों और उपन्यासों के समालोकन करने पर यह स्पष्ट हो जाता है कि भरद्वाज अपनी रचना-शैली को निरन्तर विकसित करते और पाठकों को अपनी विचारधारा से प्रभावित करते आ रहे हैं। कथा-रचना में सिद्धहस्त भरद्वाज ने अपने उपर्युक्त कथन के अनुसार अनेक नये प्रयोग किये हैं।

लोकवृत्त का सूक्ष्म परिशीलन, तीव्र अनुभूति की अभिव्यक्ति में निर्भीकता और शिल्प के प्रति प्रगाढ़ अनुरक्ति भरद्वाज की कहानियों के उत्तम लक्षण हैं।

भरद्वाज की कहानियों की कथावस्तु यथार्थ पर आधारित है। सामाजिक यथार्थ का चित्रण करते हुए वे पाठक के समक्ष किसी आदर्श को प्रस्तुत नहीं करते, प्रत्युत् पाठक के मन में आदर्श की भावना को उत्प्रेरित करते हैं। मद्रास के चलचित्र के उद्योग से सम्बद्ध रहने के कारण भरद्वाज की कहानियों में 'सिनेमाटिक' प्रभाव भी दिखाई पड़ता है। कुछ कहानियों में वर्तमान सामाजिक परिस्थितियों पर करारा व्यंग्य किया गया है। यह व्यंग्य इतने नाजुक ढंग से किया गया है कि पूरी कहानी पढ़ चुकने के बाद ही वह समझ में आता है और तब पाठक दिल थामकर रह जाता है। हर व्यंग्य-प्रधान कहानियों में मानो वर्तमान सामाजिक वातावरण को 'एक्सरे' की आँखों से देखा गया है। असत्यों पर, आत्म-प्रवंचन और पर-प्रवंचन और धोखा-धड़ी पर आधारित होकर, जीवन-यापन करनेवाली सामाजिकता की पोल खोल दी है। व्यक्तिपरक और समाजपरक समस्याओं और सामाजिक अत्याचारों को स्पष्ट रूप से चित्रित कर सामाजिक, आर्थिक और राजनीतिक मूल्यों के पतन की ओर पाठकों की दृष्टि को बरबस आकृष्ट कर, उन्हें सोचने के लिए मजबूर करने में भरद्वाज की लेखनी में अप्रतिम सामर्थ्य है।

भरद्वाज की भाषा-शैली अत्यन्त सरल किन्तु प्रभावशाली है। उनके वाक्य, मुहावरों और कहावतों से युक्त होकर, तेलुगु भाषा की जीवन्तता और शक्तिमत्ता से सम्पन्न हैं। वाक्य-रचना क्लिष्ट न होकर बोलचाल की होती है।

भरद्वाज को सच्चे अर्थों में द्रष्टा और स्रष्टा कहा जा सकता है। ऐसे लेखक की दृष्टि में इस जगत् की प्रत्येक घटना और प्रत्येक पात्र एक कथा की रचना का आधार बन सकता है। इसीलिए तेलुगु के सुप्रसिद्ध समालोचक श्री पन्याल रंगानाथ राव ने कहा है कि "भरद्वाज की रचनाओं में प्रतिभा है, 'स्पार्क' है, शिल्प है और एक विलक्षणता है। भरद्वाज की रचनाओं को पढ़ने वाले पाठक इन विशिष्टताओं से स्वयं अवगत हो जायेंगे।"

आइए, आपके सामने भरद्वाज की पन्द्रह कहानियों के हिन्दी अनुवाद प्रस्तुत किये जा रहे हैं। उन्हें पढ़कर तेलुगु-कथा-साहित्य के एक मेरुशिखर से परिचित हो जायें।

अनुक्रम

माँ की ममता

रात के दस बज चुके हैं। पूरे आश्रम में सन्नाटा छाया है। आनन्द स्वामी अपनी कुर्सी पर बैठे-बैठे गहरी सोच में पड़ गये थे। उसका कोई अन्त दिखाई न दे रहा था। थोड़ी ही दूरी पर शकुन्तला सो रही थी। उसकी ओर देखते ही उनकी कई यादें ताजी होने लगीं…

उस दिन नींद खुलने से पहले जब रंगन्ना ने दरवाजा खटखटाया तो आनन्द स्वामी ने बाहर जाकर देखा कि आश्रम की देहली के पास नन्हा-सा शिशु पड़ा है। उस धुँधलके वातावरण में चारों ओर खोजने पर भी कोई सम्बन्धित व्यक्ति न मिला। उस मासूम शिशु के पोतड़े में एक छोटा-सा पत्र मिला जिसमें उसकी माँ ने लिखा था कि यह अनाथ बच्ची है और अपनी विवशता के कारण इसे यहाँ आश्रम के द्वार पर छोड़कर जा रही हूँ। उस पत्र में बार-बार करुणा के साथ यह विनती और प्रार्थना की गयी थी कि बच्ची की रक्षा अवश्य करें। उस पत्र की प्रत्येक पंक्ति में माँ की ममता स्पष्ट झलक रही थी, जिसे पढ़कर मन द्रवित हो उठा था। बस, उसी दिन से इस आश्रम को अनाथ-शरणालय के रूप में बदल दिया गया था। इन सोलह वर्षों में कितने ही अनाथों को इस आश्रम में आश्रय प्राप्त हुआ। उन बच्चों का जीवन व्यर्थ नहीं हुआ। उनका उद्धार होते हुए देखकर आनन्द स्वामी का मन आनन्द से भर उठा। आनन्द भी ऐसा कि किसी और प्रकार से उन्हें नहीं मिल सकता था।

माता-पिता से दूर—उनकी ममता से वंचित इन सभी बच्चों के लिए आनन्द स्वामी स्वयं पिता बन गये और पिता का प्यार बाँटते समय उसकी मधुर अनुभूति स्वयं उन्हें भी होने लगी। एक-एक को वहाँ से विदा करते समय उन्हें बहुत दुःख होता था। उनसे बिछुड़कर रहना असम्भव लगता था। किन्तु करें क्या? जीवन का तो नियम यही है, जिसे तोड़ा नहीं जा सकता।

अब कल तो शकुन्तला भी चली जायेगी। इस बात की याद आते ही आनन्द स्वामी का दुःख और भी बढ़ने लगा। वास्तव में शकुन्तला ही क्या, यहाँ के सौ बच्चों में से कोई भी उनका अपना नहीं है। लेकिन उन्हें तो शकुन्तला औरों से अलग लगती है क्योंकि इस अनाथाश्रम की प्रेरणा का मूल यही थी। अगर उस दिन यह शकुन्तला आश्रम के द्वार पर न मिली होती तो शायद आनन्दस्वामी

आध्यात्मिक जीवन में ही लगे रहते। स्वामी को लगा कि इससे शायद उनका अपना कुछ फायदा हो सकता था, लेकिन समाज के लिए तो कुछ नहीं। उस स्थिति को दूर कर समाज-कल्याण की ओर अपने को प्रेरित करने वाली शकुन्तला इसीलिए उन्हें इतनी प्यारी लगती है।

उन्हें लगा कि पहले कालिदास के शाकुन्तलम् को पढ़ते समय, उसमें कवि की प्रतिभा और कविता-चातुरी पर ही मुग्ध होते थे किन्तु उसके अन्दर मानवता का भाव पकड़ में नहीं आया। किन्तु आज शकुन्तला से बिछुड़ते समय कण्व महर्षि का दुःख स्वयं अनुभव में आ रहा था। उन्हें लगा कि पाल-पोसने पर ही मुझे आज उससे बिछुड़ने में इतना दुःख हो रहा है तो स्वयं माता-पिता की क्या स्थिति होगी।

उन्हें मालूम था कि शकुन्तला की माँ जीवित ही है। जीवित न होती तो हर साल बराबर 'उगादि' पर नव वर्ष की शुभकामनाएँ और भेंट कैसे भेजी जातीं। उस माँ को ढूँढ़ने के लिए उन्होंने काफी प्रयत्न किया। किन्तु व्यर्थ! हार कर उस प्रयत्न को छोड़ दिया। अचानक कल प्रसाद आया था। उससे कई बातों पर चर्चा भी हुई। प्रसाद ने कुछ नहीं छिपाया।

कल शकुन्तला अपने भाई के साथ चली जायेगी। कम-से-कम इतने वर्षों के बाद शकुन्तला अपने स्वजनों से मिल रही है, इस बात की प्रसन्नता हो रही है। लेकिन दूसरी ओर अपने से दूर जा रही है, यह सोचते-सोचते दुःख और भी बढ़ने लगा। उन्हें लगा कि वह यह दुःख सहन नहीं कर सकेंगे।

सबेरा हुआ। जाने की तैयारियाँ पूरी हो गयीं। आश्रम के सभी लोग गाड़ी के चारों ओर इकट्ठा हो गये। आनन्दस्वामी के नेत्र आँसुओं से भरे हुए थे। शकुन्तला की भी स्थिति उससे कम नहीं थी। गाड़ी का चालक जाने के लिए तत्पर था। शकुन्तला और उसके पीछे प्रसाद दोनों गाड़ी में जा बैठे। गाड़ी चल पड़ी। आनन्दस्वामी ने अपने मुँह को हाथों में छिपा लिया।

हरे-भरे खेतों से ठण्डी हवा बह रही थी। रेलगाड़ी चली जा रही थी। शकुन्तला बिस्तर के सहारे सो रही थी। प्रसाद उसी की ओर देख रहा था। उसकी आँखें भर आयीं। छिपकर आँसुओं को पोंछ डाला। अपनी एक बहन के होने की बात प्रसाद को हाल तक मालूम नहीं थी। एक योग्य भाई के होते हुए भी शकुन्तला को एक अनाथाश्रम में इतने दिन क्यों रहना पड़ा। अब इस बारे में तर्क-वितर्क करने से कोई फायदा नहीं कि इसमें दोषी कौन है। शायद दोष सभी का है।

जो बीत गया सो बीत गया। उसके बारे में अब दुःखी होने पर कोई लाभ तो नहीं। अच्छा हुआ कि कम-से-कम इतने दिनों के बाद अपनी छोटी बहन से मिल सका। प्रसाद ने नहीं सोचा था कि उसे इतनी जल्दी ही अपने प्रयत्न में

सफलता मिल जायेगी उसकी बातों पर स्वामी जी ने विश्वास किया और शकुन्तला को साथ पठा दिया। काश ! आज माँ जीवित होती तो कितनी खुश हो जाती ! प्रसाद को लगा कि अपनी बड़ी बहन को भी शकुन्तला के बारे में जानकारी होती तो उसे कितना दुःख होता और कितना आनन्द। प्रसाद को जल्दी इधर आने के लिए मौका न मिलेगा, इसलिए उसने सोचा कि आत्मीय जनों के पास शकुन्तला को ले जाकर परिचय करा दें। शकुन्तला भी मान गयी।

सुभद्रा की मानसिक स्थिति अति विचित्र-सी लगती है। वह कभी भी यह मानने के लिए तैयार नहीं होती कि दूसरे लोग भी सच बोल रहे हैं। हाँ, वह यह भी मानने के लिए तैयार नहीं है कि शायद इसका कारण स्वयं का सच न बोलना ही है। सामने वाले जो कह रहे हैं, ठीक उसके उल्टे ही वह बात को मानती है। जैसे किसी ने खाना न खाने की बात कही तो सुभद्रा तुरन्त इस निर्णय पर पहुँच जाती है कि उन्होंने जरूर खाना खा लिया है। यह एक प्रकार का रोग ही तो है। वही बात आज भी हुई।

प्रसाद को देखते ही उसका चेहरा खिल उठा, लेकिन शकुन्तला को देख तुरन्त मुरझा गया। शकुन्तला के साथ अपने भाई का व्यवहार उसे बिलकुल पसन्द न आया। अब तक तो सुभद्रा ने सोचा था कि प्रसाद ऐसा आवारा लड़का नहीं है। लेकिन आज शकुन्तला को देखते ही उसका भ्रम दूर हो गया—"ऐसा युवक मेरी बेटी से विवाह क्या करेगा ! करेगा भी तो उनका जीवन कितना सुखमय रहेगा[1] ! अरे, उसने तो पाप और पुण्य के बारे में भी शायद सोचना छोड़ दिया होगा। इसीलिए उसे बहन कहकर पुकार रहा है। शायद दुनिया की आँखों पर पर्दा डालना चाहता है। लेकिन क्या वह मुझे अन्धा बना सकता है ? राम ! राम ! मैं कभी नहीं मानूँगी।

उसके पति गोपाल ने सुभद्रा से एकान्त में पूछा कि वह लड़की कौन हो सकती है ? सुभद्रा ने कोई जवाब नहीं दिया। दे भी तो कैसे ! क्या वह कह सकती है कि उसका भाई इस लड़की को भगाकर ले आया है। इसके बाद क्या गोपाल, प्रसाद को फिर से इस घर में कदम रखने देंगे ? पहले तो, पलभर के लिए भी इस घर में प्रसाद को रहने न देंगे। चार कौड़ी की लड़की के लिए अपने भाई के सुनहरे भविष्य का सत्यानाश करना सुभद्रा ने नहीं चाहा। इसीलिए अपने पति को कुछ समझा-बुझाकर शान्त किया। लेकिन गोपाल सन्तुष्ट कहाँ हुआ ?

सुभद्रा को लगा कि बात इतने तक समाप्त होने की नहीं। अगर अभी अपने

---

1. तेलुगु प्रदेश में मामा के साथ भानजी के विवाह की प्रथा है।

भाई को सही कायदे में बाँधकर न रखेगी तो जल्दी ही वह अपने हाथ से निकल जायेगा। अपना भी तो इकलौता भाई है। ऐसा होते देखा न जायेगा।

अपने छोटे भाई को सुभद्रा ने खूब समझाया। शकुन्तला पर से मन फेरने के लिए उसने काफी प्रयत्न किया। शकुन्तला ने पता नहीं क्या जादू किया कि प्रसाद अपनी बड़ी बहन की एक भी बात मानने के लिए तैयार नहीं। इसका तात्पर्य यह है कि उन दोनों के सम्बन्धों में घनिष्ठता आ गयी है।

साथ ही, गोपाल का सताना भी बढ़ गया। वे सुभद्रा से बार-बार पूछ रहे थे। और फिर उन्होंने चेतावनी दी कि ऐसी हरकतें हमारे घर में नहीं चलेंगी। रिश्तेदारी है तो सो अलग, लेकिन इस घर को एक वेश्या-वाटिका नहीं बना सकते। अगर उस बाजारू लड़की से इतना प्यार है तो कहीं और चले जायें लेकिन मेरे घर को अड्डा न बनाएँ।

सुभद्रा ने इनमें से किसी का उत्तर न दिया। वास्तव में ये सभी बातें प्रसाद के लिए थीं, जवाब उसे देना था, किन्तु वह तो मौन ही रह गया। लेकिन इन बातों के तीव्र परिणामों के कारण शकुन्तला की स्थिति दूभर हो गयी।

रेलगाड़ी में आते समय भैया, वही प्रसाद ने जब कहा कि हम बड़ी बहन के पास जा रहे हैं तो शकुन्तला का मन उल्लास से भर गया था। कुछ दिन पहले तक वह हमेशा यह सोचकर दुःखी होती रही कि मैं एक अनाथ हूँ। माता-पिता के प्यार से वंचित अभागिन हूँ। लेकिन उस आश्रम में सब अनाथ ही तो थे। इसलिए एक-दूसरे को सान्त्वना देने के अलावा कुछ और कर नहीं सकते थे।

प्रसाद के आने तक उसे मालूम नहीं था कि मेरा भी एक भाई है। जानकारी होने के बाद अथाह सुख मिला था उसे। शायद सारी दुनिया को जीत कर भी ऐसा सुख और सन्तृप्ति न मिलती। एक रिश्तेदार—रिश्तेदार क्या, स्वयं भाई मिल गया। इससे ज्यादा और क्या चाहिए? अपने जीवन रूपी रेगिस्तान में मानो अमृत की ही वर्षा हुई थी।

इस घटना से ही शकुन्तला अत्यन्त प्रसन्न थी, और जब प्रसाद ने कहा कि उसकी एक बड़ी बहन भी है तो कुछ क्षण के लिए उसे अपने आप पर ही विश्वास नहीं हुआ था। उसे डर लग रहा था कि वह सारा स्वप्न है जो नींद खुलते ही बिखर जायेगा। भाई के मिलने पर ही उसे आनन्द होने लगा तो बहन के भी होने के समाचार ने तो उसे और भी हर्ष-विभोर कर दिया था। इस हर्ष और उद्वेग के कारण वह मन को सँभाल न सकी थी।

इतने वर्षों के बाद अपने मन में सोये हुए सारे प्यार का संचय कर, जागृत कर, घबराहट के साथ, डगमगाते हुए कदमों से अपनी बड़ी बहन का आलिंगन करने के लिए आगे बढ़ी। उसने सोचा था कि दीदी भी उतनी ही

खुश होगी…किन्तु अपने को देखते ही बहन का चेहरा एकदम मुरझा गया। प्रसाद से प्यार से उसने परामर्श किया, किन्तु अपनी ओर तो एक तीखी नजर डालकर अन्दर चली गयी! शकुन्तला ने भाई की ओर देखा। वह भी कुछ अनमना लगा। शकुन्तला का मन तीव्र रूप से घायल हो गया। कुछ अमूल्य वस्तु के हाथ से फिसल जाने की गिड़गिड़ाहट हुई।

अब धीरे-धीरे उसका कारण शकुन्तला को मालूम होने लगा। उसे अपनी गलती का एहसास देर से हुआ। उसे मालूम नहीं था कि दुनिया में ऐसे दगा-बाज भी होते हैं। जानती तो शायद प्रसाद के साथ ऐसे न आती। अपनी बात तो छोड़ो, स्वामी भी इसकी बातों के जाल में फँस गये और उसे भेज दिया। कितनी आशाओं और अरमानों को लेकर प्रसाद के साथ चली आयी। उन सब पर पानी फिर जाने में समय न लगा।

इस बड़ी बहन की बातों से ही शकुन्तला समझ गयी कि प्रसाद उसे अपने साथ क्यों लाया है। हाय, अब मैं क्या करूँ!

शकुन्तला कुछ सुन्न जैसी हो गयी। हथेली में मुँह रखकर वह खूब रोने लगी।

"क्यों बहन, रो क्यों रही हो?" प्रसाद ने आकर पूछा। शकुन्तला ने न उत्तर दिया और न रोना ही बन्द किया। बस, उससे थोड़ी दूर सरक गयी।

"बस, बस, अब रोना तो बन्द करो। मेरी प्यारी बहन! दीदी और जीजाजी दोनों ने मुझ अभी तक ठीक से नहीं समझा। कुछ गलतफहमी के कारण उन्होने दो-चार बातें कह डालीं। उसके लिए तुम्हें ऐसा रोना शोभा नहीं देता। मेरी बात मानो, उनकी बातों को बुरा मत मानना। हम दोनों से वे बड़े हैं इसलिए कुछ कहने का अधिकार उनको है। दीदी के डाँटने पर छोटी बहन ऐसे रोती है क्या? बोलो!" प्रसाद ने आँखों में आँसू लिये शकुन्तला को धीरे से मनाने की कोशिश की।

"बस अब आप कुछ और मत कहिएगा, प्रसाद जी! मुझे सब मालूम है। आप ऐसे नीच व्यक्ति हैं—इस बात का थोड़ा-सा भी पता होता तो मुझे स्वामी जी आपके साथ कभी नहीं भेजते। आपने तो कितनी झूठी बातें बनायीं। यहाँ तक कि आँखों में आँसू भी भर लिये। आपका अभिनय देखकर सब ने आप पर विश्वास कर लिया। मुझे ऐसा क्यों बरबाद करना चाहते हैं? बताइये कि मेरा अपराध क्या है? प्रसाद जी! माता-पिता को खो बैठी मैं एक अनाथ बालिका हूँ। मेरे साथ ऐसी धोखाधड़ी आपके लिए उचित नहीं है। आपकी भी एक बहन है। उसे भी अगर कोई ऐसे ही धोखा दे तो आपको कैसा लगेगा? बोलिए, मेरा कोई अपना नहीं है इसीलिए आप ऐसा करने का साहस

कर रहे हैं। अब आप कुछ और न कहिएगा। मुझे सभी कुछ मालूम है। बस मुझे वापस जाने दीजिए।" शकुन्तला ने कहा।

प्रसाद कुछ क्षण मौन रहा आया। अचानक उसका चेहरा लाल हो गया। आँखें अंगारों के समान धधकने लगीं। क्रोध से काँपते हुए एकदम से पीछे मुड़कर बड़ी बहन के कमरे की ओर बढ़ा। वहाँ सुभद्रा खड़ी थी। उसने कहा, "मैंने सब कुछ सुन लिया है। इतनी जल्दबाजी में क्यों आ रहे हो? मारोगे क्या? पागलपन छोड़ दो। यह सोच कर कि तुम मेरे भाई हो और मेरे बराबर के हो, इसलिए मैं सिर्फ बातें कर रही हूँ। जब तक मैं जीवित रहूँगी, तब तक तुझे इस शकुन्तला के साथ रहने न दूँगी।···ऊपर से तुम पर दोष लगा रही है कि तुमने उसके साथ धोखा किया है। वास्तव में धोखेबाज तो वह खुद है। हीरे जैसे तुम पर उसने जरूर कुछ जादू किया है और तुम्हें निकम्मा बना दिया है। दो दिन और ठहरो तो तुम्हें ही वह गायब कर देगी। कितनी चालाक है जो तुम्हें कठपुतली की तरह नचा रही है। तुमने मेरे सामने कभी जोर से बोलने का साहस तक न किया था लेकिन आज तो ऐसे घूर-घूरकर देख रहे हो कि मुझे खा जाओगे। क्या ये सब उस चुड़ैल की करतूत नहीं है? मालूम नहीं कैसा बिष पिला दिया।"

"दीदी!" प्रसाद चीख उठा।

"देखो! अभी से पागलपन के लक्षण नजर आ रहे हैं···" सुभद्रा ने कहा।

प्रसाद ने मनाने की चेष्टा के स्वर में कहा "अरे दीदी! तुम में से कोई भी मुझे समझने का प्रयत्न नहीं कर रहा है। आप सबकी मूर्खता के कारण शकुन्तला बहुत दुःखी हो रही है और वापस आश्रम में जाना चाहती है।"

"ओह!" प्रसाद ने कहा, "अब मेरे लिए कोई दूसरा उपाय नहीं है। मैंने एक रहस्य को तुमसे छिपाना चाहा। क्योंकि मैं तुम्हें दुखी नहीं करना चाहता था। लेकिन आप सब लोग मुझे विवश कर रहे हैं।"

सुभद्रा को बात कुछ समझ में न आयी। एक क्षण के लिए प्रसाद ने अपनी दृष्टि नीचे की और फिर अचानक अपनी दीदी की ओर देखकर उसके दोनों हाथ पकड़कर कहा, "दीदी! ये बातें कहते हुए मुझे दुख हो रहा है। पहले मुझे वचन दो कि तुम माँ को क्षमा कर दोगी। तुम माँ को क्षमा कर दोगी न, दीदी?"

सुभद्रा ने पागलों की तरह अपने भाई की ओर देखकर सिर हिलाया, "हाँ, मैं माँ को क्षमा कर दूँगी।"

प्रसाद ने एक गहरी साँस लेकर आरम्भ किया, "माँ को तो पहले मामूली-सा ही बुखार आया था। लेकिन धीरे-धीरे वह टाइफाइड में बदल गया। तभी मैंने तुम लोगों को तार दिया था। तुम्हारे आने के दो दिन पहले यह घटना घटी। एक दिन···"

पार्वती खाट पर कराहती हुई तड़प रही थी। डॉक्टर ने भी कहा अब उसका बचना मुश्किल है। फिर भी डॉक्टर अपने प्रयत्न में लगे रहे। प्रसाद अकेला और अनुभवहीन था। कुछ समझ में न आया कि क्या करें। दो दिन से तो पार्वती की हालत और भी गम्भीर होती जा रही थी।

डॉक्टर को बाहर छोड़कर आते हुए प्रसाद ने देखा कि माँ खूब रो रही है।

"क्यों रो रही हो, माँ ?" कहते-कहते प्रसाद का दुःख दुगुना हो गया।

कुछ देर तक पार्वती मौन रही। बाद में अपने बेटे के दोनों हाथ पकड़ कर उसने कहा, "बेटे, मैंने—तुम्हारी माँ ने—एक बड़ा पाप किया है। इतने दिन मैंने यह रहस्य तुमसे छिपा कर रखा है। अब और छिपाये रखने से कोई फायदा नहीं है।"

"वह क्या रहस्य है, माँ ?" प्रसाद ने पूछा।

"मुझे तुम सच्चे दिल से क्षमा करोगे न मेरे बेटे ?"

"कैसी बातें कर रही हो, माँ ? मैं और तुम्हें माफ करूँ ?" पुत्र को आश्चर्य हुआ।

पार्वती की आँखें भर आयीं। बस, इसके बाद पार्वती ने न कुछ कहा और न प्रसाद ने उससे कहलाने की कुछ चेष्टा ही की। उसी दोपहर को माँ का देहान्त हो गया। उसे देखकर प्रसाद को पहली बार अनुभव हुआ कि मृत्यु क्या है और कितनी खामोशी के साथ व्यक्ति के प्राणों को ले जाती है।

उत्तर क्रियाओं के दिन बीत गये। सारे रिश्तेदार एक-एक कर चले गये। माँ की यादों में खो-खोकर प्रसाद दुःखी होने लगा। अपनी माँ की प्यारी पेटी खोलने पर उसमें एक पत्र पड़ा मिला। प्रसाद ने उसे पढ़ा।

"मेरे बेटे प्रसाद ! तुम्हारे पिता की मृत्यु के समय तुम और दीदी दोनों बहुत छोटे थे। घर-गृहस्थी मुझ अकेली को ही चलाना पड़ा। तुम्हारे बचपन में अपने ही गाँव में सोमसुन्दर नाम के सज्जन थे, जिन्होंने हम सबको आश्रय दिया। अगर वे सहारा न देते तो सारी सम्पत्ति कोई और हड़प ले जाता। बच्चों की भलाई के लिए मैंने उनकी हर एक बात मानी और उनके वश में हो गयी।

इन सब बातों को मैं तुम्हें कैसे बताऊँ ? इतने दिन मैंने यह रहस्य छिपा कर रखा है। मेरे मरने के बाद ही तुम यह चिट्ठी पढ़ पाओगे। तब चाहे तुम मुझे कितना ही भला-बुरा कहो, मैं न जानूँगी और न देखूँगी। इसीलिए लिख रही हूँ। सोमसुन्दर के कारण मैं एक बार और माँ बनी। उन्होंने उस नन्हीं-सी जान को इस दुनिया में आने से रोकना चाहा। लेकिन मैं न मानी। गाँव के लोगों में इस बात के बारे में चर्चा होने लगी। हमारे परिवार को समाज से बहिष्कृत कर दिया गया। उस गाँव में रहना मुश्किल हो गया।

इसीलिए सारी सम्पत्ति को बेचकर इस सुदूर प्रांत में आकर बस गयी। तुम्हारे पिता के मरने के बाद जन्मे इस शिशु का क्या करें ? यही प्रश्न मेरे सामने था। न मैं उसे छोड़ सकती थी न रख सकती थी। दो बच्चों को पाल-पोसकर बड़ा करने वाले इन हाथों से अपनी तीसरी सन्तान के प्राण न ले सकी। नन्हीं-सी बच्ची, हाथ-पैर हिलाते उस नादान जीव को लेकर मैं दिन-रात सोच-सोचकर सन्तप्त होने लगी।···

लेकिन मेरे लिए उसे छोड़ना अनिवार्य हो गया। एक ओर सारा समाज राक्षस के समान मुझे खा जाने की ताक में था, दूसरी ओर तुम और तुम्हारी दीदी बड़े हो रहे थे। बड़े होने के बाद इस बात को जानकर तुम दोनों पता नहीं क्या सोचोगे, तुम्हें कितनी पीड़ा होगी और तुम्हारा भविष्य कैसा मोड़ लेगा—इन बातों को सोचकर मैं डर गयी। इसीलिए मैंने माँ की ममता का गला घोंट दिया। अपने बड़े दो बच्चों के भविष्य लिए तीसरी को अनाथ कर डाला। एक पिशाचिनी की तरह मैंने बर्ताव किया। किसी के मुख से मैंने आनन्दस्वामी का नाम सुना। एक दिन बड़े सबेरे ही जाकर उनके आश्रम के द्वार पर उस बच्ची को छोड़ आयी।

अभी तुम्हारी वह छोटी बहन उस आश्रम में ही है। हर वर्ष उसे मैं कुछ भेंट भेजती रही। लेकिन इस वर्ष मैं कुछ भी भेज न सकी। अन्तिम बार उसे देखने की इच्छा भी पूरी न हुई।···इस जीवन में अब यह सम्भव भी नहीं है। अपनी बेटी को इन हाथों से बड़ा करने का सौभाग्य मुझे न मिला। दुनिया और समाज के सामने मैं डर गयी और अपने दिल के टुकड़े को अनाथ कर डाला।···अब मैं उस अनाथ का—तुम्हारी अपनी छोटी बहन का भार—मैं तुम्हें सौंप रही हूँ। तुम चाहो तो बनाओ या बिगाड़ो, तुम्हारी मर्जी। मैंने गलती की है। फिर भी मुझे क्षमा कर देना।—तुम्हारी माँ।

पत्र पढ़ते ही प्रसाद थर-थर काँपने लगा और 'माँ' कहकर जोर से कमरे में चीख उठा। कमरे की चारों दीवारें गूँज उठीं।

"दीदी ! दूसरे ही दिन मैं रवाना हुआ। आनन्दस्वामी को मैंने वह पत्र दिखाया। उन्होंने शकुन्तला को मेरे साथ भेज दिया। इतने वर्षों के बाद अपने को मिली—इस छोटी बहन को तुम्हें दिखाने के लिए लाया था और सोचा था कि इस आनन्द में तुम भी भागीदार बनोगी। शकुन्तला को यहाँ लाया। लेकिन तुमने मुझे गलत समझा। दीदी···माँ ने अपने बारे में सब कुछ बता दिया है। उन पर अब कलंक लगाना ठीक नहीं है। अपने ही बच्चे अपने को कोसें—किसी भी माँ के लिए यह असहनीय है। माँ ने अगर गलती की होगी तो भी तुम्हें उसे क्षमा करना ही होगा। वरन उसकी आत्मा तिलमिला उठेगी।" प्रसाद ने रुँधे हुए स्वर से अपना कहना पूरा किया।

सुभद्रा तो अब पागल जैसी चीखने लगी। "माँ तो बहुत अच्छी थी। मेरे भाई ! बहुत अच्छी।" कहती हुई, रोती हुई उसने अपना मुख अपने छोटे भाई के कन्धे पर रखा और हिचकियाँ लेती हुई बोली—"माँ कितनी अच्छी थी। इतनी अच्छी कि मेरे दोष को उसने अपने सिर पर उठा लिया। माँ, तुम अच्छी...बड़ी अच्छी माँ हो," कहती हुई सुभद्रा बिलखने लगी।

अनुवाद : **आर० सुमनलता**

डॉक्टर की दुनिया

मद्रास

4 मई, 1956

डियर रामकृष्ण,

तुम्हारे दोनों पत्र मिले। मैंने बड़े प्यार से पढ़ा। प्राणों से प्रिय उन पत्रों को मैंने सहेज कर रखा। तुमने यह इलजाम लगाया कि मैं पत्रों का जवाब नहीं देता, आलसी हूँ और जाने के बाद सब को भूल जाता हूँ। ऐसा भी नहीं कह सकता कि तुमने जो भी कहा उसमें सचाई बिलकुल नहीं है।

मेरी इतनी विनती है कि पत्रोत्तर के न मिलने पर तुम इस प्रकार मत सोचो। कुछ कारणों के आधार पर व्यक्तियों के गुणों का मूल्यांकन करना ठीक नहीं है। मैं यह मानता हूँ कि जीवकण 'एमीना' से आज तक के जीव के इतिहास में हुए बड़े-बड़े परिणामों में 'मानव' पहली पंक्ति का अधिकारी है। फिर भी हजारों सालों से 'जीव' के परिणामों की दशाओं का प्रभाव मनुष्य में प्रस्फुटित होता ही रहता है। विविध दशाओं के 'जीव' के जो गुण होंगे, वे अवश्य ही किसी-न-किसी मात्रा में परिलक्षित होते रहते हैं। यही कारण है कि हर व्यक्ति में एक-न-एक कमजोरी जरूर रहती है।

तुम यह मत सोचो कि इस कारण मैं हर अत्याचार और अन्याय का समर्थन करने जा रहा हूँ। रामकृष्ण! मुझे तुम अच्छी तरह जानते हो। लगभग बीस साल हम एक साथ रहे। हमने आपस में कोई बात नहीं छिपायी। छिपाने की जरूरत पड़े तो भी हमने आपस में किसी बात को नहीं छिपाया, मगर दोनों ने मिलकर छिपाया। वैसे आपस में कोई मतभेद नहीं था।

तुम्हारे पत्रों के कारण मुझे बहुत दुःख हुआ। जिगरी दोस्त होते हुए भी तुम मुझे इस तरह गलत समझोगे तो मुझे समझने की कोशिश कौन करेगा? इसी तरह मेरे पत्र न लिखने के कारण तुम्हें कितनी ठेस पहुँची होगी—मैं कल्पना कर सकता हूँ। मेरे पत्रों के जवाब न लिखने वालों पर मेरी इसी प्रकार की प्रतिक्रिया होगी। इसलिए तुम्हारी भावना को शायद मैं पूरी तरह समझ सक रहा हूँ।

रात के दस बज रहे हैं। किसी तरह समय निकालकर तुम्हें पत्र लिख रहा हूँ ऐसे में हमारे अपने बचपन की अनेक घटनाएँ आँखों के सामने घूम जाती हैं।

एक बार घर में एक रुपये की चोरी करके आठ मील पैदल चलकर पिक्चर देख आये थे। शायद तुम्हें यह घटना याद होगी। उससे पहले हम शहर के बारे में सिर्फ सुनते थे, मगर कभी देखा नहीं। पहली बार शहर (गुण्टूर) देखने पर लगभग बेहोश होने की नौबत आ गयी थी। वहाँ के लोगों की सुख-सुविधाएँ देखकर हमें ईर्ष्या हो रही थी। गाँव से तुलना करने लगा कि यह शहर धरती पर स्वर्ग ही है। उसके बाद उसी शहर में हम छः साल तक पढ़ते रहे। मगर उस समय के दृष्टिकोण में विशेष परिवर्तन नहीं आया।

मैं पहले सोचता था कि मनुष्य के लिए धन से बढ़कर कुछ और मानव-मूल्य हैं। उसका कारण भी है। इस प्रकार मेरे सोचने का कारण है उस समय ज़िम्मेदारियों से दूर मेरा छात्र-जीवन। उस समय हमने यह जानने की जरूरत महसूस नहीं की कि माँ-बाप कितनी मुश्किलों को झेलते रहे थे। हमने कभी यह भी नहीं सोचा कि वे किस प्रकार हमें पैसे भेज रहे हैं। यथार्थ जीवन में कदम रखते ही विचारों में परिवर्तन आने लगा। आज के संसार में पैसों से बढ़कर कुछ नहीं है। मानव का सारा इतिहास उसके इर्द-गिर्द चक्कर काट रहा है।

मैं यह भी जानता हूँ कि मेरा यह विचार सबको मान्य नहीं है। मगर यह भी सच है कि कौन-सा विचार ऐसा है जो सब को मान्य हो। भारत की स्वतन्त्रता के लिए कुछ प्राण न्यौछावर कर रहे थे तो कुछ लोगों ने उस स्वतन्त्रता को आवश्यक ही नहीं माना। इसलिए सर्वमान्य विचार का कोई अर्थ ही नहीं है।

मैं 'महामानवों' या 'योगियों' की बात नहीं लिख रहा हूँ। कुछ महान् व्यक्तियों के पास धन का कोई महत्त्व नहीं है, किन्तु मैं ऐसा नहीं मानता। धन में कितनी प्रचण्ड शक्ति है, अगर जानना चाहें तो यह महानगर मद्रास सबसे बड़ा उदाहरण है।···

सच है: तुम्हारे जैसा ही पहली बार मैं इस महानगर को देखकर प्रभावित हो गया। बड़ी-बड़ी सड़कें, भव्य भवन, आँखों में चकाचौंध पैदा करने वाली दुकानें, बड़े-बड़े होटल, नये-नये मॉडल की कारें, उसमें खिलखिलाती, हँसती लड़कियाँ—कितना अच्छा लगता था। लगता था कि यहाँ कोई कमी नहीं है। किसी भी समय कोई भी चीज प्राप्त हो सकती है। ऐसा कोई सुख नहीं है जो यहाँ पाया नहीं जा सकता। सबसे बढ़कर आन्ध्र की कड़ी धूप की तपन यहाँ नहीं है। शाम के समय 'मेरीना बीच' की तरफ जाओ तो कारों की लम्बी कतार खड़ी

मिलेगी ! तुम अन्दाजा नहीं लगा सकोगे—समुद्र की ऊँची तरंगें, उफनती लहरों के साथ उठने वाली हवा में खुली साँस लेकर, रेती में अपने आपको ढीला छोड़, किनारे को छूकर, रोती हुई बिखर जाने वाली तरंगों को देखना—इन सबको एक सुखद अनुभूति नहीं कह सकने का साहस मुझमें नहीं है।

यदि मैं कहूँ कि यह आनन्द, यह सुख और ये सारी अनुभूतियाँ सभी को नहीं मिल रही हैं तो तुम मुझे क्षमा करो। यह बात तुम्हें आश्चर्यजनक लग रही है न !

लेकिन रामकृष्ण ! इसमें आश्चर्य करने की जरूरत नहीं है। इस सचाई को चारों तरफ देख ही रहे हैं। अजीब बात यह है कि इस सचाई से मुँह फेर कर, अनदेखा करके हम इसे टाल रहे हैं।

तुम सोचो—जिस मजदूर को दिन-रात की कड़ी मेहनत के बाद भी दो जून रोटी मयस्सर नहीं, वह शाम को समुन्दर के किनारे चैन की साँस क्या ले सकेगा ? आधुनिक समाज इस समुद्र के किनारे चैन की साँस लेने की फुरसत और मौका उसे नहीं दे रहा है। वह मजदूर यही सोचेगा कि उस समय मजदूरी करेगा तो उसे और चार आने मिलेंगे और उससे रोटी के दो टुकड़े मिल जायेंगे इसलिए काम की तलाश में वह यहाँ-वहाँ भटकेगा, समुद्र के किनारे खुली साँस लेने नहीं आयेगा। मैं यह नहीं कहता कि यहाँ के सब लोग ऐसे ही हैं। ऊँची-ऊँची इमारतों की छाँव में पल रही झुग्गी-झोंपड़ियों को देखकर मेरा खून खौलने लगता है। एक तरफ वह मनुष्य जो जरूरत से ज्यादा धन कमाकर, उसे खर्च न करके सड़ा रहा है, तो दूसरी तरफ वह इन्सान है जो एक-एक पैसे का मुँहताज है, उस पैसे को कमाने के लिए कितनी मुसीबतें झेल रहा है, जो काम उसे नहीं करना चाहिए उसे भी कर रहा है।

मेरी यह गलतफहमी नहीं है कि सभी गरीब सच्चे इन्सान हैं। मैं स्वीकार करता हूँ कि इनमें बुराइयाँ भी ज्यादा हैं। किन्तु मेरा विश्वास है कि इन बुराइयों का कारण मैं, तुम या हम जैसे दूसरे इन्सान ही हैं। शायद तुम यह बात नहीं मानोगे। मगर मैं यह कह सकता हूँ कि यह बात सच है। किसी व्यक्ति को चोरी करने के लिए उसे जरूरी माहौल तैयार करके हम यह आरोप नहीं लगा सकते कि उसने चोरी की। जिस समाज ने स्त्री के लिए व्यभिचार के सिवा जीने का और कोई रास्ता नहीं रखा, वही समाज उस स्त्री का धिक्कार करे, यह कहाँ का न्याय है ?

आज का मानव धन कमाने के लिए जो हथकण्डे अपना रहा है, उन्हें देख कर, मेरे मन में समूची मानव-जाति पर क्रोध, गुस्सा और एक तरह की दया की भावना भी जागृत हो रही है। तुम अध्यापक हो, तुम अध्यापक इसलिए नहीं बने कि भारत के भविष्य को, इन बच्चों के भविष्य को सुनहरा बनाना है।

सरकार तुम्हें साठ रुपये वेतन देती है, इसलिए तुम काम कर रहे हो। मेरी भी यही दशा है। मैं डॉक्टरी इसलिए नहीं कर रहा हूँ कि रोगियों की सेवा करना चाहता हूँ। वेतन न मिले तो तुम अध्यापक नहीं रहोगे और अच्छी आमदनी न हो तो मैं डॉक्टरी छोड़ दूंगा।

चाहने न चाहने का कोई सवाल नहीं है, हम उसी धुरी पर फिर रहे हैं। जिस धुरी का केन्द्र है—पैसा। पैसे की मानव ने ही सृष्टि की, मगर आज उसने मानव को ही अपना गुलाम बना लिया।

मद्रास महानगर के बारे में तुम्हारे जो विचार हैं, उनसे मैं सहमत नहीं हूँ। यह नगर ही नहीं, किसी भी नगर को देखता हूँ तो 'वेश्या' का स्मरण हो आता है। रूप, सौन्दर्य और किसी भी विषय से उसका कोई ताल्लुक नहीं रहता। उसके लिए धन ही सबसे बढ़कर है। मगर इसमें कितनी सचाई है, मुझे नहीं मालूम। हाँ, महानगर के सन्दर्भ में यह बात बिलकुल सही है, जो धनवान् है, वही प्रधान है। गरीब की तरफ जरा भी ध्यान नहीं देता। उसका अस्तित्व भी उसके लिए नगण्य है।

लगभग चार-पाँच साल इस नगर में रहने के बाद मेरे विचार इस प्रकार बन गये हैं। तुमने जैसा दूसरे खत में लिखा है, मैंने कुछ कमाया नहीं। मगर यह बात नहीं है कि वह मौका मुझे नहीं मिला। मगर पैसे कमाने के वे साधन मुझे रुचिकर नहीं हैं। इसलिए आज भी मैं इसी प्रकार हूँ।

बड़े-बड़े लोग मेरे पास नहीं आते। आयें तो भी मैं उनको दवा नहीं दे सकता। उनसे पैसा वसूलने के लिए मैं झूठ नहीं बोल सकता। मेरी सचाई की बातें वे सुन नहीं सकते। इसलिए मैं नगर में नहीं रह सका। फिलहाल, नगर से बहुत दूर, खपरैल के एक छोटे अस्पताल में हूँ। यह बात मैंने शायद अपने खत में लिखी भी थी।

इस प्रान्त में वे ही लोग ज्यादा बसे हैं जो झुग्गी-झोंपड़ी में रहते हैं और मेहनत-मजूरी करते हैं। उनके करीब रहकर (क्योंकि कोई दूसरा काम नहीं है) उनको निरन्तर देखते-देखते मन बहुत विकल हो जाता है। उनकी जीवन-पद्धति किसी भी सहृदय को कँपा देती है। इसलिए शहर के लोगों ने इनको शहर से बाहर कर दिया।

आँखों के सामने ऐसी घटनाएँ हुई हैं, हो रही हैं, जिन्हें देखकर हृदय करुणा से, पीड़ा से भर जाता है। लगता है, एक-न-एक दिन उसका परिणाम समाज को भुगतना पड़ेगा। यह सोचकर मैं भय-कम्पित हो जाता हूँ। जब यह महान् शक्ति, जो आज निश्चेतन पड़ी है, नयी चेतना के साथ ताण्डव-नृत्य करेगी और ये क्षुद्र मानव, परम्परा से पीढ़ी-दर-पीढ़ी होने वाले अत्याचारों का बदला ज़रूर लेकर रहेंगे। इस तरह धोखा देने का प्रयत्न और ज्यादा नहीं चल सकेगा···

बाजू के कमरे में एक रोगी पड़ा है। उसे दवा देकर मैं अभी आया हूँ। मैं जान-बूझकर ही उस रोगी का जीवन-इतिहास तुम्हें लिख रहा हूँ। यह रोगी इस बात का अच्छा उदाहरण है कि आधुनिक सामाजिक व्यवस्था मानव को कितना खोखला बना देती है ।

लगभग चार-पाँच साल पहले दक्षिण से एक परिवार यहाँ आकर बस गया था । औरों की तरह ये भी बड़े ही उत्साह के साथ मद्रास आये थे । ये—पति-पत्नी चार बच्चे, सभी छोटी उम्र के । पति थोड़े दिन किसी फैक्टरी में काम करता रहा । बाद में रिक्शा चलाता रहा । थोड़े दिन मजदूरी की। पत्नी चार घरों में चौका-बर्तन करती रही । फिर भी उन्हें दो वक्त की रोटी नहीं जुट रही थी । कई बार तो ऐसा होता था कि बच्चों को खिलाकर माँ-बाप भूखे ही रह जाते थे।

उनकी कोई बड़ी-बड़ी इच्छाएँ नहीं हैं । बड़े-बड़े सपने भी नहीं देख रहे हैं । काम से जी नहीं चुराते । मगर वे इतना चाहते हैं कि पेट भर खाना और रहने के लिए एक साया मिल जाये । मगर खूबसूरत शहर उन्हें इतना भी नहीं दे सकता । ये सभी बातें मुझे उन्हीं से मालूम हुईं ।

मैंने देखा—जीने के लिए मनुष्य को जी-जान से जूझना पड़ता है । मुझे लगता है, मेरी यह चिट्ठी मेरी वेदना का शतांश भी व्यक्त नहीं कर पा रही है । मुझे मालूम है कि कोई भी भाषा इस वेदना को पूरी तरह व्यक्त नहीं कर सकती ।

करीब दो-तीन महीनों तक मैं उस परिवार से नहीं मिल सका । उन लोगों को देखकर मैं आश्चर्यचकित रह गया । मैंने सोचा कि शायद वे लोग गाँव वापस चले गये होंगे । मगर मेरी धारणा गलत निकली । वे लोग यहीं हैं और उन्होंने जीना भी सीख लिया । सबेरे ही, छोटे बच्चों को घर में छोड़कर वे शहर जाते हैं । गलियों में रद्दी कागजों को बटोर कर आते हैं । उन कागजों की धूल झिड़ककर, पानी में गलाकर, दूसरे दिन सबेरे उसको पीसते हैं । उससे गुड़िये बनाते हैं, उन्हें रँगते हैं, शाम के समय किसी बाजार में खड़े होकर उनको बेच लेते हैं । जो भी मिलता है, उससे गुजारा कर लेते हैं । धीरे-धीरे बड़े दो बच्चों को उन्होंने इस काम पर लगा दिया । वे दोनों बच्चे सबेरे थोड़ा-सा 'माँड' पीकर शहर की तरफ चले जाते हैं । दोपहर तक दो-तीन बोरियों में रद्दी कागज को ढोते हुए घर पहुँचते हैं । रोज लगभग सात-आठ मील चलने पर ही इतना रद्दी कागज जमा होता है । जिनके दस साल भी पूरे नहीं हुए, ऐसे नन्हे बच्चों का, रद्दी कागजों की इन बोरियोंकोढोते हुए, गलियों में फिरना··· कितना दयनीय दृश्य है ! यह उम्र तो उनके हँसने-खेलने की है। ऐसी उम्र में जीवन की समस्या को झेलने की उनकी यह स्थिति कितनी गम्भीर है ! हमउम्र लोगों को अच्छे-अच्छे कपड़े पहनकर, अच्छी तरह तैयार होकर पढने के लिए

जाते देखकर उनका नन्हा हृदय कितना मसोस कर रह जाता होगा। तब उनके हृदय की भावनाओं को आँकना क्या किसी के बस की बात है ?

उनकी मैं भरपूर मदद भी नहीं कर सकता था। यह मेरी असमर्थता मुझे व्याकुल बना रही थी।

इस तरह कुछ वर्ष गुजर गये।

एक दिन रात में घर का दरवाजा कोई जोर-जोर से खटखटा रहा था। पच्चीस लोग मेरे घर के अन्दर आ गये। एक-दो क्षण मैं परेशान-सा हो गया। क्या हुआ, कुछ समझ में नहीं आ रहा था। उनके पीछे कुछ बीमार लोग भी भीतर चले आये। उनको मैंने देखा तो मैं अवाक् रह गया। लगा जैसे मेरा खून ही पूरा सूख गया। उनके शरीर जल गये हैं। मांस के जलने की गन्ध से मेरा कमरा भर गया।

हुआ यह कि···

रोज की तरह उस दिन भी उस परिवार के सभी लोग सो गये। उनकी झोंपड़ी के पास ही बच्चों द्वारा लायी गयी कागजों की रद्दी भी रखी हुई थी। दुर्भाग्य ही कहो, उसमें आग लग गयी। वह झोंपड़ी, उसके पास रखी कागज की रद्दी सब जलकर राख हो गये। अड़ोस-पड़ोस के लोग मदद के लिए दौड़-दौड़े आये, तब तक वे लोग बुरी तरह उस आग में झुलस गये।

फिर भी उनको बचाने की मैंने पूरी-पूरी कोशिश की। बच्चे पहले ही जलकर मर चुके थे। उस घर के आदमी ने मेरे सामने ही पूरी यन्त्रणा को दो दिन सहते-सहते दम तोड़ दिया। उसे बचाने के लिए मैंने अपनी पूरी शक्ति और विवेक का प्रयोग किया। बड़ी महँगी दवाओं को भी दिया। अड़तालीस घण्टे तक उसे बचाने के लिए मैं मृत्यु से बराबर लड़ता रहा। आखिर विजय मृत्यु-देवता को मिली और मैं पराजित हुआ।

रामकृष्ण ! भगवान पर मुझे कोई भरोसा नहीं है। जगत् का रक्षक मानते हैं उसको। अगर वह होता तो इतने अन्याय, अत्याचार और अमानबीय काण्डों को देखकर चुप कैसे रह सकता ? मनुष्य होकर भी हम ही जिन दारुण स्थितियों को बर्दाश्त नहीं कर सकते, उस करुणामय ने सहन किया, यह जानकर उसके व्यक्तित्व पर मेरे मन में घृणा पैदा होती है। फिर भी सच मानो, उस समय मैंने उस भगवान, उस परमात्मा की गहराइयों से प्रार्थना की थी। मगर कोई लाभ नहीं···

मुझे अब ऐसा लगता है कि अच्छा ही हुआ कि वह मर गया। मुझे गलत मत समझो, जीकर भी उसे क्या मिलता ? जीवन का कोई सुखद अनुभव उसके भाग्य में नहीं। दुर्भाग्य से वह जी भी जाता तो और मुसीबतों को झेलने के सिवा और कोई लाभ होता ? चारों के चारों बच्चे उस भयंकर दुर्घटना में जल

कर राख हो गये, यह घटना क्या उसे पागल नहीं बना देती ? बुरी तरह जले हुए हाथ-पैर लेकर वह कैसे जीवन-यापन कर सकेगा ? इसलिए मुझे लगा कि वह मर गया, अच्छा ही हुआ।

किन्तु··· उससे भयंकर एक विषम समस्या का मैं सामना कर रहा हूँ। उसकी पत्नी भी बुरी तरह जल गयी थी। उसकी भी दवा-दारू मैंने ही की है। वह धीरे-धीरे अच्छी हो रही है। पहली विजय मृत्यु को मिली तो इस बार मैं विजयी हुआ। उसे बचा लिया मैंने।

मेरे इस काम के अच्छे-बुरे दोनों पक्षों पर मैंने घण्टों सोचा। मैं इस निर्णय पर पहुँचा कि उसे बचाकर मैंने घोर पाप किया। उसका पूरा शरीर जल गया। आँखें भी झुलस गयीं। दायाँ हाथ करीब-करीब बेकार ही हो गया। चेहरा पूरा झुलस गया। इसे बचाकर मैं अपनी जिम्मेदारी से हट तो सकता हूँ किन्तु उसके बाद ? वह कैसे जियेगी ? आँखें नहीं, हाथ-पैर नहीं। कोई काम नहीं कर सकती। कहीं भी नहीं जा सकती। जिये तो कैसे जिये ? यह भयंकर सवाल मुझे झकझोर रहा है। उसकी हमेशा के लिए देखभाल मैं नहीं कर सकता। मेरी स्थिति यह है कि मेरा अपना गुजारा ही मुश्किल है तो दूसरों का पालन-पोषण भला क्या करूँगा ? उसमें भी सामान्य रोगी भी नहीं है। उसकी सब जरूरतें, उसकी अपनी जगह ही पूरी होनी चाहिए। दूसरा कोई इसका लालन-पालन करेगा, ऐसा सोचना आत्मा की प्रवंचना ही होगी। इतना वैराग्य और इतना विश्वास भी नहीं है कि सब भगवान् पर छोड़ दूँ।

इन सभी समस्याओं का समाधान एक ही है, उसे मर जाना चाहिए। उससे सभी समस्याएँ हल हो जायेंगी। उसका जीना और मरना मुझ पर आधारित है। एक ही खुराक में उसके प्राण-पखेरू उड़ जायेंगे। उसमें उसका सुख ही है।

तुरन्त ही मैंने निर्णय लिया। उसको बिना किसी पीड़ा के, उसकी समस्याओं का समाधान वह दवा मेरे पास है। एक ही खुराक काफी है, उसकी सभी तकलीफें दूर हो जायेंगी। मगर यह एक विषम समस्या है। आसानी से परिष्कार भी हो सकता है। दूसरों को यह बात मालूम नहीं होगी और सरकार भी मेरे ऊपर शक नहीं करेगी।

मुझे तो लगा, यह काम सबसे श्रेयस्कर है। किन्तु आचरण में लाने तक मेरी आत्मा ने विद्रोह कर दिया। उसने चेतावनी दी कि मैं किस प्रकार का नीच और घिनौना काम करने जा रहा हूँ। उसने मुझे यह सोचने के लिए कहा कि वैध होकर यह काम करना कितना नीचतापूर्ण है···सच ही है।

डॉक्टर के रूप में मेरी भी कुछ जिम्मेदारियाँ हैं। मुझे उनका भलीभाँति निर्वाह करना चाहिए। प्राण जब तक हैं, रोगी को बचाने का प्रयत्न करना चाहिए, उसमें कोई कसर नहीं रखनी चाहिए। यह मेरा कर्तव्य है और उसके

लिए मैंने प्रतिज्ञा भी की थी। मुझे रोगी की दूसरी समस्याओं से कोई सम्बन्ध नहीं है। वह राजा हो या भिखारी—डॉक्टर हूँ मैं, मेरे लिए सब समान हैं। रोगी को रोग से मुक्त करना है, बचाना है, यही मेरी ड्यूटी है।

किन्तु, मैं उसके विपरीत करने जा रहा हूँ तो इसका मतलब है, मैं अपनी जिम्मेदारी से हट गया हूँ। अपने हाथों एक प्राणी की हत्या कर दी मैंने। हत्यारे की सजा मुझे भी मिल सकती है। क्यों ? क्यों नहीं ? एक छुरी से, बन्दूक से मारता है तो मैंने विज्ञान के वरदान (दवा) से मार डाला। साधन अलग हो सकते हैं, रास्ते अलग हो सकते हैं, किन्तु परिणाम एक ही है न ?

कितने लोगों को इन हाथों से मैंने प्राण-दान किया, एक प्राणी की हत्या नहीं कर सका। फिर कुर्सी पर आकर बैठ गया। कई विचार उठ रहे हैं। मैंने निश्चय कर लिया कि उसको बचाऊँगा।...

ठीक है। बचा सकते हैं। फिर उसके बाद क्या होगा ? डॉक्टर के रूप में मेरा कर्तव्य शायद पूरा हो जायेगा। किन्तु मनुष्य के रूप में मेरा कर्तव्य और बहुत है। उसे मैं नहीं निभा सकता। प्राणों के साथ सड़कों पर उसको छोड़ कर, जिन्दगी भर की मुसीबतों को झेलने के लिए उसे छोड़ देना क्या मानवता कहलायेगी ? उसके आने वाले दारुण-वेदनापूर्ण जीवन का जिम्मेदार मैं माना जाऊँगा। साथी प्राणी को सुखी बनाने के लिए कोशिश करना छोड़कर जीवन भर नरक-यातना भुगतने के लिए छोड़ देना धर्म तो नहीं माना जा सकता।

इस समय मुझे क्या करना चाहिए ? मेरा कर्तव्य क्या है ? दूसरी सारी समस्याओं को छोड़कर केवल डॉक्टर के रूप में मेरे जो कर्तव्य हैं, उनको निभाना या मानवता की दृष्टि से उसके कष्टों को दूर करना ?

रामकृष्ण ! मैं इन समस्याओं में उलझ गया हूँ। इसलिए मैंने तुम्हें जवाब नहीं लिखा। दूसरे कमरे में वह कराह रही है। मैं जा रहा हूँ। तुमसे आशा है, मेरे कर्तव्य को स्पष्ट करोगे और पत्र लिखोगे। तुम्हारे पत्र की प्रतीक्षा में—

तुम्हारा,
मूर्ति

अनुवाद : **पी. माणिक्याम्बा**

नर(क) लोक

सूत महामुनि शौनक आदि मुनियों को सावधान करते हुए आगे की कथा का यों बखान करने लगे ।

त्रिलोक-संचारी महर्षि नारदजी एक बार समस्त भूलोक का विचरण कर, अधिक धूप के कारण थककर, एक जंगल में, एक बड़ के पेड़ के नीचे बैठकर, आराम करने लगे ।

गुप्तचरों द्वारा उस अरण्य के अधिपति सिंहराज को इसका पता लगा । तुरन्त समुचित उपहार लेकर नारदजी की सेवा में पहुँचकर, भेंट-पुरस्कार समर्पित कर उसने अपनी भक्ति-प्रपत्तियों को प्रकट किया । वैसे ये भेंट-पुरस्कार पाकर नारदजी को बहुत प्रसन्न होना चाहिए था । क्योंकि, किसी भी अरण्य में नारदजी का इतना आदर-सत्कार नहीं हुआ । अगर दूसरा कोई होता तो हर्ष-पुलकित होकर, आनन्द-विभोर होकर, सिंहराज को मुँहमाँगे वर प्रदान करता । इसी विचार से तो सिंहराज ने ऐसे अपूर्व उपहार नारदजी को समर्पित किये थे । लेकिन सिंहराज के विचारों का उल्टा हो गया । प्रसन्नता प्रकट करना तो दूर, नारदजी लम्बी साँस लेकर और भी उदास हो गये ।

सिंहराज भयभीत हो गया कि कहीं उससे कोई गलती तो नहीं हो गयी । उसने कहा—"हे स्वामी ! जान-बूझकर मैंने कोई अपचार नहीं किया । यदि अनजाने में मुझसे कोई अपचार हो गया हो तो मुझे बताइये । आभारपूर्वक मैं अपने आप को सुधार लूँगा ।"

नारदजी ने थोड़ी देर के लिए तीखी नजरों से सिंहराज को देखा । सिंहराज उन तीखी नजरों को सहन न कर सका, उसने सिर झुका लिया । नारद ने सावधानी से 'महती' (वीणा) को जमीन पर रख दिया, लम्बी साँस छोड़कर, धीमी-सी आवाज की । सुनकर सिंहराज थर-थर काँप उठा ।

क्षण-भर के लिए नारद के मुख पर मुसकुराहट छा गयी ।

सिंहराज के मन में आशा के अंकुर पनप उठे ।

नारद ने खाँस कर स्वर साफ करके यों कहा—"हे सिंहराज ! तुम्हारे अतिथि-सत्कार से हम प्रसन्न हुए । तुम्हारे दिये भेंट, पुरस्कारों ने हमें बहुत आनन्दित किया । लेकिन मैं सचमुच आनन्दित नहीं हो पा रहा हूँ । मुझे मालूम

है कि तुम सोच रहे हो कि ऐसा क्यों ? मैं भी कारण बताना चाहता हूँ, लेकिन तुम्हारे कुशल-क्षेम को ध्यान में रखकर नहीं बता पा रहा हूँ।"

सिंहराज ने अतिविनय प्रदर्शित करते हुए कहा—"हे स्वामी ! आपकी बातें बहुत अजीब लग रही हैं। शायद यह मेरी बदकिस्मती हो। वरन् मेरे हितैषी होते हुए भी आप मेरे सन्देह को, पता नहीं क्यों दूर नहीं कर रहे हैं ? विज्ञ लोग कहते हैं कि अपने आप्तजनों से दिल खोलकर बात करना सत्पुरुषों का लक्षण है। अपनी उदासी का कारण बताकर मुझे अनुगृहीत कीजिए।"

नारद ने यों कहा—"हे वत्स ! तुम्हारी विनय-भावना मेरे हृदय को कमजोर बना दे रही है। तुम्हें मालूम है कि सत्य को सह सकना मुश्किल है। गुरुजनों ने भी कहा है कि ऐसे सत्य को बोलना चाहिए जो प्रिय हो। फिर भी तुम पर वातसल्य भाव के कारण सत्य को ही बता दूँगा।···मुझे मालूम है कि उससे तुम्हें तकलीफ होगी। न बताऊँ, तो और भी तकलीफ होगी। इन दोनों पर ध्यान देने से लगता है कि सत्य बताना ही उत्तम है। इसीलिए बता रहा हूँ।"

ऐसा कहकर नारदजी थोड़ी देर के लिए मौन रह गये। सिंहराज और उसके साथी आश्चर्यचकित हो गये और मुँह बनाकर नारद की तरफ देखने लगे।

नारद ने कहना शुरू किया—"हे सिंहराज ! अपने बड़प्पन को प्रकट करने के लिए तुमने हमें अपूर्व पुरस्कार समर्पित किये। तुम्हारा विचार है कि मैं उससे प्रसन्न हो जाऊँगा। और किसी समय मैं अवश्य प्रसन्न हो जाता। अब मेरे प्रसन्न न होने के बारे में तुम्हें अधिक विचार करने की जरूरत नहीं है। यह सब इसलिए बता रहा हूँ कि मैं अभी-अभी समस्त भूलोक का संचरण कर आ रहा हूँ। इस बीच अनेक कारणों से मैं भूलोक में नहीं आया। मेरे पिछली बार के दौरे के बाद और अब के भूलोक में काफी परिवर्तन आ गया है। भूलोक इतना बदल गया है कि मुझे स्वयं विश्वास नहीं हुआ कि क्या यह वही भूलोक है। कुछ घण्टों तक मेरे मन में यही सन्देह बना रहा कि भूलोक समझकर मैं कहीं अन्य किसी लोक में तो नहीं आ गया। मानव अपूर्व और कल्पनातीत रूप से बदल गया है। किसी समय प्रकृति का दास बनकर, हर पल प्रकृति के सामने सिर झुकाने वाले मानव ने आज प्रकृति को अपनी दासी बना लिया है। मुझे स्वयं इस सचाई पर विश्वास नहीं हुआ।"

"क्या यह सच है स्वामी ?" कहा सिंहराज ने।

"मेरी ही बातों पर विश्वास नहीं करोगे ?" नारदजी कहने लगे—"सारे भूलोक का चप्पा-चप्पा छानकर कई चित्र-विचित्र विषयों को देखा है। उन सब का वर्णन करना मेरे बस की बात नहीं है। उन मानवों को छोड़कर आने की इच्छा ही नहीं हुई। सोचा, सदा के लिए उन्हीं के बीच रह जाऊँ। लेकिन···।"

इतना कहकर नारदजी रुक गये।

सिंहराज एक बार जोर से अयाल हिलाकर बैठ गया।

"ऐसे रह जाने में कुछ समस्याएँ हैं। मुझे मालूम नहीं है, मानव की इस अपूर्व विजय के बारे में अन्य लोकवाँसियों को मालूम है या नहीं। इसका कारण यह है कि कई शताब्दियों से अन्य लोकवासी भूलोक की ओर ध्यान ही नहीं दे रहे हैं। ऐसी हालत में मैं यहीं रह जाऊँ तो इस विजय का पता उन्हें कैसे लगे। इसलिए मैं वहाँ न रह सका और चला आया। नहीं तो, वहाँ से आने की जरूरत ही क्या है? यदि इस विजय के बारे में अन्य लोगों को बताना होगा तो मेरे भूलोक में ही रह जाने से काम नहीं चलेगा। अपने सुख को भी तजकर यह समाचार अन्य लोकवासियों को देना है। इसी विचार से मैं निकल पड़ा हूँ। थक गया था और सोचा था कि इस मार्ग में तुम हो—इसलिए यहाँ आया हूँ। अभी तक तुम्हें असली बात बतायी नहीं।···ऐसे महत्तर विषयों को देखकर आ रहा हूँ न, इसीलिए तुम्हारे दिये इन उपहारों का मेरे लिए कोई महत्त्व नहीं रहा।"

सिंहराज अपने मन को काबू में करते हुए बोला—"हे स्वामी! मेरे राज्य में इनसे बढ़कर मूल्यवान वस्तुएँ नहीं हैं। जो हैं उनमें से श्रेष्ठ वस्तुएँ ही आपको समर्पित की हैं।"

नारदजी ठठाकर हँस पड़े, और बोले, "अरे पागल! मैं तुम्हारे व्यक्तित्व पर सन्देह नहीं कर रहा हूँ। और ऐसा कभी मत सोचो। भूलोक की वस्तुओं को देखकर चौंधिया गयी मेरी आँखों को साधारण स्थिति में आने में कुछ समय लग सकता है। लेकिन, विचित्रता इसमें है कि इस बीच मानव और प्रगति कर लेगा। तब तो मुझे चकाचौंध की इसी स्थिति में रहना होगा। यह भी कहा नहीं जा सकता कि मानव की प्रगति की इतिश्री कहाँ होगी, ऐसे कहने का भी मैं साहस नहीं कर सकता। खैर, अब मैं जा रहा हूँ।" नारदजी उठ खड़े हुए।

"आप की बातें विश्वास करने योग्य नहीं लग रही हैं। लेकिन आप पर असत्य दोष का आरोप लगाने का भी मुझमें साहस नहीं है। मैं ऐसा नीच नहीं···।"

सिंहराज की बातों को टोकते हुए नारद ने कहा, "अरे नादान! तुम्हारी हालत पर मुझे तरस आ रहा है। जब मुझे स्वयं अपने पर विश्वास नहीं हो रहा है तो मैं कैसे समझूँ कि तुम्हें मेरी बातों पर विश्वास होगा। एक बात बताऊँगा, ध्यान से सुनो। मरने से पहले एक बार मानव-लोक को देख लोगे तो जन्म सार्थक हो जायेगा।"

"महाराज, आपने मेरे मन में अनावश्यक इच्छा पैदा कर दी। जब आप इतना बल देकर कह रहे हैं तो आपकी बातों पर विश्वास न करना मेरी मूर्खता

होगी। लेकिन मेरी एक बुरी आदत है। मैं प्रमाण के बिना किसी भी विषय पर विश्वास नहीं करता···क्षमा कीजिए, इस बुरी आदत से पिण्ड छुड़ाने के लिए लाख कोशिश करके भी मैं असफल हो गया। इतनी उम्र के बाद अब मैं अपने स्वभाव को बदल सकूँगा, ऐसा सोचना भी आत्मप्रवंचन होगा···।"

नारदजी ने मुस्कराते हुए कहा, "मैं तुम्हारी प्रवृत्ति को समझ गया हूँ।"

"स्वामी, आप तो त्रिकालविद् हैं। आप से मेरे मन की बात कैसे छिपी रहेगी ?" सिंहराज ने कहा।

"हाँ ! तुम्हारा एक बार मानव-लोक को देखना बहुत जरूरी है। उससे तुम्हारा भला होगा। तुम्हारे मन के नये झरोखे खुल जायेंगे। अपने बड़प्पन के बारे में तुम्हारा मिथ्या अहंकार जाता रहेगा। प्रशासन के विषय में तुम बहुत कुछ सीख सकते हो। अगर उस अनुभव से युक्त होकर तुम अपने राज्य का शासन करोगे तो तुम्हारे राज्य की दिन-दूनी रात-चौगुनी प्रगति होगी। उस हालत में तुम्हारी समस्त जीव-संतति अपने जीवन को पूरी तरह से उपभोग कर सकेगी। तुम अपने देशवासियों को ऐसा अपूर्व अनुभव क्यों नहीं देते ? उन्हें अज्ञान में रख, उन पर शासन करने की अपेक्षा, उन्हें ज्ञानवान् बनाकर शासन करते हुए तुम भी प्रगति कर सकते हो। लेकिन तुम पूछ सकते हो कि क्या अब मेरा शासन-विधान ठीक नहीं है ? लेकिन शासन-विधान के इससे उत्तम रहने में कोई बुरा नहीं है न ! ठीक है न ?"

सिंहराज ने कोई जवाब नहीं दिया।

"मेरी बातें अच्छी नहीं लगीं तो उन्हें सुनना छोड़ दो। लेकिन यह मत भूलो कि उससे नुकसान तुम्हारा ही होगा। किसी अच्छे विषय का अनुकरण करना, अच्छाई के प्रति हमारी आसक्ति को प्रदर्शित करता है। उसमें अपमान की गुंजाइश नहीं है। मेरी समझ में नहीं आ रहा है कि तुम सन्देह क्यों कर रहे हो ?"

"स्वामी ! आपने मुझे प्रोत्साहित तो किया है, लेकिन मार्गदर्शन नहीं किया। मानव के जीवन-विधान का अनुशीलन करने के लिए मेरे मन में उत्साह तो है लेकिन उसकी पूर्ति में अड़चनें भी बहुत हैं। ये सब अपने पूर्वजों के वचनों के आधार पर ही मैं कह रहा हूँ। एक समय हममें और मानवों में भारी शत्रुता थी। यह आपसे छिपी बात नहीं है। पता नहीं, इस बीच मानव के स्वभाव में कुछ परिवर्तन आया हो, वरन् मैं उसके जीवन का अनुशीलन और परिशीलन कैसे करूँ, उसके लिए अवसर ही कहाँ ? आप जानते हैं कि केवल इच्छा रखने से ही कोई लाभ नहीं। अगर मेरे प्रति आपके मन में वात्सल्य है तो आप मेरा मार्गदर्शन कीजिए। आपके ऋण से मैं कभी उऋण नहीं हो पाऊँगा। मेरे देश-वासी भी जीवनपर्यन्त आपका आभार मानेंगे।"

"मुझे बुरी तरह फँसा दिया—सच है, तुम्हारे इस रूप में जाने में भला नहीं है। यही नहीं, मानव के तत्त्व को जानना मानव के लिए ही सम्भव होगा। यह सब सोचने पर लगता है कि तुम्हारे मानव-रूप को धारण करने के अतिरिक्त दूसरा कोई उपाय नहीं है।"

"स्वामी ! आपने तो मेरे मुँह की बात छीन ली।" सिंहराज ने कहा।

'मैं यहीं तक कर पाऊँगा। तुम्हें मनुष्य रूप प्रदान करना मेरे बस की बात नहीं है। फिर भी तुम चिन्ता मत करो। तुम ब्रह्माजी के प्रति तपस्या करो। इतने में मैं तुम्हारे प्रयास की सफलता के लिए सारा इन्तजाम कर दूँगा। तुम अपना काम शुरू करो और मैं अपना प्रयत्न शुरू करता हूँ···बहुत समय हो गया, अब मैं जाता हूँ।"

सिंहराज ने अपने परिवार के साथ नारद जी को नमस्कार किया।

"ईष्ट फल सिद्धिरस्तु।" आशीर्वाद देते हुए अपनी 'महती' को हाथ में लेकर नारद जी चल पड़े।

2

पिछले कुछ दिनों से सरस्वती और ब्रह्मा के बीच झगड़ा चल रहा था। इस बात की जानकारी रखते हुए भी कोई बीच-बिचौवल करने को तैयार नहीं हुआ। एक-दो लोग सरस्वती को समझाने गये और अपमानित हुए। सरस्वती टस-से-मस नहीं हुई, अपनी बात पर अड़ी रही।

नारदजी को इस बात का पता लग गया। उन्होंने सोचा, इससे अच्छा मौका नहीं मिलेगा। सीधे सरस्वती के महल में पहुँच गये। साष्टांग दण्डवत आदि किया। सरस्वती ने आशीर्वाद नहीं दिया। क्षण-भर के लिए अपनी प्रसन्नता प्रकट की और चुप हो गयी। नारद को बात समझ में आ गयी। लेकिन न समझने का अभिनय करते हुए यों बोले, "हे माते ! किम्पुरुषों ने मुझे सारी बातें बतायी हैं। आप जैसे पुराण-दम्पतियों के बीच झगड़े की बात का देवलोक के कोने-कोने में फैल जाना आपकी प्रतिष्ठा के विरुद्ध है। माँ ! मुझे मालूम है कि इसमें आपका कोई दोष नहीं है और हो भी नहीं सकता। पिताजी ढलती उमर में हैं। इस बुढ़ापे में मन का ठीक तरह से काम न करना स्वाभाविक है। अव्यवस्थित स्थिति में पिताजी कोई ऐसी बात कह दें या ऐसा काम कर दें जो उन्हें कहना या करना नहीं चाहिए, त्रिलोक-पूज्या आपका इस प्रकार रूठ जाना क्या समुचित है ? क्या आप इसे ठीक मानती हैं ?"

सरस्वती चुप बैठी रहीं। कोई जवाब नहीं दिया।

नारद ने फिर कहना शुरू किया। "यही नहीं, पिताजी को अभी आपकी शक्ति और सामर्थ्य के बारे में मालूम नहीं है। अगर जानते तो आपसे इस तरह झगड़ा नहीं मोल लेते। आपने पिताजी की समस्त सृष्टि को मुखर बनाया। वरन् इस गूँगी सृष्टि का क्या होता ? इसी से आपकी प्रतिभा और शक्ति का अनुमान लगा सकते हैं।"

सरस्वती के मुख पर प्रसन्नता की रेखा झलक गयी। उन्होंने कहा, ' बेटे ! तुम्हारे पिताजी का विचार भी यही है। वे मेरी शक्ति और सामर्थ्य के बारे में जानते हैं। लेकिन इस बात को व्यक्त करना नहीं चाहते। इसलिए छोटी-मोटी बात को लेकर झगड़ा कर बैठते हैं। इतने दिनों से मैं सहती आयी। लेकिन उसकी भी एक सीमा होती है न ? तुम्हारे पिताजी यह भूल गये कि मेरा मौन मेरी भलमानसी का लक्षण है। यही इस झगड़े का मूल कारण है।"

"हे माते ! यह आप दोनों के बीच की बात है। चार लोगों में इस बात के फैल जाने से अनेक प्रकार की समस्याएँ पैदा हो जाती हैं। सब लोगों को इस बात का पता चल गया कि बुढ़ापे के कारण पिताजी की मति नष्ट हो गयी है। इस कारण से उन्हें जो काम करने हैं, वे सब आपको करने पड़ रहे हैं, ऐसा सब लोग समझ रहे हैं।"

"सच ?" सरस्वती के स्वर में उत्साह था।

"इसमें सन्देह की बात ही क्या है ? पाषाण-सदृश जंगम सृष्टि को वाक्-शक्ति प्रदान कर आपने उसे उत्तम स्तर पर पहुँचाया। ऐसी अपूर्व शक्ति आप में है। आप चाहें तो क्या ऐसी जंगम सृष्टि का निर्माण नहीं कर सकती हैं ! अवश्य कर सकती हैं। लेकिन पिताजी के प्रति आपके मन में जो समादर की भावना है, उसके कारण आप चुप बैठी हैं। यह आपकी असमर्थता का प्रमाण कदापि नहीं है।"

"यह भी सच है।"

"हे माँ ! मैं यह बात इसलिए कह रहा हूँ कि इतनी सामर्थ्य से युक्त होकर भी आपने इस प्रकार झगड़ा क्यों मोल लिया ?···हाँ, मैं असली बात ही भूल गया। भूलोक में सिंहराज मेरा एक मित्र है। आपके प्रति उसके मन में अधिक भक्ति और विनय की भावना है। आपके अनुग्रह की प्राप्ति के लिए वह तरस रहा है।···उसे वाक्-शक्ति प्रदान कीजिए।"

"अरे ! पशु और वाक्-शक्ति ?"

"मैंने उसे बहुत समझाया। लेकिन माँ, मेरे समान ही उसे भी आपकी सामर्थ्य पर दृढ़ विश्वास है।"

"फिर भी···?"

"आपकी इच्छा है। उसके दृढ़ विश्वास को आप व्यर्थ कर देंगी तो कल से वह आपकी निन्दा करना शुरू कर देगा। उसके लिए आप तैयार हैं तो मुझे कोई आपत्ति नहीं है।"

"ठीक है···उसे वाक्शक्ति प्रदान कर दूंगी। इससे मेरा क्या बिगड़ने वाला है।"

नारद ने सरस्वती से विदा ली। सरस्वती ने उसी क्षण सिंहराज को वाक्-शक्ति प्रदान कर दी।

नारदजी तत्काल ब्रह्माजी के पास गये। द्वारपाल ने बताया कि ब्रह्माजी एकान्त में हैं और कुछ दिनों से किसी को दर्शन नहीं दे रहे हैं। तो नारद ने कहा, "तुम्हारी बात ठीक है। क्या मुझे इसकी जानकारी नहीं है? मैं इतना मूर्ख तो नहीं हूँ कि यह सब जानते हुए भी भीतर जाने का आग्रह करूँ। ब्रह्माजी मेरी ही प्रतीक्षा में बैठे हैं। उनके आदेश पर ही मैं यहाँ आया हूँ। विश्वास नहीं है तो मेरे साथ चलो, नहीं तो मैं वापिस चला जाऊँगा। उसके बाद घुड़कियाँ खाने की बारी तुम्हारी होगी।"

द्वारपाल बड़ी दुविधा में पड़ गया। उसने नारदजी को भीतर जाने दिया। नारदजी भीतर गये तो देखते हैं कि ब्रह्माजी चारों मुख लटकाकर एक कोने में बैठे हुए हैं। नारदजी ने दूर से ही प्रणाम किया। ब्रह्माजी ने अनमने ही उसे स्वीकार किया। नारद ने कहना शुरू किया—"हे महानुभाव! इस संसार में सभी प्रकार की मुसीबतें अच्छे लोगों को ही घेर लेती हैं। धोखेबाज, चोर और पापी लोग सर्वसुखों का उपभोग करते रहते हैं। इस परिस्थिति का कारण क्या हो सकता है?"

"मुझे नहीं मालूम।" ब्रह्माजी के स्वर में ईषत् क्रोध था।

"ऐसा कहकर अपने को ही धोखा मत दीजिए। हे तात! आत्म-प्रवंचन सेप्रारम्भ होने वाला यह रोग लोक-प्रवंचन तक परिव्याप्त हो जाता है। आत्म-प्रवंचन से एक व्यक्ति का नुकसान होता है। लेकिन लोक-प्रवंचन से समस्त लोक की हानि होती है। क्या आप यह चाहते हैं कि आपकी अपनी सृष्टि को हानि पहुँचे?"

ब्रह्माजी ने प्रश्नार्थक रूप से देखा।

"हे प्रभो! मैं आपसे इस बात का निवेदन करने योग्य नहीं हूँ। लेकिन निवेदन किये बगैर मुझसे रहा नहीं जाता। इस लोक में नियम के बन्धन ढीले पड़ते जा रहे हैं। इसका बीज देवलोक में और वह भी हमारे परिवार में रहना खेद का विषय है। सब जानते हुए भी, पता नहीं आप चुप क्यों बैठे हैं। सुना कि आप शान्त स्वभाव वाले हैं। लेकिन यह नहीं जानता था कि आप इतने

नादान भी हैं। अभी-अभी यह बात सुनी है और उसका प्रणाम भी अभी मिल गया है।"

इस बात को सुनकर ब्रह्मा चौंक पड़े। चारों मुखों से जम्हाई लेकर तन कर खड़े हो गये। नारदजी भीतर ही-भीतर-प्रसन्न हुए।

"क्या कहा ? मैं नादान हूँ ? नादान होता तो इतनी बड़ी सृष्टि कैसे करता ? इतने चित्र-विचित्र अंशों की कल्पना कैसे करता ? यह बात तो किसी मूर्ख को कहना चाहिए। यह बात तुम्हारे मुँह से शोभा नहीं देती।"

भीतर-ही-भीतर प्रसन्न होते हुए नारदजी ने कहा, "बिना किसी प्रमाण के मैंने यह बात नहीं कही है। कोई दूसरा आदमी अपने कार्य में हस्तक्षेप कर रहा हो तो चुप बैठने वाला नादान नहीं तो और क्या होगा ? आपकी शक्ति और सामर्थ्य के विरुद्ध गली-गली प्रचार हो रहा हो और आप चुप बैठे रहें तो आप नादान ही होंगे। आप स्वयं सोचकर कहिए।"

"कौन है वह धूर्त जो इस प्रकार का प्रचार कर रहा है ?"

"और कोई होता तो मुझे क्या ? लेकिन स्वयं पूज्य माता जी ने इस आन्दोलन का प्रारम्भ किया है।"

"सच ?" चौंक पड़े ब्रह्मा जी !

पिताजी को चकित होते देखकर नारद यों बोले, "इसमें चकित होने की बात ही क्या है ? हे तात ! आप के और माता जी के बीच वैर का बीज अंकुरित और पल्लवित होकर महावृक्ष बनता जा रहा है। सम्प्रति आप माताजी के लिए शत्रुस्थान में हैं।"

"तो···!" ब्रह्माजी चिढ़-से गये।

"शत्रु को जीतने के लिए अनेक मार्ग हैं तात ! उनमें एक उपाय यह है कि यह प्रचार किया जाये कि विपक्षी एकदम मूर्ख है, उसे कुछ नहीं आता। विपक्षी के प्रति अगर जनता में कहीं कुछ आदर की भावना है तो वह इससे समाप्त हो जायेगी। इससे उसकी नींव ही हिलने लगेगी। उसके द्वारा किये गये कामों को भ्रष्ट बताने के लिए तीव्र प्रयत्न शुरू हो जायेंगे।"

नारद की बातें सुनते ही ब्रह्माजी व्याकुल हो उठे। लगा जैसे अपनी प्रभुता के विरुद्ध कुछ षड्यन्त्र रचा जा रहा है। यह भी विश्वास नहीं हो रहा था कि षड्यन्त्र रचा भी जा सकता है। नारद का स्वभाव उनके लिए अपरिचित नहीं था फिर भी उनकी बातें विश्वास योग्य लग रही हैं। उस समय लगा कि नारद सबसे बड़ा हितू व्यक्ति है। ऐसी अराजक परिस्थितियों में नारद जैसे व्यक्ति से भी सहायता प्राप्त की जा सकती है।

"हे पिताजी ! क्या सोच रहे हैं ? यदि मेरी बातों पर विश्वास नहीं है तो उधर भूलोक की तरफ एक नजर देखिए तो आप स्वयं सत्य-असत्य से अवगत हो जायेंगे।"

ब्रह्मा थोड़ा विवेक से सोचकर यों बोले, "बेटे ! तुम्हारी बातों पर विश्वास क्यों नहीं होगा ?" उन्होंने सोचा कि उसी क्षण भूलोक की ओर नजर दौड़ायेंगे तो अनेक समस्याएँ पैदा हो जायेंगी । पहली बात नारद रुष्ट हो जायेगा । उससे शत्रु के रहस्यों से पूरी तरह अवगत नहीं हो सकेंगे । शत्रु के रहस्यों से अवगत न होना पराजय की पहली सीढ़ी है ।

"पिताजी !" नारद के स्वर में कुछ विचित्र परिवर्तन था। "आप कुछ भी कहिए, आपकी सृष्टि में सबसे अधम प्राणी नारी है । उसके उदाहरण के रूप में माताजी का ही नाम लेते हुए मैं बहुत व्यथित हो रहा हूँ । नारी को अकल ही नहीं होती, अगर हो तो भी उसका उपयोग नहीं करती । माताजी को ही लीजिए---छोटी-सी बात को लेकर आप दोनों में झगड़ा हो गया । उस बात को लेकर आप के विरुद्ध बखेड़ा खड़ा करना क्या उन्हें शोभा देता है ? रूठ जाना तक तो ठीक है । लेकिन, उस बात को लेकर विष्णु और शिवजी को अपने पक्ष में लेकर आपके विरुद्ध संघर्ष करने में औचित्य कहाँ है ?" नारद ने हाथ आये अवसर का सदुपयोग कर लिया । उन्होंने आगे कहा, "विष्णु और शिव तो आप के शत्रु हैं ही । उन्हें माताजी का जो अवलम्ब मिला, उसके कारण वे आपको अपदस्थ करना चाहते हैं । समझ में नहीं आ रहा है कि माताजी की अकल पर पत्थर कैसे पड़ गया···।"

आँख और कान फैलाकर सुनते हुए ब्रह्माजी ने पूछा, "क्या किया उसने ?"

"छोटे-मोटे काम होते तो मैं परवाह नहीं करता । लेकिन वे आपकी शक्ति और सामर्थ्य को ही अपदस्थ करना चाहते हैं ।"

"चाहते हैं···अभी किया तो नहीं है न ?"

नारद ने लम्बी साँस छोड़ते हुए कहा, "किया क्यों नहीं ? हो गया, उसका श्रीगणेश हो गया । अभी उसे वश में नहीं करेंगे तो आगे चलकर बात हमारे बस की नहीं रह जायेगी ।"

"अरे बेटे !! बताओ, असल में हुआ क्या ? सब कुछ करने को तैयार हूँ ।" ब्रह्मा जी के स्वर में आत्मीयता थी ।"

"आपने केवल मानवों को ही वाक्‌शक्ति प्रदान की थी न !"

"हाँ ।"

"माताजी ने पशुओं को भी वाक्‌शक्ति प्रदान कर दी है । यदि पशु मानव-भाषा में बोलने लगे तो इससे बढ़कर आपके लिए अपमान की बात और क्या हो सकती है ? यह सारा षड्यन्त्र विष्णु और शिव का है । उन्होंने माताजी को अपने चंगुल में फँसाकर, माताजी द्वारा यह काम करवाया है । अब आप स्वयं इसकी प्रतिक्रिया के बारे में सोचिए ।"

"अरे ! इसमें कौन-सी बड़ी बात है ? वाक्शक्ति का अपसंहरण कर दूँगा।"

"लेकिन···" नारद के मुख पर मुस्कराहट थी । उन्होंने कहा, "हमारे देवलोक के संविधान में यह नियम है कि जो देवता वर प्रदान करेंगे, उन्हीं को अपसंहरण का भी अधिकार है । उसमें दूसरा कोई हस्तक्षेप नहीं कर सकता ।"

"तो···आज से पशु भी मानव-भाषा में बोलने लगेंगे ?"

"अवश्य । इसे रोकने के लिए माताजी से सहायता लेनी पड़ेगी । इन परिस्थितियों में वह उतना सरल नहीं दिखाई देता । अगर आप जाकर क्षमायाचना कर लें तो···।"

"हें···इतनी देर से इसी बात के लिए इतनी भूमिका बाँध दी । मैं सृष्टिकर्ता हूँ । एक स्त्री के पास और वह भी अपनी पत्नी के पास जाकर क्षमा-याचना करूँ ? इसकी कल्पना तक मैं नहीं कर सकता ।" क्रुद्ध होकर ब्रह्मा जी ने नारद को आड़े हाथों लिया । लेकिन नारदजी ने उन बातों की परवाह नहीं की । अपनी हँसी को रोके हुए उन्होंने कहा, "अगर यह पद्धति आपको मान्य नहीं है तो एक और काम किया जा सकता है । माताजी ने जिन पशुओं को वाक्शक्ति दी है, आप उन्हें मनुष्य रूप दे दीजिए । इसे छोड़कर कोई दूसरा उपाय मुझे नहीं सूझ रहा है । अगर आप को सूझ रहा है तो आप स्वयं बताइए ।"

ब्रह्मा जी कुछ देर तक सोच में पड़ गये और कहा, "मुझे तो कुछ नहीं सूझ रहा है । खैर, ऐसा ही करेंगे—इसमें कोई संवैधानिक बाधा तो नहीं है न ?"

"नहीं । ऐसी कोई सम्भावना नहीं है ।"

"नहीं, मेरी बात का मतलब है, उन्होंने जो वर प्रदान किया, हम उसमें अड़चन पैदा कर रहे हैं न ! तब संविधान में कुछ···?"

"अगर ऐसा देखें तो प्रथम दोष माताजी का है । उन्होंने देवलोक के संविधान के विरुद्ध काम किया । पशुओं को वाक्शक्ति प्रदान कर दी ! स्पष्टीकरण तो पहले उनको देना है ।"

"यह कहीं उसके सामने सिर झुकाने के समान तो नहीं है न ?"

"नहीं, नहीं, इसकी यह तो प्रचण्ड प्रतिक्रिया होगी । देखें इसके लिए माता जी, विष्णु और शिव क्या जवाब देंगे ।"

"वैसे···मानव-जाति के प्रति मेरे मन में बड़ी घिन है । अनिवार्य होकर मानवों की सृष्टि कर रहा हूँ···हुँह्···पता नहीं···कुछ समझ में नहीं आ रहा है ।" नारद जी चुप रह गये ।

"स्वामी, आप कुछ अनमने लग रहे हैं ।"

नारदजी चौंक पड़े। उस व्यक्ति को उन्होंने ऊपर से नीचे तक देखकर कहा, "कौन हो बाबू तुम ! पहचान नहीं पा रहा हूँ।"

"महर्षि होने पर भी आप हास्य-प्रिय हैं।"

"हास्य और तुम से !" नारद के स्वर में आश्चर्य का भाव था।

"और नहीं तो क्या ? बड़ा प्रेम और अनुराग दिखाकर आप ही ने तो मुझे यह मानव रूप प्रदत्त कराया है।"

"अरे तुम ! सिंहराज···सचमुच पहचान नहीं पाया।"

"यह सब आपकी कृपा है। यदि आप न चाहते तो मुझे यह सुअवसर प्राप्त नहीं होता। निवेदन है कि इस सुअवसर का सदुपयोग करूँगा। आपके वचन के अनुसार मानव के ज्ञान-विज्ञान से परिचित होकर, तदनुसार अपने राज्य के प्रशासन की व्यवस्था करूँगा। इतने वर्षों से मानव ने जिन दशाओं को पार किया है, उन्हें मेरी प्रजा अल्पकाल में पार कर दिखायेगी। मानव के द्वारा किये गये दोषों को न दुहरा कर, उनके जीवन के अनुभव का सार मैं अपनी प्रजा को प्रदान करूँगा। समस्त पशु-समूह सदा आपका ऋणी बना रहेगा।"

"अरे तुम तो बड़े बुद्धिमान निकले जो अनहोनी को करके दिखा दिया। और सारा श्रेय मुझे देना चाहते हो ! भई, मैं तो केवल निमित्त मात्र हूँ, परिस्थितियों के कारण तुम्हारी अभिलाषा फलवती हुई।"

"पूज्य व्यक्ति प्रशंसा पसन्द नहीं करते। फिर भी मैं अपना आभार प्रकट किये बिना नहीं रह सकूँगा। मुझे आशीर्वाद दीजिए।" सिर झुकाये सिंहराज ने कहा।

"आशीर्वाद जैसी बातों पर मुझे कोई विश्वास नहीं है। फिर भी तुम्हारी इच्छा को अस्वीकार नहीं कर सकता।"

"धन्य हो गया प्रभो !" कहा सिंहराज ने।

3

कुछ दिन तक लगातार चलते रहने पर भी सिंहराज अपने जंगल को पार न कर सका। उसे इससे पहले अपने राज्य की सीमाओं का परिचय नहीं था। राज्य की सीमाओं से परिचत न होना सफल राजा का गुण नहीं है। फिर भी विश्वस्त कर्मचारियों के द्वारा, उसका कार्य सुचारु रूप से चलता रहा। जो बीत गया सो बीत गया। उसके बारे में सोचने की जरूरत नहीं है। अब उसे मानव रूप प्राप्त हुआ है। इस रूप में रहकर वह युगयुगों से प्रगति-पथ पर अग्रसर होने वाले मानव-जीवन के अनुभव से परिचित होते जा रहा है।

अब आगे से उसे सचेत रहना चाहिए। इस मार्ग पर अपने प्रयास का यह प्रारम्भ है यदि भगवान की कृपा से प्रयास सफल हो जाय तो···।

प्रयास में सफलता मिल गयी तो इसके बाद क्या होगा, इसकी कल्पना तक सिंहराज नहीं कर सका। इसे छोड़ उसके मन में कुछ निराधार विचार भी पनप उठे। इससे पहले उसके मन में कभी यह विचार नहीं आया था कि मैंने किसी के प्रति अन्याय किया है या कर सकता हूँ। सिंहराज को यह विश्वास था कि वह जो कुछ भी कर रहा है वह न्याय-सम्मत ही है। जंगल को पार करते ही सिंहराज के मन में यह विचार आया—शायद मैंने कुछ लोगों के प्रति अन्याय अवश्य किया होगा। इसका कारण तो बता नहीं सकता। हो सकता है, यह मानव रूप धारण करने का परिणाम हो। या फिर मानव को ही अपने ऊपर पूरा विश्वास नहीं होता होगा।

सिंहराज ने जंगल पार करते हुए कुछ घण्टे तक की यात्रा की। तभी दूर एक गाँव दिखाई पड़ा। लगा कि पहली बार मानव-सभ्यता के क्षेत्र में पग धर रहा है। इस विचार ने उसकी नस-नस को उत्तेजित कर दिया। उसके चरणों की गति यकायक तेज हो गयी। इसके अतिरिक्त उसके पेट में चूहे दौड़ रहे थे। भूख मिटाने के लिए एक बार प्रयास किया भी, लेकिन छोड़ दिया। निकट ही एक हिरनी लेटी-लेटी जुगाली कर रही थी। सिंहराज गरज उठा लेकिन हिरनी ने बस एक बार सिर उठाकर देखा और वैसी ही लेटी रही। सिंहराज का पारा चढ़ गया। मुझ जैसे महाराज के गरजने का कोई असर न हो, बड़ी शर्म की बात है। इसका मतलब, मेरा शासन-विधान ही ढीला है। हिरनी को उसके इस अनुचित व्यवहार का दण्ड देने के लिए जोर से गरज कर, उस पर कूद पड़ा। हिरनी झट से उठकर, एक लात मारकर निकल गयी। सिंहराज को बड़ी पीड़ा हुई। तब उसे यह ध्यान आया—अब मेरा आकार सिंह का नहीं, मानव का है। अब तक अपने को पशु ही समझता रहा ! कितनी गलत बात है।

और इस तरह सिंहराज को खाने के लिए कुछ भी नहीं मिला। इस आकार में जानवरों के शिकार करने की बात सोचना बुद्धिमानी नहीं है। यदि ऐसा चाहें तो भी शरीर के अवयव काम नहीं देते।

तब तक सूरज सिर पर चढ़ आया था। खूब चलने के कारण सिंहराज बहुत कमजोर पड़ गया। तिस पर भूख की पीड़ा ! पैरों में जूते भी नहीं। आँखों के सामने अँधेरा छा गया। सिंहराज ने सोचा कि पहले बगीचे में पहुँचें, थोड़ी देर आराम करने के बाद, सूरज के ढलने पर गाँव में जायें।

वह बगीचा सचमुच बड़ा था। तरह-तरह के पेड़ों की शाखाएँ फलभार से झुकी हुई थीं। बावड़ी में उतरकर सिंहराज ने हाथ-मुंह धोया। अँजुली भर

पानी पीया तो जान में जान आ गयी। एक पेड़ के पास जाकर चार-पाँच फल तोड़कर खा लिये। भूख की पीड़ा कुछ कम हुई।

"कौन है वहाँ ?"

सिंहराज ने एक बार चारों तरफ देखा और चार और फल तोड़ लिये।

"अरे ! पुकाराने पर भी सुनाई नहीं दे रहा है ! कौन हो तुम ?"

सिंहराज ने पल भर सोचा कि यह ध्वनि कहाँ से आयी। सिर उठाकर देखा तो हाथ में लम्बा लट्ठ लिये कोई आदमी खड़ा था। पहली बार उसने नजदीक से 'मानव' को देखा था। बड़ा खुश हुआ और कहा, "यह स्थान कितना सुहावना है।" वह और कुछ कहने जा रहा था कि उस मानव ने लम्बी गाली देते हुए कहा, "मुफ्त में सब कुछ मिल जाये तो सब सुहावना ही है।···बताओ कौन हो तुम ? नहीं तो सिर फोड़ दूँगा।"

सच बोलने में सिंहराज को संकोच हुआ। कुछ तो जवाब देना चाहिए। इसलिए उसने कहा, "मैं दूर देश से आ रहा हूँ। यहाँ तक आते-आते धूप काफी तेज हो गयी। एक तो धूप में चल नहीं सका और फिर पेट में भूख की पीड़ा। बीच मार्ग में आपने यह बगीचा लगवाकर बड़ा अच्छा काम किया।"

"तुम जैसे लोगों के लिए···"

"हाँ, मेरा भी यही खयाल है। भर पेट पानी पी लिया, फल खा लिये, इतने में आप आ गये। भगवान आपका भला करे।"

बात खत्म होने से पहले ही सिंहराज के गाल पर ऐसा तमाचा पड़ा कि वह चकराकर नीचे गिर पड़ा। सिंहराज विस्मित रह गया। अपना अपराध न जान पाने से इधर-उधर देखने लगा।

"अरे भड़वे ! निकल भाग यहाँ से, नहीं तो टुकड़े-टुकड़े कर डालूँगा··· बाप की जागीर समझ बैठ क्या ? हजारों रुपये खर्च कर यह बगीचा खरीदा। तुम जैसे लोगों को खिलाने के लिए नहीं···।"

सुनते ही सिंहराज भौंचक्का-सा रहा गया। उसके मुँह से बात नहीं निकली। उसके मन में कई सन्देह उठने लगे और समाधान के लिए उसे विह्वल करने लगे।

खाने के लिए नहीं तो इस बगीचे के फल किस दिन के लिए ? बेकार फेंक देने के लिए हैं तो फिर इतनी मेहनत क्यों ? बिना मेहनत के इतना अच्छा बगीचा नहीं बनता और इतने फल नहीं लगते। किसी को तो ये फल खाने ही हैं और अभी यदि मुझे खूब भूख लगी है तो इन फलों को खाने में मेरा दोष ही क्या है ! अभी तो मुझे इन फलों की आवश्यकता है। अब यदि मैं नहीं खा सकूँगा तो इन पर और किसका अधिकार होने वाला है ? आदि-आदि सन्देह और समाधान।

अपने सन्देहों को प्रकट करने पर वह मानव शान्त नहीं हुआ। बल्कि और भी आग-बबूला हो गया।

"ऐसा है···तो शाम तक मेरे यहाँ पानी भरना होगा। एक यही तुम्हारे लिए सजा है।"

बेचारा सिंहराज शाम तक बावड़ी से पानी भरता रहा और पेड़ों को सींचता रहा। आदत न होने से हथेलियों में फफोले आ गये। सिर चकराने लगा। पानी ऊपर खींचने का अभ्यास न होने से एक दो-बार रुक गया तो उस मानव ने खूब गालियाँ सुनायीं और एक बार तो मार-पीट पर तुल गया।

शाम हो गयी और वह मानव चला गया। सिंहराज बगीचे से बाहर आया आगे नहीं चल सका और वहीं एक पेड़ के नीचे लेटा-लेटा सो गया।

उसकी नींद खुलने तक चाँदनी फैल गयी थी और ठण्डी हवा चल रही थी। मन स्वस्थ हुआ। लेकिन शरीर का अंग-अंग दुख रहा था। फिर भी उत्साह को ही आलम्बन बनाकर वह आगे बढ़ा। गाँव को देखकर उसके आनन्द की सीमा न रही। बहुत दिनों के उसके सपने आज सच बनने जा रहे थे। वह आज मानव-समाज में पैर रखने जा रहा है। वह सहृदयता से उन्हें समझ लेगा। और अपने इन अनुभवों को अपने राज्य में कार्यान्वित करेगा।

लेकिन उसके सपनों के टूट जाने में बहुत देर न लगी। उसने बड़े प्रेम से चार-पाँच लोगों से बातचीत करने का प्रयास किया लेकिन वे लोग ऐसे भाग गये मानो कोई उनका पीछा कर रहा हो। सिंहराज को सन्देह हुआ कि इन लोगों ने मेरे प्रेम भरे शब्दों का उत्तर तक क्यों नहीं दिया। खैर, हो सकता है, मुझसे भी अधिक प्रेम भाव उड़ेलने वाले और कोई होंगे।

इससे बढ़कर आश्चर्य सिंहराज को तब हुआ जब रात गुजारने के लिए उसे कहीं जगह नहीं मिली। उस गाँव में मकानों की कमी नहीं थी। बड़े-बड़े महल जैसे कई मकान दिखाई पड़े। लगता है, उन मकानों में दो-तीन लोगों से ज्यादा रहने वाले नहीं हैं। कई लोगों से निवेदन किया, फिर भी रात गुजारने के लिए उसे जगह नहीं मिली। अन्त में किसी दयालु ने सलाह दी—मन्दिर में जाकर सो जा। सिंहराज ने उसकी सलाह के अनुसार किया। सिंहराज मन्दिर में गया। मन्दिर दीपों की रोशनी में जगमगा रहा था। पुजारी भगवान् की आरती उतार रहा था। दूर खड़े कुछ लोग भगवान् के दर्शन के लिए धक्कम-धुक्की कर रहे थे। कुछ लोग बड़े आराम से भनवान् के निकट खड़े थे। सिंहराज को आश्चार्य हुआ कि ऐसा क्यों हो रहा है। उसने अपने पास खड़े व्यक्ति से पूछा।

उस व्यक्ति ने कहा, "अरे,, निरे जंगली के समान क्या पूछ रहे हो ?··· इतनी उमर हो रही है, तब भी तुमको मालूम नहीं कि चाण्डालों को मन्दिर में नहीं आना चाहिए ?"

सिंहराज ने पूछा—"चाण्डाल कौन होता है ?" उसे जो जवाब मिला, उससे उसका सिर चकरा गया। "तब ऐसे ही लोगों को भगवान् के निकट पहुँचना चाहिए। भगवान् की कृपा का पात्र बनने की आवश्यकता भी उन्हीं को ज्यादा है। जिन्हें कोई आवश्यकता नहीं, जिनके पास सब कुछ है, उन्हें भगवान् के पास जाने का कोई मतलब नहीं।" सिंहराज की इन बातों को सुनकर कुछ लोगों ने घेर लिया और ऐसी नौबत आ गयी कि वह पिटते-पिटते बचा।

रात हो गयी तो मन्दिर निर्जन-सा हो गया। सारी रात वहाँ गुजारने की बात सोचकर सिंहराज के मन में भय पैदा हुआ, लेकिन बेचारा करता ही क्या। गाँव भर में उसे कहीं जगह नहीं मिली। रात के समय गाँव में घूमना उचित है या अनुचित, उसे किसी ने नहीं बताया। यह रात तो इस मन्दिर में गुजारनी ही पड़ेगी। वह एक कोने में फर्श पर लेट गया। दिन भर का थका-माँदा होने पर भी उसे नींद नहीं आयी। मन में तरह-तरह के विचार उठने लगे। आँखें मूँदकर वह वैसे ही लेटा रहा। एक-दो मिनट के बाद उसके पास ही कुछ आवाज हुई। सिंहराज ने सिर उठाकर देखा, मन्दिर के दीये के पास बैठा एक आदमी कुछ हरकतें कर रह था। सिंहराज ने ध्यान से देखा। वह आदमी अपने पैरों पर बँधी पट्टियों को खोल रहा था। बैसाखी पास ही रख दी है। दायीं आँख से कुछ निकालकर हिफाजत से रख लिया है।

सिंहराज यह सब देख रहा था लेकिन उसकी समझ में कुछ भी नहीं आया। जानने की इच्छा हुई तो उसने सीधे उसी आदमी से पूछ लिया।

"आपको क्या मालूम नहीं साब ! जीविका का यही कुछ तो साधन है।"

"अर्थात् ?" सिंहराज ने आश्चर्य से पूछा।

उस व्यक्ति ने सिंहराज को गौर से देखा। उसे लगा यह नेक आदमी है। उसके बाद उसने अपने व्यापार का रहस्य खोल दिया।

"बाबू जी, इतने नाटक नहीं करेंगे तो पेट नहीं भरता···तब भी पालन पोषण न कर सका और बाल-बच्चों को भगा दिया।···यह सब दिखावा है। मेरे पैरों में न कोई बीमारी है न मैं आँख का अन्धा ही हूँ।"

"तो यूँ ही जाकर माँग लेना था। असल में माँगने की ही क्या जरूरत है ···मैंने रास्ते में हरे-भरे खेतों को देखा है। फल-फूलों से लदे बाग-बगीचों को देखा है। चारों तरफ इतना पुष्कल आहार है तब भी पेट भरने के लिए तुम्हें इतनी परेशानी क्यों ?"

"बाबू जी, आप भी विचित्र बातें कर रहे हैं। दौलतमन्द लोगों के पास सब कुछ है लेकिन वह हमें मिले कैसे ?"

"जाकर ज़रूरत की चीजों को ले लेना चाहिए।"

"हड्डी-पसली तोड़ देंगे साब। आप मजाक़ कर रहे हैं। आपको मालूम नहीं है क्या ?"

सिंहराज को लगा कि इसमें कुछ रहस्य है। मानव समाज के विधान और नियमों के बारे में अभी तक उसे पूरी जानकारी नहीं हुई। इसलिए वह चुप रहा। वह आदमी बोलने लगा :

"मेहनत-मजदूरी कर पेट भरने के लिए बहुत प्रयत्न किया। आखिर भीख माँगने की नौबत आ गयी। शरीर के सभी अवयव ठीक-ठाक हैं तो भीख कौन देगा ? इसलिए तो यह सब नाटक रचना पड़ रहा है।"

तब सिंहराज की कुछ समझ में आया कि इस मानव-लोक में सत्य के लिए कोई स्थान नहीं है। इस वास्तविकता को जानकर उसका दिमाग चकराने लगा। उसी बेचैनी में पता नहीं, उसे कब नींद आ गयी।

4

अभी सूर्योदय नहीं हुआ था। तब भी कई लोग भीगे कपड़ों में मन्दिर का चक्कर लगा रहे हैं। एक मोटा-सा आदमी सिर्फ लंगोट पहनकर, एक कोने में बैठा जोर-जोर से भजन गा रहा था। मन्दिर की घण्टिया रुक-रुक कर बज रही थीं।

सिंहराज की नींद खुली। लेकिन उससे उठा नहीं जा सका, अंग-अंग में पीड़ा थी। पिछले अनुभवों को याद कर पेट सुलग उठा।···भूख···भूख अब पेट में कुछ न कुछ नहीं पड़ेगा तो बेहोशी आ जायेगी। जंगल में जब था तब उसे इस प्रकार कभी भूख की पीड़ा की अनुभूति नहीं हुई।

इतने में एक कोने में कुछ शोरगुल सुनाई पड़ा। पकड़ो···पकड़ो, चोर···चोर की आवाजें आने लगीं। एक हट्टा-कट्टा आदमी उस धुँधलके में उसी ओर भागा-भागा आ रहा था। उसके हाथ में एक गठरी-सी थी। वह सिंहराज के पास पल-भर के लिए खड़ा रहा, इधर-उधर देखा और गठरी वहीं छोड़कर दीवार लाँघकर भाग गया।

सिंहराज की कुछ समझ में नहीं आया कि यह सब क्या हो रहा है। इतने में लोग उसी ओर आने लगे। उसने सोचा शायद उस गठरी के लिए आ रहे हैं। उसने गठरी अपने हाथ में ली, बस लोगों ने उसे घेर लिया। गालियाँ और मार-पीट की बौछार में सिंहराज बेहोश हो गया।

जब उसे होश आया तो उसने अपने आप को एक कमरे में पाया। वहाँ कुछ खास लिबास पहने लोग इधर-उधर घूम रहे थे। हाथ-पैर हिलाना चाहा तो उनमें लोहे की साँकलें थीं।

"अरे तुम किस गाँव के हो?" कुर्सी पर बैठे हुए आदमी ने पूछा।

सिंहराज को समझ में नहीं आया।

"अरे माँ के···। बुला रहा हूँ तो इधर-उधर क्या देखता है बे ! अरे फोर फाइव, जरा इसको जगाओ।"

यह सुनते ही एक काला-दुबला-सा आदमी लाठी घुमाते हुए आया। और जोर से लाठी पेट में घुसेड़ दी। उस चोट से सिंहराज तड़प उठा।

"अरे साब पूछ रहे हैं तो जवाब क्यों नहीं देता। इडिएट···फूल··· बता किस गाँव का है?"

"जंगल का"—सिंहराज ने कह दिया।

कुर्सी पर बैठा आदमी जोर से हँस उठा, और बोला, "अरे यह तो पुराना ···है। बातों से लाभ नहीं। जरा सबक सिखा दो।"

वहाँ खड़े लोगों ने उसकी खूब मरम्मत की। हड्डी-हड्डी टूट गयी। मुँह से और कानों से खून बहने लगा।

"अरे हरामजादे ! बता कहाँ का है? यहाँ कब आया? क्यों आया? तेरा नाम क्या है? इससे पहले कहाँ-कहाँ चोरियाँ की? वह सारा माल कहाँ छिपा रखा है? बता।"

सिर पर लाठी को नाचते देखकर सिंहराज भय से विह्वल हो गया। बोलने की कोशिश की, लेकिन जबड़े, दाँत और होंठ हिला नहीं पा रहा था। एक लाठी और पड़ी तो दो, चार, दस, हजार के रूप में आँखों के सामने नाचने लगी। वह धड़ाम से जमीन पर गिर गया।

"अरे···साला, इतने पर भी सच-सच नहीं बोल रहा है ! इसे उस कमरे में डाल दे। बाद में देखेंगे।"

फोर–फाइव ने सिंहराज को खींचते हुए ले जाकर एक कमरे में डाल दिया और दरवाजा बन्द कर दिया।

सिंहराज ने आँखें खोलीं। चारों तरफ अँधेरा था, जमीन नम थी, सँडाँध-सी आ रही थी। धीरे से वह उठ बैठा। लगा, नसें टूट रही हैं। सारा शरीर लचलचा हो गया। उसे लगा, उसे एक छोटे से कमरे में रखा गया है। लोहे के सीखों का दरवाजा था। उस दरवाजे में से देखा। वही आदमी कुर्सी पर बैठा टेबुल पर कुछ लिख रहा है। बीच-बीच में वह कमरे की तरफ देख लेता है। लगा जैसे कि किसी को ढूँढ़ रहा हो।

सिंहराज को सबेरे की बातें याद आयीं। वह भय से थर-थर काँप उठा। झट से एक कोने में जाकर दुबककर बैठ गया। उसे बड़ा दुख हुआ। आराम से जंगल में, चैन की बंसी बजाने वाले ने यह मानवाकार क्यों प्राप्त किया ? क्यों ये सारी तकलीफें मोल लीं ?

इतने में आवाज करते हुए दरवाजा खुला और फिर बन्द हो गया। सिंहराज ने पहचाना, वही कुर्सी पर का आदमी है। भीतर आया है।

"अरे, इधर आ।"

सिंहराज थर-थर काँपते हुए उसके सामने गया।

"सच-सच बताओ। मैं तुम्हें छोड़ दूंगा। तुम्हारी हालत देखकर मेरा मन विकल हो गया है···तुम दूसरे चोरों के समान नहीं हो···ठीक है। क्या बाहर जाना चाहते हो ?"

"जी हाँ।" सिंहराज ने कहा।

"बहुत अच्छे, मैं तुम्हें छोड़ दूंगा। लेकिन मेरी बात मानोगे ?"

"जी हाँ।"

उस व्यक्ति ने क्षण-भर के लिए कुछ नहीं कहा।

"क्या करना होगा साहब ?" सिंहराज के स्वर में उतावलापन था। वह कुछ न कुछ कर वहाँ से छूट निकलना चाहता था।

"मैं तुम्हें जरूर छोड़ दूंगा···कोई डर नहीं, चारों तरफ हमारे ही लोग पहरे पर हैं। देखो···तुम्हें उस मकान में छोड़ देंगे।···भीतर जाकर जवाहरात, पैसा जो भी हाथ लगे, ले आना है।···तुम्हें भी कुछ मिल जायेगा। और तुम्हें छोड़ भी देंगे।"

सिंहराज स्तम्भित रह गया। यह कैसी बात है ! न किये हुए कसूर के लिए सज़ा पा रहा है। इससे बचने के लिए जानबूझ कर सचमुच एक कसूर करना पड़ेगा। ऐसा न करने पर उसे मुक्ति नहीं मिलेगी ?···फिर भी···वह यह काम नहीं कर सकेगा। उसने वही बात कह दी।

"तुम्हारी किस्मत, मैं कुछ नहीं कर सकता···खैर, एक और काम कर सकोगे ?"

सिंहराज चुप रहा।

"अपने लोगों को खबर करके थोड़ा-बहुत मँगा दो। जैसे ही रकम मिल जायेगी, तुम्हें छोड़ देंगे। बता दो, हम ही खबर कर देंगे।"

"वहाँ आप लोग नहीं जा सकते। अगर जायेंगे तो जीते-जी वापस नहीं आ सकेंगे। सचमुच मुझे चोरी के बारे में कुछ भी नहीं मालूम। चाहे तो छोड़ दीजिए नहीं तो···।"

"तुम्हारा क्या नाम है ?"

"अब तक कई बार बता चुका हूँ बाबू जी कि मेरा नाम सिंहराज है।"

"हूँ···तुम्हारा निवास जंगल है ना।"

"जी हाँ।"

"पागल है।" लम्बी साँस छोड़कर वह आदमी वहाँ से चला गया।

सिंहराज उसी ओर आश्चर्य से देखता रह गया।

"भाई !"

सिंहराज चौंक उठा।

"मैं बाजू के कमरे से बोल रहा हूँ। तुम्हें दिखाई नहीं पड़ूंगा।···अच्छा नाटक रचा ! बड़े नम्बरी हो। ···खैर बताओ कितना मिला···वे लोग तो चले गये। यहाँ कोई नहीं है। मुझे तो सच-सच बताओ।"

"मेरी कुछ समझ में नहीं आ रहा। मिलना क्या ?"

उस ओर से जोर से हँसने की आवाज आयी। "मुझसे भी झूठ···मैं तो खूनी हूँ।"

"खूनी···क्या मतलब···?"

बाजू के कमरे के कैदी को लगा कि यह सचमुच पागल है। उसने समय काटने के लिए बात बढ़ायी।

"खून का मतलब, जिन्दा लोगों को मार डालना।"

"मार डालना ? क्यों ? मार कर उन्हें खा जाते हैं क्या ?"

"अरे तेरी···सचमुच नम्बरी हो।"

थोड़ी देर खामोश रहने के बाद उस कैदी ने फिर कहना शुरू किया— "मारकर खाते तो नहीं हैं लेकिन उतना काम करते हैं।"

"असल में आपको खून क्यों करना पड़ा।"

उस कैदी ने जोर से थूक दिया। और कहा, "इस स्त्री जाति से ही मुझे बड़ी घिन्न है। अपनी घरवाली से तो और ज्यादा नफरत है। फिर भी ऐसे ही काम चलता आ रहा था।"

सिंहराज कुछ कहना चाहकर भी चुप रह गया।

"एक दिन मैंने उसे कमरे में बुलाया। उसने इनकार कर दिया कि सर में दर्द है। मैंने मनाने की बहुत कोशिश की। उसने नहीं माना तो मैं गुस्से में आ गया। बाजू में चाकू रखा हुआ था। जोर से फेंक दिया। उसका गला कट गया। मैं सुन्न-सा खड़ा रह गया। इतने में पुलिस आयी और उन्होंने मुझे गिरफ्तार कर लिया।" कहते-कहते उसका गला रूँध गया।

सिंहराज व्याकुल हो उठा। उसने कभी नहीं सोचा कि मानव इतने नीच हो सकते हैं। दाम्पत्य धर्म परस्पर सहयोग से सम्पन्न होता है। बलात्कार तो हमारी जाति में नहीं है। जीवन के इस प्राथमिक सूत्र से अनभिज्ञ लोग हमसे कैसे बड़े हैं ?

"फिर भी कोई चिन्ता नहीं भाई। मैं तो पैसे वाला हूँ। पैसे खर्च करके साफ बच जाऊँगा। लेकिन तुम्हारा कैसे···?"

"तब···क्या तुम्हें दण्ड नहीं मिलेगा ? सजा नहीं होगी ?"

"मुझे ? सजा···वह कैसे ?···सबको पटा लिया है। चार बड़े-बड़े वकीलों को लगाया है।"

"फिर भी···?"

"मुझे निर्दोष बताने वाले पचास गवाह तैयार हैं। हर-एक को पाँच-सौ रुपये दे रहा हूँ। बाकी सब खर्च भी हमारा ही।"

"तो ये पैसे लेकर वे कहेंगे कि तुमने कसूर नहीं किया है ?"

"बिलकुल ठीक। फिर चारों वकील उनकी गवाही के आधार पर मुझे रिहा करा देंगे।"

"तब तुम्हारी पत्नी की मौत का कारण···?"

"उसका तो इन्तजाम हो गया···चार साल से पेट में दर्द है। दर्द को सह न सकी सो उसने आत्म-हत्या कर ली। दस डॉक्टरों ने उसके लिए सर्टी-फिकेट दिया है।"

"बेचारी सचमुच बीमार थी क्या ?"

दूसरा कैदी जोर से हँस पड़ा और बोला, "तुम तो सचमुच पागल हो··· बीमारी कहाँ की ? यह सब हमारा नाटक है। सौ-सौ रुपये लेकर डॉक्टरों ने सर्टीफिकेट दिया है। वकीलों ने ही यह उपाय बताया।···जज साहब भी हमारे पिताजी के पुराने मित्र हैं। कल ही मेरे पिताजी ने उनसे बात की है। जज ने आश्वासन दिया कि केस को चार बार मुलतबी कर के खारिज कर देंगे···।"

कैदी और कुछ कहता जा रहा था। सिंहराज आगे कुछ सुन नहीं पाया। लगा, सिर फट जायेगा। सिर पकड़कर बैठ गया।

5

सिंहराज जेल से छूट गया लेकिन जेल से छूटने का आनन्द लेश मात्र भी नहीं रहा। जेल में रहते समय कई प्रकार के व्यक्तियों से उसका परिचय हुआ। महाखूनी, डाकू, चोर, पियक्कड़, लुच्चे, लफंगे, जुआखोर, राजनीतिक नेता, देश-भक्त, विप्लवकारी, बेकसूर, नादान, सज्जन आदि-आदि कई प्रकार के लोगों से उसका निकट का परिचय हुआ। उनकी आत्म-कथाओं को सुनकर सिंहराज बिलख-बिलख कर रो उठा। उसकी समझ में नहीं आया कि मानव इतनी अधोगति में क्यों है और कैसे है। इतने अन्याय, अधर्म और अत्याचार

को कैसे सहन कर रहा है !

जेल से छूटने के बाद कुछ समय के लिए सिंहराज का दिमाग खाली बना रहा। कहाँ जाना चाहिए और क्या करना चाहिए, उसकी समझ में नहीं आया। अब सबसे बड़ी समस्या भूख की है। जेल में रहते समय जो भी कूड़ा-करकट मिलता था, उससे पेट भर लेता था। लेकिन अब स्वयं पेट भरने का उपाय करना चाहिए। आहार को कहाँ ढूंढ़े ?

बदकिस्मती से उस समय देश में अकाल पड़ा था। अकाल की दुर्भर परिस्थितियों को एवं हाहाकारों को देख-सुनकर, सिंहराज की हालत पागल-सी हो गयी। उसे इतना क्रोध आया कि समस्त मानव-लोक को ही भस्म कर दे। इस आवेश के कारण वह ज्वर पीड़ित-सा थर-थर काँप उठा। उसी हालत में उसने सारे देश का भ्रमण किया। इस भ्रमण में उसे कई बातों का पता चला। इस साल पिछले वर्षों की अपेक्षा देश में फसल की पैदावार काफी अधिक हुई। यह अकाल जिसके कारण देश की बुरी हालत हो गयी है, अनाज के अभाव के कारण नहीं। कुछ स्वार्थी और धनपिपासु लोगों ने सारा अनाज खरीदकर अपने गोदामों में भर लिया और अनाज का भाव इतना बढ़ा दिया कि साधारण मानव उसे खरीद नहीं सकता। ऐसे संकट के समय सरकार को जनता की सहायता करनी चाहिए। लेकिन दुर्भाग्य से सरकार भी ऐसे चोर-डाकुओं के हाथ में है जो जनता का खून चूसने के आदी रहे हैं।

एक ओर जनता अनाज के अभाव में भूखों मर रही थी तो दूसरी ओर गोदामों में अनाज सड़ रहा था। चोर-बाजारी पर किसी की रोक नहीं। व्यापारी खुले हाथों लूटमार कर रहे थे। न कोई पूछने वाला और पूछने पर न कोई जवाब देने वाला था।

अचानक देश भर में युद्ध की विभीषिका की चेतावनी के कारण हलचल मच गयी। युद्ध की तैयारियों की गड़गड़ाहट से सारा देश गूँज उठा। "आक्रमणकारियों का सामना कीजिए। अपने देश को बचाइए" आदि नारे सब जगह सुनाई पड़ रहे थे। सर्वत्र यही सब दिखाई दे रहा था।

सिंहराज ने एक आदमी से पूछा, "आखिर यह युद्ध क्यों, कौन, किससे युद्ध कर रहा है !"

उस आदमी ने इधर-उधर देखकर डरते-डरते जवाब दिया, "यह खानों और कच्चे माल के मार्केट के लिए···।"

सिंहराज की समझ में नहीं आया कि वह यह बात कहने के लिए क्यों डर रहा है। उसे निकट आड़ में बुलाकर, बात को विस्तार से समझाने का निवेदन किया।

"महाशय, आप तो नये ढंग से पूछ रहे हैं ! थोड़ा भी सोचेंगे तो बात किसी की भी समझ में आ जायेगी···आप कहीं सरकारी आदमी तो नहीं हैं न !"

"नहीं तो।"

उस आदमी ने एक लम्बी साँस छोड़कर यूँ कहना शुरू किया, "वैसे इस हलचल का कोई वास्तविक कारण नहीं है। हमारे देश में, सम्भवतः आप भी इसी देश के हैं, उद्योग-धन्धों का काफी विस्तार हुआ है। देश भर में कई कारखाने खोले गये हैं। नाम के वास्ते कई उद्योगपति हैं। किन्तु सारा व्यापार पाँच-छः लोगों की मुट्ठी में है। उन्हें कच्चा माल सस्ते-से-सस्ते दाम में मिला, और सस्ते दामों में मजदूर भी मिले। इसके कारण जरूरत से ज्यादा उत्पादन हो गया। लेकिन देशी लोगों के पास खरीदने के लिए पैसा नहीं है, क्योंकि उनकी आमदनी में ज्यादा हिस्सा सरकार ही कर के रूप में वसूल कर लेती है। इसलिए उत्पाद्य वस्तुओं का निर्यात होना चाहिए। इन वस्तुओं को खरीदने वाले देश चाहिए।

"तो इस छोटी बात के लिए युद्ध की क्या जरूरत है?" सिंहराज ने पूछा।

"हाँ, बता रहा हूँ। धीरज धरिए! सारे संसार में यह काम चार-पाँच बड़े-बड़े देश ही कर रहे हैं। उन्हें सस्ते दामों में कच्चा माल चाहिए और उत्पाद्य वस्तुओं के लिए मार्केट। इसीलिए वे आपस में युद्ध करते रहते हैं।··· अर्थात यह युद्ध करोड़पति व्यापारियों के बीच में हो रहा है।"

"तो करोड़पति आपस में लड़ मरें, सामान्य जनता में यह हलचल क्यों?" सिंहराज ने कहा।

वह व्यक्ति क्षण भर के लिए हँस पड़ा। बोला, "आप तो बिल्कुल भोले-भाले लग रहे हैं!···यन्त्र के जन्म लेते ही नब्बे प्रतिशत लोगों का काम यन्त्र करता है। अर्थात् नब्बे प्रतिशत लोग बेकार हो गये। ये बेकार लोग कुछ-न-कुछ आन्दोलन करते रहते हैं। पूँजीपतियों द्वारा संचालित सरकारें उनमें से कुछ लोगों को सेना में भर्ती कर लेती है और शान्ति और सुरक्षा के नाम पर सरकार का विरोध करने वालों का दमन करती हैं। इस काम के लिए अपार सुरक्षा-बल चाहिए। भयंकर हथियार चाहिए। हथियारों के उत्पादन के लिए कारखाने बनेंगे। फिर वही लोगों की बात। मुनाफा तो पूँजीपतियों के हाथ, सेना में भर्ती होकर प्राणों की आहुति देना सामान्य जनता के हाथ, यह विष-चक्र यहीं नहीं, सभी देशों में है। सामान्य जनता युद्ध की ज्वाला में राख बनती जा रही है। उधर करोड़पति दिन-ब-दिन और धनवान बनते जा रहे हैं।"

सिंहराज चकित और अवाक् रह गया।

उस व्यक्ति ने कहा, "शायद आपको मेरी बातों पर विश्वास नहीं हो रहा है।"

"ऐसी बात तो नहीं···बात तो बिलकुल सच है।···अगर लोग सेना में

भर्ती न हों तो ?"

"यह तो संभव नहीं है। सामान्य जनता रोटी और कपड़े के लिए तरस रही है। अगर वे सेना में भर्ती हो जाते हैं तो उन्हें इन दो चीजों की कमी नहीं रहती है। और फिर कुछ देश तो सेना में भर्ती होने को अनिवार्य बना देते हैं। वे कहते हैं, ऐसा करना, देश की सुरक्षा के लिए आवश्यक है। जो इसका विरोध करते हैं, उन्हें देशद्रोही और विप्लवकारी कहकर खूब सताया भी जाता है। प्रचार के सभी साधन, नियम-विधान, न्यायालय—सभी सरकार के हाथ में होते हैं। ऐसी हालत में तुम या मैं क्या कर सकेंगे ?"

सिंहराज का सारा शरीर आग-बबूला हो गया। उसके मुँह से एक शब्द भी नहीं निकला।

वह आदमी कहता जा रहा था—"देश कौन-सा है, युद्ध किन दो देशों के बीच में ओर क्यों हो रहा है, किसी भी सैनिक को मालूम नहीं। एक-दूसरे को मार रहे हैं, खुद राख बन रहे हैं और अपने ही साथी को राख बना दे रहे हैं। इस महा-विनाश से, इस मारण काण्ड से करोड़पति सोना बटोर ले रहे हैं।"

सिंहराज होंठ काटने लगा, उसकी मुट्ठियाँ कसने लगीं और आँखों से अंगारे निकलने लगे।

दोनों के बीच में खामोशी छा गयी। दोनों ने एक-दूसरे की आँखों में झाँका। दोनों ने सिर झुका लिये।

6

युद्ध की विभीषिका और सिर पर आ गयी। शत्रु सरहदों को पार कर भीतर आ गये। जनता झुण्ड बाँधकर नगर छोड़कर भागने लगी। नगर के नगर, गाँव-के-गाँव शत्रुओं की बम वर्षा के कारण अग्नि की आहुति बनते जा रहे थे। आकाश में युद्ध-विमान और नीचे भयानक टैंक दोनों एक साथ सारे देश को मटियामेट कर रहे थे।

इस भयानक मारणकाण्ड को सिंहराज नहीं देख सका।

वह नर-लोक के बारे में कुछ जानकारी प्राप्त करने की उत्कण्ठा से इस लोक में आया था। उसने सोचा था, अति अद्भुत रूप से प्रगति करने वाले मानव से कुछ सीखेंगे और सीखकर उसे अपने यहाँ अमल में लायेंगे। लेकिन उसके सारे उत्साह पर पानी फिर गया—मानव जाति से सीखने के लिए कुछ भी नहीं है। उन्हीं को हम अरण्यवासियों से बहुत कुछ सीखना है। हमारे स्तर तक मनुष्य पहुँचे, तब देखा जायेगा। वह मानव-निर्मित स्वर्ग को देखने

चला था, एक महानगर को देखते ही उबकाई आ गयी। वह अपने निवास की ओर लौट पड़ा।

सिंहराज को देखकर सभी जानवरों ने हर्ष प्रकट किया। अपूर्व रूप से सिंहराज का स्वागत किया गया। इतने दिन नरलोक में भ्रमण कर आने वाले अपने प्रभु के मुख से उनके अनुभवों को सुनने की इच्छा प्रकट की।

शाम को बड़ी सभा का आयोजन किया गया। अरण्य राज्य में रहने वाले सभी प्रकार के पशु-पक्षी उपस्थित हुए। सिंहराज ने अपने अनुभवों के बारे में विस्तार से बताया : "आज के मानव मानव नहीं हैं, कथाओं में वर्णित राक्षस हैं। उनके लिए न कोई नीति है, न कोई नियम। न दया है न धर्म-अधर्म का विवेक, न न्याय की चिन्ता है न अन्याय की। वहाँ केवल धन-पिपासा, विलास-प्रियता, परस्पर प्रवंचन, षडयन्त्र, हत्याएँ, युद्ध, अकाल, रोग, जातिवाद, बन्धु-वाद और कुर्सी के पीछे दौड़ने···।

"हम जिन कार्यों को करने का साहस तक नहीं करते, ऐसे कई दुष्ट कार्य मानव निस्संकोच भाव से कर डालते हैं। हम लोग भूख न लगे तो आहार प्राप्त करने के लिए प्रयास नहीं करते, लेकिन मानव दस वर्ष के लिए आहार सामग्री होने पर भी ग्यारहवें वर्ष के लिए प्रयास करता है। दूसरे सहयोगी की इच्छा के बगैर हम लोग रतिक्रीड़ा में भाग नहीं लेते। लेकिन मानव बिलकुल इसके विपरीत कार्य करते हैं। हम साथी प्राणी को अपने आहार में से हिस्सा देते हैं। हम सिर पर आफत आने पर ही क्रूर बनते हैं। लेकिन मानव तो सदा-तर्वदा क्रूर और हिंसक ही बना रहता है। वह हमेशा दूसरों को मार कर अपना पेट और खजाना भरना चाहता है। मानव से सीखने के लिए मुझे वहाँ कुछ भी दिखाई नहीं पड़ा। हाँ, एक बात है—अपना विनाश कैसे किया जाय, यह मानव खूब जानता है। बस, सीखना हो तो यही उससे सीखा जा सकता है।"

सिंहराज ने अपना भाषण समाप्त किया। सभी जानवर हक्के-बक्के रह गये।

"तुम्हारा भाषण सुन लिया है।" नारद ने क्रोध से कहा।

सिंहराज ने कोई जवाब नहीं दिया।

"तुम मानव के दोष गिना रहे हो···क्या वे दोष तुम में नहीं है?"

"हो सकता है। उससे क्या हुआ? अगर ये ही दोष मानव में हैं तो वह हमसे बड़ा कैसे हुआ? अगर हम दोनों समान हैं तो आपने उसे जो बड़प्पन दिया उसे वापस लेना होगा।···खैर, मानव से मेरी तुलना क्या? उसमें जो हजारों, लाखों दुष्ट बुद्धियाँ हैं, वे हममें नहीं हैं। मेरी तुलना मानव से करके मेरा अपमान मत कीजिए।"

नारद जी आग-बबूला हो गये, "जो मुँह में आया वह बोल दिया···मानवों को ऊपर उठाया और पशुओं को निम्न स्तर का बताया।"

"महाशय, मानवों के प्रति आपके मन में प्रेम है, उसी के कारण आप इस तरह बोल रहे हैं। यह नहीं कि आप सत्य और असत्य से अपरिचित हैं।··· सिंह दूसरे सिंह को, कुत्ता दूसरे कुत्ते को, हाथी दूसरे हाथी को, भैंसा दूसरे भैंसे को मार कर नहीं खाता लेकिन मानव सहमानव को आराम से निगल जाता है। यह बहुत बड़ा भेद हम दो जातियों में है। फिर मानव की हमसे तुलना कैसे ? असम्भव है ?" कहा सिंहराज ने।

लेकिन जवाब देने के लिए वहाँ नारदजी नहीं थे।

अनुवाद : '**निर्मल**'

वसुचरित्र

वह समय था, जब बलवान जातियों ने दुर्बल जातियों को गुलाम बनाया था। वह युग था, जब नर-घातक व्यक्ति शासक बनकर, इतिहास में विख्यात हुए। वह अवसर था जब एक जाति दूसरी जाति के, एक व्यक्ति दूसरे व्यक्ति के शोषण की नीति सामाजिक धर्म बनकर फूलती-फलती रही थी।

वह समय था, जब मानव-जाति परिस्थितियों के सामने कभी सिर झुकाती हुई, कभी लड़ती हुई एक ओर अपार विनाश और दूसरी ओर बेतरतीब विजयों को प्राप्त कर रही थी। तब तक करोड़ों क्षुद्र जीवों के समान ही मानव भी कई दशाओं को पार कर चुका था। प्राकृतिक शक्तियों के साथ-साथ मानव की मेधा ने 'सृजनात्मक शक्ति' को भी प्राप्त किया। वह शक्ति काल के प्रभाव के कारण कुछ ही लोगों के लिए सीमित रह गयी। इससे मानव जाति अनेक वर्गों में विभक्त हो गयी। बुद्धिबल और उत्पादन सामग्री की सहायता से एक वर्ग दूसरे वर्ग को, एक जाति दूसरी जाति को, एक देश दूसरे देश को अत्यन्त भयानक रूप से शोषित करते जा रहे थे। शताब्दियों से चले आ रहे इस महासंग्राम के कारण मानव में अन्तर्निहित पाशविक प्रवृत्तियाँ अत्यन्त तुच्छ, स्वच्छन्द एवं तीव्रगति से अभिव्यक्त होने लगीं।

मानव-जाति ने 'स्वार्थ' को सीख लिया। प्रथम दशा में आत्मरक्षा के नाम से प्रारम्भ होकर यह विषबीज विकसित होकर, भयानक परिणाम देने लगा। वह अपने से अपने लोगों, अपने परिवार, अपनी जाति, अपने देश तक व्याप्त हो गया। उसने कल्पना के विपरीत कई क्रान्तियों को भड़काया। भयानक मारणहोम प्रज्वलित कराये। बलवान विजयी हुए। दुर्बल पराभूत हो गये। धोखे से, बुद्धिबल से कुछ लोग विजयी बने। पराजित लोगों के सिर्फ वे ही नहीं, उनके वंशज, यहाँ तक कि सारी जाति के नामो-निशान तक काल के गर्भ में विलुप्त हो गये।

इस प्रकार मटियामेट हो जाने के पूर्व उस जाति की लड़ी लड़ाइयाँ, उस जाति के द्वारा सामना किये गये अपार कष्ट, उनके द्वारा सही गयी यातनाएँ, उनके द्वारा बहाये गये आँसू, उनके क्रन्दन-आदि को इतिहास ने अत्यन्त सावधानी से छोड़ दिया। ऐसे छोड़ने में थोड़ी-सी असावधानी के कारण बच गये

कोई एक-दो प्रमाण हमें प्राप्त हो रहे हैं। उन्हें आलम्बन बनाकर, स्पष्ट रूप से कुछ भी कहना मुश्किल है।

परन्तु काल अत्यन्त विचित्र है। इन कठोर सत्यों को काल अपने गर्भ में न समा सकने के कारण कभी-कभी उन्हें उगलता रहता है। शिलालेखों के रूप में, प्राचीन वस्तुओं के रूप में, शिथिल नगरों के रूप में तब तक एक ढंग से चलते आ रहे इतिहास को तब से दूसरे ढंग से चलना पड़ेगा। एक दिन जान-बूझकर अपने से की गयी गलती को सुधारना पड़ेगा। कालरूपी पुरुष और विरासत रूपी स्त्री के बीच पल-पल संघर्ष अवश्यम्भावी है।

यह बात सर्वविदित है कि भारत के पुरातत्त्व विभाग के अधिकारी ने प्राचीन भारतीय संस्कृति के उद्धार के लिए खुदाई का काम शुरू किया। समाचार पत्र के सभी पाठक यह भी जानते हैं कि केन्द्र सरकार के आदेश से, हाल ही में राजस्थान में जो शोधकार्य किया गया है, उनमें कई विचित्र विषय दुनिया के सामने आये। अभी तक जिसे उजाड़ प्रांत माना जा रहा था, उपर्युक्त विभाग के अधिकारी के प्रयत्नों से वहाँ एक महानगर के अस्तित्व के प्रमाण दिखाई पड़े। सड़कें अत्यन्त शोभायमान थीं। शिल्पों से सुशोभित जीर्ण भवन दृष्टिगत हुए। ऐसे कई प्रमाण मिले, जिससे यह कहा जा सकता है कि वहाँ की जनता ने सभ्यतापूर्ण जीवन व्यतीत किया था। परन्तु वे सब राख में छिपे पड़े थे। राख और कोयले की रेणुओं से सड़कें पटी पड़ी थीं। ऐसा माना जाता है कि समस्त नगर अग्नि की आहुति बन गया था। लाखों की संख्या में मानव की हड्डियाँ नगर भर में बिखरी पड़ी थीं। एक जगह शस्त्रागार, उससे थोड़ी दूर पर कोषागार, राजभवन था —ऐसा स्पष्टतः परिलक्षित हो रहा है। तत्कालीन राजा, प्रधानतः इस नगर का शासक, दयालु था —कई शिलालेख इसका प्रमाण दे रहे हैं। अन्य कुछ ताम्रपत्रों में अपमानजनक भाषा का प्रयोग किया गया है। कुछ में डाँट-डपट, युद्ध के निमन्त्रण आदि हैं।

जो भी हो, यह स्पष्ट है कि उस नगर की चार दिशाएँ एक अद्भुत कहानी से जुड़ी हुई हैं। निश्चित रूप से कहा जा सकता है कि उस नगर के अग्नि की आहुति बनने से पूर्व, वह शत्रुओं से घिर गया होगा। तो फिर वह राजा कौन है? उसका राज्य कौन-सा है? उसके शत्रु कौन हैं? किस कारण शत्रुता पैदा हुई? आदि सन्देहों के समाधान की अपेक्षा की जा रही है।

हर एक कार्य के पीछे कोई-न-कोई कारण रहता है। कारण के बिना कार्य की सम्भावना ही नहीं है। उसी तरह एक-एक राज्य के उद्भव के लिए एक-न-एक कारण होना है। होगा ही। अंग्रेजों के शासक बनने का कारण मुसलमान राजा थे। मुसलमान शासकों के हमारे देश में आने का कारण तत्कालीन हिन्दू

राजाओं की आपसी फूट थी। इसी प्रकार भस्म बने इस नगर के पीछे भी कई कारण रहे ही होंगे। तो वे क्या हैं? इन प्रश्नों के उत्तर खोजते समय, वह इतिहास भी प्रकट होगा।

प्राप्त मुद्राओं का अनुशीलन करने से यह स्पष्ट होता है कि उस नगर का नाम 'जयन्ती' था। संस्कृत लिपि में होने पर भी, भाषा में द्रविड प्रभाव स्पष्टत: परिलक्षित हो रहा है। मुद्रा के एक तरफ कुल्हाड़े की मूर्ति अंकित है। कोई प्रमाण नहीं है कि पूर्वी भारत के किसी भी राजा ने कुल्हाड़े को शस्त्र के रूप में स्वीकार किया हो। पुराणों में परशुराम इत्यादि तो सही। कुल्हाड़ा तो 'सारंग' जाति का शस्त्र है। इतिहास एक-दो स्थानों पर यह बात बताता है कि 'सारंग' जाति गुलाम जाति है। इसके लिए सबल प्रमाण नहीं है कि उनके सिवा और किसी ने इसे शस्त्र या अस्त्र के रूप में काम में लाया हो। यह निर्विवाद है कि सारंग कुल्हाड़े को अपने प्राण के समान मानते थे। इतिहास सप्रमाण यह स्पष्ट करता है कि वह जाति विकसित न होकर नष्ट हो गयी है। उसकी वृद्धि के लिए शायद, तत्कालीन शासक ने कई तरह की कोशिशें कीं, परन्तु वे सफल नहीं हुए। यह कहीं भी नहीं लिखा गया कि सारंग जाति ने राज्य का शासन किया। इस शोधकार्य के फलस्वरूप इतिहास को सुधारने की आवश्यकता हुई। इतिहास को इस प्रकार सुधारना चाहिए कि गुलाम जाति ने भी कुछ समय के लिए राज्य का शासन किया।

बात तो अच्छी ही है, परन्तु इससे कुछ नयी समस्याएँ उत्पन्न होती हैं। जानवरों की तरह जंगलों में घूमने वाली इस जाति ने सभ्यता का सबक कब सीखा? किस तरह राज्य प्राप्त किया? गुलाम जाति के शासन करने की स्थिति तक पहुँचते समय अन्य शासक कैसे सहन कर सके? उस प्रकार सहन करने के लिए उन्हें कौन-कौन-सी शक्तियों ने प्रेरित किया? अन्त में इस प्रकार मिट्टी में मिल जाने की स्थिति तक कैसे पहुँची? इसका कारण कौन है? सारंग जाति ने कितने समय तक शासन किया?

ये हैं प्रश्न।

इन प्रश्नों का उत्तर प्राप्त करना असम्भव माना गया। परन्तु किस्मत की बात यह है कि काफी प्रमाणों के साथ इन प्रश्नों का उत्तर मिल ही गया। एक महान् इतिहास जिसे समय अत्यन्त सतर्कता के साथ बचाता आया—प्रकाश में आया। प्रत्येक राजवंश का जैसे अपना एक इतिहास होता है, उसी प्रकार इसका भी है। इसका वंशवृक्ष, इसके वंशजों के गुण-गण, दान इत्यादि पुण्य-कार्यों की सूची, प्राप्त किया गया राज्य-विधान—इन जैसे कार्यों का विवरण लिखा गया मृत्तिका-पत्र (स्थूल रूप से ईंटें कह सकते हैं। परन्तु उनमें और साधारण ईंटों में तो अन्तर है। ये पत्र ईंटों जैसे मोटे नहीं रहते हैं। लम्बे

पतले, लम्बे और चौड़े होकर लिखने के लिए अनुकूल रहते हैं।) गुप्त मन्दिर के रूप में पहचान की गयी जगह पर मिले। इनके आधार पर ही सारंग जाति का इतिहास लिखने का प्रयास किया गया है।

1

थकी हुई सन्ध्या खूबसूरत ढंग से औंधी गिर पड़ी, बादल रोष से लाल हैं। सारा गाँव रो रहा है। बूढ़े, रोगी ऐसे रो रहे हैं जिसे सुनकर हर किसी का हृदय पिघल जायेगा। गाँव एक तरफ से जल रहा है, उसे बुझाने का कोई भी प्रयत्न जारी नहीं है। कई झोंपड़े उखाड़ दिये गये हैं। कुछ लोग ज्वालाओं में भस्म हो रहे हैं और कुछ महा-ज्वालाओं से ठीक बाहर आकर, जले हुए शरीर के अंगों से क्रन्दन कर रहे हैं। क्रमशः अज्ञान रूपी अन्धकार अपना सिर फैलाता हुआ व्याप्त होता आ रहा है। चारों दिशाओं को भय के साथ निगाहते हुए, कानों को खड़ा करके कुछ लोग छिपके-छिपके गाँव पहुँच रहे हैं।

वासव न हिला, न डुला, न बोला। पेड़ के नीचे खड़े होकर अपलक दृष्टि से जल रहे गाँव की ओर और जिस तरफ सैनिक गये उस तरफ देखता रहा। उसकी आँखें लाल हो गयी हैं। होंठ काँप रहे हैं। वह अपनी मुठ्ठी बाँध रहा है, खोल रहा है। गिरी हुई अपनी झोंपड़ी की ओर देखा। दिल टूट गया। दोपहर के समय तक जिस घर में आनन्द ने लास्य किया उस घर में लाशें हैं। अपने प्रति वात्सल्य एवं प्रेम प्रकट करने वाली माँ मरी पड़ी थी। पिता 'कुकुर' नामक राज्य का गुलाम बनाकर ले जाया गया था।

पिता की याद आते ही, वासव स्थिर रूप में खड़ा नहीं रह सका। पैर काँप उठे। वहीं का वहीं गिर पड़ा। दोनों आँखें बन्द कर लीं। फिर भी पिता का रूप ओझल नहीं हुआ। आजानुबाहु जैसा आकार, निशस्त्र होकर शेर को भी मार सकने का धैर्य एवं साहस, इन सबसे बढ़कर उसके वात्सल्य ने वासव को विचलित कर दिया। वह अपने-आपको न सम्भाल सका और सिसक-सिसक कर रो उठा। जिस किसी पेड़ की शाखा को भी अनायास ही तोड़ देने वाले अपने पिता के सबल हाथों में अपने ही सामने जंजीरें डाल दी गयीं—उस दृश्य का स्मरण ही—कितना वीभत्स है!! कुकुर के सैनिकों के आगमन का समाचार सुनते ही पिता ने अपने साथ अपनी बहन को भी छुपा लिया था। तब वह भी भाग जा सकता था। परन्तु गाँव की सुरक्षा के लिए सबकी सहायता करने से सर्वनाश हो गया। सैनिक अग्निशिखाओं की तरह आये थे। गाँव को चारों ओर

से घेर लिया था। स्त्री-पुरुष का विचार किये बिना सभी हट्टे-कट्टे लोगों को पकड़ लिया था। स्त्रियों को विवस्त्र कर, घेरकर आनन्द के साथ नृत्य किया। विनोद के लिए सारे घर जला दिये। शोले दाँतें फैलाकर फुफकारते समय, मुसकुराते शिशु और वृद्धों को ज्वालाओं में फेंककर, उनकी कारुणिक चीत्कारों को सुनकर आनन्दित हुए। बाहर आने की कोशिश करने वालों को भालों से चुभोकर ज्वालाओं में फेंका गया।

सैनिकों द्वारा इतना कुछ करने पर भी उसकी जाति के लोगों ने कुछ भी नहीं कहा। सबकुछ देखते रहे। जो नहीं देख सके उन्होंने अपनी आँखें बन्द कर लीं। पिता को पकड़ने के बाद दो सैनिकों ने उसकी माँ को पकड़ लिया। नंगा कर दिया। एक ने बलात्कार किया। माँ ने अपने हाथ-पैर मारे, छटपटायी, चिल्लायी। परिणामतः छह सैनिकों ने उसे धर दबोचा। एक-एक पशु ने अपनी कामना पूरी की। वह अपनी आँखों से देखता रहा। उन्हें रोकने की कोशिश की परन्तु बहन ने उसे रोक दिया। बहन ने कहा, "इससे हमें अपने प्राण खोने पड़ेंगे और वहाँ जाकर कुछ भी नहीं कर सकेंगे।" जो भी रहा हो, माँ तो मर गयी। पिता के दास के रूप में पकड़े जाकर लिवा ले जाने के बाद अपने एक परिवार को ही नहीं, इस गाँव के कई परिवारों—लगभग सभी के परिवारों को इन जैसे अत्याचारों का शिकार बनना पड़ा।

वासव धीरे से उठा। रास्ता रोके पड़ी हुई तरह-तरह की चीजों को पार करते हुए अपनी झोंपड़ी के समीप पहुँचा। उसने एक-एक शाखा को हटाया। माँ! शव के रूप में माँ दिखाई दी। सिर चकनाचूर हो गया था। वक्षस्थल जगह-जगह चिर गया था! नंगी पड़ी हुई थी। उसने पत्ते इकट्ठा करके माँ को ढक दिया। झोंपड़ियाँ अब भी जल रही थीं। जले हुए आदमियों की गन्ध से उसका सिर चकरा उठा। वासव ने अपने-आपको सँभाल लिया। अपने को प्यार भरी आवाज़ से पुकारने वाली माँ याद आयी। अब के रूप से तुलना की। उसे माँ निर्जीव-जैसी दिखाई नहीं पड़ी। उसे लगा कि उसकी माँ अब भी वात्सल्य से पुकार रही है। वह 'माँ' कहकर चिल्लाया। लेकिन माँ न हिली, न बोली···

भागे हुए लोग एक-एक करके गाँव पहुँच रहे हैं। उनके रोदन से आकाश गूँज रहा था।

वासव ने सोचा—हे भगवान! इस नरक से कब मिलेगी मुक्ति?

तब को तब, बचे हुए व्यक्ति 'सुरक्षित' जगह जाने की कोशिशें कर रहे हैं। वासव वहाँ से हिलना नहीं चाहता। सुरक्षित प्रदेश कहाँ है? उसकी जाति कहीं भी रहे ऐसे कष्टों का सामना तो करना ही पड़ेगा। यहाँ 'कुकुर' के सैनिक हैं तो दूसरी जगह दूसरे राज्य के सैनिक। कहीं भी हो शिकार बन जाना होगा।

तो फिर यह प्रयत्न अनावश्यक है। परन्तु प्राण अत्यन्त मधुर हैं न ! अपने ही हाथों से उन्हें निकाल देने के लिए कौन-कैसे स्वीकार करेगा?

जंगल में कहीं चन्द्र का उदय हुआ। पूरब की दिशा लाल हो गयी है। चाँदनी की रेखाएँ पेड़ों से छनकर जमीन का स्पर्श कर रही हैं। अग्नि के कण हवा के कारण दूर जाकर गिर रहे हैं। जंगल में जानवरों के चीत्कार, सुनसान बना गाँव, सामने माँ का शव, बगल में रो-रोकर थकी हुई बहन—वासव पागल बन गया। उसका मन तरह-तरह के सोच-विचार में पड़ गया।

हमारी जाति इतनी घोर आफतों को किसलिए झेल रही है? सुख के साथ जीवन बिताने का अधिकार हमारे लिए क्यों नहीं है? हमारी जाति के लोगों को जंगल के जानवरों से भी बदतर ढंग से दूसरे हाथों का शिकार क्यों बनना पड़ रहा है? हम दुर्बल तो नहीं हैं! फिर उनका सामना क्यों नहीं कर सकते हैं? पशु से भी बुरी हालत में अपनी जाति बेची जा रही है, खरीदी जा रही है। हमें अपने जीवन पर भरोसा नहीं है। हम जब कभी किसी के हाथ बेचे जा सकते हैं। हमें कितना जीवित रहना है—यह भगवान के हाथ में नहीं, इन 'नागरिकों' के हाथों में है। पूरी तरह टूट जाने तक काम—काम कराकर हमारी जाति के लोग सीठी के समान फेंक दिये जा रहे हैं। या किसी-न-किसी सम्राट के मनोरंजन के लिए जलाये जा रहे हैं। इन 'नागरिकों' का अधिकार यह है कि वे हमारे साथ मनमाना व्यवहार कर सकें। हमारे पुरुष पशुओं के समान चाकरी कर रहे हैं। स्त्रियाँ 'नागरिकों' की कामेच्छा पूरी करने वाली वस्तुएँ बन गयी हैं। किसी भी स्त्री के साथ ये लोग स्वेच्छाचार कर सकते हैं। कोई गलती नहीं है। किसी ने गलत कहा तो उसका सिर उड़ा दिया जाता है।

इस प्रकार हमारी जाति को कितना समय बिताना पड़ेगा? कब मिलेगी इनसे मुक्ति?

वासव वेदना से व्यथित हो उठा। उसका खून खौल उठा। उठकर खड़ा हो गया। वासव की बहन ने भय से भाई की ओर देखा।

इसके बाद की तीन ईंटें टुकड़े-टुकड़े में विभक्त थीं। टुकड़ों को जोड़कर पढ़ने के लिए कोशिश की गयीं, लेकिन सफलता नहीं मिली। कारण, वे ईंटें टूटी हुई मिलीं। इस प्रकार खण्डित भागों में कहानी के बारे में नहीं जान सके। कहानी के फिर प्रारम्भ होने तक, वासव 'स्वर्णपुरी' में था। उस प्रकार रहने का कारण उन खण्डित भागों में रहा होगा। इस बीच वासव के किये गये काम, अपनायी गयी नीतियाँ, किये गये विचार हमें प्राप्त नहीं हो रहे हैं। सामान्य या अपूर्व, एक या कई घटनाएँ घटित हुई होंगी। फिलहाल हमें इतना ही है समझें कि उस घटना या उन घटनाओं के कारण वासव स्वर्णपुरी पहुँचा होगा। इससे

सम्बन्धित तथ्य और दूसरी जगह मिलने की सम्भावना भी नहीं है। अगर मिल जायँ—इससे बढ़कर और क्या चाहिए'''।

2

आर्य लोगों के भारत देश में प्रवेश को कई शताब्दियाँ बीत गयीं। कई कारणों से वे इस देश के शासक बन गये। उन्होंने अपने सेवकों को राजा के रूप में रखा। रखने का प्रयास किया। उसी बल से अपनी संस्कृति को भारत देश पर मढ़ दिया। शासन किया। अपने विरोधियों को कठिन-से-कठिन रूप से दण्डित किया। समूल रूप से नाश करने के भी कई प्रयत्न किये। यह तो सच है कि कई जगह, अनेक संदर्भों में, कई कारणों से उन्होंने विजय प्राप्त की। परन्तु 'अनार्य' रीति-रिवाज, साहित्य, संस्कृति इत्यादि आमूल रूप से नष्ट नहीं हो पाये। इन दोनों भिन्न संस्कृतियों के बीच शताब्दियों से भयानक से भयानक लड़ाई चलती रही। एक ने दूसरे पर विजय प्राप्त करने के अपूर्व प्रयत्न किये। कई वर्ष बीत जाने पर भी, किसी एक को भी पूर्ण रूप से विजय प्राप्त नहीं हुई। आखिर दोनों संस्कृतियों ने समय के प्रभाव के अनुरूप अपना सिर झुका लिया। लड़ाई कमजोर पड़ गयी। वैषम्य समाप्त हो गये। कुछ प्रमुख सूत्रों पर दोनों के बीच समन्वय स्थापित हुआ। तब से, ये दोनों भारत जाति के आन्तरिक जीवन के अभिन्न अंग बन गये।

इसके उदाहरण के रूप में स्वर्णपुरी के शिवजी के मन्दिर का उल्लेख किया जा सकता है। इस संस्कृतिद्वय में अगर समन्वय न हुआ होता तो उत्तर भारत में— उसमें भी आर्यों ने सर्वप्रथम जिस भू-भाग में प्रवेश किया—द्राविड़ जाति (अनार्य) का शैव मन्दिर रहना किस तरह संभव होता? सर्वप्रथम भक्ति एवं श्रद्धा की दृष्टि से महान उत्सव आरम्भ होने पर भी, समय के परिवर्तन के अनुरूप उनका ध्येय (लक्ष्य) बदलने लगा होगा। राजाओं के नियन्ता और निरंकुश बनकर शासन करते समय इस देवता के उत्सव, उन राजाओं के मनोरंजन की क्रीड़ाओं के रूप में परिवर्तित हो गये। जो भगवान है, प्रधान है वह अप्रधान बन गया। दूसरी ओर विलास इत्यादि ने प्रमुखता प्राप्त कर ली।

उत्सव प्रारम्भ होने के लिए दो दिन ही की और अवधि है। इस बीच देश-विदेश के राजा, सामन्त, दण्डनायक, सचिव, न्यायाधीश, स्वर्णपुरी में पहुँच चुके हैं। देश-देशों से प्रसिद्ध व्यापारियों ने आकर दुकानें खोल ली हैं। उत्सव का वातावरण पूरे नगर में दिखाई दे रहा है। हर जगह आनन्द-उत्साह उमड़ रहा है।

परन्तु ···

ये सभी सारंग तो वैसे के वैसे ही हैं। ऐसे पर्व-दिनों में भी उनके दैनन्दिन जीवन में थोड़ा-सा भी परिवर्तन नहीं दीख रहा है। तत्कालीन राजाओं में कुकुर वंशज यह स्वर्ण राजा प्रसिद्ध है। उसके अनुरूप ही, उसके नेतृत्व में चार हजार सारंग जाति के लोग हैं। 'जितने ज्यादा गुलाम उतना धनवान' की मान्यता वाले उस जमाने में अपने गुलामों की संख्या में हर क्षण वृद्धि करने की चाह प्रकट करने में यशपाल की कोई गलती नहीं है। यशपाल इसके लिए भी तड़प रहा था कि अपने अपार धन-दौलत के प्रदर्शन करने के साथ-साथ, इस गुलामी की सम्पत्ति का भी प्रदर्शन हो। इस सुअवसर के लिए वह कई दिनों से प्रतीक्षा कर रहा था। आज वह अवसर आ ही गया। इसे सही तरह से उपयोग करने की कुछ तो जिम्मेदारी है न!

उत्सवों को मंगल कार्य से आरम्भ करना एक परम्परा है। परन्तु यशपाल ने इस वर्ष, उस परम्परा को बदल दिया। कई राजाओं ने यह कामना प्रकट की कि उत्सव का आरम्भ गुलामों के प्रदर्शन से शुरू हो जाय। कुछ ने तो हठ कर ली थी। यशपाल ने इन्कार नहीं किया। उसने अपने सचिव को इसके लिए उचित प्रबन्ध करने का आदेश दिया।

सायं प्रदर्शन-स्थल जन-समूह से भर गया। उच्च वर्ग के लोग राजवंश से एक सीढ़ी नीचे विराजमान हुए थे। जंजीरों से बँधे हुए सारंगों को मैदान में प्रवेश कराया गया। उनके प्रवेश से जनसमूह में हर्षोल्लास छा गया। सभी ओर से कोलाहल मच उठा। हर्ष-ध्वनियों से चारों दिशाएँ गूंज उठीं। वलयाकार प्रदर्शन-स्थल के चारों ओर सारंगों को फिराते-चलाते समय दर्शकों में से कुछेक चिल्ला उठे। कुछ लोगों ने जोर से थूक दिया। कुछ ने तो तालियाँ बजायीं और कुछ ने तो मनोरंजन के लिए पत्थर भी फेंके। घने अन्धकार ने मानव की आकृति को धारण किया हो, ऐसे दिखाई देने वाले सारंग, राजसेवकों की आज्ञानुसार एक साथ रुक गये। जनता यह नहीं जानती है कि इतनी गुलामों की सम्पत्ति राजवंश के पास है। साथी राजा भी सही-सही अनुमान नहीं लगा पाये थे। इस दृश्य को देखकर उन्होंने यशपाल की स्तुति की।

यशपाल की आज्ञा के अनुसार प्रदर्शन रोक दिया गया। गुलामों से सम्बन्धित और एक 'दृश्य' शुरू किया गया। इस दृश्य के लिए दो बलिष्ठ सारंगों को पिछले दस दिनों से खाना-पीना दिये बगैर रखा गया था। वे भूख-प्यास से तड़प रहे थे। रंगमंच के बीचोंबीच बर्तन में खाना और कुल्हड़ में पानी रखा गया। पिंजड़ों में रखे गये दोनों सारंगों को रंगमंच पर लाया गया। राजसेवक ने उन दोनों को पिंजड़ों से बाहर आने दिया। उतनी दूर से ही पानी एवं खाना देखकर दोनों सारंग, पिंजड़े से बाहर आते ही, पानी के लिए टूट पड़े। दोनों में

खींचातानी के कारण पानी नीचे लुढ़क गया। उनके मुखों पर एक क्षण निराशा का भाव रहा। दूसरे क्षण ही वे परस्पर विद्वेष से उबल उठे। लपालप पेट भरने की कोशिश की। एक-दूसरे से जूझ पड़े। उनकी चीखों एवं चिल्लाहटों से सारा जन-समूह भयभीत हो गया। खाना भी मिट्टी में मिल गया। लगता है, वे परस्पर एक-दूसरे को दोषी ठहरा रहे हैं। क्रोध से उनकी आँखें लाल हो गयी हैं। मल्ल-युद्ध करना शुरू कर दिया। एक ने दूसरे को गिरा दिया, फिर मुष्टियुद्ध शुरू हो गया। जंगली जानवरों की तरह एक ने दूसरे को जगह-जगह काट खाया। पहले सारंग ने दूसरे की आँखों को अपनी उँगलियों से उखाड़ दिया। दूसरे ने पहले के गले को काट डाला। फव्वारे के समान रक्त फूट पड़ा।

दोनों हाथ-पैर मारते हुए जमीन पर गिर गये। थोड़ी देर दोनों सारंगों में छटपटाहट बनी रही और फिर हमेशा के लिए ठण्डे पड़ गये। राजसेवकों ने उन लाशों को निकाल बाहर फिंकवा दिया।

आम दर्शकों से बढ़कर राजवंश ने इस दृश्य से अत्यन्त आनन्द का आस्वादन किया। उन्हें यह अन्दाजा नहीं था कि कुल्हड़ भर पानी के लिए और छोटे-से बर्तन में रखे भोजन के लिए ये गुलाम अपने प्राण तक न्योछावर कर देंगे। उन्हें यह भी समझ में नहीं आया कि वे लोग ऐसा क्यों करेंगे।

तीसरे दृश्य ने राजवंशजों को भी आश्चर्य-चकित कर दिया। रंगमंच के बीचों-बीच अग्नि रखी गयी है। ज्वालाएँ उठ रही हैं। अग्नि के कण दूर-दूर तक गिर रहे हैं। एक बलशाली एवं हृष्ट-पुष्ट सारंग को रंगमंच पर लाया गया है। उसका बलिष्ठ शरीर धूप में चमक रहा है। राजसेवकों की चाबुक की मार से शरीर के कुछ स्थानों पर चमड़ा फट गया है। रक्त बह रहा है। सारंग अग्नि से डरते हैं। शायद इसीलिए उस बलवान ने रंगमंच पर आने से इनकार किया हो। परन्तु किसे चाहिए उसका अस्वीकार ? उसके अस्वीकार को कौन मानेगा ? वह मानव भी तो नहीं है। वह मात्र एक जंगली जानवर है। गुलाम है ! सच्चा गुलाम !!

एक राजसेवक ने लकड़ियाँ हिलायीं। ज्वालाएँ और अधिक धधक उठीं। बाकी ने उस गुलाम को ज्वालाओं की ओर जाने के लिए विवश कर दिया। वह नहीं जा रहा है। दूर रहने की कोशिश कर रहा है। भय के कारण ज्वालाओं के चारों ओर फिर रहा है। चिल्ला रहा है। दर्शकों से रक्षा करने की प्रार्थना कर रहा है। कितना अच्छा दृश्य है। राजवंश के लोग इसीलिए गद्‌गद हो रहे हैं। इसकी यातनाओं को देखकर ऐसे हँस उठे कि उनके पेट में बल पड़ गये।

"निगोड़ा ! आग से इतना क्यों डरता है !"

राजसेवकों को विश्वास नहीं हुआ कि सभी लोगों ने—विशेष रूप से राजवंश के लोगों ने इस दृश्य को बहुत ही आनन्द के साथ देखा होगा। ये सेवक

हर क्षण अपने राजाओं की आँखों में असन्तृप्ति की भावना देखते हैं। आज भी उनके राजाओं की आँखों में वही असन्तृप्ति की भावना दिखाई दे रही है। गुलाम को ज्वालाओं के निकट घसीट दिया गया। दुगुनी शक्ति से वह आकृति पीछे हट आयी। यह राजसेवकों के लिए कितना अपमान है! एक गुलाम आज्ञा का उल्लंघन करे? चार राजसेवकों ने हाथों में चाबुक लिये। गुलाम के शरीर का चमड़ा उधेड़ा जा रहा है। रक्त पानी की तरह बह रहा है। गुलाम भयानक रूप से चिल्ला रहा है। कुछ दर्शक उसके चिल्लाहटों से डर गये हैं। एक राज-सेवक ने निशाना बनाकर उसके मुख पर चाबुक फेंक दे मारा। गुलाम गठरी की तरह जमीन पर गिर पड़ा। मुख को दोनों हाथों से छिपा लिया। फिर वहीं पर एक और प्रहार, फिर और एक, और एक ···उसकी अँगुलियाँ पिस गयीं। गुलाम ने अपने हाथ निकाले। उसका मुख रक्त से सिक्त एक गेंद-सा बन गया। यह भी पता नहीं चल रहा है कि नाक कहाँ है, कान कहाँ है। वह एक ही मांस-खण्ड जैसा बन गया। रक्त बहने से आँखें बन्द हो गयी हैं। गुलाम फटी हुई अँगुलियों से खून को पोंछ ले रहा है। फिर भी आँखें खोल नहीं पा रहा है। किसी चीज को देखने की तत्परता से उसने आयी हुई दिशा की ओर देखा। और एक मार···चमड़े से बाहर आकर एक लाल मांस-खण्ड झाँक रहा है। गुलाम चिल्लाया नहीं। आँखें मलकर उसने और एक बार देखा। उसे अस्पष्टता से दिखाई पड़ा। बहुत जोर से उसने कुछ कहा। और एक मार··· अब तक तो वह किसी-न-किसी तरह सह सका। अब वह सह नहीं सकेगा। भयानक मार से अगले ही क्षण में, गुलाम आग में गिर पड़ा। ज्वालाओं ने उसे घेर लिया। कुछ क्षण के लिए एक आकार उन ज्वालाओं में तड़पता दिखाई पड़ा। लकड़ियाँ तितर-बितर हो गयीं। आग क्रमानुगति से बुझ गयी है। गुलाम के जल जाने की दुर्गन्ध से युक्त धुआँ चारों ओर फैल गया है। उस दिन का कार्यक्रम समाप्त हो गया। महोत्सव का आरम्भ हो गया।

3

दोपहर का समय। धूप ऐसा ताप दे रही थी मानो नागरिकों पर गुलामों का क्रोध हो। राज-नगर लगभग प्रशान्त है। दासियाँ एक कोने में जाकर आराम कर रही हैं। तभी एक 'नागिनी' ने युवरानी 'जयन्ती' की सभी तरह की सेवा करके थक जाने के कारण जिस किसी तरह अपने शरीर को एक कोने पर ले गयी। शरीर को उस कोने पर ले जा पाने की उसमें आशा तक नहीं थी। यहाँ तक कि नागिनी ने उस प्रदर्शन को न देखने के लिए जितना प्रयास करना चाहिए,

किया। फिर भी एक गुलाम के प्रयत्न, उसमें भी रनिवास में बन्धित गुलाम स्त्री के प्रयत्न, कैसे सफल हो जायेंगे ?

अपनी जाति के लोगों की पशुओं की नाई रंगमंच पर फिराते समय उसने भी दूसरी दासियों की तरह देखा। तब उसमें जो भाव उत्पन्न हुए आश्चर्य चकित कर गये। वहाँ हजारों लोगों के हर्ष के साथ तालियाँ बजाते समय, चिल्लाते समय, उसकी जाति के लोग अपमान से गड़ गये, सिर झुका लिये। उधर आनन्द से गद्‌गद होते हुए नागरिकों को, इधर विचित्र जीवों की तरह प्रदर्शित किये जा रहे अपने लोगों को देखकर नागिनी का हृदय क्षुब्ध हो उठा।

यह उसके लिए नया नहीं है। उसने सुना था इस प्रकार के मनोरंजन के कार्यक्रम नागरिक अकसर मनाते हैं। तब किस प्रकार के भाव उत्पन्न हुए, उसे याद नहीं है। परन्तु आज जो घटना घटी उसने उसके मन को विकल बना दिया। राजकुमारी के साथ उसने भी झरोखे से इस मनोरंजन का वीक्षण किया था। दुष्ट ! राजकुमारी ने जब हर्ष प्रकट किया तब उसने भी कुछ ऐसा ही किया था। जब राजकुमारी ने 'शाबास' कहा तब उसने भी 'शाबास' कहकर प्रशंसा की। वह क्यों इतनी पतित हो गयी ? क्यों तिरस्कार नहीं कर सकी ?

वह उनमें कई लोगों को नजदीक से जानती है। उसने चाहा कि उन सभी को गला फाड़कर पुकारे। परन्तु वह पुकार नहीं सकी। उसी भीड़ में उसने अपने भाई को भी देखा। लाखों के बीच में रहने पर भी वह अपने भाई वासव को पहचान सकती है। तब तक वह यह भी नहीं जान सकी कि वासव बन्दी बन गया है। वह यही सोच रही है, मुझ जैसा न होकर मेरा भाई अभी तक स्वतन्त्रता की हवा सूँघ रहा है। शायद वासव को यह पता नहीं चला होगा कि उसकी बहिन उनके हाथों में फँस गयी है। अगर पता चल जाय तो वह किसी-न-किसी तरह मिलने का प्रयास किये बिना नहीं रह सकेगा। वह तो सोच रही है, परन्तु वह क्या कर सकती है ? किस प्रकार सम्भव है ? उसने सुना कि आज-कल गुलामों को बड़ी-बड़ी निगरानी में रखा जा रहा है। यह भी सुना कि रक्षा के लिए नये-नये कदम उठाये जा रहे हैं। किस प्रकार आयेगा वासव ?

नागिनी का दिल दुःख से उफन पड़ा। भय से चारों ओर देखकर रो उठी। मन थोड़ा शान्त हो गया। नागिनी ने हाल ही में यह जान लिया कि गुलामों को रोने का अधिकार भी नहीं है। कुछ ही दिन पूर्व की तो बात है, स्त्रियों को जीवित ही भूमि में दफना दिया गया। जो सबके सामने रोयी थीं, उनकी समाधियाँ अब भी झरने के निकट दिखाई दे रही हैं। भाई थोड़ी ही दूर के स्थान पर बन्धित बनाकर रखा गया है। यह बात वह जानती थी। भाई यह नहीं जानता कि उसकी बहिन यहाँ पर है, जानने की सम्भावना भी नहीं है। कितना दर्द है ! मानव-जन्म लेने के कारण ही हमें इतनी यातनाएँ भोगनी पड़

रही हैं ! पशु एवं पक्षियों को यह समस्या नहीं है ।

"हे भगवान ! हमें मानव-जन्म क्यों दिया ? क्यों हमें ऐसा सता रहे हो ?"

इतनी भयानक घटना ! गुलाम को जला डालना भाग्यवश वह उस समय वहाँ नहीं थी । राजकुमारी ने कुछ काम के लिए अन्दर भिजाया था । आने तक, उसका मुख रक्त-खण्ड बन गया है । वह रक्त से सनी अपनी आँखों को मलता हुआ किसी के लिए चारों ओर देख रहा है । शायद उसका आत्मीय या कोई बन्दी जन रहा होगा ? शायद उसने उनको देखने की आकांक्षा से इस तरह चारों ओर देखा होगा ? अपनी प्यारी पत्नी, अपने बच्चे, सगे-सम्बन्धियों, अपने माता-पिता न जाने किसके लिए ! मन पिघल गया । तुरन्त पिता की याद आ गयी । उसका पिता भी लगभग वैसा ही रहता है । वैसे ही कमर पर हाथ रखकर भाई के लिए प्रतीक्षा करने की बात याद आ गयी । वह थर-थर काँप उठी । उफनकर आते दुःख को रोक न सकी । अगर बगल में खड़ी दासी ने इशारा न किया होता तो वह चीखकर रो पड़ती । तीसरी समाधि बनाने की आवश्यकता नहीं रही ।

तो फिर भाई कहाँ है ? वह कैसे मिलेगा ? अगर एक बार उसे भाई से मिलने का अवसर मिल जाय तो इससे बढ़कर जिन्दगी में कोई इच्छा नहीं है । ओहो ! एक बार···एक ही बार अपने भाई को देख ले, बस ।

4

जलती हुई अपनी आँखों को वासव ने बल से पोंछ लिया । जंजीरें आवाज कर रही हैं । वासव ने उनकी ओर तीखी नजरों से देखा । लम्बी साँस ली । आधी रात बीत गयी । सब लोग सो रहे हैं । काजल की तरह रात छा गयी है । लोहे के दरवाजे के सुराख से एक नक्षत्र टिमटिमाता हुआ दिखाई पड़ा । जब तब दूर से राजसेवकों के चलने की आवाज भी सुनाई पड़ जाती है । हल्के-से प्रकाश की लकीर एक क्षण के लिए दरवाजे के सुराख से अन्दर तक फैलकर अँधेरे में विलीन हो गयी ।

"पहरेदार का दीप"—सोचा वासव ने ।

हवा न आने से दुर्गन्ध छा गयी है । नाक फट रही है । खुले वातावरण की हवा सूँघे कितने दिन हो गये ? नीले आकाश को, आलसीपन से घूमने वाले बादलों को देखकर, जाने कितने दिन बीत गये ? चाँदनी की रातों में बहन को 'कौए' की कहानियाँ सुनाते जो दिन बिताये थे—उन्हें याद करने पर वे सब सपने लग रहे हैं । अब यह कहा नहीं जा सकता वैसे दिन बिताये भी होंगे···

यह सन्देह·· महारोग की तरह सता रहा था। वह सोच रहा था कि हर रात ··अब अनुभव करने वाली ये नारकीय यातनाएँ मिथ्या हैं, स्वप्न की भ्रान्ति के समान हैं, जागने के बाद यह दुस्वप्न भंग हो जायेगा···और अपना कहीं स्वतन्त्र जीवन फिर मिल जायेगा। नहीं ! यह सचमुच स्वप्न तो नहीं है ! तो फिर शायद अपना अतीत जीवन ही स्वप्न रहा होगा।

वासव को लगा कि एक-एक महान् अनर्थ के साथ-साथ, कुछ-न-कुछ भलाई तो रहेगी ही। परस्पर विद्वेष से पीड़ित अपनी जाति में आज बिलकुल भी न दिखाई देने वाली एकता को वासव ने अनुभव किया। इसके लिए अतीत में कई चतुर सारंग नेता साहस प्रदर्शित करते हुए भी पराजित हुए थे। उनका जीवन इसके लिए शहीद हो गया। उस दिन उन्होंने जिसे प्राप्त करने की कोशिश की आज वे कोशिशें सफल बन गयीं। सभी लोगों ने उत्पीड़नों से युक्त जिस जीवन को बिताया उसी ने उनमें एकता की भावना जगायी। यही भावना कुछ दिन पहले भी विद्यमान रही होती तो इस प्रकार गुलाम बनकर जीने की आवश्यकता होती ? अगर गुलाम बनकर जीना पड़े···शायद समस्त जाति को इस प्रकार जीने की आवश्यकता ही नहीं आती।

जो भी हो, यह भी एक अच्छा गुण है। इसके लाभ और हानि के बारे में ठीक-ठीक तरह से बताना साहस का कार्य ही होता है। परिणाम आचरण के ढंग पर निर्भर रहता है। सौभाग्य से आज सभी सारंग अपने प्रति अपार विश्वास प्रकट कर रहे हैं। अगर उनसे कोई-न-कोई काम करने के लिए पूछा जाय तो वे करने के लिए तैयार हैं। उन्होंने वचन दिया है कि इसके लिए सभी परिस्थितियों का धीरज के साथ सामना करेंगे। अपना प्रचार व्यर्थ नहीं गया, उन पर गहरा असर था। हमारे लिए भी तो वही चाहिए।

पिता की मृत्यु से दुःखी अवश्य हूँ, फिर भी, उनकी आहुति से अपूर्व चेतना उसकी जाति में आयी है। इसे सही रूप से उपयोग में लाने की जिम्मेदारी तो मेरी ही है।

इधर एक लाभ भी है—यही कि 'नागिनी' रनिवास की बन्दी के रूप में है। इसलिए राजनीतिक रहस्य बहिन पहले ही जान सकती है। पहरेदारों की सहृदयता से वे रहस्य हम तक पहुँच सकते हैं। आने वाले खतरों की जानकारी पहले से मिल जाय तो उनके लिए उचित उपाय भी सोचे जा सकते हैं। फलस्वरूप कुछ तरह की बाधाओं से अपनी जाति बचायी जाती है। इतने समय के बाद आखिर उन्हें एक नया रास्ता मिल गया। भगवान की कृपा है।

वासव के विचारों का प्रवाह अचानक रुक गया। निकट में किसी चीज के रेंगने की आवाज आयी। वासव ने आँखें खोलकर देखा। घने तमस मे कुछ भी नहीं दिखाई पड़ा। होगा कोई क्षुद्र जन्तु। रात में खाने के लिए निकला होगा।

इस तरह के पुराने जेलखानों में ऐसा होना साधारण-सी बात है। आने वाले जन्तु का सामना करने के लिए वासव तैयार था। रेंगने की आवाज थोड़ी देर के लिए रुक गयी, फिर सुनाई पड़ी। वासव सावधान हो गया। मानव के उच्छ्वास-निःश्वास की आवाज···वासव भी रेंगता हुआ उस आवाज की ओर बढ़ा। दो सिर एक-दूसरे से टकरा गये।

"कौन ?"

"मैं।"

"ओह !"

फिर फुस-फुसाना। दोनों रेंगते हुए एक कोने में खिसक गये। चलकर न जा सकने की बात नहीं है। चलें तो जंजीरों की आवाज होती है उनका भय है कि उस आवाज को सुनकर राजसेवक आ सकते हैं। गुलाम रात के समय कहीं भी घूमते हुए दिखाई न दें—यह नया आदेश हाल ही में लागू किया गया है। इस आदेश का विरोध करने वाले चार सारंगों को शेर का भोजन बनना पड़ा।

"तुम्हारी राय क्या है ?" एक गले से इतनी धीमी-सी आवाज हुई कि बोलने वाले को भी स्पष्ट रूप से सुनाई नहीं दी।

"एकदम विद्रोह कर देंगे।"

"च्च् !" पहले स्वर ने बात को टाल दिया, "विद्रोह करेंगे तो हमारा सर्वनाश हो जायेगा। हमारा मालिक हमको मिट्टी में मिला देगा।"

"फिर···?"

"सुनो तो सही ··हम सबका एक साथ विमुक्त होना सम्भव नहीं है। पहले हममें से सम्भवतः बहुत कम लोगों को···शायद कुछ ही लोगों को स्वतन्त्रता मिल सकेगी। कुछ ही दिनों में हमारा मालिक हमें बेंचने जा रहा है। जो ज्यादा रकम देगा उसी के हाथ बेच दिये जायेंगे। तब उस रकम को देकर क्यों न हमारे लोग अपने लोगों को ही खरीद लें। अर्थात् प्रधान लोगों को। एक-दो जो भी हुए काफी हैं। वे फिर कुछ रकम देकर और कुछ को खरीद लेंगे। जितने लोगों की आवश्यकता है उतने बाहर आ जाने पर गुप्तरूप से इसके प्रति विद्रोह करके हम अपने सभी लोगों को मुक्त करा सकेंगे। निकलने के लिए सब प्रकार से प्रबन्ध किया जायेगा। इस अवसर पर कई सारंगों को अपने प्राण गँवाने होंगे। फिर भी मेरी राय है कि सब लोगों की बजाय कुछ का विनाश अच्छा है।···तुम क्या कहती हो ?"

"अच्छा, तो फिर रकम ?" नागिनी ने कहा।

"रनिवास में राजवंशजों के उपयोग के लिए कई नराशियाँ हैं। वस्तुओं को हमें स्पर्श नहीं करना है। अन्यथा निशान से पता चल जायेगा। पहरेदारों

को अपने सौन्दर्य का प्रलोभन देकर तुमने उन्हें वश में कर लिया है। उस समय उन्हें वहाँ से दूर ले जाने की जिम्मेदारी तुम्हारी है ।"

"बाप रे ! उतना काम !!"

"इश्श ! धीरे से बात कर", फिर उस गले ने शुरू किया, "इतनी डरपोक है तो⋯हम अपनी योजनाओं में से एक को भी सफल नहीं बना पायेंगे। धीरज और किसी से भी न डरने वाली आत्मशक्ति होनी चाहिए। कार्य ठीक-ठीक हो गया तो कुछ भला हो जायेगा। अगर नहीं⋯पकड़े गये तो उस एक को मरना पड़ेगा। हमें तो वैसे भी मरना ही है, एक सत्कार्य के लिए प्रयत्न करते-करते मरना⋯व्यर्थ नहीं होगा⋯क्या कहती हो ?"

"रनिवास कौन जायेगा ?"

"तुम।"

"बाप रे ! मुझसे नहीं होगा ।"

"तो फिर मैं जाऊँगा। सावधान ! यह किसी को पता न चले। दुर्भाग्य से अगर मैं पकड़ा गया तो तुम में से कोई भी मुझ पर सहानुभूति नहीं प्रकट करोगे। अपने सभी लोगों को बता देना। धीरे-धीरे रेंगते हुए जा। जंजीरों की आवाज न होने दे।"

बहुत बड़ी चीज जमीन पर रेंगती हुई थोड़ी दूर जाने के बाद खड़ी हो गयी। वासव ने लम्बी साँस ली।

5

जैसा सोचा वैसी ही सभी परिस्थितियाँ अनुकूल हो रही हैं। रनिवास के पहरेदार 'नागिनी' को बगीचे में ले गये। भयानक सन्नाटा ताण्डव कर रहा है। वासव आहिस्ता-आहिस्ता ऊपर चढ़ रहा है। (यहाँ स्पष्ट रूप से नहीं बताया गया कि हथकड़ियाँ निकाल दी गयी हैं या नहीं। पहली कहानी में भी यह नहीं बताया कि उसके दोनों हाथ हथकड़ियों से बन्धित नहीं थे। इसके लिए सबल प्रमाण भी नहीं है कि राजा या उनके अधिकारी ने इसके बारे में पूछताछ की)। दीप थककर हिल रहे हैं। नागिनी ने विस्तार से बता दिया था कि दीपों के प्रकाश से बचते-बचते कैसे जाना, किधर जाना, धन-राशियाँ कहाँ हैं। वासव ने उन सबको एक बार याद कर लिया। उन प्रतीकों को ध्यान से देखते आगे बढ़ रहा है। हर एक चीज उसे अचम्भे में डाल रही है। वह अपने-आपको सँभालते हुए कर्तव्य की ओर अग्रसर हो रहा है। उसने कभी इस तरह के अनुभव की कल्पना भी नहीं की। कम-से-कम सपने में भी नहीं देखा।

(क्या कल्पनातीत सपने आते हैं ? वैज्ञानिकों का कथन है कि किसी-न-किसी स्वप्न के लिए भी मूल बीज वास्तव में रहेंगे)। समय बहुत द्रुतगति से चल रहा है। पहरेदार ने समय की सूचना देते हुए घण्टा बजाया। रनिवास के पहरेदारों के वापस आने की सम्भावना है, इसी बीच उसे अपना काम पूरा कर लेना चाहिए।

एक-एक पग आगे बढ़ते समय, न बता सकने वाली व्याकुलता उसके मन को सता रही है। धीरज बाँधकर आगे बढ़ा। एक कमरे से बहुत बड़ा प्रकाश बाहर आ रहा है। नागिनी के कथन के अनुसार, वह राजकुमारी का शयनागार होना चाहिए। जयन्ती के सौन्दर्य के बारे में नागिनी ने कई बार बताया था। बताया था कि उसके अंग कैसे रहते हैं, उसके स्पर्श के लिए राजवंश के कितने युवक तड़पते हैं, वह उन्हें किस प्रकार का जवाब देती है। उस दिन उसे जयन्ती को देखने की इच्छा नहीं थी। अब अवसर मिल गया है इसलिए इसका सदुपयोग कर लेना चाहिए। वासव धीरे से खिड़की तक पहुँचा। झाँककर जयन्ती को देखा। उसे लगा कि नागिनी झूठ बोली थी। जो सौन्दर्य है उसमें सौ प्रतिशत भी नागिनी ने नहीं बताया। वासव विचलित हो गया। वह उस मृदुल तल्प पर सोने वाली आकृति को मानव-आकृति नहीं मान सका। जयन्ती उसे ऐसी दिखाई पड़ी जैसे अनादि मानव का विरह गीत हो, मानो प्रशान्त निशान्त सुखान्त स्वप्न-खण्ड हो। रत्नदीप प्रदीप्त होकर प्रकाश दे रहे हैं। स्वर्ण-शय्या उस प्रकाश से झिल-मिल लज्जा प्रकट कर रही है। वासव को झट से एक बात याद आ गयी। उस सोने की खानों से खोदकर निकालने वाले गुलाम आज घने अन्धकार में, भूखे पेट से जानवरों की तरह गुफा जैसे जेलखाने में जीवन-यापन कर रहे हैं। जयन्ती उनके लिए तनिक परिश्रम भी किये बिना, उन्हें स्वेच्छा से उपभोग कर रही है। वह गुस्से से आग-बबूला हो गया। उसने सोचा – अभी यह उपयुक्त अवसर नहीं है। उसने माना—एक-न-एक दिन हम भी इस स्थिति तक पहुँच सकेंगे। प्रकाश से छिपते-छिपते खजाने की ओर बढ़ा। अधिक प्रयास भी नहीं करना पड़ा। जितनी स्वर्ण-मुद्रिकाओं को वह लाद सकेगा उतनी उसने एक गठरी में बाँध ली। दो-एक क्षणों में निकलना चाह रहा था कि कई भाव उसके मन में समुद्र की लहरों के समान उठ खड़े हुए। सुन्दर और आनन्दमय भावी जीवन स्पष्टतः आँखों के सामने नाचने लगा। आनन्द से शरीर पुलकित हो उठा। गठरी की ओर फिर एक बार देखा। तभी दूर से कुछ आवाज···वासव का दिल थर-थर काँप उठा। झट से दूसरी ओर निकल गया। आवाज क्रमानुगति से निकट आती जा रही थी। भविष्य अन्धकारमय, भयानक एवं कड़वा लगने लगा। सिर चकराने लगा। मन में हलचल··· दोनों हाथों से उसने अपनी आँखों को बन्द कर लिया।

एक जोरदार चाबुक की मार ने उसे चेतन बना दिया।

पीड़ा से तड़पता हुआ वासव झट खड़ा हो गया। चारों ओर राजसेवक। उसे कुछ नहीं सूझा। वह पगला गया। यह सपना नहीं है, इसे जानने के लिए उसने अपने-आपको जाँच लिया और एक चाबुक की मार। चमड़ा फट गया। जमीन पर लाल लहू की लकीरें बहने लगीं।

"कैसे आया?"

"क्यों आया?"

वासव कुछ बोला ही नहीं।

और इस बार का चाबुक उसके कुछ चमड़े को भी लेता आया।

यशपाल आग-बबूला हो गया। "गुलाम···नीच···सूअर···रनिवास में प्रवेश? राजसेवक क्या कर रहे थे?"

राजसेवक ने उत्तर नहीं दिया।

झुका हुआ सिर उठा नहीं।

यशपाल की नजर नागिनी की ओर गयी। उसने कुछ इस प्रकार अपनी भृकुटियाँ टेढ़ी कीं कि उसे कुछ रहस्य का पता है।

"अच्छा, तो यह बात है", यशपाल ने सिर हिलाते हुए कहा, "इस जारिणी के लिए यह रनिवास आया होगा।"

वासव ने कुछ कहने का प्रयत्न किया कि तभी नागिनी ने इशारा कर दिया।

"सूअर!"

नागिनी हिल उठी उस चाबुक की मार से।

"सच बता!"

नागिनी ने कहा, "मुझे माफ कीजिए···इसमें मेरा कोई दोष नहीं है। मैंने इस रहस्य को राजकुमारी के आदेशानुसार ही नहीं बताया। पहरेदार भी इसे जानते हैं। फिर भी रनिवास का रहस्य होने के कारण बाहर तक नहीं आने दिया।"

यशपाल का मुख मुरझा गया।

"रहस्य?"

"हाँ, महाराज।"

"क्या है वह?"

नागिनी ने निर्भयता से सारी बातें बतायीं—"महाराज! वासव का रनिवास में प्रवेश करना, यह पहली बार नहीं है। कुछ दिन से वह जयन्ती के शयन-कक्ष में आता-जाता रहा है। उन दिन गुलामों का प्रदर्शन देखने के बाद से, राजकुमारी जी वासव के प्रति मोह प्रकट करती आ रही हैं। 'हाँ' या 'न' कहने का अधिकार मुझे तो नहीं है। स्वयं महाराज ने आदेश दिया कि मालिक को आज्ञा के

अनुसार काम करना मुझ दासी का कर्तव्य है। नहीं तो, रनवास की रक्षा के मामले में, असावधानी से काम करने वालों को मृत्युदण्ड मिलता है—यह बात जानकर भी ये राजसेवक इसे कैसे अन्दर आने देते ? क्यों आने देते ? धन का लालच कहें तो गुलामों के पास धन कहाँ होता है ?"

यशपाल हताश हो गया। गुस्से से उबल पड़ा। जयन्ती विस्मित होकर देख रही थी। पहरेदारों ने नागिनी द्वारा कही गयी सारी बातों को सच बताते हुए सप्रमाण साबित कीं (अपने प्राण बच जाने से मन-ही-मन सन्तोष प्रकट कर रहे थे।) राजा ने कारागार के रक्षकों को बुला भेजा। तत्काल यह समाचार पहुंचाया गया। उनकी इस असावधानी से किस तरह का दण्ड भोगना पड़ेगा··· इस बात का ध्यान आते ही व्यथित होने वाले उन्हें इस समाचार ने अत्यन्त आनन्द प्रदान किया। उन्होंने भी नागिनी की बात सही है —यह निवेदन किया। यह भी बताया कि कुमारी जयन्ती ने उन्हें स्वयं रनिवास बुलाकर वासव के सम्बन्ध में एक और ढंग से बताया था।

शनैः-शनैः यह समाचार सारे नगर में फैल गया। द्रुतगति से सारे राज्य में व्याप्त हो गया। कई लोगों ने कई तरह व्याख्याएँ की। शत्रु-राजाओं ने कहा कि यशपाल रनिवास की स्त्रियों के लिए ही गुलामों की देख-भाल कर रहा है। कुछ ने यह कामना प्रकट की कि परम्परा से चली आ रही विवाह की आचार-संहिता यशपाल किस तरह पूरी करेगा।

कुकुर वंशजों का रिवाज यह है कि रनिवास में ऐसे प्रेम-प्रसंग होने पर उसे न्यायसभा के सामने प्रस्तुत करना, न्याय-सभा के निर्णय के अनुसार आचरण करना चाहिए। उसी प्रकार आज भी न्याय-सभा का प्रबन्ध किया गया है। हजारों लोगों से सभा भर गयी। अन्य नौकरों के समान यशपाल भी आम लोगों के साथ बैठ गया। एक तरफ वासव खड़ा हुआ है। उसके ठीक सामने जयन्ती खड़ी हुई है। राजवंश की ओर से प्रधानमन्त्री ने खड़े होकर विनती करते हुए कहा कि राजपुत्री सुकोमल है इसलिए वह खड़ी नहीं रह सकती, बैठने की अनुमति दी जाय। न्यायाधीश ने इसे स्वीकार नहीं किया। "न्यायालय में जयन्ती राजकुमारी के रूप में नहीं आयी। अपराधिनी के रूप में लायी गयी। अपराधी के अपराध का निर्णय होने तक उसे नहीं बैठना चाहिए। इसके लिए न्यायशास्त्र अनुमति नहीं देता।" न्यायाधीश ने कहा !

तत्पश्चात् गवाहों से पूछताछ की गयी। जयन्ती से प्रश्न किया गया। जयन्ती ने अपने को निरपराध बताया। यह सब अधर्म, अन्याय बताया। बाद में न्यायाधीश ने वासव से प्रश्न किया।

"धर्ममूर्ति !" कहा वासव ने। "मैं गुलाम हूँ। अपने मालिक के आदेशानुसार चलना मेरा कर्तव्य है। मैं कभी भी अपने कर्तव्य से विमुख नहीं हुआ। किसी

कार्य के पाप-पुण्य से, धर्म—अधर्म से मेरा कोई सम्बन्ध नहीं है। मालिक का आदेश पालन करना ही मेरे लिए न्याय और धर्म है।

"अच्छा", न्यायाधीश ने कहा' "इन गवाहों के कथन भी प्रमाणित कर सकोगे ?"

"अगर आप अभय दान करें !" कहा वासव ने।

सारी सभा जैसे जड़ बन गयी।

"विपत्ति में हूँ राजकुमारी जयन्ती··· ।

न्यायाधीश ने आदेश दिया कि 'राजकुमारी' शब्द का प्रयोग नहीं किया जाय।

"हाँ", वासव ने कहा, "विपत्ति में हूँ, ऐसा जयन्ती झूठ भी बोल सकतीं। वह उन जैसी औरतों के लिए स्वाभाविक है। जाने भी दीजिए···एक बात और। जयन्ती कह रही है कि मुझे नहीं मालूम । मैं कह रहा हूँ कि हम दोनों के बीच बहुत घनिष्ठ सम्बन्ध है। एक प्रियतम के अलावा दूसरा कोई न जान सके ऐसे चिह्न जयन्ती के शरीर पर हैं । वे हैं ··आप जाँच करके सत्य-असत्य का निर्णय कीजिए, मालिक।"

जयन्ती को एकान्त स्थान में ले जाया गया। जाँच करने वालों ने आकर निवेदन किया कि वासव ने जिन चिह्नों के बारे में बताया वे सब उन उन स्थानों पर हैं।

इतना ही नहीं, वासव ने कहा, "जयन्ती वर्तमान में कन्या नहीं रह गयी है कुछ ही दिनों में वह माँ बनने वाली है।"

परीक्षकों ने उसे भी सत्य ठहराया।

यशपाल अपमान से गड़ गया। वासव के मुख पर मुसकुराहट उग आयी ।

"महाराज ! इससे बढ़कर आपको और कितने प्रमाण चाहिए ? अब फैसला आपके हाथ है ।"

न्यायाधीश ने न्याय सम्मत फैसला दिया—

"मैं भी मानता हूँ कि जयन्ती दोषी है, न्यायशास्त्र यह नहीं कह रहा है कि प्यार करना अपराध है। गुप्त रूप में किये गये काम को सबके सामने 'नहीं किया, 'कहकर न्यायालय में झूठ बोली। इस अपराध के लिए जो दण्ड आम जनता को दिया जायेगा, वही दण्ड उसे भी दिया जायेगा। जयन्ती को वासव की पत्नी के रूप में मैं अपना फैसला सुना रहा हूँ। कुकुर वंश के रीति-रिवाज के अनुसार जयन्ती को आज से वासव की पत्नी बनना होगा। यह चेतावनी भी दी जा रही है कि वंश के रीति-रिवाज का भंग करना न्यायशास्त्र स्वीकार नहीं करता है।"

6

इस फैसले पर वाद-प्रतिवाद, मण्डन, तर्क-वितर्क आदि हुए। कुछ समय तक देश-विदेश में यह लम्बी चर्चा का विषय बना रहा।

वासव ने अपनी पत्नी को साथ लेकर, कारागार जाना चाहा। अस्वीकार करने का अधिकार पत्नी होने के कारण जयन्ती को नहीं है। उसके साथ जयन्ती को भी कारागारवास भोगना पड़ेगा। तो फिर कानून के अनुसार एक और समस्या खड़ी हुई। गुलामों पर वर्तमान में जो कड़े नियम हैं··· वल उन्हीं के लिए सीमित किये गये हैं। गुलामों के सिवाय दूसरों पर लागू करना असम्भव है। इसके अनुसार, जयन्ती गुलाम नहीं है, इसलिए वासव को कारागारवास में जाने की आवश्यकता नहीं है। परन्तु वह अपने यथास्थान जाने के लिए हठ कर रहा है। न्यायशास्त्र यह घोषणा कर रहा है कि पति की आज्ञा का उल्लंघन करना बहुत बड़ा अपराध है।

यशपाल क्षुब्ध हो उठा। इस पारिवारिक जीवन के प्रति विरक्ति की भावना पैदा हो गयी, राज्य त्याग कर, पत्नी सहित तपोभूमि के लिए चल पड़ा। यशपाल के पुत्रहीन होने के कारण राज्य जयन्ती को मिला। वही शासिका बन गयी। परन्तु राजवंश की स्त्रियाँ पराये पुरुषों की नजरों में नहीं आनी चाहिए। (न्याय की जाँच के समय सबके सामने आना इस वर्ग में नहीं होता। फैसला देने तक कौन पर-पुरुष है, कौन स्वीय पुरुष है, इसका निर्णय कैसे हो ?) उसके प्रतिनिधि के रूप में वासव ने ही शासन किया।

तब से गुलाम राजा बन गये। राजा के रूप में उसने शुरू-शुरू में कुछ कठिन आदेशों को लागू किया। उसने आदेश जारी किया कि अपने राज्य में कहीं भी 'गुलाम' शब्द का प्रयोग न किया जाये किसी-न-किसी रूप में या किसी भी सन्दर्भ में उस शब्द का उच्चारण करने पर भी कठिन से कठिन दण्ड दिया जाय। आदेशों के विद्रोह का दमन किया। समस्त देश में पढ़ाई की व्यवस्था को निःशुल्क बना दिया। सब के साथ सारंग जाति ने भी(गुलाम जाति नहीं है)विद्या अध्ययन किया। अपने-पराये का भेद न प्रकट करके सबको दान दिया। परन्तु सदा वासव कोई मानसिक व्यथा से विकल हो उठता है। उसने जयन्ती से कभी भी वैवाहिक सुख की आशा नहीं की। कुछ वर्षों तक उसने जयन्ती को देखा ही नहीं। अपनी जाति की स्त्री से विवाह करके सन्तान की प्राप्ति की। उसी सन्तान को राज्य सौंप दिया। जयन्ती का पुत्र-विवाह के समय ही राजकुमारी गर्भवती थी। यह बात न्यायालय में ही निश्चित हो गयी थी। इस बच्चे के पिता के बारे में जयन्ती ही जानती है। जानने का प्रयास वासव ने भी नहीं

किया। सारंगों के हाथ मारा गया। कुकुर जाति जयन्ती की मृत्यु से समाप्त हो गयी। अपनी इस स्थिति का कारण बनी जयन्ती के नाम से वासव ने महा नगर का निर्माण कराया। राजधानी को स्वर्णपुरी से जयन्ती नगर में बसाया। उसके बाद राजा बने सारंग राजाओं ने भी जयन्ती को राजरानी बनाकर अपनी श्रद्धा-भक्ति प्रकट की।

मृतिका-पात्रों में यहाँ तक ही लिखा गया है। समयावधि का भी निर्णय लगभग हो गया। सड़कों के बीच में, अन्य स्थानों में प्राप्त शस्त्र-खण्डों के आधार पर अवलोकन किया गया। वे ऐसे लग रहे हैं जैसे अशोक के सैनिकों के हों। इतिहास यह बता रहा है कि उस समय दूसरी किसी सेना के पास न रहने वाली शस्त्र सम्पत्ति अशोक के पास थी। इतिहास ने जिस रूप में वर्णन किया वह सब उन शस्त्र खण्डों से मिलते-जुलते हैं। विद्वान मानते हैं कि दूषणों से भरे ताम्र आदि शिलालेखअशोक के ही होने चाहिए। लगता है अशोक जिस विधान से राजा बना, उस प्रकार ललकार कर, रणक्षेत्र में आमन्त्रित कर, सर्वनाश करना अशोक के लिए कोई नयी बात नहीं है। अशोक के चरित्र एवं अन्य प्रमाण यह साफ-साफ बता रहे हैं कि उसने ही समस्त नगर को भस्मीभूत किया। कलिंग राज्य तक घुस कर आयी अशोक की सेना, जयन्ती नगर के नाश किये बिना रह गयी होगी; यह असम्भव है।

अर्थात इस सारंग राज्य का अन्त ईसा पूर्व तीसरी शती में हुआ। लगभग दो सौ वर्ष तक सारंगों ने शासन किया। इसका तात्पर्य यह है कि वासव ईसा पूर्व पाँचवीं शती में रहा होगा। समस्त जगत् के लिए पूज्य गौतम बुद्ध भी उसी शती के हैं।

एक बात तो सच है! हर पीढ़ी अपने लिए अपेक्षित जनों का ही सृजन करती है। पाँचवीं शती में इस प्रकार की नृशंसपूर्ण सामाजिक व्यवस्था होने के कारण ही करुणासिन्धु गौतम बुद्ध का उद्भव हुआ होगा।

कड़वा सच

"स्मर समरोचित निश्चित वेशा। गलित कुसुमदर विलुलित केसा।
हरि परिरम्भण वलित विकारा। कुचकलशोपरि तरलित हारा।
विचलदलक ललितानन चन्द्रा। तदधरपान रभस कृततन्द्रा।
चंचल कुण्डल ललित कपोला। मुखरित रसन जघन गति लोला।"

चारों ओर अँधेरा छाता जा रहा है। खिड़की से गरम हवा चलने लगी है। वह हवा···आवाज करती हुई दीवारों से टकराकर, खिड़की से बाहर जा रही है। वसन्त राग का आलाप चल रहा है। साथ-साथ जयदेव के गीत का आलाप मिल कर स्वच्छन्द चाँदनी की तरह मन को पागल बना रहा है।

रामनाथ आगे पढ़ न सका। एक के बाद एक पन्ने पलटे जा रहे हैं। एक भी बात समझ में नहीं आ रही है। अक्षरों की जगह कुछ अजीब-सी तस्वीरें सामने आने लगीं। कुछ पुरानी यादें अचानक जागकर, मन को कल्लोलित करने लगीं। रामनाथ को लगा कि कोई उसे अपने आलिंगन में बाँधने का प्रयत्न कर रहा है। उनके हाथों को स्पर्श करके या करने के बहाने वह यह जानने का प्रयत्न कर रहा होगा कि वह व्यक्ति कौन है। फिर जयदेव का गीत सुनाई दिया···"चंचल कुण्डल ललित कपोला, मुखरित रसन जघन गतिलोला।"

फिर वसन्तराग का चोला पहनकर, हवा के झोंके-सा यह गीत सुनाई पड़ा।···सामने का चित्र धुल गया। उसने एक बार बाजू में देखा। उसकी पत्नी तब तक निद्रा देवी की गोद में आराम करने लगी थी। स्थिति बड़ी अस्त-व्यस्त है। छोटा बच्चा पास में लेटा हुआ है। रोशनी में उसके बदन से बहती हुई पसीने की हल्की-सी धारा चाँदी के तार की तरह चमकती हुई दिखाई देने लगी। बचपन में किसी बीमारी के समय उसकी नाभि के चारों ओर कुछ चुरके के निशान उसकी उम्र के साथ बढ़ते-बढ़ते बहुत विकृत दिखाई दे रहे हैं। पैरों पर कुछ फोड़े-फुन्सियों की स्थिति बड़ी ही अजीब है।

पत्नी की ओर देखकर रामनाथ ने एक लम्बी साँस छोड़ी। राधा से शादी करने का उसका इरादा ही नहीं था। शादी हो चुकी, उसके बाद भी उसके साथ गृहस्थ जीवन बिताने का इरादा नहीं था। फिर वह भी हो गया। बच्चों का बाप भी बन गया। अब उसकी समझ में यह बात नहीं आ रही है कि यह

सब उसने क्यों किया ? कैसे किया ? किस लिए किया ? ये प्रश्न कई बार उसके मन में उठे। आज तक तसल्ली देने वाला एक भी उत्तर उसे नहीं मिला। कभी-कभी, उसने अपने आप को यह कहकर भी तसल्ली देने की कोशिश की—यह सब कुछ मेरे एक के साथ नहीं हुआ, किसी और के साथ हुआ और मैं इसका गवाह मात्र हूँ। कोई किस्मत वाला होता है जो मन की हरेक इच्छा पूरी कर पाता है। मेरे जैसा बदकिस्मत आदमी यह सोच भी नहीं सकता कि मैं कुछ करूँ। कभी सोचा भी तो इस जन्म में वह पूरा नहीं कर पायेगा। जो काम करना चाहते उसे नहीं कर सकने का और जिसे करना नहीं चाहते उसे करने पड़ने के कुछ और कारण भी हो सकते हैं शायद।

यदि सब ठीक-ठाक होता तो रामनाथ की शादी सुमित्रा से होनी थी। वह शादी अगर हुई होती तो उसकी जिन्दगी कुछ और ही होती। "हाँ! सुमित्रा से मेरी शादी क्यों नहीं हुई ?" उसके इस प्रश्न का उसे आज तक जवाब नहीं मिला। यदि सुमित्रा जिन्दा है, उसको यही आशा है कि वह जिन्दा ही रहे, यदि उसके सामने भी यही सवाल उठता तो शायद ही उसे भी कोई उत्तर मिल जाता। ऐसा सोचने में ही उसे कुछ आनन्द मिल रहा है। तसल्ली देने वाला जवाब सुमित्रा को मिला हो, रामनाथ ने ऐसा कभी सोचा नहीं। ऐसा सोचना भी वह नहीं चाहता।

शायद 1956 की बात है ! हाँ ! शायद क्या, 1956 की ही बात है। सुमित्रा को रामनाथ ने पहली बार देखा था। उस यात्रा में सुमित्रा जैसी युवती से मुलाकात होगी, यह रामनाथ ने कभी नहीं सोचा था। चार साल से वह हैदराबाद में ही है फिर भी गोलकुण्डा उसने देखा ही नहीं। देखना तो उसने बहुत बार चाहा। कोई-न-कोई अड़चन या खुद कोई-न-कोई बहाना बनाकर टालते जाना ! यही हो रहा था। किसी मैगजीन में गोलकुण्डा के बारे में पढ़ा उसने। देखने निकला। दूर से केवल एक पहाड़ की तरह दीखने वाला वह स्थान नजदीक से देखने पर कुछ और हो लग रहा था। उसका दिमाग चक्कर खा गया। यौवन के बीत जाने के बाद वृद्धावस्था में कदम रखने वाली एक सुन्दरी के समान उस शिथिलावस्था में गोलकुण्डा उसे दिखाई देने लगा। फतेह-दरवाजे से वह अन्दर गया। बालाहिसारद्वार से होते हुए सबके साथ मण्डप के मध्य में जाकर उसने तालियाँ बजायीं। उसकी प्रतिध्वनि की तरंगों को सुना। उसी की तरह कई लोगों ने यह प्रतिध्वनि सुनी। उन लोगों में ही उसने सब से पहले सुमित्रा को देखा था। यही उसे याद है।

"आप आन्ध्र के हैं ?" तेलुगु का कितना सुन्दर और स्पष्ट उच्चारण ! क्षणभर के लिए वह मुग्ध रह गया। रामनाथ ने उस ओर देखा जहाँ से यह आवाज़ आयी थी। दस-बारह लड़कियाँ वहाँ से थोड़ी दूर पर खड़ी हैं। रामनाथ

यह समझ नहीं पाया कि किसने उससे यह प्रश्न किया। "यह प्रश्न शायद मेरे लिए नहीं है। मैं क्यों समझ रहा हूँ कि मुझसे यह प्रश्न किया गया?" रामनाथ ने थोड़ी देर के लिए सोचा। फिर सोचने लगा, इसलिए मैंने सोचा कि ये लड़कियाँ हैं? वह भी इतनी सुन्दर!! इसलिए? सब की ओर एक बार और देखकर वह पीछे मुड़ गया। सिगरेट सुलगाकर 'सिलाहखाने' की ओर गया। पूरी जमीन राख से भरी हुई थी। हजारों लोगों के पैरों के निशान तितर-बितर दिखाई दे रहे हैं। शस्त्रागार को इधर से उधर, उधर से इधर बड़े ही ध्यान से उसने देखा। जंग खाकर, टूटने की हालत में पड़ी हुई उस समय की बन्दूकें दिखाई दीं। उन्हें छूकर भी देखा। उसे लगा कि उसके शरीर में रक्त का प्रवाह तेज होता जा रहा है। कितने सिपाहियों ने इन्हें इस्तेमाल किया होगा? कितने मासूम लोगों के मन में इन बन्दूकों ने डर पैदा किया होगा? अन्तिम समय में किले को बचाने के लिए इन बन्दूकों ने कितनी बार आग बरसायी होगी? यह सारी कहानी शायद ही कहीं लिखी गयी होगी। अफसोस! आज इनकी यह दयनीय स्थिति कि पहरेदार उनके ऊपर अपना अँगोछा सुखा रहा है!

"उस तरफ से किले पर चढ़ना मुश्किल है—", किसी ने कहा। रामनाथ पीछे मुड़कर नगीना बाग की तरफ आया। चने खाती हुई सुमित्रा फिर वहाँ दिखाई दी। अब उसके साथ और कोई नहीं है। टूट गिरने को तैयार उस दीवार के साथ लगे पत्थर पर, पैर हिलाती हुई बैठी है वह। शायद उसकी समझ में और कुछ नहीं आ रहा है। "आप आन्ध्र के ही हैं न?"

चारों ओर देखकर रामनाथ ने निश्चय कर लिया कि "उसने यह प्रश्न मुझ से ही किया था।" थोड़ी दूर पर खड़े होकर "जी हाँ! आप?" रामनाथ ने पूछा। सुमित्रा एकदम हँस पड़ी। रामनाथ को लगा कि उसकी हँसी में कई फूल खिल उठे हैं। "आन्ध्र के हैं!" रामनाथ पहले शरमाया, फिर हँस पड़ा। वह इसलिए शरमाया कि सुमित्रा इतनी अच्छी तेलुगु में बात कर रही है। फिर मेरा यह प्रश्न!! अपने प्रश्न पर वह शरमाया। जब बात समझ में आ गयी तो उसे हँसी आ गयी। खुद उसकी समझ में यह नहीं आया कि उसने यह प्रश्न क्यों किया।

"आपकी सहेलियाँ कहाँ हैं?" रामनाथ ने पूछा।

"कौन सहेलियाँ?"

"वे ही जो पहले आप के साथ थीं।"

"आगे निकल गयी हैं। मैं यहाँ अकेली रह गयी।"

"चल नहीं पायीं क्या?"

"आपके यह कहने तक मेरी समझ में नहीं आया कि चलना भी मुश्किल है। पर मैं इस बगीचे को देखने के लिए रुक गयी।" सुमित्रा ने कहा।

"अब यहाँ कुछ भी नहीं है न ?"

"एक समय था। गोलकुण्डा के नवाबों के समय में—उस समय उस वातावरण की कल्पना मात्र से समझ सकते हैं कि यह बगीचा कितना सुन्दर रहा होगा। यह दुनिया, यह प्रजा, ईश्वर, अकाल, युद्ध, भय, आधि-व्याधि, जैसी सारी बातें उनके लिए कुछ महत्त्व ही नहीं रखती थीं शायद। इसीलिए वे लोग सौन्दर्य एवं आनन्द का आस्वादन कर सके। संसार के प्रति यदि उनके मन में अधिक आकर्षण होता तो शायद ही वे इस सौन्दर्य एवं आनन्द का इतना आस्वादन कर पाते।" सुमित्रा ने कहा।

सीढ़ियाँ चढ़कर दोनों जा रहे हैं। उनके बायीं ओर पत्थर की दीवारें, दायीं ओर बड़े-बड़े पहाड़ जैसे पत्थर—उनके बीच पानी के लिए तरस-तरस कर प्यासे ही रहकर सूख-मर गये घास-फूस, कहीं-कहीं हिलने वाली पत्थर की सीढ़ियाँ, उनके बीच माचिस की काड़ियाँ, सिगरेट के टुकड़े, पान की थूक के निशान।

"इन सीढ़ियों पर कितने लोग चढ़े-उतरे होंगे, कहा नहीं जा सकता। किसी समय में यह जगह शायद सुगन्धों से भरी रही होगी। इन्हीं सीढ़ियों से होते हुए कितनी ही स्त्रियों को नवाबों के जनाना के लिए ले जाया गया होगा। कितने ही हजारों का सौन्दर्य इन पहाड़ों पर विकसित-पुष्पित होकर, अपनी सुगन्धों को चारों ओर फैलाकर, वहीं पर समाप्त भी हो गया होगा! यह सब सोचने पर दिल की धड़कन जैसे बन्द ही हो जा रही हो!" एक सीढ़ी पर रुक कर गहरी साँस लेती हुई सुमित्रा ने कहा।

उसकी ओर रामनाथ ने चकित होकर देखा। तेज हवा पहाड़ों से टकरा कर जोर से आवाज करती हुई बह रही है।...एक बार सिर उठाकर देखकर चटक-मटक कमर हिलाती हुई बड़ी अनोखी अदा दिखाती हुई पहाड़ों के पत्थरों के बीच में अदृश्य हो गयी।

छोटे से पत्थर से कूदकर दोनों ने रामदास की जेल की ओर जाकर, उसे देखा।

"कोई भी काम करने के लिए लगन चाहिए। कहते हैं कि इस जेलखाने में रामदास को बारह साल तक रखा गया। किसी-न-किसी दिन मुक्ति पाने की आशा से ही उसने बारह साल इसमें बिताये होंगे। वरन् दम घुटकर कब का ही मर गया होता न!" सुमित्रा ने कहा।

"कहते हैं न कि राम-लक्ष्मण ने आकर तानाशाह को रकम अदा कर रामदास को मुक्ति दिलायी ?"

"आये, नहीं आये, वह सब अलग बात है। मगर आयेंगे, यह अटल विश्वास—उसके बारे में मैं सोच रही हूँ। आज इसी विश्वास का हम लोगों

में अभाव है। हर बात को हम सन्देह की दृष्टि से देखते हैं। कदम-कदम पर सन्देह करते हैं। कोई भी काम आधे मन से करते हैं। किसी बात के बारे में भी आधा ही सोचते हैं। जिन्दगी को आधा ही जीते हैं। जीवन का अनुभव भी हमारा आधा ही है। आधा खाते हैं। अन्त में हमारी मौत भी आधी ही है। पूरी तरह से न तो जीवित रह सकते हैं, न मर पाते हैं। हमें 'अर्धजीवी' कहा जा सकता है। 'अर्ध-मानव' हैं हम।···यह सब ठीक है। मैं पूछना ही भूल गयी। आपका नाम ?" सुमित्रा ने कहा।

"सुमित्रा ! आ जाओ !" पहाड़ पर से शोर मचाते हुए एक साथ कई आवाजें सुनाई दीं। तब रामनाथ को मालूम हुआ कि उसका नाम 'सुमित्रा' है।

"वे लोग सब मुझे बुला रहे हैं। चलती हूँ। आप भी आ रहे हैं क्या ? नाम तो आपने बताया ही नहीं।" सुमित्रा ने कहा। फिर उसने अपनी सहेलियों की ओर मुड़कर हवा में हाथ हिलाया। साड़ी की किनारियों को अनोखी अदा से सँभालती हुई, हवा में उड़ते जाने वाली पल्लू को पकड़कर, कमर पर लपेटती हुई, पहाड़ियों में चली गयी सुमित्रा।

रामनाथ ने सोचा ही नहीं था कि वह फिर जिन्दगी में सुमित्रा को कभी देख पायेगा। उसका पता तक नहीं पूछा रामदास ने। इसपर उसे बड़ा ही अफसोस हुआ। मन सारा व्याकुल हो गया। यादें लहरों की तरह उठ-उठकर मन को कल्लोलित कर दे रही हैं। असहनीय पीड़ा पूरे शरीर में फैल गयी। अकथनीय अतृप्ति ! अँधेरा ! संकटीलापन ! अन्तर्युद्ध ! बेचैनी, युद्ध के चित्र ! तोपों की, बन्दूकों की आवाज़े ! बीच-बीच में ठण्डी हवा की लहरें··· सैकड़ों स्त्रियों के रोदन की आवाज़ें···सब गड़बड़ !! सब अन्धकारमय ! कुछ समझ में नहीं आ रहा था।

अचानक चारों ओर अँधेरा छा गया। सड़कों पर धूल खूब उड़ रही है। हैदराबाद की ओर से चार मिलिट्री टैंक, कछुओं की चाल से धीरे-धीरे चले आ रहे हैं। नार्सिगी से एक लारी धूल उड़ाती हुई तेजी से चली गयी, बड़ी आवाज करती हुई। हवा संसार को नींद से मानो जगा रही है। हवा का सामना करता हुआ मानो पहाड़ उसका उत्तर दे रहा है। पहाड़ से आवाज गूँज रही है। मगर हवा पहाड़ को हिला नहीं पा रही है।···घास-फूँस हवा के मारे छोटे बच्चों की तरह बिलखने लगे।···नाराज होकर मानो पुकारने लगे हों, आपस में लड़ रहे हों, बादल गरजने लगे। एकदम बिजली चमककर पहाड़ों को रोशनी से भरकर गायब हो जा रही है। मूसलाधार वर्षा होने लगी।

अँधेरा छाया हुआ है। बिजली चमकने पर ही कुछ दिखाई दे जाता है। हवा की तेजी से बादल तितर-बितर हो जा रहे हैं। वर्षा की बूँदें भी पत्थरों पर गिरकर, छोटे-छोटे टुकड़ों में बँट जाती हुई, मानो रोती हुई फिसल कर,

नीचे मिट्टी में घुल-मिल जा रही हैं। बेकार की सोच में पड़कर रामनाथ नीचे उतरना ही भूल गया। "अब क्या करें ? कैसे जाना होगा ? यह बारिश कब रुकेगी ? कितनी देर तक मैं यहाँ रह जाऊँ ?" बिजली चमकी। आँखें चकाचौंध हो गयीं। तुरन्त दिल की धड़कन को बढ़ाते हुए बादल जोर से गरजने लगा !

"रामनाथ जी !"

काँप उठा रामनाथ। "वातावरण इतना भयंकर है—ऐसी स्थिति में मुझे कौन बुला रहा है ? या यह मेरा भ्रम तो नहीं है ? या यह भूत-प्रेतों की आवाज तो नहीं ? कहते हैं कि दिवंगत आत्माएँ प्रेतों के रूप में भ्रमण करती रहती हैं। वे तो नहीं पुकार रही हैं मेरा नाम लेकर ! फिर उन मुसलमान प्रेतों को मेरा नाम कैसे मालूम है ?" धीरे-धीरे पास ही में कदमों की आहट सुनाई देने लगी। रामनाथ घबरा गया। इतनी ठण्डक में भी पसीना छूटने लगा।

"रामनाथ जी ही हैं न ?"…सुमित्रा की आवाज पहचानने के बाद रामनाथ की जान में जान आयी। धीरे-धीरे कम्पन भी कम होने लगा। रामनाथ ने सोचा कि अब तो उसका अता-पता पूछ लेना चाहिए।

"आप भी नहीं गये ?" सुमित्रा ने रामनाथ की ओर कदम बढ़ाते हुए पूछा।

"नहीं।"

सुमित्रा का आहें भरना रामनाथ ने सुन लिया।

"पूरा अँधेरा है। आप कहाँ हैं ? दिखाई नहीं दे रही हैं ?"

"इस तरफ आइये। यहाँ इतनी ठण्ड नहीं है। नहीं तो मैं ही उधर आ जाऊँ क्या ?"

"आ जाओ।" रामनाथ ने कहा। उसके आने के बाद रामनाथ की समझ में कुछ नहीं आया कि उससे क्या बातें करे। फिर भी पूछा—"आप क्यों जा न सकीं ?"

"कुछ कह नहीं सकती। इस सुन्दर पहाड़ को छोड़कर जाने का मन नहीं कर रहा था। यहीं पर इसी तरह आजीवन रह जाने को जी चाहता है। इस किले में जो लोग रहा करते थे, उनकी आत्माएँ मानो मुझे यहीं रह जाने के लिए आमन्त्रित कर रही हों—ऐसा लग रहा है। इन खण्डहरों के बीच आँखें मूँदकर बैठने का और विगत वैभवों का स्मरण करते हुए, उस मधुर भावना में डूबकर यहीं जीवन समाप्त कर देने का विचार मन में उठ रहा है।… खैर ! अब हम कहाँ पर खड़े हैं, रामनाथ जी !"

"मेरा खयाल है, बारादरी में।"

कुछ देर तक दोनों मौन रहे। हवा तेजी से चल रही थी। बारिश कुछ कम हो गयी। बादल धीरे-धीरे हटते जा रहे हैं।

"यदि औरंगजेब से शत्रुता न हुई होती तो गोलकुण्डा का इतिहास शायद कुछ और ही होता। वास्तव में वह शत्रुता क्यों हुई, आपको कुछ मालूम है, रामनाथ जी ?" सुमित्रा ने अचानक पूछा।

"कुछ सुना तो है मैंने। मगर सच क्या है, कुछ पता नहीं। मीरजुम्ला तुर्किस्तान का निवासी था। व्यापार के लिए यहाँ गोलकुण्डा आया हुआ था। शीघ्र ही वह महामन्त्री बन बैठा। कहते हैं, उसके पास बीस मन हीरे-जवाहरात थे। इसी मीरजुम्ला ने जगत्-प्रसिद्ध हीरा कोहिनूर शाहजहाँ को भेंट किया। इस मीरजुम्ला और उस समय के गोलकुण्डा का जो सुल्तान था—अब्दुल्ला कुतुबशाह—दोनों के बीच मन-मुटाव हो गया। राजमाता हैयत बक्श बेगम के साथ इनके कुछ नाजायज सम्बन्ध थे। यही माना जाता था। उनका पता चलते ही राजा और मन्त्री के बीच वैर हो गया। मीरजुम्ला औरगजेब के आश्रय में चला गया।"

"जुम्ला को ऐसा नहीं करना चाहिए था। यदि आप का यह कहना ठीक है तो।"

"शायद गलत नहीं हैं। हैयत बक्श बेगम की भी इसमें गलती होगी। आज इस तरह बारादरी के खण्डहरों में बैठे हम, उस समय की अच्छी-बुरी बातों का जो निर्णय कर रहे हैं, वह शायद ठीक नहीं है। बक्श बेगम बेहद सुन्दर थी। मीरजुम्ला दूसरा चाणक्य था। मैं यह भी उचित नहीं समझता कि उस बेगम का अपार सौन्दर्य चार-दीवारी में ही नष्ट हो जाये। गोलकुण्डा का भविष्य, अपने स्वामी से छल-कपट—ये सब ठीक हैं। उनसे हटकर—इस प्रकार की बात कितनी खतरनाक है...वे खुद नहीं जानते थे क्या ? जानकर भी उन सम्बन्धों को जारी रखना—यह समझने की ही बात है। प्यार के लिए खून की नदियाँ बहाने में भी पीछे नहीं हटने वाले यवनों का खून हैयत बक्श बेगम के शरीर में बह रहा था। बस।" रामनाथ ने कहा।

बारिश पूरी तरह से रुक गयी है। बादल छँट गये हैं। हवा तो पहाड़ों से टकराती हुई आँख-मिचौली खेल रही है। कभी-कभी पहाड़ को आलिंगन कर उनके कानों में मानो कानाफूसी कर रही हो। सारे शहर में दीप जलकर दूर से आसमान के तारों की तरह टिम-टिमा रहे हैं। चाँदनी अपनी मुसकुराहट को चारों ओर फैला रही है।

"ठण्ड लग रही है न ?"

"बहुत।"—सुमित्रा ने जोर देकर कहा। हवा से उसकी साड़ी के चारों कोर उड़कर हलचल मचा रहे हैं। उड़ने वाले उसके घुँघराले बालों से

कान ढके जा रहे हैं। कभी-कभी उसके बाल उसके चेहरे को भी ढकने का प्रयत्न कर रहे हैं।

"बारादरी से मतलब ?"

"बारह द्वारों का महल।" यही उसका अर्थ है। यही राजमहल भी है। यहीं पर सुल्तान बैठा करते थे।···वे दोनों तारामती और प्रेमावती के महल हैं। दोनों बहनें थीं। उनकी सुन्दरता से मोहित होकर अब्दुल्ला कुतुबशाह ने उनसे विवाह कर लिया था। वे अच्छी नर्तकियाँ भी थीं। खिलवात के आस-पास एक समय संगमरमर के पत्थर से बना हुआ एक तालाब भी था। कहते हैं, उसे गुलाबों के इतर से भरकर अब्दुल्ला कुतुबशाह जलक्रीड़ा में मग्न हो जाता था।"

"हाय रे!"—एक क्षण रुककर सुमित्रा ने धीरे से कहा।

"ठण्ड लग रही है ?"

"आप को कैसा लग रहा है ?"

"क्या ?"

कुछ समय तक खामोशी छा गयी।

"इस बारादरी में रहना ?"

"लग रहा है कि यह सारा संसार बहुत ही छोटा है और हम उससे भी छोटे।"

"डर नहीं लग रहा है ?"

"तुम्हें लग रहा है क्या ?"

"यहीं रह जाने का मन हो रहा है।"

रामनाथ ने कुछ भी नहीं कहा। सुमित्रा की आँखों में चमक दिखाई देने लगी। रामनाथ ने एक लम्बी साँस छोड़ी।

"चलिए, ऊपर की मंजिल में चलें। कहते हैं—शाह नशीन के पास सुल्तान लोग शाम के समय, अपने गायकों के साथ, मदिरा-मदवतियों के साथ, वहाँ समय बिताया करते थे।"

"जरूर!"

अँधेरे में, टटोलता हुआ रामनाथ स्वयं सीढ़ियाँ चढ़ रहा था। सुमित्रा उसके कन्धों पर हाथ डालकर सहारा लेती सीढ़ियाँ चढ़ रही थी। आराम के लिए जिन यवनराजाओं ने अपना सर्वस्व त्याग कर दिया, उन्होंने इतनी तंग सीढ़ियाँ क्यों बनवायीं ?

एक चमगादड़ आवाज करती हुई, दीवारों से टकराती हुई उनके सिर के ऊपर से निकल गयी। "हाय रे" सुमित्रा जोर से चीखकर, रामनाथ से लिपट गयी। ऊपर चढ़ने के बाद सुमित्रा ने लम्बी साँस ली।

"बहुत अच्छा है न ?"

"क्या ?"

थोड़ी देर रुककर सुमित्रा जोर से हँस पड़ी।

"शाह-नशीन !"

रामनाथ को यह बात सच नहीं लगी। पहाड़ के पत्थरों से टकराकर उनसे आलिंगन करती हुई-सी लगने वाली ठण्डी हवा, सारे संसार को चाँदनी में स्नान कराने वाला चन्द्रमा, जंगली फूलों की खुशबू, अकेलापन—ये सब रामनाथ को मानो उन्मत्त कर रहे थे, पागल बना दे रहे थे। "क्या हो रहा है ?" यह समझने से पहले आवेग में, उन्मत्तता में, आवेश में, जिगीषा में रामनाथ की आँखों को—सारे संसार में आनन्द ही आनन्द दिखाई दे रहा था। उसके मन का आनन्द, उद्वेग सीमाओं को पार कर बहने लगा। जागृति या स्वप्नावस्था जो भी हो, उसकी समझ में नहीं आ रहा था। तुरीयावस्था का अनुभव कर रहा था रामनाथ उस समय।

सपना टूट गया। धीरे से रामनाथ ने आँखें खोलीं। उसके गालों से जुड़े सुमित्रा के गाल ! उसके हाथों से जकड़े हुए सुमित्रा के बाल ! आँखों से झलकने वाली इस प्रकार की तृप्ति ! थोड़ी-सी फूली हुई साँस !! काँपने वाले ओठ ! इतनी ठण्ड में भी छूटने वाले पसीने की बूँदों से भरा उसका ललाट !—रामनाथ ने फिर आँखें बन्द कर लीं।

यह था पहला परिचय सुमित्रा के साथ।

प्रातःकाल के सूरज का प्रकाश फैल गया। सूरज की किरणों के शरीर पर लगते ही रामनाथ उठ बैठा। उसे लग रहा था, मानो बाल-सूर्य ने क्रोध में आकर अपने शर से उसे जगाया हो। आस-पास कोई भी नहीं था। मुरझाये फूल, नीले रंग की चूड़ियों के टुकड़े, इधर-उधर जमा हुआ बारिश का पानी—दीवारों पर कूदते हुए, उसे देखकर भाग जाते हुए गिलहरियों के बच्चे ! जैसे उसकी हँसी उड़ा रहे थे।

एक ओर खुशी, दूसरी ओर उदासी मन में छा गयी। रामनाथ पहाड़ से नीचे उतर आया। रास्ते में सोचता ही आ रहा था। कितना सुन्दर सपना ! जेब टटोलकर उसमें से चूड़ियों के टुकड़ों और मुरझाये फूलों को बाहर निकालकर देख लिया। फिर उसने लम्बी साँस ली।

एक सप्ताह के बाद शायद सुमित्रा से फिर भेंट हुई। इतने दिन रामनाथ का मन सुमित्रा के सपने देखता ही रहा। उसने सोचा कि अब यदि सुमित्रा दिखाई दे तो उसका पता जरूर ले लेना चाहिए।

सुमित्रा आयी।

"फिर एक बार गोलकुण्डा चलेंगे ?" पिछले भावों को ताजा करते हुए रामनाथ ने पूछा।

"क्यों ?" कुछ अजीब-सी सूरत बनाकर आँखें फाड़-फाड़कर देखती हुई सुमित्रा ने पूछा।

"सुन्दर सपने देखने के लिए।"

सुमित्रा जोर से हँस पड़ी।

उसके गालों पर लज्जा के लक्षण रामनाथ को दिखाई दिये।

"सपने देखने की शक्ति हो तो—" एकदम सुमित्रा रुक गयी।

"हाँ···हो तो···?" उसको प्रोत्साहन देते हुए रामनाथ ने पूछा। आज तक वह वाक्य अधूरा ही रह गया।

"सारी जगहें अच्छी और एक जैसी अच्छी नहीं होतीं। किसी स्थान पर देवी-देवताओं का निवास होता है। कहीं-कहीं देवता-गण धरती पर आकर निवास करने लग जाते हैं। कहीं-कहीं मानव ही दानव बन जाता है। अतः हे बालिके ! किसी क्षेत्र की महत्ता भी कुछ होती है।" रामनाथ ने बड़े नाटकीय ढंग से कहा।

आज रामनाथ को याद नहीं कि सुमित्रा ने इसके उत्तर में क्या कहा था। कुछ भी तो कहा होगा। अभी भी रामनाथ को लगता है कि चतुरता से बात करने का ढंग सुमित्रा का अनोखा था। उसकी तरह कोई भी बात नहीं कर सकता। साधारण से साधारण बात भी उसके मुँह से जब निकलती है तो कुछ विशेष ही लगती थी। उसके मुँह से सुनने के बाद ही रामनाथ को उसकी विशेषता का पता चलता था। उसकी भावनाएँ भी बड़ी विचित्र-सी लगती थीं। उसके विचार अनोखे थे। हमेशा लगता था कि स्वतन्त्रता की अपार इच्छा उसे सिर से पैर तक प्रज्वलित करती रहती है। अटूट आत्म-विश्वास। कभी भी, कहीं भी, किसी के वश में न आनेवाला, किसी के सामने सिर न झुकाने वाला उसका आत्म-विश्वास ! वह सदा उसे उत्तेजित करती रहती थी। याद है, उसके अनुसार आनन्द एक अमृत भण्डार की तरह है। उसको चारों ओर से देवता एवं राक्षस घेरे हुए हैं। करोड़ों परेशानियों को, रुकावटों को पार कर सकने वाले ही उसको प्राप्त कर सकते हैं। भीरु लोग यह साहस न कर सकने के कारण बेकार की बातों में लगे रहते हैं। सुमित्रा हमेशा कहा करती थी कि जीवन से सुखों को चुनना हमारा काम है। ऐसी सुमित्रा "कल तुम्हारी प्रतीक्षा करूँगी रामनाथ !" कहकर अदृश्य हो गयी। रामनाथ उसके घर गया। दरवाजे पर बड़ा ताला पाकर लौट आया।

इस बीच एक पंचवर्षीय योजना का समय बीत गया। समय इन्सान से पूरा बदला लेने लगा। उसे विकल करने लगा। मानव अपने मार्ग को तय

नहीं कर पा रहा था। उसे कोई ठीक दिशा नहीं मिल पा रही थी। मानव के जीवन में धुँधलापन-सा छा गया। उसे कुछ भी स्पष्ट दिखाई नहीं दे रहा था।···दिन-रात, रात-दिन—यह चक्र खामोशी से चल रहा है।

रामनाथ ने सोचा कि जरूर कुछ होकर रहेगा। मगर कुछ भी नहीं हुआ। रास्ते से हटे हुए—गिरे हुए राकेट को उसने फिर रास्ते पर लगा दिया। गाड़ी जहाँ टूटी, वहाँ जोड़ पड़ गया। गाड़ी चल रही है। मगर उस चलने में सुख-आराम नहीं है। धक्के बहुत लग रहे हैं। आवाज बहुत हो रही है। कभी-कभी लगता है कि कहीं जोड़ टूट न जाये। फिर नये-जोड़ लग जाना, नयी-नयी पट्टियाँ लगने पर फिर गाड़ी चल पड़ने लग जाती है। वे ही धक्के-मुक्के—फिर वही जोड़-तोड़—जीवन चल रहा है।

समय ने घावों को कुछ भर दिया। फिर भी कभी-कभी घाव हरे होते रहते हैं। यादों पर से समय का परदा जब कभी हट जाता है तो यादें ताजी होती रहती हैं। वे फीकी नहीं पड़ीं। अपने आपसे समझौता करने का रामनाथ ने कितनी ही बार सोचा। पत्नी, सन्तान, धन-दौलत, अधिकार, ओहदा-नौकरी—प्रत्येक क्षेत्र में समझौते के पैगाम सफल नहीं हो पाये। यह भी नहीं कहा जा सकता कि रामनाथ इन बातों में—इन प्रयत्नों में असफल भी रहा। वे सब वैसे के वैसे ही हैं। आप भी वैसे ही हैं। मन के किसी कोने में, अतृप्ति, अकारण ही क्रोध, निराशा, चिड़चिड़ाहट, अशान्ति, दुख—बस ! यही है उसके जीवन में। एक मानव के जीवन में प्रवेश कर दूसरा मानव इससे बढ़कर और क्या बिगाड़ सकता है ? कभी-कभी रामनाथ यही सोचता रहता है। पहाड़ों से, वर्षा से, हरियाली से, गिलहरियों से उसे चिढ़ हो गयी। क्योंकि ये सब सुमित्रा की याद दिलाकर मन को कलुषित कर देने वाले उद्दीपन हैं।

"विचलदलक ललितानन चन्द्रा। तदधरपान रभसकृत चन्द्रा।
चचल कुण्डल ललित कपोला। मुखरित रशन जघनगति लोला॥"

रामनाथ झट उठकर बैठ गया। उसे लगा कि किसी ने उसकी पीठ पर कोड़ा दे मारा।

"चलो अच्छा हुआ। अब तो उठो, कम से कम। सुमित्रा आपकी प्रतीक्षा कर रही है—काफी भी नहीं पी रही थी। जल्दी मुँह धोकर आना···" राधा ने आवाज दी।

"अभी आया।" रामनाथ ने जवाब दिया।

तौलिया कन्धे पर डालकर बावडी की ओर गया। चावल धोकर चढ़ाने के लिए उँगलियों से पानी माप रही थी राधा। सुमित्रा थर्मस फ्लास्क के पास पालथी मारकर जमकर बैठी है। रामनाथ के मन में अचानक ही बेटी पर प्यार उमड़ आया। उसे एकदम उठाकर बहुत ही प्यार करने लगा।

सुमी बेचैन होने लगी ।,,गुदगुदी हो रही है डैडी !"

"आप पहले दाँत साफ कर आइये न ? वरन् जूठे मुँह से प्यार करने से बच्चों के गालों पर काले धब्बे पड़ जाते हैं ।" मुसकुराती हुई और कपड़े से हाथ पोंछती हुई राधा ने कहा । कॉफी पीता हुआ रामनाथ पत्नी से पूछने लगा—

"मेहमान आये होंगे ।"

"पता नहीं ।"

"थोड़ा पता कर लो ।" रामनाथ ने कहा ।

राधा की समझ में कुछ नहीं आया । आश्चर्य से वह रामनाथ की ओर देखने लगी ।

"कुछ भी तो नहीं । महीने में पन्द्रह दिन बीत गये हैं न ? पता नहीं बेचारा शेषगिरि राव कितना परेशान हो रहा होगा ।" बेटी के ओठों पर लगी काफी को पोंछते हुए रामनाथ ने पत्नी से कहा ।

रामनाथ दफ्तर गया । प॰ मन नहीं लगा । उसने छुट्टी ले ली, पूरा शहर घूम-घामकर घर लौट आया । दरवाजा भीतर से बन्द कर रखा हुआ था । सुमी शेषगिरि की बेटी पिल्लम्मा के साथ खेल रही थी । एक क्षण के लिए बेटी की ओर देखकर रामनाथ बेजार होकर सिर खुजलाता हुआ भीतर चला गया । पूरा मन धुँधलेपन से भर गया । औरतों की बातों की आवाज आ रही है । उन आवाजों में से एक पहचानी हुई आवाज ! स्तब्ध रह गया रामनाथ, जैसे किसी ने उसकी नसों को मरोड़ दिया हो ।

"स्मर समरोचित विरचित वेशा । गलित कुसुम दर विलुलित केशा ।"

खून के प्रवाह की गति बढ़ गयी । रामनाथ विचलित हो गया । यह आवाज—वह अच्छी तरह पहचानता है । शाहनशीन में, अकेलेपन में, झाड़ों की छाँव में, छोटी-छोटी लहरियों में, सपनों में, उसका पीछा करता हुआ, सारे जीवन उसने आप्लावित कर दिया । यह वही आवाज है जिसने रामनाथ की जिन्दगी अशान्त कर रखी है । सारे जीवन को विचलित कर दिया है । निरन्तर उसी आवाज की खोज में है रामनाथ । आज भी रामनाथ ने पलँग पर लेटकर तकिये में मुँह छिपा लिया । सारा शरीर श्रवणेन्द्रिय बनकर उस आवाज के माधुर्य का अनुभव कर रहा है ।

"कितनी देर हुई आपको आये हुए ?" राधा ने पति की पीठ पर हाथ रखकर कहा ।

"डैडी ! डैडी ! सुनिए !!—मेरे लिए•••" सुमी कुछ कहने जा ही रही थी । फिर रामनाथ की सूरत देखकर एकदम चुप हो गयी ।

"बहुत जल्दी आ गये !"

"तबीयत कुछ ठीक नहीं है।" रामनाथ ने कहा।

सुमी चाकलेट चबाती हुई वहाँ से चली गयी।

"सुमी ने बताया कि आप आ गयी हैं।"···थोड़ा रुक कर राधा ने पूछा—"काफी बनाऊँ ?"

"नहीं बाबा, नहीं ! मुझे अकेला छोड़ दो।"

"··········।"

स्टूल पलँग के पास खींचकर उस पर बैठ गयी राधा।

"मौसी जी से मैंने पूछ लिया। सारा सामान है···मुँह ढको मत !··· एक अच्छी बात सुनाऊँगी !"

रामनाथ ने आँखें खोलकर राधा की ओर देखा।

"कितना अच्छा गाती है वह ! जयदेव के सारे गीत—अष्टपदी भी बहुत ही अच्छा गाती है। खास एक गीत है—याद नहीं आ रहा है। अभी बता रही थी।"

"स्मर समरोचित···" रामनाथ ने याद दिलाया।

"हाँ ! बिलकुल !" राधा ने हँसकर कहा, "वही गीत उसे बहुत ही पसन्द है। बार-बार दस बार वही गुनगुनाती रहती है। मैंने कहा—मेरे पति को भी यह गाना बहुत पसन्द है। एक बार हमारे घर आकर पूरा गीत अच्छी तरह सुनाने के लिए मैंने आग्रह किया। उसने 'हाँ' कर दिया। सुन रहे हैं या सो रहे हैं ?" राधा ने पूछा।

"हाँ···हाँ···" रामनाथ ने कहा।

"क्या ? सुनना या सोना ?" हँसकर राधा ने फिर पूछा।

"दोनों।"

राधा चुप हो गयी। आँचल से चेहरे का पसीना पोंछकर उसने एक लम्बी साँस ली।

"आज रात को उन्हें मैंने भोजन पर बुलाया। पति मान गया मगर उसी ने "देखेंगे" कहकर टालने का प्रयत्न किया। कोई बात नहीं—आ जायेगी।···फिर आँखें मूँद ले रहे हैं आप ! मुझे मुसीबत में मत डालो ! मेहरबानी करो मेरे ऊपर।" कहती हुई राधा ने चादर खींच दिया।

रामनाथ आलसीपन दिखाता हुआ, झूठी जँभाइयाँ लेता हुआ सोने का प्रयत्न करने लगा।

"कुछ बात करते जाओ। मैं अपना काम भी निपटाती जाऊँगी। खाना बनाना है, उसका पति जल्दी भोजन करने का आदी है। अभी से खाना बनाना शुरू करूँ तभी···" राधा अन्दर चली गयी।

"फिर एक बार।"—रामनाथ ने मन-ही-मन कहा।

शाम होने ही वाली है । राधा चिड़चिड़ाती हुई आयी ।

"क्या बात है ?" रामनाथ ने पूछा ।

"वे लोग चले गये ।" राधा ने कहा ।

"क्यों ?" मुश्किल से रामनाथ ने पूछा ।

"भगवान जाने । दोपहर से वह अपने कमरे से बाहर निकली ही नहीं । अचानक पति को जगाकर निकल गयी । कम-से-कम शेषगिरि भैया के आने तक रुकने के लिए मौसी जी ने कितनी ही विनती की । बस ! वह टस से मस नहीं हुई । कैसे लोग हैं ! कैसी दुनिया है ।" राधा चिढ़कर कहने लगी—"उस बूढ़े को साथ लेकर इस ठण्ड में···"

"बूढ़ा कौन ?"

"उसका पति ।"

यदि दीवार का सहारा न लिया होता तो रामनाथ गिर जाता ।

"कहाँ जा रहे हैं ? खाना तैयार है । आप को पसन्द है न इसलिए मैंने खाने के साथ 'रसम' बनाया । थोड़ा गरम-गरम खाना खा लेना रसम के साथ । नहीं तो फिर कमजोरी हो जायेगी ।"

मन न होने पर भी रामनाथ भोजन करने बैठ गया । खाना खाया नहीं जा रहा था । फिर भी खाने का प्रयत्न-सा करते हुए रामनाथ ने पूछा—

"बूढ़े से उसने शादी क्यों की ?"

वह खाने के साथ-साथ दुख को भी निगलता जा रहा था ।

"उस लँगड़ी के लिए उससे अच्छा पति और कौन मिल सकता है । शक्ल-सूरत भी वैसी ही है । आप भी अजीब बातें करते हैं ! वह पति भी ईश्वर की कृपा और भाग्य से मिला है ।"

राधा को लगा कि रामनाथ को तसल्ली हो गयी ।

"थोड़ा और दूँ ? रसम के साथ ही भोजन करना होगा । और कुछ आज आप को नहीं मिलेगा ।" राधा ने खाना और परोस दिया ।

"अच्छा हुआ कि मैंने खाना परोस दिया । आप तो कह रहे थे कि भूख ही नहीं । सब झूठ । कितनी भूख लगी है । आप वैसे ही सो जाने वाले थे न ?"

रामनाथ ने कुछ कहा नहीं । बस, थाली में ही हाथ धोकर वहाँ से चला गया । सुबह से वह क्या सोच रहा था । कैसे दुखी था—यह सब सोचकर वह अपने आप हँसने लग गया । 'क्या पागलपन है मेरा ! वह भी इतने सालों के बाद । यदि वह सुमित्रा ही होती तो कोई मतलब नहीं कि वह मुझे देखने न आती । यह कोई और है । गलतफहमी में पड़कर मैं बेकार ही दुखी हो गया—।' रामनाथ ने पेटी खोलकर एक-एक चीज बाहर रख दी । नीचे का

कागज हटाकर देखा—सब खाने अच्छी तरह देखे। कपड़ों की तहों में भी, खोल-खोलकर देखा।

"क्या ढूँढ़ रहे हैं ?" पीछे खड़े होकर राधा ने पूछा।

रामनाथ पसीना पोंछने लगा। "एक छोटा-सा···" रुक गया।

"यही है न ?" राधा ने एक छोटा-सा हरे रंग का लिफाफा पकड़ाया, "परसों सफाई कर रही थी तो मिला। सोचा, देखूँ क्या है ! मुरझाये फूल, नीले काँच की चूड़ियों के टुकड़े हैं उसमें। वापस रख देना चाह रही थी। सुस्ती कर गयी। लीजिए···।"

रामनाथ उन्हें हाथ में नहीं ले पाया।

"देखो अपने पास ही रखो, राधा। जितना तुम सँभालकर रख सकोगी, उतना सँभालकर मैं नहीं रख सकूँगा।" रामनाथ ने कहा। "दोपहर को उनको देखते ही मुझे इसकी याद आयी। उन्हें ये फूल बहुत ही पसन्द हैं। अब भी नीले काँच की चूड़ियों से हाथ भरा हुआ है।"

रामनाथ की आँखें खुल गयीं। सारे परदे हट गये। जीवन का एक बहुत ही बड़ा सत्य उसके सामने खड़ा हुआ। उसकी समझ में आया कि यह एक विचित्र अनुभव ही मन में, दिमाग में है। इस अनुभव के कारण एक प्रकार की रोशनी छा गयी। यह अनुभूति प्राप्त होते ही मन हल्का-सा हो गया। रामनाथ आँखें मलने लगा। आँखों में आँसू जो भर आये, दीपक की रोशनी में चमकते हुए उसके गालों से बहते हुए, नीचे गिरकर सूख गये।

अनुवाद : डॉ. लीला ज्योति

उन आँखों की कथा

बहुत दिन हो गये कहानियाँ लिखे। उसमें भी सेक्स की कथा लिखे लगभग पच्चीस साल हो गये। उन दिनों चलम्, चौडेश्वरी देवी, धनिकोण्डा, मैं··· इस प्रकार की कहानियाँ खूब लिखा करते थे। उससे पहले चलम् और कोडवटिगंटि कुछ-कुछ इस प्रकार की कहानियाँ लिख चुके थे। उसके बाद कुटुम्बराव इस मार्ग को छोड़कर, दूसरे मार्ग पर चले गये। हम भी धीरे-धीरे भटकते चले गये।

यह सब आपके सामने पेश करने का एक कारण भी है। लगभग पच्चीस साल के बाद सेक्स की कहानी लिखने की मुझे क्यों सूझी? आज के मार्केट में उसकी अधिक माँग या मुझ पर स्वयं मेरी परीक्षा?

सामान्यतः सेक्स कहानियों में लड़का प्रधान नहीं होता, लड़की ही प्रधान होती है। लड़की का खूबसूरत होना जरूरी है। उस खूबसूरती का मन भर वर्णन करना जरूरी है। हमारे प्राचीन कवियों ने प्रबन्ध-काव्यों में या अन्य काव्यों में जिस प्रकार नख-शिख वर्णन किया है, उसी प्रकार का वर्णन होना चाहिए। छन्दों में किया गया वर्णन कुछ की समझ में आता है, कुछ की समझ में नहीं आता। वह पद्य की लय, गति, अलंकार आदि पर ज्यादा निर्भर करता है। हमारे सभी महाकवियों ने यही काम किया है। किसी भी नायिका के अंगांग वर्णन को छोड़ा नहीं। काव्य-लक्षण, काव्य-प्रयोजन, व्यंजना, अभिव्यक्ति आदि को एक साथ गंगा में फेंक दें तो फेंक दें, लेकिन नायिका का अंग-वर्णन आवश्यक है। उसमें भी सर्वावयव-वर्णन, तिस पर पाठक के मन में··· खैर, इसे छोड़ दें।

गद्य में तो ऐसा नहीं किया जा सकता। जो थोड़ा-बहुत पढ़ा-लिखा है, उसकी भी समझ में आ जाना चाहिए। ऐसा कुछ नहीं कहना होता जो उनकी समझ में न आये। अथवा कहना भी चाहें तो उसी भाषा में कहना होगा जो उसकी समझ में आये। पढ़ते ही पाठक को पगला जाना चाहिए। दुबारा-तिबारा पढने के लिए वह लालायित हो जाये। ऐसी ही कहानियाँ पत्रिकाएँ छापती हैं। इसलिए सेक्स कहानियों में पहले नायिका का वर्णन कर, उसे किसी नायक के साथ मिलाकर, उसके बाद शृंगार का जी भर वर्णन करना चाहिए। यह है रीति सेक्स कहानियों की।

नायिका के सौन्दर्य वर्णन को आँखों से शुरू करना हमारी परिपाटी है। मैं भी उसी परम्परा का अनुसरण कर रहा हूँ। सुनिए···

उस (नायिका) की आँखें···

उन आँखों में देखा। वे आँखें मेरे लिए चिर-परिचित हैं। अब तो यहाँ देख रहा हूँ, लेकिन उन्हें कई-कई जगह देखा है। जब कभी, यहाँ-वहाँ देखा है लेकिन अब तो यहीं देख रहा हूँ।

आप मुझे पल भर सोच लेने देंगे? एक क्षण बस, एक ही, एक क्षण। उतने में अपनी यादों की परतों को खोलकर, उन परतों में छिपी यादों को, उनकी निशानियों को आपके सामने रख दूँगा।

कटोरी में दूध की एक बूँद? भूख से तड़पती नन्हीं चींटी ने दीवार से रेंगकर, कटोरी पर पहुँचकर, झाँककर देखा। दूध की बूँद कटोरी में है, भूख अपने पास है। उस एक बूँद के लिए नन्हीं चींटी धीरे-धीरे उतरने लगी। सम्पन्नों का परिवार है न! कटोरी चाँदी की थी। कटोरी का भीतरी भाग इतना चिकना था कि रोशनी पड़े तो वह भी फिसल जाये। नन्हीं चींटी के अगले पैर फिसल गये तो डर के मारे काँपती उसकी आँखों की याद आ गयी।

एक बार नदी में बाढ़ आयी। किनारों को काटता-गिराता बाढ़ का पानी उफन रहा था। किनारे के झाड़ बाढ़ की मार से झुककर, गिरते जा रहे थे। एक शमी का पेड़ था, जिसपर मैं अकसर बैठकर खेला करता था। मैं और बुल्लेम्मा छिपा-छिपाकर मूँगफलियाँ लाकर, बातें करते खाते रहते थे। आधी खाकर बाकी उस पेड़ की शाखाओं में छिपाकर रख दिया करता था। छिपाकर कई बार, पाशुपतास्त्र को देखने वाले अर्जुन के समान उन शाखों में देखता था। लगा, यदि वह पेड़, बाढ़ के कारण गिरकर न बहता तो कितना अच्छा होता! ऊँ हूँ, बाढ़ का एक थपेड़ा और वह पेड़ धीरे-धीरे झुक गया था। बह जाने के पहले डर के मारे दीन बनकर उसकी पत्ते रूपी आँखें मेरी ओर देखने लगी थीं। उन आँखों की याद आ गयी।

छोटा कठघरा···उसमें खोपरे का छोटा टुकड़ा। उसकी सुगन्ध कमरे में फैल रही थी। इधर-उधर, कूद फाँदकर, सूँघकर, चारों तरफ चक्कर लगाकर, उसमें जाकर, खोपरे के टुकड़े को छककर खा लिया एक चुहिया ने। तब···बाहर आने का रास्ता न पाकर, डर कर, दीन बनी उस चुहिया की आँखों की याद आ गयी।

गर्मियों के दिन। नहर में पानी सूखता जा रहा था। कहीं-कहीं मिट्टी दिखाई पड़ रही थी। पतली धार थी। जगह देखकर मछियारे ने जाल फैला रखा था। पानी को इधर-उधर हिलाता रहा। बहुत-सी मछलियाँ आकर

जाल में फँस गयीं। तीन-चार घण्टे के बाद मछियारिन भी आ गयी, बड़ी बोरियां लेकर। मछियारा पानी में उतरा, मछलियों को दोनों हाथों में भर कर किनारे पर फेंकने लगा और मछियारिन मछलियों से बोरियाँ भरने लगी। फिसलकर पानी में जाने वाली मछलियों को पकड़-पकड़कर वह फिर किनारे फेंक देता। आखिर एक नटखट मछली बच गयी। वह तीन-चार बार हाथ से छूट गयी, फिसलकर फिर से पानी में आ गयी। मछियारे को गुस्सा आ गया। अबकी उसे पकड़कर जोर से दे मारा। मछली का मुँह आधा फट गया। फिर भी सारी ताकत बटोर कर, उसने शरीर को हिलाने का प्रयत्न किया। अपने प्रयास में असफल मछली की दीन आँखों की याद आ गयी।

इसी तरह छिपकली की दबोच में आने वाले तिलचट्टे की आँखें, जाल में फँसकर छटपटाने वाले खरगोश की आँखें···ओफ···

अंगारों-सी मुस्कान लिये जानकी की वे आँखें··

छह बज चुके थे। दफ्तर के सभी लोग जा चुके थे। लेकिन अफसर अभी नहीं गया था। उसके जाने तक जानकी को छुट्टी नहीं। जानकी की नौकरी उसकी 'इच्छा' पर निर्भर है। उसकी 'इच्छा' जानकी के शरीर पर···

इससे बदतर नौकरियों के लिए जानकी अपने किये प्रयत्नों को भूल नहीं सकी। कभी-कभी वह सोचती—माता-पिता ने सोच समझकर ही यह नाम रखा होगा। उस जानकी के समान, जीवन काँटों की सेज बन गया।

उसकी डिग्रियाँ, अक्ल, फुर्ती—ये उसका पेट नहीं भर सकीं। इन योग्यताओं की किसी को जरूरत नहीं थी। उन्हें जरूरत थी उसकी देह की। जब योग्यताओं की जरूरत नहीं थी, तो जिस योग्यता को लोग चाह रहे थे, जानकी ने उसी से काम लेने का निश्चय किया। ऐसा निश्चय करने के लिए जानकी ने कई दिन सोच-विचार में बिताये। सोच-सोचकर थक गयी लेकिन कोई रास्ता नहीं मिला।

शादी भी हो गयी होती तो वह यह सब कुछ देख लेता। लेकिन एक मर्द को खरीदने की बिसात जानकी के पिता में नहीं थी। नौकरी करने वाली लड़की के लिए भी यह समस्या होती है, लेकिन इतनी विकट नहीं। जानकी ने नौकरी का शिकार शुरू किया। अब नौकरी ही जानकी का शिकार खेलने लगी।

इस कार्यक्रम में जानकी बुरी तरह थक गयी। किसी तरह इस नौकरी को प्राप्त किया। एक महीने भर के लिए 'टेम्परेरी' की शर्त पर। आज तीस दिन पूरे हो जाते हैं। आज 'अन्तिम रिपोर्ट' हेड ऑफिस जायेगी। भविष्य जानकी की आँखों के सामने धुँधला-सा दिखाई दिया।

अपना सुख···अपनी शादी पर, शादी नौकरी पर, नौकरी इस अन्तिम

रिपोर्ट पर आधारित है। यह रिपोर्ट अफसर की इच्छा पर, उसकी इच्छा देह पर, जवानी पर···

जानकी को पसीना छूट आया। उसने आँचल से मुँह पोंछ लिया। गला पोंछ लिया। भीतर से आग, आँच, भाप छूट रही थी।

अपने को बहुत सम्हालने पर भी जानकी शान्ति से बैठ नहीं सकी। सात बज गये। सारा दफ्तर सुनसान। दूर पर पुराने फैन के चलने की आवाज, घड़ी के चलने की आवाज···

इतने में स्प्रिंग डोर खुला। नरम बूटों की आवाज नजदीक आकर रुक गयी। जानकी ने सिर उठाकर देखा!

सामने अफसर। उसके हाथ में एक लिफाफा। उस पर हेड ऑफिस का पता। उसके भीतर एक और लिफाफा। उस पर 'गोपनीय' लाल स्याही से। दो टाइप किये हुए कागज।

उन कागजों को छोटे लिफाफे में जाना है और छोटे लिफाफे को बड़े में। उस बड़े लिफाफे को डाकघर तक जाने के लिए, अफसर जहाँ बुलायें वहाँ जाना होगा।

जानकी ने सोचा जाऊँ या नहीं? पल भर के बाद उसने मुसकुराया। वह मुसकान जैसे अंगारों से निकल रही थी। मुसकुरा कर, देखने वाली जानकी की वे आँखें···

क्षमा कीजिए।

वादा किया था, सेक्स की कथा सुनाऊँगा। सोचा था कि नायिका का नख-शिख वर्णन कर, आपको आकृष्ट कर लूँगा। ऐसा सोचकर परम्परा के अनुसार आँखों के वर्णन से शुरू करना चाहा, लेकिन हुआ कुछ और। एक नयी कथा की शुरुआत।

अनुवाद : डॉ. भीमसेन 'निर्मल'

नायक मिल गया; अब कहानी मिलनी है

उसका नाम आनन्द है। उसका नाम आक्रोश है। उसका नाम भय है। उसका नाम मोह है। उसका नाम प्यास है। उसका नाम करुणा है। उसका नाम दुख है। उसका नाम चिन्ता है। उसका नाम प्रवचन है। उसका नाम मुसकान है। रहने दीजिए। इस प्रकार उसके कई नाम हैं। क्यों न हों? उस परमात्मा के एक सहस्र नाम नहीं हैं क्या? उन सभी नामों को हमने लिया है न! तो उनमें से आधे या उसके आधे नाम मेरी कहानी के नायक को देने पर, आपको कोई आपत्ति नहीं होनी चाहिए। मेरी बात मानिए।

मेरी कहानी के नायक की किसी भगवान से तुलना करना मुझे बिलकुल पसन्द नहीं है। मेरा कहना बस इतना ही है कि अमुक भगवान के एक हजार नाम जिस प्रकार से हैं, उसी प्रकार से मेरे नायक के भी अनेक नाम हैं। ये सभी नाम मेरे दिये हुए नहीं हैं। वास्तव में ये नाम नहीं हैं, ये उसके गुण हैं। मान लीजिए उसका नाम 'आनन्द' है, तो आनन्द के पैदा होने के पच्चीस साल पहले ही आनन्द की माता का जन्म हुआ था। आनन्द की माँ—यह उसका उपाधि नाम है, असली नाम नहीं। उसका असली नाम 'कांचना' है।

आप उसे जानते नहीं हैं किन्तु कांचना सचमुच कांचना ही है। उसका रंग एकदम सोने जैसा था। शरीर पर कहीं भी नोच ले तो वहाँ गड्ढा पड़ जाता और धीरे-धीरे रंग में मिल जाता। उसके बाल घुँघराले नहीं थे। हँसते समय गड्ढे पड़ने योग्य गाल नहीं थे। चम-चम करने वाली आँखें नहीं थीं। चम्पक की कली के समान, पतली नोकदार उसकी नाक नहीं थी। फिर भी कांचना सुन्दर ही थी।

कांचना के सौन्दर्य को आप स्वयं देखना चाहते हैं? तो 'आक्रोश' के घर जाइए। बरामदे में लगी बड़ी तसवीर देखिए। उसमें दिखने वाला सौन्दर्य 'आर्त-नाद' की माँ का है। यह फोटो उसी का है। उसके बीमार पड़कर मर जाने के बाद उतारा गया था।

[सूचना—आनन्द का और आक्रोश का दूसरा नाम आर्तनाद है।]

कांचना के सौन्दर्य के बारे में मैंने कम-से-कम साठ-सत्तर पृष्ठ लिखना चाहे। मैं जानता हूँ कि यह कोई अनुचित कार्य नहीं, बल्कि आवश्यक है। फिर भी मैंने नहीं लिखे। इसका एक मात्र कारण यही है कि यह कहानी तो

'आक्रोश' की है, उसकी माँ की नहीं।

साठ पृष्ठों तक वर्णन करने लायक सौन्दर्य ही न होता हो शायद कांचना का जीवन भी बिलकुल सीधा-सादा ही रह जाता। हाँ, एक बात और, उसके सौन्दर्य तथा मरज दोनों में निकट सम्बन्ध है।

"अरे ! तुमको देखते ही कोई भी, बस चुटकी-भर में, अपने साथ उड़ाकर ले जायेगा।" कहा करते थे अड़ोस-पड़ोस के लोग। वह सच है ! क्योंकि कई लोग कांचना को अपने साथ उड़ा ले जाने के लिए तैयार बैठे थे। किन्तु कांचना तैयार नहीं थी। पर उसे इस कार्य के लिए प्रोत्साहित किया 'परिमल राव' ने।

देखते-देखते इस व्यक्ति ने पहले कांचना के हृदय को चुरा लिया। उसके बाद उसने बाकी सब कुछ चुरा लिया। चाहती तो कांचना इसे रोक सकती थी। रोकना तो दूर, उसी ने परिमल राव को स्वयं बढ़ावा दिया। किसी कारणवश वह न आ पाता तो कांचना स्वयं खबर करती थी। इस पर भी न आता तो कुछ पैसे भेज देती थी। कांचना को इसमें केवल आनन्द ही दिखाई दिया, 'अनीति' नहीं। तिसपर यह आनन्द भी ऐसा महान् जिसे वहन नहीं किया जा सकता। उसका प्रगाढ़ विश्वास था कि 'अनीति' से 'आनन्द' उत्पन्न नहीं होता और 'आनन्द' देने वाला 'अनीति' नहीं हो सकता।

उसके शरीर पर हाथ फेरते हुए एक बार कांचना से परिमल ने कहा, "तुम्हारा नाम कांचना है और मेरा परिमल ! जब तक हम दोनों शाश्वत रूप में एक नहीं हो जायेंगे तब तक सोने में सुगन्ध कैसे आयेगा ?" बस, कांचना इसके बाद आनन्द की सीमाओं के दूसरे किनारे तक पहुँच गयी। एक वर्ष बीत गया,सोना और सुगन्ध एक-दूसरे से बहुत अधिक मात्रा में घुल-मिल गये और आनन्द की सीमाओं तक विचरने लगे।

इसी दौरान 'मोह' ने सीमा पार कर ली। बहुत दिनों तक इसके बारे में कोई सन्देह तक नहीं हुआ। सन्देह पैदा होने के बाद चार-पाँच महीने तक परिमल का आना-जाना जारी रहा। इसके बाद सन्देह, सन्देह न रहकर, सच बना। बस, इसके बाद परिमल का आना-जाना बन्द !

"तुमको न नीति है, न जाति। न पुण्य है न पाप। न न्याय है, न अन्याय ! तुम सब धोखेबाज हो, हत्यारे हो, चोर हो, बदमाश हो।" ऐसे शब्दों के साथ 'आग्रह' (कांचना के पिता) की जबान नाचने लगी। लेकिन उसके क्रोध के बारे में किसको क्या चिन्ता थी ? जूता मारकर, उसकी जबान को निस्तेज कर दिया। वह अनाथ है, इसलिए उस पर जूता चलाया गया। लेकिन उसकी बातों में भी कुछ औचित्य है।

परिमल के न दिखाई पड़ने के बाद, 'अब कभी दिखाई न पड़ेगा', ऐसा निश्चय हो जाने के बाद, कांचना को बड़ा आश्चर्य हुआ। इसके बाद वह इसी

के बारे में सोच-सोचकर दु:खी हुई। इसी दु:ख के दौरान उसे डॉक्टर के पास ले गये। "पैसे के बारे में मत सोचिए!" कांचना के पिता ने कहा। "मैं ये सारी बातें सुन रहा हूँ। मुझे मालूम है कि आप सब मिलकर मुझे मारने की कोशिश कर रहे हैं। षड्यन्त्र रचा जा रहा है और इस षड्यन्त्र का कारण भी मुझे मालूम है। कांचना के पिता के पास धन है। और वह धन डॉक्टर को चाहिए। उन चन्द पैसों के लिए डॉक्टर मुझे मारने के लिए तैयार हो गया है। मारना तो पाप है। पाप करने वाले और प्रोत्साहित करने वाले—दोनों को भी दण्ड मिलना चाहिए। लेकिन नहीं। हे भगवान! मेरी हत्या करने पर ये लोग उतारू हो गये हैं! ऐसा गला फाड़-फाड़कर चिल्लाने पर भी कोई सुन नहीं रहा। वह डॉक्टर मुझे काट-काट कर, टुकड़े-टुकड़े कर बाहर निकालना चाह रहा था। यह बात सुनकर कांचना के अलावा किसी और को दु:ख न हुआ।" दु:ख ने कहा।

"ऐसी काँट-छाँट, सुना है हाल ही में हुई है। इस दौरान माँ के प्राणों के भी लाले पड़े थे।" इसीलिए कांचना यह काम कराना नहीं चाहती थी।

"इसीलिए मुझे कांचना से भी नफरत है। शायद गोलियों से मुझे मारने का काम आसानी से हो जाता तो वह तैयार हो जाती। अपने प्राणों का कोई खतरा न होता तो शायद वह काँट-छाँट के लिए भी तैयार हो जाती। वह सम्भव नहीं है, इसीलिए उसने खूब रो-धोकर, हंगामा मचाया। वह रोना, कांचना के माता-पिता से देखा न गया और मुझे मारने की बात छोड़ दी गयी। हाँ, मेरे भी माँ बाप हैं। लेकिन फायदा क्या? परिमल ने मेरी माँ को धोखा दिया। माँ ने मुझे मारकर अपने को दुनिया के सामने 'सुशीला' के रूप में रखने का प्रयत्न किया। आप सबको उसने धोखा देना चाहा···इन सब लोगों ने धन से अपने पापों को धो डालना चाहा। उनका सोचना तो ठीक ही था, लेकिन उनके पास इतना धन नहीं था कि वे सारे पापों को एकदम से धो डाल सकें। अगर वही होता तो आज यह कहानी ही नहीं होती।" चिन्ता ने कहा। उसके अन्दर आनन्द-आक्रोश, भय-निर्भय, मोह-लालसा, करुणा-क्रोध, चिन्ता-दुख, धोखा-हास ये सब क्यों हैं—इसकी जानकारी आगे मिल सकती है। ये सभी गुण उसमें एक-एक, दो-दो या झुण्ड के समान अन्दर-ही-अन्दर पैदा होते हैं, संचरित होते हैं। कभी-कभी ये सभी गुण एक साथ बाढ़ के समान बाहर आ जाते हैं। इन सभी गुणों की एक साथ उपस्थिति के कारण ही उसकी मानसिक स्थिति अजीब-सी लगती है। उसे सिरहाने से बहुत डर है। साइकिल पर चढ़ने के लिए भी वह डरता है। कान में तेल डालने से डरता है। मेंढकों से डरता है। कुत्तों से वह डरता है। मकड़ियों से डरता है। बिजली की कड़क से डरता है। सुई से भय, शूल से भय, यहाँ तक कि खिले

हुए फूलों से, तिनकों से भी वह डरता है। भूख से और चीख-पुकार से डर है। दुनिया में हर किसी प्रकार की चीज से वह भय खाता है।

उसकी पसन्दगियाँ हैं—आराम से नाखूनों को दाँतों से कुतरना, कान में माचिस की तीली घुमाना, हथेली में आधी चम्मच शहद डालकर जीभ से चाटना, आराम से जम्हाई लेना, रूई के बिस्तर पर सोना जैसी अनेक बातें हैं। उसे लम्बी, नाजुक, गोरी और दुबली-सी लड़कियों से घिन है। घड़ी से गुस्सा है। महीने में पहले हफ्ते से गुस्सा है। फूलों से नफरत है। लिपस्टिक लगायी गयी होंठों से गुस्सा है। मोटरकार के दरवाजे को बन्द करते समय आने वाली आवाज उसे पसन्द नहीं है। पालिश किये गये जूते अच्छे नहीं लगते। पान खाने वाले और ठहाका मारकर हँसने वालों से गुस्सा है। नोटों को गिनने और चूड़ियों के खनकने से आने वाली आवाज भी पसन्द नहीं है। बन्द किये गये खिड़कियों के दरवाजों से गुस्सा है। अँगूठी लगाये उँगलियाँ उसे पसन्द नहीं हैं। खाट और उसकी आवाज, ब्रा और ब्लाउज इन सभी से नफरत है···।

अब तक मैंने उसके बारे में इतनी-सी जानकारी प्राप्त की है। इन विषयों का आधार लेकर ऐसी एक कहानी को लिख लेना मेरे लिए कोई कठिन काम नहीं है। लेकिन एक अच्छी कहानी को जन्म देने के लिए कुछ और विशेष जानकारी चाहिए। जैसे वह परिमल क्यों लापता हो गया? अब कहाँ है? कांचना के मरने की बात तो आक्रोश के बरामदे में टँगी तसवीर से स्पष्ट है। अपनी कथा के नायक के जन्म से लेकर, उसके मरने तक कांचना ने कैसा जीवन बिताया? उसके माता-पिता उससे सहमत थे? ऐसी बहुत सारी बातों के बारे में मुझे और जानकारी चाहिए। इन सबको पाने में कितना समय लगेगा, यह भी मैं बता नहीं सकता। उनके मिलने तक मैं कहानी लिखना शुरू नहीं करूँगा।

अपने आनन्द की पसन्दगियाँ, नापसन्दगियाँ उसके विचार और अनुभूतियाँ इन सबके बारे में हम तो जानते ही हैं।

यही कहानी का नायक है।

इसे केन्द्र-बिन्दु मानकर, उसके चारों ओर मँडराने वाली कहानी कैसी होनी चाहिए, यही मैं सोच रहा हूँ। इस नायक के एकदम अनुकूल कहानी अगर आपको मिले तो मेरे पास भेजिए। वरन् कोई एक दिन मैं खुद आपको बताऊँगा। इन्तजार कीजिए।

अनुवाद : डॉ. आर. सुमनलता

मैं भगवान को देखना चाहता हूँ

कसम खाकर कह रहा हूँ। मेरी बात को सच मानिये। पिछले चार-पाँच साल से—ठीक कहूँ तो पिछले पाँच वर्ष से मेरे मन में भगवान को देखने की इच्छा पैदा हुई है। अब तक आपको मालूम हो गया होगा कि मैं जरा हठी और जिद्दी टाइप का आदमी हूँ। मेरी जन्मकुण्डली पेचीदगियों से भरी हुई है। कोई काम ठीक नहीं होता, लेकिन मैं चुप बैठनेवाला नहीं, उसका अन्त मैं देखूँ या मेरा अन्त वह देखे। कहीं कोई गाँठ पड जाती है, उसे खोलते-खोलते मेरी नाक में दम आ जाता है। इतने में कहीं कोई और, और एक गाँठ डाल देते हैं। उसे धीरे से खोल लेना है, नाराज होने से काम नहीं चलेगा। उस गाँठ को खोलने तक सारा धागा हाथ से निकलकर उलझ जाता है। पता नहीं चलता कि आरम्भ कहाँ है और अन्त कहाँ ? आरम्भ और अन्त के बारे में जानने तक उस धागे के प्रति अपेक्षा ही खतम हो जाती है, या उसकी आवश्यकता ही नहीं रह जाती।

पता नहीं यह इच्छा—भगवान को देखने की इच्छा—कब से मेरे मन के एक कोने में दुबककर बैठी है। यदि रही भी तो दूसरी इच्छाओं के गड़बड़ झाले में उसकी धीमी आवाज सुनाई नहीं पड़ी होगी। कभी यह इच्छा बलवती नहीं हुई, वरन् मैं चुप कैसे बैठता ?

सन् 1978 जुलाई 5, बुधवार का दिन। मैंने निश्चय किया कि उस दिन भगवान को देखूँ। यह निश्चय मैंने केवल अपनी ओर से नहीं किया। अब तो मेरे कई प्राणमित्र, हितैषी और आत्मीय जन हैं। लगता है इन सबने मिलकर मुझे सुधारने का संकल्प कर लिया। उस संकल्प का एक छोटा भाग ही मुझे भगवान के पास ले जाना है। इससे पहले ही मैंने निवेदन किया था कि भगवान को देखने की इच्छा मेरे मन में कई वर्षों से रही होगी। उसी इच्छा को मेरे मित्रों ने जागृत किया। मैंने भी हामी भर दी।

कहा था न कि वह जुलाई की 5 तारीख थी और दिन बुधवार था। मुझे ठीक याद है—उस दिन सबेरे से ही बूँदा-बाँदी शुरू हो गयी थी···दोपहर तक आँधी···उस आँधी की चपेट में बड़े-बड़े पेड़ काँपते हुए जोर से भर्रा रहे थे। सारा आकाश काले-काले बादलों से भारी बन गया था। उस भार को वहन न कर सकने से वह कभी-कभी पीड़ा के मारे कराह रहा था···न कराहे

तो लगे जैसे कोई बिजली के कोड़े चला रहा है···

शाम के चार बज गये। मेरे सभी हितू मेरी प्रतीक्षा कर रहे होंगे। यही नहीं, तब तक वर्षा भी तनिक थम गयी थी। सड़कों पर घुटनों तक कीचड़ का पानी···उस पानी को चीरते हुए, ऊपर उछालती हुई कार-बसें और लारियाँ···ऊपर उछले पानी से अपने-आप को, मुझ जैसे बचाने वाले को···

आकाशवाणी के दफ्तर से मेरे घर जाने के लिए दो मार्ग हैं। उन दोनों में भी एक मार्ग मेरे लिए बहुत प्रिय है। यदि कोई पहाड़ न टूट पड़े तो मैं उसी रास्ते से आता हूँ और उसी रास्ते से जाता हूँ।

बताऊँ क्यों ?

तिल और गुड़ से बने लड्डू मुझे बहुत पसन्द हैं। चार-पाँच साल से मैं मुनेम्मा को देखता आ रहा हूँ। वह इससे पहले कहाँ रहती थी और किस तरह जीवन बिताती थी, इसकी मुझे कोई जानकारी नहीं है। पाँच साल पहले नये-नये बने एक स्कूल के फाटक के सामने, इमली के पेड़ के नीचे, एक छोटा टाट बिछाकर उसने छोटा-सा व्यापार शुरू किया। मुझे ऐसे कई छोटे-छोटे व्यापारियों के बारे में जानकारी है, जिन्होंने पाँच वर्ष की अवधि में दोनों हाथों से कमाया। लेकिन मुनेम्मा का व्यापार न बढ़ा, न घटा।

मैंने कहा था कि मुझे तिल भरे गुड़ के लड्डू बहुत पसन्द हैं! मुनेम्मा चाकपीस, पेन्सिल के टुकड़े, बेलून, रबड़ के टुकड़े, चिक्की, मिठाइयाँ, ईख के टुकड़े, इनके साथ तिल के लड्डू भी बेचती थी। मैं मुनेम्मा के पास नियमित रूप से तिल के लड्डू खरीदता था। किसी कारण से मेरे आने में देरी हो जाय तो मुनेम्मा आँखों में प्राण भरकर मेरी प्रतीक्षा करती थी।

एक बार मैं अचानक बीमार पड़ गया। ऑफिस नहीं जा सका। मुझे ढूँढती हुई मुनेम्मा आकाशवाणी के केन्द्र में गयी। वहाँ पूछताछ करने पर लोगों ने बताया कि बीमार पड़ जाने की वजह से ऑफिस नहीं आ रहे हैं। यह बात सुनकर मुनेम्मा व्यथा से तपड़ती हुई, आकाशवाणी केन्द्र के किसी कर्मचारी को साथ लेकर मेरे घर आयी। उस समय मैं अस्पताल में था। मेरे दूसरे बेटे को साथ लेकर वह अस्पताल आयी। मुझे देखते ही जोर से रो उठी। बड़े प्रेम से मेरे शरीर के सभी अगों को सहलाया। अपनी गाँठ में से तिल के केवल दो लड्डू निकालकर मुझे खिलाये। तब से मुनेम्मा हमारे घर के सभी लोगों की आत्मीय बन गयी।

हाँ, असली बात पर आ रहा हूँ। उस दिन मुझे जरूर भगवान को देखना चाहिए था। इसीलिए सबेरे ही निकल पड़ा था न! और तभी जोर की बारिश और आँधी ने सब कुछ अस्त-व्यस्त कर दिया था न! फिर भी तिल के लड्डुओं पर मेरी आसक्ति बनी रही। सड़क की नुक्कड़ पर पहुँचकर

मैंने स्कूल की तरफ देखा। वहाँ की सभी झोंपड़ियाँ झुक गयी थीं। सड़क के इस पार का पेड़ टूटकर स्कूल के फाटक पर झुक गया था। पेड़ के तले सिकुड़ कर कबूतर के समान बैठी रहने वाली मुनेम्मा कहाँ है ? कहीं...।

मेरे कलेजे की धड़कन रुक गयी।

शाख हटाकर, फाटक से भीतर जाकर, झुकी झोंपड़ी को हटाकर, मैंने मुनेम्मा को खोजा।

ताड़ के खम्भे की छत के नीचे थर-थर काँपती हुई मुनेम्मा दिखाई पड़ी।

"माई, चलो, घर चलें।"

"अरे बेटे, एक आना कम पड़ गया न।" मुनेम्मा ने कहा।

मुनेम्मा का सारा सामान भीग गया। उन्हें देखकर वह रो पड़ी।

सामान की गठरी बाँध मुनेम्मा को साथ लेकर घर आने तक काफी देर हो गयी। मुनेम्मा को बरामदे में बिठाकर मैं हॉल में आया।

मेरा बेटा गोपी नाराज होकर चिल्ला पड़ा।

"तुम्हें सुधारना ब्रह्मा के भी बस की बात नहीं है। तुम्हें स्वयं सूझता नहीं और दूसरों की बातों को सुनते भी नहीं। वे लोग अब तक तुम्हारी प्रतीक्षा करके ऊबकर चले गये। कहीं भीग न जाओ, तुम्हारे लिए कार भी भेजी है। पता चला कि तुम ऑफिस में भी नहीं थे।"

मैंने उसे बताया कि मेरे मन में भगवान के बारे में किसी प्रकार का तिरस्कार भाव नहीं है, सचमुच मैं चार बजते ही ऑफिस से निकल पड़ा। अपनी देरी होने का मूल-कारण भी बताया।

गोपी की आँखें क्षण भर के लिए चमक उठीं और दूसरे ही क्षण आँसुओं से भर गयीं।

बरामदे में आकर उसने मुनेम्मा को देखा और मुझे देखा। आँखों में आँसू लिये हुए गोपी ने उसे भीतर चलने को कहा।

मुनेम्मा कुछ बोली नहीं। थर-थर काँपती हुई उठ खड़ी हुई। ठण्ड के मारे सर्द बने अपने दोनों हाथों से मेरा सिर पकड़कर, सिर से लगाकर उसने कहा, "मेरी आयु भी लेकर जीते रहो, बेटा !"

ऐसा कहते समय मुनेम्मा की आँखों से, गालों पर से, जलधारा बह गयी। मैं नहीं जानता वे आँसू थे या बारिश की बूँदें।

कहने का तात्पर्य यह है कि भगवान को देखने का मेरा पहला प्रयास इस प्रकार असफल हो गया।

"ये तीन दिन क्या कर रहे थे आप...कला-भवन और रवीन्द्रभारती में

जोर-शोर के साथ सभा संगोष्ठियाँ हो रही हैं। और कहीं भी आपके दर्शन ही नहीं हुए ?" तनिक ऊँचे स्वर में कहा पन्याला रंग नाथ राव ने।

"उन सभाओं में क्या-क्या हुआ, यह समाचार समस्त आन्ध्रों को (रेडियो के द्वारा) सुनाने का प्रयत्न कर रहा हूँ। उसी काम में ऊब-चूभ हो रहा हूँ।" मैंने उन्हें समझाने का प्रयत्न किया।

"वह तो कभी आठ बजे या कभी आठ बजे के बाद। वह काम तो भीमय्या कर रहा है न ! इस बीच शौकिया तौर से ही सही उधर आ सकते थे !" रंगनाथ ने बात बढ़ायी।

अब लगा बात को यहीं खतम कर देना चाहिए। मैंने कहा, "अगर मैं कुछ बातों की चर्चा करना भूल भी जाऊँ तो मुझे विश्वास है कि तुम मुझे बता दोगे। चलो, कहते जाओ।"

रंगनाथ राव ने देर तक इधर-उधर की बातें बतायीं। उन्होंने कई वक्ताओं के भाषणों के सार को बताते हुए कहा, "साहित्य को आकाश-वीथियों में विचरण नहीं करना चाहिए। अस्पष्ट भाषा में नहीं लिखा जाना चाहिए। और हाँ, सामान्य जन-जीवन को प्रस्तुत करना चाहिए।"

इन सब विषयों को सुनने के बाद ऐसा लगा, मैंने हाथ आये अवसर को खो दिया है। यही बात रंगनाथ राव से कही।

"कोई बात नहीं। आज शाम को भारी सभा का आयोजन है। दो-तीन मन्त्री भी आ रहे हैं। कई बड़े लोगों का, जो जमाने से साहित्य की सेवा करते आ रहे हैं, सम्मान करने का भी प्रबन्ध किया गया है। आप भी आइए न ! काम तो हमेशा रहता ही है।" ऐसा कहते हुए रंगनाथ राव चले गये।

पाँच बजे तक कुर्सी से हिलने की फुरसत नहीं मिली। वैसे कहा था कि महासभा का प्रारम्भ पाँच बजे ही होगा। किन्तु मन्त्रियों के आने तक किसी भी सूरत में सभा का प्रारम्भ नहीं होगा। वैसे मन्त्री लोग हमेशा देरी से ही पहुँचते हैं। इसलिए सभा का प्रारम्भ देर से ही होगा। फिर भी सोचा, जरा जल्दी ही पहुँच जायें।

हैदराबाद में सड़क पार करना कितना मुश्किल काम है, यह तो सड़क पार करने वालों को ही मालूम रहता है···आँटो के नीचे आते-आते बचकर विधान-सभा के फाटक पर पहुँचा। मेरे सामने एक पुराना रिक्शा जा रहा था। रिक्शा केले के गुच्छों से भरा हुआ था। बोझ के मारे रिक्शे के रबर के टायर जमीन को लग गये थे। चढ़ाव की वजह से रिक्शेवाले ने रिक्शे को फुटपाथ से लगाकर रोका और दोनों हाथों से हैण्डिल को दबाकर खड़ारहा।

"ऐसा क्यों कर रहे हो ?" मैंने पूछा।

उसने कोई जवाब नहीं दिया। लेकिन इशारे से बताया कि हैण्डिल पर से

हाथ निकालूं तो अगला पहिया आसमान को चूम लेगा। वह अपनी सारी शक्ति लगाकर रिक्शे के बैलेन्स को बनाये रखने की कोशिश कर रहा था।

"कहाँ जाना है ?" मैंने पूछा।

उसने कोई जवाब नहीं दिया। जवाब नहीं दे पा रहा था। सिर के बालों से, मुख के ऊपर से, छाती के ऊपर से, बाहुओं के ऊपर से, पसीने की धारा। पसीने से भीगकर, धूप में सूखकर, नमकीन सफेदी का बनियान। एड़ियों से ऊपर और घुटनों के नीचे तक पैबन्दों से भरा, उसे निक्कर कहिए या पैण्ट, लटक रहा था।

मैं भी उसे देखते हुए वहीं खड़ा रह गया। पाँच मिनट···दस मिनट।

एक बार कराहकर जोर देकर, रिक्शे को आगे की ओर घसीटता हुआ वह चल पड़ा। रिक्शे का बोझ और चढ़ाव दोनों के कारण वह बहुत झुक गया। अगले पहिये को दबाये रखते हुए, वह रिक्शे को आगे की ओर घसीट रहा था। पैर के निचले हिस्से से सारी शक्ति को हाथों में इकट्ठाकर रिक्शे को आगे घसीट रहा था। मैंने हाथ के बैग को केलों पर डाल दिया। धोती को तनिक ऊपर करके, फेंटा कसकर बाँध लिया और रिक्शे को पीछे से ढकेलने की चेष्टा की। कहा—"लगाओ जोर···मैं पीछे से सहारा दे रहा हूँ।" इस तरह लगभग एक फलाँग तक वह घसिटता रहा और मैं धकेलता रहा। चढ़ाव पार करते-करते हम दोनों थक गये।

इतने में रवीन्द्र-भारती के सामने से रंगनाथ राव आये और बोले—"यह क्या ? एक साथ इतने केले ले जा रहे हैं ! बेटी की शादी है या बेटे की ? साथ रहकर रिक्शे को ले जा रहे हैं, यह अच्छा कर रहे हैं। आजकल किसी का भरोसा नहीं।" उन्होंने मुझे हितोपदेश दिया।

थकान की वजह से दम फूलने से मैं कोई जवाब तो नहीं दे सका। मेरे मौन को कहीं वे अपमान न समझें, मैंने दोनों हाथ जोड़कर नमस्कार किया।

थोड़ी देर वहाँ रुकने के बाद, 'लकड़ी का पुल' और 'पिक्चर हाऊस' तक ऐसे ही, रिक्शेवाले को सहारा दिया।

महावीर अस्पताल के सामने उसने रिक्शा रोका। मैं भी रुक गया। उसने रिक्शे को सड़क के बाजू में खड़ा कर दिया। मैं भी उसके पास खड़ा हो गया।

दस पन्द्रह मिनट ऐसे ही खड़े रहे। जब थकान हो दूर गयी, मैंने उससे कहा, "चलें ?"

"अब आप जाइए साब ! अब तो सड़क साफ-सीधा है। अब मैं खुद रिक्शा चलाता जाऊँगा···अब आप जाइए, साहब ! चिरकाल सुखी रहिए, महा-राज !" मेरे दोनों हाथ पकड़कर मेरी आँखों में देखते हुए उसने कहा।

अरे हाँ ! बोलना ही भूल गया।

वैसे उस दिन मैंने भगवान को देखना तो नहीं चाहा। सोचा था, साहित्य-सभा में भाग लेकर, नयी बातों की जानकारी प्राप्त कर, इस जीवन को सार्थक बनाऊँगा। लेकिन दुर्भाग्य, कुछ भी नहीं कर पाया।

1980 अक्तूबर 26 तारीख, रविवार। प्रात:काल 6-40 को विशाखापट्टनम से अरकुघाटी के लिए प्रस्थान करना था। उसके लिए वहाँ के हिन्दी अध्यापक ने सारा इन्तजाम किया था। मेरी मोटर-गाड़ी चलाने के लिए वेंकटरमण को आना था। लेकिन वेंकटरमण चेयरमैन का ड्राइवर था और उसी दिन चेयरमैन हैदराबाद से आ रहे थे। इसलिए अप्पाराव जी ने मेरे लिए दूसरी कार और दूसरे ड्राइवर की व्यवस्था कर दी।

विशाखापट्टनम और श्रीकाकुलम जिले मेरे लिए नये नहीं हैं। 1952 से 1955 तक इन जिलों के कोने-कोने के गाँवों में घूमता रहा। लेकिन वह घूमना अलग था और यह घूमना अलग। उस घूमने की विशेषताओं को याद करते हुए उनके बारे में बता रहा था···आवाज़ करती हुई कार रुक गयी।

"क्या हो गया जी?"

"पंचर हो गया साब। किस्मत की बात है, गाँव के पास ही पंचर हो गया···नहीं तो मौत हो जाती···।" ड्राइवर के स्वर में चिढ़ थी।

कार को दस-पन्द्रह गज तक ढकेलकर, एक साइकिल की दुकान पर रोककर स्टेपनी बदलकर और पुराने ट्यूब को ठीक करने का आदेश देकर ड्राइवर गाँव की ओर चला गया।

मेरी पत्नी और बच्चे गाँव की सैर करने के लिए चले गये थे।

मैंने साइकिल के दुकानदार से पूछा, "क्यों बाबू! यहाँ चाय मिल जायेगी?"

"एक मिनट में।" कहा दुकानदार ने।

शेड से बाहर आकर उसने आवाज लगायी "रे छोटू! बाबूजी आ गये, शहर के बाबू जी···गरम-गरम चाय बनाकर ला। ताजा चाय के पत्ते डाल और मलाई-दार दूध से अच्छी चाय बना।"

इस तरह किसी का चिल्लाना, पुकारना मेरे लिए कोई नयी बात नहीं है। इसलिए आश्चर्यचकित नहीं हुआ। थोड़ी देर में एक दस साल का लड़का दो चाय और पानी के दो गिलास लेकर आया।

दुकानदार गरज उठा, "अरे, इतनी देर क्यों हो गयी? कहाँ मर रहा था?" दुकानदार की आँखों से मानो अंगारे निकल रहे थे।

वह छोटा लड़का काँपता-सा रह गया। बड़ी दीनता से मेरी ओर देखता रहा।

"बाबू जी, चाय लीजिए, ठण्डी हो जायेगी। आजकल के ये छोकरे काम ठीक तरह से नहीं करते और ऊपर से कुछ कहें तो गरम हो जाते हैं। यह छोटू···रोज···सुन रहे हैं न बाबू जी !" यह कहते हुए ट्यूब लेकर पेड़ के नीचे चला गया वह।

इतने में मैंने छोटू और उससे छोटू को बातों में लगा लिया।

दस साल के इस छोकरे का नाम ब्रह्माजी है। बदन पर न कुर्ता है, बालों में न तेल। निक्कर भी बहुत छोटे साइज का था। हाथों में आइल का मैल··· दूसरे छोकरे का नाम अप्पाराव है। उसके बदन पर फटा-पुराना बनियान है। हाथों में, चेहरे पर और बदन पर आइल का मैल लगा हुआ था। दोनों के माता-पिता जीवित हैं। दोनों के भाई-बहन हैं। दोनों हर रोज सबेरे सात बजे तक दुकान पर आते हैं और रात के नौ बजे तक वहीं रहते हैं। दुकानदार काम सिखाता है, तिस पर रोज की अठन्नी भी देता है। दोपहर को वे दोनों घर जाकर खाना खा आते हैं। कभी-कभार, काम ज्यादा रहा तो दुकानदार एक चवन्नी ज्यादा देता है।

"कुर्ता क्यों नहीं पहना ? कहीं मैल न लग जाय इस कारण से ?" मैंने ब्रह्माजी से पूछा।

न चाहते हुए भी उसने स्वीकारात्मक रूप से सिर हिलाया। मैं फौरन ताड़ गया कि वह झूठ बोल रहा है।

दुकानदार की नजर बचाकर मैंने दोनों के हाथों में पचास-पचास के नोट रख दिये। उन बच्चों ने डरते-डरते नोटों को देखा।

"मैं अरकु जा रहा हूँ। शाम को लौटकर आऊँगा···तब तक तुम दोनों नया निक्कर और कुर्ता खरीदकर, पहनकर यहीं मेरी प्रतीक्षा करो। ठीक है न !" मैंने कहा।

आधा घण्टा के बाद हमारी कार चल पड़ी। शृंगवरपुकोटा पार करने के बाद ही घाट रोड शुरू होता है···चिकनी और तंग सड़क। जंगल के हरेपन को और गाढ़ेपन को अपने में मिलाये हुए सुगन्ध, पीले रंग के जंगली फूल, झरने, कहीं-कहीं गिरिजनों की चार-पाँच झोंपड़ियाँ···इनमें से कोई दृश्य मुझे उतना आकर्षित नहीं कर सका।

साँवले रंग के दुबले, गरीब, आँखों में भय लिये और गँदले दिखाई पड़ने-वाले ब्रह्माजी और अप्पाराव—उनकी गरीबी—इन्होंने ही मेरे मन को ज्यादा आकर्षित किया। अपनी वापसी यात्रा में हमारे शृंगवरपुकोटा पहुँचने तक शाम के सात-साढ़े-सात बज गये। फिर भी उस दुकान के सामने भीड़ थी।

कार के वहाँ रुकते ही वहाँ के लोगों ने कार को घेर लिया। ब्रह्माजी और अप्पाराव ने नहा-धो लिया, सिर के बालों में तेल लगाकर, कंघी कर ली।

नया निक्कर और नया कुर्ता पहन लिया।

"आपकी प्रतीक्षा में शाम के पाँच बजे से यहीं···।"

"नये कपड़ों में वे बच्चे बहुत प्यारे लग रहे थे।

कुछ देर तक इधर-उधर की बातें हुईं। जब हम लोग निकल पड़े, तब डरते-डरते ब्रह्माजी और अप्पाराव ने मेरे कुर्ते की नोक पकड़ कर नमस्कार किया। तो उन्हें गोद में लेकर उनका चुम्बन लिये बगैर मैं नहीं रह सका। मेरे चुम्बन लेते समय उनकी आँखें झिलमिला उठीं।

इस बार भी मैंने भगवान को देखना नहीं चाहा और साहित्य-सभा में भाग लेना नहीं चाहा।

जुटानेवाले को जुटाने की आरजू तो पेट भरने वाले को पेट भरने की आरजू। मेरे मन मेंमें न कुछ जुटाने,की आरजू है, न ही पेट भरने की, लेकिन कुछ-न-कुछ लिखते रहने की आरजू है। इस आरजू का आरम्भ तो हुआ, लेकिन अन्त का कहीं पता नहीं दिखाई पड़ रहा है। पिछले चालीस वर्षों में ऊल-जलूल लिखता ही गया।अब वैसे चुप बैठा भी जा सकता है।लेकिन निगोड़ा मन चुप बैठने नहीं देता। और कुछ करने-करवाने के लिए जिद करता रहता है। इससे बचने के लिए एक बड़े उपन्यास की रचना की योजना बनायी। यह उपन्यास तीन खण्डों में होगा। पहले खण्ड का नाम होगा—'गन्दी बस्ती'। दूसरे खण्ड का नाम होगा—'हाट' और तीसरे खण्ड का नाम होगा—'सोने का सिंहासन'। इस उपन्यास की रचना 1942 में शुरू होकर 1982 तक समाप्त होगी।

इस उपन्यास में मेरा प्रयास यह रहेगा कि चालीस वर्ष के सामाजिक जीवन की, वह भी आन्ध्र प्रदेश की गतिविधियों का चित्रण करूँ। इस प्रकार की सफलता के लिए पुस्तकीय ज्ञान ही पर्याप्त नहीं होता। अनुभव और अनुभूति की आवश्यकता होती है। प्रदेश के कोने-कोने के गाँव की जानकारी चाहिए। लोगों की आर्थिक स्थिति, उनकी गतिविधियों का परिचय चाहिए। यह सारी जानकारी प्राप्त करने के लिए मुझे प्रदेश के कई क्षेत्रों में भ्रमण करना पड़ा। इस उपन्यास के एक अध्याय में समाज के पिछड़े हुए लोगों और उन्हें शोषित करने वाले महाजन का वर्णन आता है। इन सबकी जानकारी के लिए मैंने श्रीरामसागर-परियोजना के प्रदेश का चयन किया।

1982 अप्रैल 10 तारीख। शनिवार का दिन···

'श्रीराम सागर' परियोजना को देखकर मैं आश्चर्यचकित रह गया। प्रकृति की शक्तियों को अपने वश में करने के लिए मानव के समस्त प्रयत्न मानो यहाँ एक जगह रूपायित होकर दिखाई पड़ रहे हैं···ऊँचा बाँध और उसके पीछे गोदावरी का जल—वह पानी नहरों में दौड़ता हुआ, कूदता हुआ,

खेतों में प्रवेश करता जा रहा है···नयी नहर के किनारे-किनारे पच्चीस किलो मीटर यात्रा कर 'स्वर्णा' नदी तक आये। वहाँ आक्वीडेक्ट का निर्माण कर रहे हैं। मैं वहाँ के मजदूरों से मिला। मैं उनसे बातें करने लग गया। इस पर ठेकेदार और उसके मिस्त्री ने मेरी ओर गुस्से में निहारा।

मजदूरों ने जो कुछ कहा उसका सारांश इस प्रकार है—

वे लोग 'पालमूरू' के निवासी हैं। पीढ़ियों से मेहनत-मजदूरी पर ही जीवन-यापन कर रहे हैं। उनके खेत नहीं हैं। अगर हैं, तो फसल नहीं होती। अगर हुई भी, तो बड़े लोग उनके हाथ लगने नहीं देते। बड़े लोगों को भय है, कहीं फसल उनके हाथ लग गयी तो वे हमारी बात नहीं मानेंगे। साल में एक बार ठेकेदार या उनका मिस्त्री आता है। आकर प्रत्येक व्यक्ति को एक हजार रुपया कर्ज के रूप में देता है। यह कर्ज महीने में सवा सौ रुपये के हिसाब से 8 महीने में चुकाना होता है। इसके लिए ठेकेदार उन्हें काम दिलाता है। यह काम सबेरे छह बजे से शाम के छह बजे तक करना पड़ता है। इस काम के लिए ठेकेदार मजदूरी नहीं देता। सबेरे 10 बजे और शाम के 4 बजे, पशुओं के खाने योग्य ऐसा कुछ खाने को देता है। और कोई सुविधाएँ उन्हें नहीं दी जातीं। इस बीच जरूरत पड़ने पर पाँच-दस रुपये ले लें तो उनके लिए अतिरिक्त काम करना पड़ता है। बच्चे काम करें, ठेकेदार को कोई हर्ज नहीं है। लेकिन वह उन्हें पैसे नहीं देता। खाने को कुछ बिस्कुट देता है। एक परिवार के 4 लोग अगर चार हजार रुपये कर्ज में ले लें तो इसकी कोई गारण्टी नहीं कि उन चार लोगों को एक ही जगह काम मिल जाय।

लच्चम्मा की हालत भी ऐसी ही हुई। नरसिंहा हैदराबाद में सड़क बनाने का काम कर रहा है। लच्चम्मा यहाँ आक्वीडेक्ट में काम कर रही है। यहाँ आते समय ही वह चार मास की गर्भवती थी। यहाँ आकर चार महीने हो गये। इन चार महीनों में उसे अपने पति के बारे में कोई खबर नहीं मिली। पत्र लिखवाना चाहे तो उसे पति का पता नहीं मालूम। ठेकेदार और मिस्त्री लच्चम्मा को कुछ बताते ही नहीं।

आठ महीने की गर्भवती···कड़ी धूप में पत्थर तोड़ना और उन्हें टोकरियों में जमाना···क्या ये काम उसके लायक हैं? क्षण भर सुस्तायें तो गालियाँ सुनाने वाला ठेकेदार, उसके इशारों पर नाचने वाला और उसके अनुकूल काम कराने वाला मिस्त्री—ऐसे लोगों की लच्चम्मा जैसी औरतों पर एक आँख नहीं, दोनों आँखें लगी रहती हैं—क्यों? इसलिए कि लच्चम्मा देखने में खूबसूरत है।

"क्या करूँ बेटे, अब चार महीने हो गये हैं···और चार महीने इस ठेकेदार के पास काम करना है···यह निगोड़ा पेट न बैठने देता, न खड़ा रहने देता।

झुककर कब तक काम करूँ बेटे।" लच्चम्मा की आँखों से आँसू बह निकले।

"अरे मुन्ना, हमारे पास कितनी रकम है?"

मेरे छोटे बेटे ने प्रश्नवाचक रूप में मेरी ओर देखा और कहा—"यही सात-आठ सौ रुपये होंगे।"

मैंने ठेकेदार से मिलकर बात की। मैंने उसे कहा, "लच्चम्मा ने चार महीने काम किया···मैं पाँच सौ रुपये दूँगा, उसे काम से छोड़ देंगे क्या?"

सुना, साधारणतया ठेकेदार इसके लिए तैयार नहीं होते। लेकिन इस ठेकेदार ने मेरी बात मान ली। मैंने उसे पाँच सौ रुपये दे दिये। बाद में मालूम हुआ कि लच्चम्मा के छुटकारा पाने के मूल कारण को न जानकर, लोगों ने तरह-तरह की बातें कर लीं। सबसे विदा लेकर लच्चम्मा हमारे साथ चल दी।

उस दिन और दूसरे दिन भी लच्चम्मा हमारे साथ थी। तीसरे दिन दोपहर को उसने कहा—"मैं अपने दूसरे भाई के पास निजामाबाद जाऊँगी। वहाँ दो दिन रहकर, हैदराबाद जाऊँगी।"

मैं उसके साथ बसस्टैण्ड तक गया। उसे बस में बिठाया और उसके हाथ में पच्चीस रुपये रख दिये।

"मेरे माई-बाप!···मरकर तुम्हारे घर जन्म लूँगी।" यह कहते हुए लच्चम्मा ने मेरे हाथों को अपनी आँखों से लगा लिया।

मैं फिर वही बात कह रहा हूँ। पिछले चार-पाँच वर्षों से भगवान को देखने की मेरी इच्छा है। लेकिन आज तक उसे नहीं देख सका। मैं यह नहीं कह रहा हूँ कि पूरा दोष भगवान का ही है। मैंने भी उतना सीरियस होकर प्रयास भी नहीं किया। अगर करता तो शायद दिखाई पड़ जाते।

एक दिन रात का समय। काफी रात बीतने के बाद कुछ आहट हुई तो उठ बैठा, लगा दरवाजे के पास कोई है।

"कौन है?" मैंने पूछा।

"तुम्हारा नाम यही है न! हम तुम्हीं को ढूँढ़ते हुए आ रहे हैं। क्या तुम्हीं भगवान को देखना चाहते हो।"

"जी हाँ।" मैंने जबाव दिया।

"कैसे पागल आदमी हो तुम! कोई भी आदमी सीधे भगवान को नहीं देख सकता। मेरी बात मान जाओ। ऐसी इच्छा ही बेकार की है।"

"ठीक है, लेकिन बताइए, आप लोग कौन हैं?" मेरे मन में कुछ सन्देह-सा हुआ।

"हम देवदूत हैं।" उन दोनों ने कहा।

"क्यों आये हैं ?"

"यही आपको बताने के लिए कि···" दूसरे ने कहा।

"खैर, भगवान दिखाई न पड़े—उसका अंश रूप तो—उसकी छाया मात्र तो दिखाई पड़नी चाहिए न। कहा है : 'उदकं नारायण-स्वरूपं।' आजकल गर्मियों में कई लोगों को नारायण के इस स्वरूप के दर्शन ही नहीं हो रहे हैं। कहा है : 'अन्नं परब्रह्म-स्वरूपं' सभी समयों में कई लोगों को परब्रह्म के इस स्वरूप के दर्शन ही नहीं हो रहे हैं। मैं इतना चाहता हूँ कि सभी समयों में सभी लोगों को नारायण और परब्रह्म के इन स्वरूपों के दर्शन होते रहें।। मैं इसी कारण से भगवान को देखना चाहता हूँ। मैं यह नहीं समझता कि मेरी इच्छा में कुछ अनौचित्य है।"

"इनकी और उनकी बातों से तुम्हारा क्या सरोकार ? तुमको जो चाहिए, वह माँग लो न ! अपना रोना, खुद रो लो। मैं पेट भर खाऊँ तो तुम्हारी भूख मिट जायेगी ? मैं दवा लूँ तो तुम्हारा रोग दूर हो जायेगा ?" पहले देवदूत ने बड़ी स्पष्टता के साथ पूछा।

उसके तर्क को सुनकर मेरा सिर चकरा गया। उसके प्रश्न करने की पद्धति को देखकर मेरे मन में एक और सन्देह पैदा हुआ कि क्या यह असली देवदूत है या नकली ?

यह भी सन्देह हुआ कि भूलोक में प्रचलित राजनीतिक मलिनता शायद इनमें भी आ गयी है। लगा, इतने सन्देहों के मन में रहने पर चुप्पी साध लेना ही अच्छा है···थोड़ी देर के बाद मैंने कहा, "देखो भाई, मैं तो भगवान का देखना चाहता हूँ, देवदूतों को नहीं।···अब तक काफी बकवास हो गयी। मुझे सताओ मत। मेरी नींद को खराब मत करो। अब जाओ।"

मुझे लगा, मेरी बातें सुनकर हितोपदेश करने के लिए आये हुए देवदूतों में एक काफी नाराज हो गया।

उसके दूसरे या तीसरे दिन—एक ऐसी अनुभूति हुई, मानो भीनी सुगन्ध चौतरफा फैल गयी हो।सुमधुर प्रकाश की किरणों में मैं डूब गया, लगा मानो रंग-बिरंगी खामोशियाँ रमणीय रूप से विकसित हुई हों। प्रशान्त, निशान्त, सुखान्त स्वप्न साकार हों, नक्षत्र-मण्डलों से उतर आये हों और उन्होंने सुकोमलता से मानो मेरी पलकों को चूम लिया हो।

"कौन ?" मैंने पूछा।

"मैं ही हूँ।"

"यानी ?"

"मुझे कभी नहीं देखा···मुझे बिलकुल नहीं पहचानते हो···ये अनुभूतियाँ कभी तुम्हारे अनुभव में नहीं आयीं ?"

"आयी हैं। जिस दिन बारिश में भीगी हुई उस बुढ़िया ने अपने सगे बच्चे के समान मुझे गोद में लेकर मेरे सिर को चूम लिया था, उस दिन मैंने इस भीनी सुगन्ध की अनुभूति पायी।···जिस दिन उस रिक्शा-चालक ने मेरे हाथों को पकड़कर कृतज्ञता से मेरी आँखों में देखा, उस समय मैंने सुमधुर प्रकाश-पुंज का अनुभव किया।···मुझे स्पर्श करने की इच्छा को दबा न सकने से, स्पर्श करने का साहस न कर, मेरे कुर्ते की कोर का स्पर्श करने वाले ब्रह्माजी और अप्पाराव को गले लगाकर जिस दिन चूम लिया था, उस दिन रंग-बिरंगी खामोशियों के रमणीय रूप से विकसित होने की अनुभूति हुई है।···प्रशान्त, निशान्त, सुखान्त स्वप्न-खण्ड के नक्षत्र-मण्डल से उतर आकर सुकोमलता से मेरी पलकों को चूमने की अनुभूति का अनुभव मैंने उस समय किया, जब लच्चम्मा ने मेरे हाथों को अपनी आँखों से लगा लिया था। यही नहीं—अनुराग, करुणा, निर्मलता, लालित्य, सत्य आदि संवेदनाओं का हर जगह और हर समय अनुभव करता आ रहा हूँ।"

"अब सही रास्ते पर आये हो। मुझे हर समय और हर जगह देखते हुए भी, मेरे लिए क्यों ढूँढ़ रहे हो? खैर, मुझे देखना क्यों चाह रहे हो? मुझसे तुमको क्या चाहिए?"

"मैं नहीं जानता कि तुम भगवान हो या नहीं।" पलभर रुककर मैंने उस व्यक्ति को निहारकर देखा और कहा, "इससे पहले तुम्हें कभी देखा नहीं है। लेकिन तुम जोर देकर कह रहे हो कि हर जगह तुम्हें देख रहा हूँ। शायद देख रहा हूँगा। रहने दो···अगर तुम सचमुच भगवान हो तो अब तक तुम्हें मालूम हो जाना चाहिए कि मैं क्या चाहता हूँ। अगर तुम भगवान नहीं हो और मैं कह दूँ कि मुझे क्या चाहिए, उससे कोई नुकसान होने वाला नहीं है। मैं यही चाहता हूँ कि—

न कामयेऽहं गतिमीश्वराणां,
अष्टर्थियुक्तामपुनर्भवं वा।
आर्तिप्रपद्येऽखिल दुःखभाजा-
मन्तःस्थितोय न भवन्त्यदुःखाः।

इसीलिए—ऐसा करने के लिए—ऐसा करने की शक्ति को प्राप्त करने के लिए—मैं भगवान को देखना चाहता हूँ।

अनुवाद : डॉ. 'निर्मल'

दिल की बात

दीवार पर टँगी घड़ी से एक बार घण्टी बजने की आवाज़ आयी। रामदास ने चौंककर उसकी ओर देखा। ढाई बज गये। आधे घण्टे में कपाड़िया आ जायेगा। शाम तक पीछे पड़ा रहेगा। जान खा जायेगा। उससे पीछा छुड़ाने के लिए या तो खुद छुट्टी लेनी पड़ेगी या उसके आवेदन पत्र पर दस्तखत करना होगा। और कोई मार्ग दिखलाई नहीं दे रहा है। इन दोनों में से किसी भी काम के लिए वह तैयार नहीं है।

आज से लगभग दस दिन से यह चक्कर चल रहा है। यूँ तो उसका काम कभी का पूरा हो गया होता। रामदास ने उसे निपटा भी देना चाहा। पर कपाड़िया ने बिना जरूरत के ही इतना हंगामा खड़ा कर दिया कि सब-के-सब मामला जान गये। लगा कि इस तरफ या उस तरफ का कुछ फैसला हो जाना चाहिए। इसीलिए रामदास ने उसके एप्लिकेशन पर दस्तखत नहीं किये, रोक कर रखा।

यों तो रामदास के लिए सभी एक ही जैसे हैं—चाहे वह कपाड़िया हो या कनकय्या। जो लोग दरख्वास्त देते हैं, रामदास सभी को एक ही दृष्टि से देखता है। पहले उनकी जाँच करता है, फिर उसके लिए लाइसेन्स मंजूर करता है। सारी दरख्वास्त कभी भी एक जैसी नहीं होतीं, यह तो स्पष्ट बात है। ऐसा सोचा भी नहीं जा सकता। अथवा यदि ऐसा होता भी है, तो करना क्या है, उसी समय सोचा जा सकता है। "जो हुआ ही नहीं, उसके बारे में 'ऐसा होगा तो क्या करना' यह सोचकर अपना समय और दिमाग क्यों बरबाद किया जाये! यह अविवेक है।" रामदास सोच रहा था। जैसा सोचता जा रहा था, वैसे ही रामदास को लग रहा था कि वह बेकार में ही जोश में आ रहा है। कपाड़िया की ओर उतनी सहानुभूति भी नहीं दीख रही है, उसके मन में। क्योंकि उसके बारे में सोचते ही रामदास के मन में चिड़चिड़ाहट होने लगती। "कहीं यह मेरी कमजोरी तो नहीं है?"—रामदास सोचने लगा।

कुछ समझ में नहीं आ रहा था। इस 'विषवलय' में गलती किसकी है, यह भी रामदास निश्चय नहीं कर पा रहा था। लोकोक्ति है कि 'तिला पापं तला कास्ता' तिल (शनि का प्रतीक) का पाप, सबको थोड़ा-थोड़ा अर्थात् शनि का प्रभाव सब पर थोड़ा-थोड़ा पड़ता है। इसी तरह इसका प्रतिफल

सभी को थोड़ा-थोड़ा भुगतना ही पड़ता है। सब अपनी-अपनी जगह भयभीत हैं। अपनी-अपनी जगह सब स्वार्थी हैं। कपाड़िया इतने चक्कर काट रहा है। उसमें भी उसकी गलती नहीं है। लगता तो यही है कि कपाड़िया के इस तरह सोचने में कि "मेरी ही तरह कई लोगों ने यहाँ के लोहे के पत्थर के लिए अर्जी दे रखी होगी—कोई गलत बात नहीं है। वह अपनी जगह सही है। पता चला, पता क्या, पक्का पता चला कि जग्गय्यापेटा के आस-पास लोहे वाला श्रेष्ठ पत्थर मिलता है। यह बात कब की साबित भी हो गयी। विशेषज्ञों की राय है कि इस पत्थर से तीस से पैंतालीस प्रतिशत तक लोहा निकाला जा सकता है। कुछ दिन पहले ही भूगर्भ-शास्त्रियों द्वारा पता लगाया गया कि नन्दिगामा और जग्गय्यापेटा के बीच में मुन्नेरू नाम का जो गाँव है, वहाँ बंजर जमीन में श्रेष्ठ लोहे के भण्डार हैं। यहाँ की खान से पचास प्रतिशत से लेकर साठ या सत्तर प्रतिशत तक का भी स्वच्छ लोहा निकाला जा सकता है। यह भी साबित हुआ कि उस जमीन को ठेके पर लेकर खुदवाई का काम करने के लिए सरकार से मंजूरी लेनी पड़ती है। कपाड़िया ने उसके लिए दरख्वास्त दी है। उसमें कपाड़िया ने अपने सारे अनुभवों का उल्लेख किया है। खानों की खुदवाई में उसकी कम्पनी को कितना अनुभव है, इसका काफी लम्बा-चौड़ा वर्णन किया है। उसके पास जो साधन हैं, सबका विवरण दिया है उसने।

यहाँ तक सब ठीक है।

"फिर मैं कपाड़िया की दरख्वास्त को क्यों मंजूर कर नहीं पाया ?" रामदास सोचने लग गया। रामदास ने यह प्रश्न अपने आपसे कई बार किया। कपाड़िया ने गलती की। जिस दिन दरख्वास्त दफ्तर में रामदास को मिली, ठीक उसी दिन आकर रामदास से कपाड़िया मिला और कितने बड़े-बड़े लोगों के साथ उसके सम्बन्ध हैं, सबकी चर्चा करने लगा। तभी रामदास को लगा कि कपाड़िया एक प्रकार से रामदास को धमकाने का प्रयत्न कर रहा है। वह पूछ भी बैठा—"यह सब आप मुझे क्यों बता रहे हैं ?" इस प्रश्न से कपाड़िया की आँखों से जो आतुरता व्यक्त हुई, जो तकलीफ प्रकट हुई उसे रामदास ने पहचान लिया। थोड़ा-सा झिझकते हुए कपाड़िया ने कहा, "ऐसा कुछ भी नहीं है साहब। आप इस सेक्शन में 'नये' आये हैं न ! यहाँ की बातों को आप अच्छी तरह जानते ही हैं।" रामदास को मालूम हो गया कि उसके प्रश्न का उत्तर कपाड़िया के पास नहीं है। उसे हँसी आ गयी।

फिर कपाड़िया ने ही कुछ सँभलकर कहा—"आप से क्या छिपाना है साहब ! इस काम में कितनी मेहनत है, उसे आप अच्छी तरह जानते हैं।"

"किस के लिए ?" रामदास ने पूछा।

कपाड़िया ने एक बार रामदास को ऊपर से नीचे तक देखकर आहें भर

लीं। थोड़ी देर रुककर कपाड़िया ने फिर कहा, "आप ही के भरोसे पर बहुत पैसा खर्च कर, मैंने अमरीका से पूरी मशीनरी मँगवा ली है साहब।"

"आपने यह कैसे सोच लिया कि आपकी दरख्वास्त मंजूर हो ही जायेगी ?" रामदास ने पूछा।

कुछ देर तक कपाड़िया ने कुछ भी नहीं कहा। जमीन की ओर देखता रह गया। थोड़ी देर के बाद धीरे से पूछा, "आप कहना क्या चाहते हैं ? आपने स्पष्ट बताया ही नहीं।"

"कुछ भी नहीं। अब आप जा सकते हैं।" रामदास ने कहा। कपाड़िया चला तो गया। पर आज तक परोक्ष रूप से वह रामदास का पीछा करता ही रहा। रामदास के सह-कर्मचारी, उसके दफ्तर के सभी बड़े अफसर भी कपाड़िया की दरख्वास्त में दिलचस्पी दिखाने लगे। बार-बार उसके बारे में पूछने लगे। और तो और, रामनाथ ने दिल्ली से रामदास को जो पत्र लिखा, उसमें इसी की चर्चा है।

"····इसमें तुम्हारा कुछ बिगड़ने वाला नहीं है। उस दरख्वास्त का जो मामला है, उसका फैसला जल्दी कर दो। बेकार की दुविधा में पड़कर बना-बनाया खेल खराब मत करो। कपाड़िया के बारे में तुम्हें कुछ मालूम नहीं है। वह काफी ताकत वाला है। क्षणों में तुम्हारा तबादला नल्लमला जंगलों में करवा सकता है। वह भी यही चाहता है कि मामला इतना गम्भीर न बने। हम जानते हैं कि तुम समझदार हो। इस स्थिति तक बात बढ़ने नहीं दोगे। यदि तुम नहीं करोगे तो वह खामोश बैठने वाला नहीं है। मंजूरी तो किसी-न-किसी तरह से कहीं-न-कहीं से करा ही लेगा। तुम्हारी जगह पर जो आयेगा, वह जरूर कर देगा। उसका काम करने वाला ही उस जगह पर बैठे—इसका इन्तजाम भी कपाड़िया कर सकता है। समझदारी से काम लेना। तुरन्त मेरे इस पत्र का उत्तर देना। हाँ, भूल ही गया—मेरी पत्नी पीहर गयी हुई है। वापसी में तुम्हारे पास आनेवाली है। आम का आचार तैयार रखना। जवाब लिखना—तुम्हारा···"

रामदास ने कई बार यह पत्र पढ़कर उसे मोड़-माड़ कर दूर फेंक दिया। थोड़ी देर बाद फिर उसे लाकर, ठीक-ठाक कर फिर से पढ़ने लगा। उसे पढ़ने के बाद रामदास के मन में कपाड़िया का चित्र जरूर कुछ बदल-सा गया।

इस बीच कपाड़िया दफ्तर में आता ही रहा। इधर-उधर की बातें करते-करते बीच-बीच में अपनी अर्जी की बात भी करता जा रहा है। एक दिन बातों-बातों में कपाड़िया ने रामदास के गाँव के बारे में पूछा।

"गुण्टुरु।" रामदास ने उत्तर दिया।

"वहाँ कुछ जमीन-जायदाद है, साहब ?"

"नहीं।" रामदास ने कहा।

"बहुत मुश्किल है साहब ! आजकल बिना पैसा-जमीन-जायदाद के इंसान का कोई मूल्य नहीं है साहब !"

"मैंने ऐसा कभी नहीं सोचा।" रामदास ने कहा।

"मैं कह नहीं पाता। यह संसार एक बड़ा युद्ध-सा है। प्रतिक्षण यहाँ के सारे जीव एक-दूसरे से संघर्ष करते ही रहते हैं। जिनके पास शक्ति है, वे जीव जीत जाते हैं, बाकी नष्ट हो जाते हैं।" मानो कपाड़िया अर्थगर्भित बातों से रामदास को समझाने का प्रयत्न कर रहा हो। काम रोककर रामदास ने कपाड़िया की ओर देखा।

"अनादिकाल से ही प्रकृति और जीव के बीच भयंकर संघर्ष चल रहा है। प्रकृति का जीव को समाप्त करने का प्रयत्न एक ओर। आत्मरक्षा करते हुए प्रकृति को अपने अधीन में करने का जीव का प्रयत्न दूसरी ओर। आप यह सब जानते ही हैं। प्रसंग आया तो यह भी बतला ही दूँ कि हिम-युग के जीव-जन्तु उस युग के साथ ही समाप्त हो गये। एक समय के मामतों जैसे जानवरों का पता आज कहाँ है ? आप का क्या विचार है ?" कपाड़िया ने पूछा।

"कुछ नहीं।" रामदास ने कहा।

"क्यों ?" कपाड़िया ने पूछा।

"यह मैं आपसे ही पूछता हूँ।" मुसकुराते हुए रामदास ने कहा।

कपाड़िया भी हँस पड़ा।

"मुझसे कहलवाना चाहते हैं। बस ! यह नहीं कि इसका उत्तर आप नहीं जानते हैं, रामदास जी। समय, वातावरण और पर्यावरण के साथ वे अपने आपको बदल नहीं पाये हैं। नष्ट हो गये हैं। समय के अनुरूप जो अपने आपको बदल सके, वे जीव-जन्तु अपना अस्तित्व बनाये रखें। अब भी बात वही है। यह पैसों का युग है। जिसके पास पैसा है वह राजा माना जाता है, वही देवता भी। मैं नहीं समझता कि पैसों के बिना कोई इस युग में अपना अस्तित्व बनाये रख सकता है। मैं यह सब इसलिए नहीं कह रहा हूँ कि मेरे पास पैसा है। मेरे पास यदि पैसा न भी होता तब भी मेरी यही राय है। खैर ! यह बात क्यों उठी ?" कपाड़िया ने पूछा।

"मेरी जमीन-जायदाद के बारे में आपने जो पूछा।" कपाड़िया के सोचने में रामदास ने मदद की।

"हाँ···" कपाड़िया एकदम हँस पड़ा। "इस बीच मैं दिल्ली गया था। वहाँ रामनाथ जी से भेंट हुई। आप के बारे में काफी चर्चा हुई। तब जमीन-जायदाद की बात नहीं हुई। इसीलिए आप से पूछा···वैसे इन बातों से मुझे क्या लेना-

देना ? फिर भी आत्मीयतावश पूछ रहा हूँ। अब आपके तीन बच्चे हैं। अगले साल आपका बड़ा बेटा कॉलिज पढ़ने जायगा। लड़की की शादी करनी है। तब इस थोड़े से वेतन में आप यह सब कैसे कर पायेंगे ? आपका वेतन इन सारी जरूरतों के लिए शायद काफी नहीं होगा। कानून ने दहेज-प्रथा का निषेध कर तो दिया, मगर दुनियादारी को आप समझते ही हैं। आपके माता-पिता ने अपनी जमीन-जायदाद को बेचकर आपका यह हाल बना दिया। ऐसी ही हालत आपके बच्चों की भी रहेगी क्या ? मुझे मालूम है कि नहीं रहेगी। उनके भविष्य की नींव आपको ही डालनी है। यह आपका कर्तव्य है। उस कर्तव्य से आपका मुँह मोड़ना ठीक नहीं है…"

रामदास की सूरत तब तक पीली पड़ गयी। पसीना छूटने लगा। हालत बहुत गम्भीर हो गयी। कपाड़िया ने फिर आरम्भ कर दिया, "ईश्वर बुद्धिहीनों को कभी क्षमा नहीं करेगा। सुखी रहने के लिए मानव को जो-जो आवश्यक है, सारे अवसर उसने दिये। उनका सदुपयोग नहीं कर पाना हमारी अपनी गलती है। अपना दुर्भाग्य है। पहले…आप से पहले आपके स्थान पर सिंहाद्रि साहब थे। बहुत ही अच्छे व्यक्ति…तीन साल रहे इस सेक्शन में। उन्होंने मेरी बहुत मदद की। मैं भी उनका ऋणी नहीं रहना चाहता था। बशीरबाग में वह मसजिद है न ! उसके उस तरफ जो मकान है उसे मैंने उनके लिए बनवा दिया। अब उन्हें दो-तीन सौ रुपये किराया मिल जाता है। खैर ! यह बड़ी लम्बी कहानी है। बहुत देर हो गयी। चलता हूँ साहब। मेरे बारे में सोचकर कुछ फैसला कीजिए।" कपाड़िया चला गया।

रात के भोजन के बाद रामदास और उसकी पत्नी बाहर आँगन में बैठे हुए हैं। पत्नी शकुन्तला चमेली के फूलों का गजरा बनाती हुई चटाई पर बैठी है।

थोड़ी देर के बाद—"कोटेश्वरराव साहब की पत्नी है न !" शकुन्तला ने आरम्भ किया। रामदास ने पत्नी की ओर देखा।

"हीरों का हार बनवाया है। सोलह सौ का है। कितनी चमक ! आँखें चौंधियाँ गयीं।" शकुन्तला ने कहा।

"सोलह सौ ! बाप रे !" रामदास चकित रह गया।

"तो क्या हुआ ! किसी बड़ी कम्पनी वालों का कोई बड़ा काम उसने कर दिया। उन लोगों ने बनवा दिया। कोटेश्वरराव की पत्नी ने यह बात नहीं बतायी। उसकी ननद है न…सूर्यकान्तम्मा ! उसने बताया।"

"अच्छा"—रामदास और कुछ कह न सका।

"इतनी बड़ी अलमारी-भर तो साड़ियाँ हैं उसके पास। इस साल मोटर-कार भी खरीदने की सोच रहे हैं।…किस्मत होती है सुख भोगने की भी… किस्मत ! वेतन तो उतना ही है जितना आपका। उनका अपना मकान है।

हम पड़े हुए हैं किराये के मकान में। उनका बड़ा बेटा अगले साल अमरीका जाने वाला है। उसके लिए उन्होंने इधर-उधर चिट्ठियाँ भी लिखी हैं।"

गजरा बनाना खतम हो गया। उसने धागे से सुई निकालकर, दोनों दाँतों के बीच दबाकर रखा और गजरे को सँवारकर दोनों हाथों में पकड़कर बालों में खोंस लिया।

"सुभद्रा भी मेरी ही उम्र की है। दूर की रिश्तेदार भी है। बचपन में हम दोनों एक ही स्कूल में पढ़ा करते थे। किस्मत वाली है। सबकी अपनी-अपनी किस्मत।" शकुन्तला आहें भरने लगी। वह उठकर साड़ी की मीटियाँ झटक कर ठीक करने लगी। चटाई उठाकर उसने हाथ में ले ली और पति की ओर निष्ठुरता से देखा। "सो जाते हैं···या दफ्तर का कुछ काम करना है?" अन्दर जाते हुए शकुन्तला ने पूछा।

"तबीयत कुछ ठीक नहीं है। थोड़ी देर बैठ कर आता हूँ।" रामदास ने कहा।

शकुन्तला अन्दर चली गयी।

रामदास को कुछ ठीक नहीं लग रहा है। यह तो सच ही है, मगर वह शारीरिक नहीं मानसिक रूप से। दोपहर को कपाड़िया से और अब शकुन्तला से बातचीत होने के बाद रामदास का मन विचलित हो गया। कपाड़िया ने सच ही कहा। उसने यह सच क्यों कहा—यह भी रामदास ने समझ लिया। फिर जिस किसी कारण से कपाड़िया ने कहा हो, उससे मुझे क्या! जब मैंने एक बार उसकी बातों पर विश्वास कर ही लिया कि वह सच कह रहा है, उस सत्य को मानने में मुझे क्या आपत्ति हो सकती है? कई बार मैंने भी अपने परिवार के बारे में इसी दिशा में सोचा तो था। मेरे बाद मेरे बच्चों का क्या होगा, अपने इस प्रश्न के लिए मेरे पास कोई ठीक जवाब नहीं था। अभी तो कोई ऐसी परेशानी है नहीं। फिर भी आगे क्या होगा, कैसे कहा जा सकता है? ऐसी कोई गारण्टी भी नहीं है कि आगे चलकर कोई परेशानी नहीं होगी। मेरे बच्चों को अभी बहुत पढ़ना है। फिर उनकी ब्याह-शादियाँ होनी हैं। उनकी घर-गृहस्थी भी मुझे सँभालनी होगी। उसकी व्यवस्था भी मुझे करनी होगी। यह सब यदि ठीक ढंग से होना हो तो मेरी इस थोड़ी-सी तनख्वाह में यह सम्भव नहीं है। यह सोचना कि "मैं अपने वेतन में ही यह सब कर लूँगा, कोरा भ्रम है। उसके लिए 'कुछ' करने का मैं भी सोच ही रहा था। पर 'करना क्या होगा', यही कुछ निश्चय नहीं हो पा रहा था। कपाड़िया ने रास्ता बतलाया। उससे मुझे एक इशारा मिला। सह-कर्मचारी ने भी कुछ संकेत दिये। पत्नी ने भी यही प्रकट किया।'

"इच्छाओं को मारने के लिए दूसरों को सलाह देना बहुत ही आसान काम

है। मगर स्वयं अपनी इच्छाओं को मार कर जीवित रहना उतना आसान नहीं है। अड़ोस-पड़ोस को देखकर शकुन्तला का यह सोचना भी गलत नहीं है कि वह भी वैसी ही रहे। वास्तव में शकुन्तला के लिए मैंने किया ही क्या है ? खाना-कपड़ा देना ही बहुत बड़ा काम माना जाय तो यह काम बहुत लोग कर रहे हैं। मेरी क्या विशेषता है ? सारा संसार किसी मार्ग पर चल रहा है। मैं भी उसी रास्ते से चल दूं, तो ठीक होगा। मैं कोई गलत काम तो नहीं कर रहा था। यदि मैं नकारता तो कोई और ही सही, चार पैसे बना लेगा। वह काम करके मैं ही वह लाभ क्यों न उठाऊँ ? मैं भी जान-बूझकर गलत काम नहीं कर रहा हूँ। ढेर सारा धन रखने या पाने के लालच से भी तो मैं यह काम कर नहीं रहा हूँ। परिस्थितियाँ घेर ले रही हैं। वे ही यह काम मुझसे करवा रही हैं। यदि यही मान लिया जाय तो इन्सान को कोई भी शिकायत नहीं हो सकती है।"

इस निर्णय पर आने के बाद रामदास का उत्साह बढ़ता हुआ दिखाई देने लगा। उसे देखने वालों को सहज ही लगता कि शायद उसे इतने दिनों से इसी की तलाश रही होगी। कोई काम अपनी जरूरत के अनुसार करना और किसी और को उसका कारण या बहाना बना लेना—इस प्रक्रिया में मन को अवश्य थोड़ी शान्ति मिलती है। अन्यथा इतने दिनों से इतना छोटा-सा बहाना उसे मिल ही जाता था।

दूसरे दिन घर आते ही रामदास सोफे पर आराम से बैठ गया। शकुन्तला ने पानी का गिलास मेज पर रख दिया।

"बच्चे कहाँ हैं ?" रामदास ने रूमाल से पसीना पोंछते हुए कहा। इतना पसीना कभी भी नहीं छूटता था उसके बदन पर। शकुन्तला को आश्चर्य हुआ।

"खेलने गये हैं। वह तो ठीक है पर आप क्यों ऐसे हैं ?"

"नहीं तो ! कुछ भी तो नहीं !"

कहना था सो कह दिया। मगर उसे स्वयं लग रहा था कि उसे अपनी बातों पर ही विश्वास नहीं हो रहा है। प्रयास कर शब्द उसके मुँह से निकल रहे हैं···ऐसा लग रहा था। शकुन्तला को उसमें कुछ परिवर्तन-सा दिखाई दे रहा था। एक अभिनेता पहली बार स्टेज पर आया हो तब जिस प्रकार वह झिझकता है कुछ उसी प्रकार की झिझक रामदास में दिखाई दे रही थी···। "कॉफी बनाऊँ ?" रामदास को ऊपर-नीचे तक ध्यान से देखती हुई शकुन्तला ने पूछा।

"नहीं। अभी पेट भर खाकर आ रहा हूँ।" रामदास ने हँसकर कहा। उस हँसी में जो परिवर्तन आया उसे शकुन्तला ने पहचान लिया।

"कार में आये हैं क्या ?" शकुन्तला की समझ में कुछ भी नहीं आया। काम के लिए कुछ पूछना है, वह पूछ लिया।

रामदास ने एकदम चौंककर पत्नी की ओर देखा।

"कुछ भी नहीं। घर के सामने मोटर के रुकने की आवाज आयी। तो मैंने पूछा। हो सकता है, पड़ोस के घर की हो। खैर! छोड़िए इन बातों को।" रामदास ने कुछ नहीं कहा। दोनों हाथों से मुँह फेरता हुआ रह गया। लग रहा था कि वह कुछ कहने का प्रयत्न कर रहा है पर कह नहीं पा रहा है। रामदास ने बाहर की ओर देखते हुए पूछा, "दरवाजे सब बन्द हैं न!" आवाज में कुछ घबराहट जैसी थी।

"क्यों ?"

"क्यों का क्या मतलब ? दरवाजे बन्द नहीं होते क्या ?" बहुत ही चमत्कारी ढंग से कुछ कहना चाहा। मगर उसमें सफल नहीं हो पाया। उसे स्वयं लग रहा था कि वह जो कुछ कहना चाह रहा है, ठीक ढंग से कह नहीं पा रहा है।

"आपकी तबीयत कुछ ठीक नहीं लग रही है। जल्दी स्नान करके आइए। खाना खाकर सो जाइए।" शकुन्तला ने कहा।

"खा लेंगे! रोज का खाना ही है न! थोड़ी-सी देर क्या हो गयी, इतनी बेचैन क्यों हो जाती हो ?"

शकुन्तला सूरत फुलाकर खड़ी हो गयी।

रामदास ने इधर-उधर देखकर अपने कोट की जेब में से एक बड़ा लिफाफा निकाला। लिफाफा निकालते समय उसके हाथों का काँपना शकुन्तला की समझ में आ रहा था। क्षणभर के लिए उसकी आँखों का काँपना भी शकुन्तला ने पहचान लिया। उसकी आँखों में आश्चर्य उभर आया पर दूसरे ही क्षण अदृश्य हो गया। शकुन्तला ने टिमटिमाती आँखों से लिफाफे की ओर देखा। हाथ बढ़ाकर उसे ले लिया। हाथ में कुछ कागजों का स्पर्श हुआ—वह भी कुछ कड़क-कड़क। तुरन्त उसमें कुछ परिवर्तन-सा हो उठा। वह विचलित-सी हो गयी, मानो लिफाफे में से किसी विद्युत-रेखा ने उसे छू लिया हो। खुशी से उसकी आँखें चमकने लग गयीं। गालों पर कुछ उजाला-सा प्रकट हो उठा। बन्द ओठों से ही वह कुछ बड़बड़ाने लगी। हाथ काँपने लगा। शकुन्तला ने तुरन्त उस लिफाफे को साड़ी के पल्लू में छिपा लिया। दीपक की रोशनी से आँख को बचाने के लिए उन पर हाथ रखकर बाहर की ओर उसने देखा। सौभाग्य से उसे कोई दिखाई नहीं दिया ?

रामदास ने खामोशी से ही, सीधे हाथ की उँगलियों को दो बार मोड़कर इशारा किया।

"सौ ?"

रामदास ने सिर हिलाकर खामोशी से ही इशारा किया—"नहीं" शकुन्तला की आँखें और चमकने लगीं।

कुछ देर तक किसी ने कुछ भी नहीं कहा। यदि बच्चे उस समय वहाँ न आये होते तो पता नहीं और कितनी देर दोनों ऐसे ही मौन रह जाते।

रामदास से ठीक तरह से खाना नहीं खाया गया। थोड़ा-बहुत चखकर उसने हाथ धो लिये। शकुन्तला ने स्वयं पान बनाकर लाकर दिया। कुर्सी ला कर बाहर आँगन में रख दी और अखबार और पानी का गिलास भी वहीं लाकर रख दिया।

"अभी आयी।" रसोई की तरफ चली गयी शकुन्तला।

उस समय शकुन्तला को देखकर कोई भी उसकी चाल में आये परिवर्तन पहचान लेता। छोटे बच्चे का कुछ पता नहीं कि वह कुछ समझ पाया होगा या नहीं। मगर बड़े को लगा कि जरूर कुछ बात है।

पर हुआ क्या, यह वह नहीं समझ सका। उसे लगा कि माँ की आवाज रोज से थोड़ी ऊँची हो गयी। बात-बात पर माँ का बिगड़ उठना—इसने उसे आश्चर्य में डाल दिया। खाना परोसने में भी काफी बदलाव दीखने लगा। हर रोज पति को छोटी-सी चम्मच से घी परोसने वाली शकुन्तला ने आज घी की कटोरी पूरी उँड़ेल दी। रोज शाम को रामदास की बेटी मुन्नी पिता के साथ बैठकर भोजन किया करती है। यह उसकी आदत है। आज उसके लिए खाना अलग परोसा गया। खाने पर मुन्नी ने जिद की—'मैं नहीं खाऊँगी'। शकुन्तला "भाड़ में जाओ" कहकर, चिढ़कर वहाँ से चली गयी। पिता रामदास ने तरस खाकर कहा, "छोड़ो भी, मेरे पास ही बैठने दो न !" मगर माँ को तरस नहीं आया। "आप चुप रहिए। नहीं खायेगी तो न खाये। इसकी आदतें दिन-ब-दिन बिगड़ती जा रही हैं।...साथ में कोई और बैठे तो भोजन करने वालों से ठीक कहाँ खाया जाता है ?...आप भोजन कर लीजिए। उससे मैं निपट लूँगी।" शकुन्तला ने कहा। रामदास चुपचाप खाना खाकर वहाँ से चला गया। विचित्र बात है कि पिता जी चुप हो गये !

रसोई का काम पूरा कर शकुन्तला बाहर निकली तो उसने देखा कि बड़ा लड़का लालटेन के पास किताब हाथ में लिये बैठा हुआ है।

"सोना नहीं है क्या ?" शकुन्तला ने कहा।

"मुझे अभी पढ़ना है।" उसने जवाब दिया।

"सारे दिन पढ़ता ही तो रहा। अब बस भी कर। आधी रात तक बैठकर पढ़ने की कोई ज़रूरत नहीं। जाकर सो जा।" चिढ़-सी सुनाई दी उसकी आवाज में।

उसने घड़ी की ओर देखा। नौ बजने में बीस मिनट अभी बाकी हैं।

"अभी नींद नहीं आ रही है, माँ।"

"क्यों आने लगी? नींद से तो दुश्मनी तो गयी तुम्हारी।" कहती हुई शकुन्तला भोजन करने बैठ गयी।

उस दिन खाने का मन नहीं कर रहा था। कुछ खाने का प्रयत्न वह करने लगी। कुछ अच्छा नहीं लग रहा था। दाल कड़वी लग रही थी। खाना गले से नीचे उतर ही नहीं रहा था। थोड़ा-सा दही-चावल खाकर हाथ धोकर वह उठ गयी। बड़ा लड़का पूरा चादर ओढ़कर सो गया। बाहर आँगन में उसने जो कुर्सी डाल रखी थी, वह खाली पड़ी है। रामदास के कमरे से रोशनी आ रही थी।

उसके गालों पर लज्जा के निशान दीखने लगे। अलमारी से फूलों का गजरा लेकर बालों में सँवार लिया। आँखों में काजल लगाकर, उँगली को बालों में लगाकर, साफ कर लिया। रसोई के दरवाजे बन्द कर ट्रंक के पास गयी। उसका ताला खींचकर एक बार देखकर तसल्ली कर ली कि ताला ठीक ही लगा है। चाबियाँ हाथ में लेकर कमरे के अन्दर आयी।

रामदास कन्धों तक शाल ओढ़कर दीवार की ओर मुड़कर लेटा हुआ था।

"अभी से इतनी नींद आ गयी?" शकुन्तला ने पूछा।

रामदास ने जवाब नहीं दिया।

उसने पान चबाकर देख लिया कि पान अच्छा बना या नहीं। फिर धीरे-धीरे दरवाजे के पास जाकर दरवाजा बन्द कर वापस आयी। रामदास के पास पलँग पर बैठ गयी। तब भी रामदास हिला तक नहीं।

"कितनी देर तक अकड़े रहोगे?" हँसकर शकुन्तला ने कहा।

फिर भी रामदास ने कुछ भी नहीं कहा।

"सचमुच ही सो रहे हैं क्या?" रामदास का कन्धा पकड़कर शकुन्तला ने उसे अपनी ओर कर लिया।

तब जाकर रामदास ने आँखें खोलीं।

शकुन्तला से कुछ कहना चाहा।

"हाँ, सब ठीक है।" रामदास ने कहा। "तुम ने बताया कि कोटेश्वरराव की पत्नी ने नेकलेस बनवाया। कितने का है वह?"

शकुन्तला ने बतलाया।

"कहाँ बनवाया उसने?" रामदास ने पूछा।

शकुन्तला ने वह भी बताया।

"तुम भी ऐसा ही एक बनवा लो न!" रामदास ने कहा।

"आप बनवायेंगे ?' शकुन्तला ने उत्सुकता से पूछा। कहने के लिए उसने कह दिया । पर उसे मालूम है कि रामदास जरूर वह नेकलेस बनवा कर देगा।

"आज···" रामदास रुक गया।

"हाँ···" शकुन्तला ने कहा।

थोड़ी देर तक दोनों मौन रहे।

"थोड़ा हटिए" पलँग पर अपने लिए जगह बनाती हुई शकुन्तला ने कहा। रामदास ने थोड़ा हटकर उसे जगह दे दी।

"मैंने हस्ताक्षर कर दिये।" रामदास ने कहा।

थोड़ी देर रुक फिर उसने आगे कहा—"बेचारा बहुत खुश हो गया।"

"उसने हमारे ऊपर कोई मेहरबानी तो नहीं की।" शकुन्तला ने कहा।

"अभी यह रखने के लिए कहा। कह रहा था कि फिर मिलेगा।"

"आप संकोच मत कीजिए। जितना हो सके निचोड़ लेना।"

रामदास ने कुछ नहीं कहा।

"कोई दान-पुण्य तो नहीं कर रहा है। लाखों की कमाई है, उसमें हमें कोई हिस्सा देगा ? जो कुछ भी हासिल करना है, यही मौका है। अपना काम हो जाने के बाद कौन किसको पहचानता है ?"

"वह तो है।" रामदास ने ऐसे कहा जैसे अन्दर-ही-अन्दर अपने आपसे ही कुछ कह रहा हो। दीपक बुझ गया। सारे कमरे में अँधेरा छा गया। चूड़ियों का धीरे से खनकना, कुछ साँसों की धीमी आवाज, फुसफुसाहट, धीमी-सी हँसी, मुसकुराहट, बस कुछ देर तक अँधेरे में यही सुनाई दे रहा था। फिर दीपक जला। रामदास कुछ सोच में पड़ा हुआ दिखाई दे रहा था। बरामदे में से शकुन्तला को किसी के खाँसने की आवाज सुनाई दी।

रामदास बिस्तर पर लेटा हुआ ही इधर-उधर कई बार करवटें बदल चुका, नींद नहीं आ रही थी। एक तरह का डर उसके मन में बैठ गया। अन्दर-ही-अन्दर कम्पन शुरू होने लगा। एक ही विचार मन में चल रहा है। 'कहीं मैंने गलती तो नहीं की !' कम्पन धीरे-धीरे बढ़ता ही जा रहा था। उसने चादर कन्धों के ऊपर तक ले लिया। फिर भी काँपना कम नहीं हुआ। उठकर खिड़कियाँ भी उसने बन्द कर दीं। लाइट के कारण नींद नहीं आ रही है। यह सोचकर उसने लाइट भी बन्द कर दी। डिम्मर लगाकर पलँग पर लेट गया। आँख बन्द कर सोने का प्रयत्न करने लगा। अब उसने निश्चय कर लिया कि नींद न आने का कारण लाइट नहीं है। दोपहर का चित्र जो रामदास के मन में बैठ गया, वह मिटाये नहीं मिट रहा है। उसने कपाड़िया की एप्लिकेशन पर

हस्ताक्षर कर दिये । कपाड़िया ने एक लम्बा लिफाफा पकड़ा दिया । रामदास ने खामोशी से उसे लेकर ड्रायर में रख दिया और उस पर दफ्तर के कुछ कागज रख दिये । 'ऐसा करने से दूसरे लोग उस लिफाफे को देख नहीं सकेंगे' उसका यह विचार था । तुरन्त एक और विचार मन में यह आया कि दफ्तर के कागज निकालते समय वह लिफाफा नीचे गिर भी सकता है। यदि ऐसा हुआ तो ? उसमें से नोट बिखरकर सारे कमरे में फैलने लगें तो ? यदि किसी ने यह सब देख लिया तो ? यह विचार मन में आते ही रामदास का मन थर-थर काँपने लग गया था । धीरे से दफ्तर के कागजों को हटाकर लिफाफा उसने हाथ में लेकर कोट की जेब में रख लिया। उसने चैन की एक लम्बी साँस छोड़ी कि उसका यह काम किसी ने नहीं देखा। कुछ लिखने के लिए कलम हाथ में लिया । फिर संकोच में पड़ गया। लिफाफे को दराज में रखना ही ठीक है शायद! अचानक कोई आकर जेब में हाथ डालकर देख ले तो ? पूछे कि यह कहाँ से आया तो ? इसके उत्तर के लिए रामदास अपने मन को टटोलने लगा । कोई जवाब नहीं मिला । फिर लिफाफे को दराज में रख दिया । एक और शक मन में हुआ । उसे दराज में से निकालकर फिर जेब में रख लिया । कुछ और बात मन में आयी । लिफाफे को जेब से निकालकर दराज में रख दिया । शाम तक यही चलता रहा । रामदास निश्चय नहीं कर पा रहा था कि उसे कहाँ रखा जाय। शाम को कपाड़िया मोटरकार ले आया । रामदास संकोच करता हुआ ही सही, कार में बैठ गया। तभी दफ्तर छूटा। इसलिए सारे लोग बाहर ही खड़े थे । उनकी ओर रामदास ने देखा तक नहीं । देखने में डर लगा उसे । डरते-डरते ही एक नजर देख भी लिया । कई लोग ग्रुप बनाकर खड़े हैं । रामदास को लगा कि वे उसे देखकर हँस रहे हैं। उसके दिल की धड़कन तेज हो गयी । उसे बार-बार लगा कि वे लोग उसको देखकर ही हँस रहे हैं । रामदास बेहद लज्जित हो गया ।

यह सारा चित्र उसकी आँखों के सामने सिनेमा की रील की तरह घूमने लगा । रामदास कितना ही प्रयत्न करने लगा कि इसे भुला दूँ । जब तक जागता रहेगा तब तक ये यादें पीछा करती ही रहेंगी । कितना अच्छा होता कि जल्दी से जल्दी नींद आ जाती !

विचित्र-सी बात है । वह जितना चाह रहा है कि नींद आ जाये, नींद उतनी ही दूर भागती रही । चाह रहा है कि नींद आ जाये, वह नहीं आ रही है । वह नहीं चाह रहा है कि यादें पीछा करती रहें, वही हो रहा है । कैसी विडम्बना है जीवन की ! यह नयी अनुभूति है रामदास के लिए । रामदास ने अब तक कई बार अपने आप को तसल्ली देने का प्रयत्न किया । वह अच्छी तरह जानता है कि ऐसा कुछ नहीं हो सकता । फिर भी 'ऐसा ही कुछ हो गया

होगा'—यह शक कीड़े की तरह उसके मन को बार-बार खुरचने लगा। यों तो दफ्तर में उसके कमरे के आसपास कोई नहीं आता। जो आना चाहेंगे उन्हें रामदास की अनुमति लेकर ही आना है। फिर भी रामदास को लगा कि किसी ने देख लिया होगा। तसल्ली तो कर सकता है कि यह शक निराधार है। फिर भी उसे बार-बार लग रहा है कि कोई कारण जरूर होगा। वह कारण क्या है, यह पता नहीं चल रहा है। "नहीं नहीं, किसी को देखने का मौका नहीं था।' रामदास ने पक्का सोच लिया। जितना उसका यह विचार पक्का होता जा रहा था, उतना ही उसका डर कम होने की बजाये बढ़ता जा रहा था। दिल की धड़कन तेज होती जा रही थी। सारे बदन में इतना दरद होने लगा, मानो कोई उसे पकड़कर उसका खून निचोड़ रहा हो। तिलमिलाने लगा रामदास। वह मुश्किल से उठा। गिलास भर पानी लेकर चटाचट पी गया। थोड़ा-सा पानी हाथ में लेकर मुँह धो लिया। बहने वाले पसीने को तौलिया से पोंछ लिया। हवा के लिए खिड़की खोल दी। ठण्डी हवा एकदम अन्दर आ गयी। उसे गुदगुदी होने लगी।

"····वाह···"

रामदास ने एक लम्बी साँस ली।

खिड़की में से रामदास ने बाहर देखा। चाँदनी पेड़ों पर से चारों ओर बिखर रही थी। हवा की हाँ में हाँ मिलाते हुए, पेड़-पौधे सिर हिलाते हुए दिखाई दे रहे थे।

रामदास ने फिर से सोचा कि "मैं बेकार घबरा रहा हूँ। इसमें इतनी डरने की क्या बात है? यह तो दुनियादारी है। कोई भी इस संसार में किसी का काम मुफ्त में नहीं करता। सारा संसार जिस रास्ते पर चल रहा है, मैं भी उसी रास्ते पर चल रहा हूँ। यह कोई गलत काम तो नहीं है। मेरे साथ काम करने वाले कर्मचारी सब थोड़ा-बहुत इस तरह के काम कर ही रहे हैं। कागजों पर 'वजन' नहीं रखा जाता, तो कागज उड़ जाते हैं। मैं यह बात अच्छी तरह जानता हूँ। फिर भी इतने दिन कुछ न कर सका। जैसा कि रामनाथ ने कहा—यह मैं न करता तो कोई और सही। कपाड़िया का काम तो होना ही था। रुकता तो नहीं। यह फायदा वह उठा लेता। वह काम मैं ही क्यों नहीं कर सकता? यह फायदा मैं ही क्यों नहीं उठा सकता? इसमें अन्याय का प्रश्न ही कहाँ उठता है? कपाड़िया के लिए यह ऐसा रास्ता है जिससे उसे लाखों का फायदा होने वाला है। उसमें से यदि मैंने अपना हिस्सा कुछ हजार ले भी लिया तो कौन-सा गुनाह किया? किसी-न-किसी के लिए यह काम मुझे जरूर करना तो था ही। वह काम कपाड़िया के लिए क्यों नहीं? बेचारा! कितने दिनों से दफ्तर का चक्कर काट रहा था! कपाड़िया

ने बिलकुल ठीक कहा। इस थोड़े से वेतन में मैं आगे परिवार को क्या पाल सकता हूँ ? उसकी जरूरतों को कहाँ पूरी कर सकता हूँ ? उनके भविष्य के लिए मैं क्या कर पा रहा हूँ ? कम-से-कम मौत तो 'अपने' मकान में हो सकती है न ? मैं अकेला संसार में होने वाली इन बातों को रोक सकता हूँ क्या ? इस तरह कपाड़िया के कागजों को रोकने से लाभ क्या होता ?

फिर भी रामदास के लिए कोई जवाब नहीं मिला। जितना वह सोचता जा रहा था, उतना ही उसके मन में डर—एक अजीब-सा डर—जिसे कुछ व्यक्त नहीं किया जा सकता, बढ़ता ही जा रहा था। उसे लग रहा था कि चोरी करते समय रँगे हाथ वह पकड़ा गया। उसे सफाई के लिए पूछा जा रहा है। वह जवाब नहीं दे पा रहा है और उसका दम घुट रहा है। यह सोचता हुआ रामदास थरथर काँपने लग गया। 'कहीं मेरे ये सोच-विचार कोई सुन तो नहीं रहा है'—रामदास को यह भी शक हुआ थोड़ी देर के लिए। चारों ओर देखा। एहतियातन उसने खिड़की बन्द कर दी। लाइट जलाने में उसे डर-सा लगा। क्योंकि उस रोशनी में उसे अपने आपको देखना जो पड़ेगा।

उसने जोर से जँभाई ली। चुटकी मारी। उसने सोचा, इससे वह अपने सोच-विचार से दूर होगा और थोड़ा-सा ढाढस बँधेगा।

अपनी इस बात पर उसे स्वयं हँसी आ गयी।

'असम्भव ! यह काम करते मुझे किसी ने देखा नहीं होगा। इसके बारे में कोई और नहीं जानता। जान भी नहीं सकता। कैसे जानेगा देखेगा तब जानेगा ना। देखा ही नहीं तो जानेगा कैसे ?' रामदास इसी तरह सोचता जा रहा था कि दरवाजा खोलकर धीरे से कोई अन्दर आया। कदमों की आहट सुनकर रामदास घबरा गया।

"कौन है ?" पहचानने का प्रयत्न करते हुए, उसने जोर से पूछा।

धुँधली-सी रोशनी—आया हुआ व्यक्ति रामदास को ठीक दिखाई नहीं दिया। रामदास को कुछ स्पष्ट दिखाई नहीं दे रहा था। जहाँ तक दिखा, उसका अन्दाजा रामदास को थोड़ा-सा लगा। वह व्यक्ति हट्टा-कट्टा, लम्बा है। गोरा शरीर—सफेद कपड़े पहना हुआ, आँखों में चमक।

रामदास चौंक गया।

वह आदमी हँसता हुआ निकट आने लगा।

इस बार रामदास जोर से पूछ न सका—'कौन हो तुम ?'

वह आदमी हँसता हुआ और निकट आने लगा।

"कौन हो तुम ?"

वह आदमी हँसता ही जा रहा था।

वह हँसी देखकर रामदास विचलित हो गया। उसकी आत्मा जैसे रोने

लग गयी ।

"मुझे सब कुछ मालूम है ।" उस व्यक्ति ने कहा ।

रामदास की सूरत पीली पड़ गयी । ओठ सूखने लगे । शरीर उसके वश में नहीं रहा । बात करना चाह रहा था, मगर कर नहीं पा रहा था । शब्दों के लिए जैसे टटोल रहा हो ।

"क्यों किया तुमने ऐसा काम ?"

रामदास सिर नीचे झुकाकर रह गया ।

"जवाब क्यों नहीं देते ?" उसने धमकाने के लहजे में कहा ।

वह आवाज सुनकर रामदास चौंक गया ।

सँभल कर खड़ा हो गया ।

"कौन-सा काम ?" रामदास ने धीरे से पूछा ।

"बको मत । मुझे सब मालूम है ।"

"क्या मालूम है ?" रामदास ने पूछा ।

वह मुसकुराया ।

"मैं सब देख रहा हूँ, रामदास ! दस दिन से कपाड़िया तुम्हारे दफ्तर का चक्कर काट रहा है। तुमने हस्ताक्षर नहीं किये । आज तुमने दस हजार रुपये लेकर हस्ताक्षर किये हैं ।"

"बस करो ।" रामदास ने घबराकर कहा ।

वह व्यक्ति फिर से मुसकुराया ।

"मैंने सोचा कि किसी ने नहीं देखा—कोई नहीं जानता । सोचा कि सारा काम ठीक-ठाक हो गया । मगर···।" रामदास रुक गया ।

"मुझे मालूम हो गया है ।" उस व्यक्ति ने हँसते हुए कहा । उसने रामदास के कन्धे पर हाथ डाला । उतना मजबूत हाथ भी कोमल और ठण्डा लगने लगा ।

"मेरा काम ही यह है, बेटा !" उसने रामदास से कहा ।

"अब मैं क्या करूँ ?" रामदास ने पूछा ।

"क्या तुम नहीं जानते कि गलती सुधारनी चाहिए ?"

"अच्छी बात है ।" रामदास ने आँसू पोंछते हुए कहा । 'एक मेहरबानी आपको करनी है ।"

उस व्यक्ति ने प्रश्नार्थक दृष्टि से रामदास की ओर देखा ।

"बाल-बच्चे वाला हूँ । मेहरबानी कीजिए । इस बात को आप अपने रिकार्ड में से निकालकर फेंक दीजिए ।" आगे कभी ऐसा काम नहीं करूँगा । इस बात को दफन कर दीजिए । इतना-सा उपकार आप ज़रूर···।"

जवाब में वह हँस पड़ा ।

"कल ही कपाड़िया को दस हजार वापस कर दूँगा।" रामदास ने कहा।

"अच्छी बात है। अब मैं चलता हूँ।" दरवाजा खोलकर वह चला गया।

लगभग पन्द्रह-बीस मिनट तक रामदास होश में नहीं आ पाया। बाद में धीरे से सिर ऊपर उठाकर देखा। दरवाजे सारे बन्द हैं। खोलकर रामदास बरामदे में आया। पत्नी और बच्चे आराम की नींद सो रहे हैं। रामदास एकदम दंग रह गया। इतनी देर तक कमरे में जो संघर्ष चल रहा था, इससे ये लोग जागे क्यों नहीं ? ऐसी नींद सो रहे हैं, जैसे कि सारे घोड़े बिक गये हों। वह तो ठीक है, यह आदमी बाहर कैसे गया ? फाटक तक जाकर रामदास देख आया। सारे दरवाजे बन्द के बन्द ही पड़े हैं। कहीं किसी के आने या जाने के निशान तक नहीं दिखाई दे रहे हैं ! फिर गया कैसे ? जल्दी से उसने पत्नी को उठाया।

"क्या है ?" जँभाई लेती हुई शकुन्तला ने पूछा।

"अभी किसी को इस तरफ आते हुए तुमने देखा क्या ?"

शकुन्तला की नींद पूरी तरह से उड़ गयी। नींद का नशा उतर गया। तुरन्त डर ने नींद की जगह ले ली।

"कौन आदमी ? कब की बातें ?" घबराती हुई शकुन्तला ने पूछा।

"अभी-अभी लगभग पन्द्रह मिनट पहले।"

शकुन्तला ने सारी लाइट जला दी। ताले खोलकर सारे कमरे उसने छान मारे। ट्रंक का ताला खींच-खींचकर देख लिया। रामदास ने जिस जगह की ओर इशारा किया, उसे ध्यान से उसने परखा।

"कोई भी तो नहीं है।"

"मैंने बात की न !"

"यदि कोई आया होता तो कम-से-कम कदमों के निशान तो दिखाई देते।" शकुन्तला ने चिढ़कर कहा।

"बिलकुल ठीक है। वहाँ वे निशान भी नहीं हैं न ?" रामदास ने भी अचरज से कहा।

"शायद आपने सपना देखा होगा। वरन् कुछ दिखाई पड़ता।...वह आया कहाँ से और गया कहाँ से ? आप भी अजीब हैं ! हमारा एक चाचा रहा करता था। नींद में ही सारे घर में फिरता रहता था। दूसरे दिन पूछने पर कहा करता था 'ऐसा कुछ भी नहीं हुआ। यह कब की बात है ?'...आप भी उन्हीं की तरह...।" शकुन्तला ने मजाक किया। "जाने भी दीजिए। यदि आपको नींद नहीं आ रही है तो आप अपना पलँग भी बरामदे में कर लीजिए न ?"

रामदास ने कुछ जवाब नहीं दिया। वह अपने कमरे में आ गया। पलँग पर लेट गया। सोचने लगा, "कितना अच्छा रहे यदि यह सपना ही हो !"

शकुन्तला ने कॉफी बनाकर तैयार रखी। रामदास अभी नींद से नहीं उठा था। काफी को थर्मस में डालकर बच्चों से कहा, "जाकर डैडी को जगा दो।" खुद तैयार हो गयी, बच्चों को भी अच्छे कपड़े पहनाकर तैयार कर दिया। उसने सोचा कि 'यदि ये जल्दी उठे होते तो अब तक बाजार चले जाते।'

रामदास के स्नान वगैरह कर काफी के लिए आने तक नौ बज गये।

"क्या खास बात है ?" रामदास ने पत्नी को देखकर पूछा।

"किसी के आने के बारे में न ?"

"वाह री मेरी किस्मत !" शकुन्तला ने थोड़ा चिढ़कर कहा। "आपने कहा था न कि कुछ खरीदने के लिए बाजार जायेंगे ?"

"अच्छा, अच्छा।" रामदास को नेकलेस की बात याद आयी। "मेरा टाइम हो गया है।"

"अभी नौ ही बजे हैं न ? साढ़े दस बजे तक आप वहीं से दफ्तर चले जाना। हम लोग टैक्सी पर घर आ जायेंगे।" शकुन्तला ने समस्या सुलझाने का रास्ता बताया।

रामदास की समझ में कुछ भी नहीं आया।

"जल्दी क्या है ? कल देखेंगे।" उसने बहाना बनाकर बचने का प्रयत्न किया। "खरीदना ही है तो आज क्या और कल क्या। घर का सारा काम खत्म हो गया है। एक घण्टे के अन्दर-ही-अन्दर बाजार का भी काम हो जायेगा। फिर कल तक क्यों टाल दें बात को ?" बेचैनी से शकुन्तला ने कहा।

रामदास कुछ जवाब दिये बिना ही चला गया। पत्नी का कुडकुडाना स्पष्ट सुनाई दे रहा था। दस मिनट के बाद दबादब मारने की आवाज, छोटे का रोना···रामदास को स्पष्ट सुनाई दिया।

सारा दिन रामदास का मन ठिकाने नहीं। सारे कागज मेज पर जमा होते जा रहे थे। काम करने का मन ही नहीं हो रहा था। आते समय कपाड़िया का दिया हुआ लिफाफा जेब में डाल लाया। जब वह लिफाफा लेकर आ रहा था तो उसकी पत्नी शकुन्तला वहीं पर थी। "उसे क्यों ले जा रहे हैं ?"

रामदास ने कोई जवाब नहीं दिया।

"नेकलेस आप ले आयेंगे क्या ?"

इसका भी रामदास ने जवाब नहीं दिया।

"यदि ला रहे हैं तो नीले और हरे रंग के पत्थर वाला ले आइएगा। इसीलिए मैंने सुबह ही कहा कि जाकर ले लेंगे—आप नहीं माने।" शकुतन्ला ने कहा।

रामदास बिना कुछ कहे, दफ्तर में आ गया। आते ही उसने फोन पर कपाड़िया से बात कर आने के लिए कहा। "शाम तक बहुत काम है शाम को

ही आ पाऊँगा।" कपाड़िया ने कहा। रामदास ने उसके दस हजार लौटाना चाहे। देने से पहले उसके मन में बहुत बड़ा संघर्ष हुआ। वह कितनी ही देर तक यही सोचता रहा कि रात को जो कुछ भी हुआ, वह सपना ही तो था न! मगर उस व्यक्ति से मैं बात किस प्रकार कर पाया? उसकी हँसी अभी तक कानों में गूंज रही है। उसका स्पर्श अभी तक याद है। यदि सपना नहीं है तो कदमों के चिह्न तो होने चाहिए थे न? वह सब दिखाई नहीं दे रहे हैं। यह सी. आई. डी. तो नहीं है? सरकार ने कहीं चतुर सी. आई. डी. लोगों की नियुक्ति तो नहीं की? उनके आने-जाने का पता किसी को नहीं लगता शायद। उस विभाग के लोग ही शायद उसे पहचान जायेंगे। यदि यही सच है तो वह बड़ा ही चतुर है। सारे काम जैसे अपनी आँखों से देखे, ऐसा उसने बयान किया। रत्ती भर का भी अन्तर नहीं था।

बेचैनी से रामदास कुर्सी पर इधर-उधर हिलने लगा। सिर भारी लग रहा था। बदन भर में दर्द हो रहा था।

'सब झूठ।' रामदास ने सोचा।

'यह तो आरम्भ है मेरे लिए।' ऊपर से उसके बारे में बहुत ही सोचने लगा। उसी के ध्यान में होने से ऐसा सपना दिखाई पड़ा होगा। बस वही हुआ वरन् किसी की जानकारी के बिना घर में किसी का घुस आना सम्भव कैसे हो सकता है? यदि मुझे भ्रम हुआ तो शकुन्तला? उसे भी भ्रम हुआ क्या? कदमों के निशान तो दिखाई देते न! कम-से-कम सिंहद्वार तो खोला होता। हवा में आकर हवा में जाने के लिए वह कोई देवता तो नहीं है न! कोई सन्देह नहीं, यह सपना ही था। दिमाग की कमजोरी से मुझे यह सब सच ही लग रहा है। बस। यही है। कई बार मैंने कई सपने देखे। किसी-किसी में बादलों पर भागता रहा तो किसी में सुभद्रा से प्यार करने की बात देखी। इसका यह मतलब तो नहीं था कि मैं सचमुच ही बादलों पर भागता रहा था या सुभद्रा से प्यार करता रहा।"

'बस-बस। वह सपना ही था।' रामदास ने सोचा।

इस नतीजे पर पहुँचने के बाद दस हजार लौटाने का मन नहीं हुआ। शाम को कपाड़िया आया। इधर-उधर की बातें कर रामदास ने उसे भेज दिया।

"लाये हैं क्या?" रामदास की जेब में हाथ डालते हुए शकुन्तला ने पूछा।

"नहीं।" रामदास ने कहा।

शकुन्तला लाल-पीली हो गयी।

"एक दो दुकानों में देखा मैंने। सब अच्छे ही लगे। सब लेने का मन

हुआ। मैं कुछ नतीजे पर पहुँच नहीं पाया। इसलिए तुम कल चले जाना और खरीद लेना।" रामदास ने बड़ी सतर्कता से कहा कि कहीं यह बात झूठ न लगे।

"आपके बिना ही ? ना बाबा ना। ऐसा हो तो मुझे नेकलेस चाहिए ही नहीं।" शकुन्तला ने लाड़-प्यार से कहा।

दुर्भाग्य से रामदास को उस रात को भी नींद नहीं आयी। वह सोच रहा था कि दस हजार रुपयों से क्या-क्या कर सकते हैं। शाम को जब कपाड़िया मिलने आया था तो कह रहा था कि कल-परसों कुछ और पैसा लायेगा। सब मिलाकर रामदास घर खरीदना चाह रहा था। सामने एक छोटा-सा बगीचा, बड़ा-सा पिछवाड़ा जिसमें सब्जियों के बेल-पौधे, साथ में गेराज। बच्चों के लिए अलग-अलग कमरे। एक सुसज्जित ड्रेसिंग रूम !···एक रेडियोग्राम, अच्छा-सा फर्नीचर, बेल्जियम के आईनों का···रामदास सोचता ही जा रहा था कि दरवाजा खुलने की आवाज आयी। आँख खोलकर रामदास ने उस ओर देखा। देखते ही निश्चेष्ट-सा रह गया। कल का सी. आई. डी. फिर आ गया।

आज उसके चेहरे पर कल की मुसकुराहट नहीं थी। नाराजगी के चिह्न स्पष्ट दिखाई दे रहे थे।

"क्यों जी ! कल मुझसे तुमने झूठ क्यों कहा ?" उसने कहा। रामदास काँपने लगा। सारा खून सूख गया। सारी नसें फटने लगीं। वह पीला पड़ गया।

"सुबह···" रामदास कुछ अस्पष्ट रूप से कहने लगा।

"दस हजार रुपये लेकर दफ्तर गये न ? फिर कपाड़िया को दिया क्यों नहीं ? फोन कर उसे दफ्तर बुलाया था कि नहीं ? इधर-उधर की बातें तो तुमने कर लीं। मगर पैसे लौटाने की बात उठायी तक नहीं। इतना ही नहीं, जब कपाड़िया ने कहा कि वह परसों कुछ और पैसे लाकर देगा, तुमने मान लिया न ? यह सब तुम क्यों कर रहे हो ? क्या पाने के लिए कर रहे हो ? कुछ सुख पाने के चक्कर में पड़ गये हो न ? इससे सुख मिलेगा, यह तुम्हारी गलतफहमी है। तुम्हें इससे कभी सुख नहीं मिलेगा। सारा संसार सोचेगा कि तुम सुखी हो, बस। वही तसल्ली तुम्हें मिलेगी। पर वह सुख तुम भोग नहीं पाओगे। इस प्रकार का सुख थोड़ा-सा भी तुम्हारे हिस्से में नहीं आयेगा। आ भी नहीं सकता। हर क्षण कीड़े की तरह यह तुम्हारे दिल और दिमाग को खरोंचता ही रहेगा। तुम्हें खाता ही जायेगा। वह दुख भोगना इससे भी कठिन है। यदि मेरी बात नहीं मानोगे तो इसका जो दुष्परिणाम होगा उसे भी भोगने के लिए तैयार हो जाओ। बस, इतना ही मेरा कहना है। आगे तुम्हारी इच्छा।" उसने कहा।

उसकी आवाज एकदम स्पष्ट है, आँखों में क्रोध की ही नहीं, साथ में अपार दया की भी झलक दिखाई दे रही थी। रामदास आँख उठाकर, उस मूर्ति को देख नहीं पाया। सिर झुकाकर रह गया।

"क्या सोच रहे हो ? क्या जवाब है तुम्हारा ?" उसने पूछा।

रामदास ने कुछ भी नहीं कहा।

"जान कर भी गलती करने वाले अधम लोग क्षमा के योग्य भी नहीं रह जाते हैं। अनजाने में जो गलती होती है, उसे क्षमा किया जा सकता है। अज्ञान के कारण मासूम लोग गलती कर सकते हैं। वे क्षमा के योग्य हैं। मगर जानकर गलती करने वालों को क्षमा करना मेरी सीमाओं के बाहर की बात है। मुझे यह बात अच्छी भी नहीं लगती है। मैं तुम्हें मजबूर नहीं करना चाहता—मगर तुम इसके परिणाम से बच नहीं पाओगे। इसकी सजा तुम्हें भुगतनी ही पड़ेगी। तुम्हारी अपनी यह गलती छाया की तरह तुम्हारा पीछा करती ही रहेगी।

रामदास के मन में अपार दुख हुआ। सीमाएँ तोड़कर आँसुओं की धाराएँ बहने लगीं। उन धाराओं के धुँधलेपन में उस अज्ञात व्यक्ति की मूर्ति धीरे-धीरे ओझल होने लगी। रामदास 'हाय' कर रोता ही जा रहा था। सिसक-सिसक कर रोता ही रहा। आँसुओं से सिरहाना भीग गया। शकुन्तला चौंक कर उठ बैठी। पलँग पर उल्टा लेटकर बच्चे की तरह रोने वाले पति को देख कर वह निश्चेष्ट रह गयी।

"क्या हुआ ?" उसकी आवाज भी बैठ गयी। रामदास ने कुछ जवाब नहीं दिया। मगर रोना भी उसने बन्द नहीं किया।

उस स्थिति में पति को देखकर उसकी आँखों में भी आँसू भर आये। पति को उसने बड़े प्रेम से अपने आलिंगन में ले लिया।

"मुझसे नहीं कहेंगे ?" धीरे से उसने पूछा।

"नहीं चाहिए, हमें नहीं चाहिए।" रामदास ने कुछ अस्पष्ट रूप से कहा। शकुन्तला की समझ में एकदम बात आ गयी।

"वे पैसे ही हैं न ?" प्यार से रामदास के सिर पर हाथ सहलाती हुई शकुन्तला ने पूछा।

रामदास ने कुछ कहा नहीं।

"जाने भी दो न ! बला कहीं की ! इतने दिन इसी पैसे से हमने गुजारा किया क्या ? कल ले जाकर उसे उसके मुँह पर मार आना। ये दो दिन आपका जो हाल हुआ···"

दु:स्वप्न बिखर गया। रामदास को बड़ी तसल्ली हुई।

रामदास ने फिर कभी जिन्दगी में उस प्रकार का सपना नहीं देखा।

अनुवाद : डॉ. लीला ज्योति

बेचारे सत्य की कथा

उस शाम को जब हमारे घर के दरवाजे पर दस्तक हुई तो मेरी स्थिति कुछ अजीब-सी थी। मालूम नहीं, मैं निद्रा की अवस्था में था या जाग रहा था। मुझे तो बस इतना मालूम है कि चारों ओर कुछ हो रहा है; लेकिन क्या हो रहा है, यह मैं कह नहीं सकता।

"कोई आये हैं !" बेटे ने धीरे से कहा।

"कौन हैं ?···नाम पूछा ?" मैंने भी धीमे स्वर में ही पूछा।

"नहीं ! उन्हें कभी देखा हो, ऐसी याद भी मुझे नहीं है।" बेटे ने जवाब दिया।

साधारणतया मेरे घर अजनबी लोग तो आते ही नहीं। मेरी जान-पहचान के सभी लोगों को परिवार वाले व्यक्तिगत रूप से न जानते हों, फिर भी उनके नामों को तो बहुत हद तक जानते हैं। इसलिए अपना नाम बताने पर भी आगन्तुक को पहचान लेंगे।

लेकिन जब मैं खुद बाहर उठकर आया तो मुझे भी वह अजनबी ही लगा। मैं कह नहीं सकता कि उसे मैंने कहीं देखा है और उसके बारे में सुना है, लेकिन गौर से जब उसकी ओर देखने लगा तो लगा कि इसे बचपन में थोड़ा-बहुत जानता था, लेकिन बाद में एकदम से वह मेरे मस्तिष्क से मिट गया।

मुझे देखते ही उसके चेहरे पर एक फीकी हँसी झलक गयी। बड़े हलके ढंग से नमस्कार किया और उठने की कोशिश की। लेकिन उठ न सका और कुर्सी पर ही बैठा रह गया। भगवान् की कसम, मैं उसे पहचान न सका। इसीलिए बड़ी ईमानदारी के साथ मैंने कहा, "माफ कीजिएगा ! मैंने आपको पहचाना नहीं।"

"कोई बात नहीं।" उसने जवाब दिया और सम्हलकर बैठते हुए कहा, "शायद मैं कुछ बेवक्त आ गया हूँ। कोई बात नहीं। मैं आपका ज्यादा समय नहीं लूँगा। सिर्फ तीन शब्दों में अपने यहाँ आने की जानकारी आपको दे दूंगा···।" मानो वह मुझे आश्वासन दे रहा था।

"कोई बात नहीं। मुझे भी और कोई जरूरी काम नहीं है। अगर आपको भी जल्दी नहीं है तो कुछ देर चाहें तो बैठ सकते हैं।" मैंने 'देर' शब्द पर जोर दिया।

"मेरे बारे में सच कहें तो किसी ने भी ज्यादा नहीं सोचा। फिर भी, एक जमाने में मुझसे कुछ डरते थे और कुछ गौरव भी मुझे मिलता था। फिलहाल तो स्थिति बदल गयी। अन्य चीजों के ही समान मेरे विषय में भी मिलावट होने लगी। जितना अन्याय मेरे साथ हुआ है, उतना और किसी के साथ कभी नहीं हुआ होगा। यही बात मैं आपसे कहने आया हूँ।" उसने कहा।

"आगे बोलिए।" मैं सुनने के लिए तैयार हुआ।

"बोल दिया न!" उसने दृढ़ता से कहा। "मैं उतनी दूर से केवल आपको यही बात बताने के लिए आया हूँ।"

अब की बार आश्चर्य मुझे हुआ। वह कितनी दूर से आया और आने के बाद उसने मुझसे क्या कहा, मैं कुछ समझ नहीं पाया। सीधे मैंने यही बात कह दी।

"मेरा नाम सत्य है।" कहकर मुझे सोचने-समझने और आश्चर्य में डूब कर उभर आने के लिए एक मिनट का समय दिया। बाद में कहना शुरू किया, "अब बताइए! शायद विषय की जानकारी हो गयी होगी, मेरे बारे में आप थोड़ा-सा सोचिए। नहीं सोचने वालों से कहिए। मुझे मालूम है कि मेरी उपस्थिति लोगों में हैरानी पैदा कर देती है। लेकिन मुझसे हाथ धोना भी ठीक नहीं। यह आप अपने अनुभवों से जानते ही हैं। फिर भी सबक सीखने के लिए आप तैयार नहीं। किसी तरह से आप मुझे छिपाने की और बाजू में ढकेलने की बात सोचते रहते हैं। कई सन्दर्भों में आप मेरी हत्या ही कर डाल रहे हैं। मेरे बदले किसी नकली चीज को दिखाकर 'यही असली सत्य है' के नाम पर चला रहे हैं। आप अपने इतिहास में, अपनी संस्कृति में, अपनी राजनीति में और दैनन्दिन जीवन में बड़ी सावधानी के साथ मुझे कतई जगह नहीं दे रहे हैं। फिर भी रूढ़ी प्राणी होने के कारण मैं किसी तरह से दिन काट रहा हूँ। आप लोगों को शर्म आनी चाहिए कि आप मुझसे दूर हो रहे हैं और मुझे खो दे रहे हैं। आपको तो बिलखना चाहिए। इसकी बजाय, मुझे पाताल में दबा देते हुए, हर बार आपको आनन्द मिल रहा है। सोच रहे हैं कि आपकी जीत हुई। मालूम नहीं कि यह सब करते हुए आपको शर्म क्यों नहीं आ रही है! बहुत दिनों से मैं यही सोचता रहा। खैर, शुभ काम के लिए देरी क्यों? जो हुआ, सो हुआ। आइन्दा कम-से-कम मेरे बारे में सोचना आरम्भ कीजिए। मेरी आवश्यकता को पहचानिए। मेरे बारे में दो अच्छे शब्द लिखकर मुझे पुनः जीवित कीजिए। मेरे बारे में चारों ओर प्रचार कीजिए। इसी काम के लिए मैं आपके पास आया हूँ।" सत्य ने कहा।

बात बिलकुल साफ है! अब मुझे लगा कि जब उस सज्जन ने साफ-साफ निस्संकोच अपनी बात कह डाली तो मैं क्यों हिचकिचाऊँ? इसीलिए सीधे-

साथे मैंने स्पष्ट कर दिया—"बाबूजी ! आपने बहुत अच्छा काम किया है। मुझे मालूम है कि आपके बारे में लिखना जरूरी है। लेकिन आप कहाँ हैं? कैसे हैं? असली सत्य अलग है और बाहर आने वाला सत्य अलग ! मेरी जानकारी में आने वाला सत्य और भी अलग है। मैं तो उतना ही सच जानना चाहता हूँ, जितना मैं बरदाश्त या हजम कर सकूँ ! उसके भीतर की गहराइयों तक जाने की कोशिश नहीं करूँगा। उन गहराइयों में और तहों में छिपे सत्यों को जानकर इस मन की थोड़ी-सी शान्ति को भी खोकर, जीवन को हराम करना नहीं चाहता !"

उसने अपना सिर झुका लिया। थोड़ी देर के बाद आँसू पोंछ डालने पर भी, उन आँखों में से आँसू टपकते रहे।

"बाबूजी ! आपका मन दुःखाना नहीं चाहता। शायद मुझे इस बात को और तनिक नरमी के साथ कहना था। मुझे आप इसके लिए क्षमा कीजिए। 'आपका काम जरूर करूँगा।' ऐसा कहकर बस, आपको सन्तुष्ट कर मैं यहाँ से भेज सकता था। क्योंकि रोज कितने ही लोगों से ऐसे कहते हुए, हम उन्हें टालते हुए दिन काट रहे हैं। मैं ऐसा ही आपसे भी कह सकता था। हाँ! मैंने भी अपनी कठिनाइयों को आपके सामने रखने की चेष्टा की। शायद आप अब तक जान गये होंगे कि मैं उतना नीच नहीं हूँ कि पैसे की लालच में जहर का घूँट पी जाऊँ।" मैंने सान्त्वना प्रदान करने के स्वर में कहा।

वे समझ गये कि मैं थोड़ा-सा नरम पड़ रहा हूँ। अब की बार अपने बारे में उन्होंने एक और भाषण दे डाला। उनके 'हाँ' और मेरे 'ना' को लेकर घण्टों तक वार्तालाप को खींच सकते हैं। "मैं जानता हूँ कि घण्टों चर्चा के बाद भी ऐसे विषयों के बारे में हम एक नतीजे पर पहुँच नहीं सकते। लेकिन वे नहीं जानते। मालूम नहीं कि इसे वे जानना चाहते भी हैं या नहीं। फिर भी कोशिश करने में क्या बुरा है? रोगी के मरण के बारे में जानते हुए भी आखिरी क्षण तक वैद्य अपनी कोशिश जारी रखता है। इसका मतलब यह नहीं कि वैद्य मूर्ख हैं। उसी प्रकार की धारणा आप मेरे बारे में भी मत रखिएगा। डॉक्टर का ही काम मैं भी कर रहा हूँ।"

गाँवों की बात तो छोड़ दीजिए, लेकिन शहरों की गलियों को देखकर ही यह जानना आसान है कि इन गलियों में किस स्तर के लोग रहते हैं। अमीरों की गलियाँ शहर से हमेशा कुछ दूरी पर रहती हैं। महँगी भी होती हैं। वहाँ की सड़क के दोनों ओर बनाये गये मकान, उन सड़कों पर चलने वाली मोटरें, कभी-कभी उन सड़कों पर चलने वाले नाजुक लोगों के चप्पल भी महँगे होते हैं। इतना ही नहीं, उन बँगलों के फाटक, उन फाटकों के पीछे लगे पेड़-पौधे

और वहाँ पर पहरा देने वाले कुत्ते—सब महँगे ही महँगे हैं। वहाँ पैसा या धन और महँगेपन के अलावा न कुछ दीखता है और न ही कुछ सुनाई पड़ता है।

एक महँगे घर के सामने रुककर, महँगे फाटक को बिना आहट के खोल कर अन्दर कदम रखने से पहले गोपाल ने चारों ओर देखा कि कहीं महँगे कुत्ते तो नहीं। हालाँकि उस घर में महँगे-से-महँगे कुत्ते हैं। लेकिन अभी उनकी गर्दनों में लगायी गयी महँगी जंजीरें अमीर शशिभूषणराव के महँगे हाथों में हैं। उनसे कुछ दूरी पर चार मोतबर साक्षात् बिनय की मूर्ति बनकर खड़े हैं।

"यस !" शशिभूषणराव ने कहा, जब गोपाल ने प्रणाम किया।

"क्या बात है ?" का अन्दाज शशिभूषणराव के आँख व गर्दन उठाने में दीख रहा था। गोपाल को अपने आने की वजह बताने के लिए कुछ झिझक हुई।

कुछ बातों को हम एकान्त में मानने के लिए तैयार रहते हैं, लेकिन दस लोगों के सामने हर्गिज नहीं। यही बात गोपाल के साथ भी हुई। 'साहब' अकेले होते तो गोपाल को अपने आने का कारण बताने में किसी प्रकार का संकोच नहीं होता। लेकिन 'साहब' तो अकेले नहीं हैं।

एक बार गौर से गोपाल की ओर परखते ही 'साहब' को जानकारी हो गयी कि वह क्यों आया, लड़के को एक शॉक देने का शौक भी पैदा हुआ। दूसरे ही क्षण उन्होंने गोपाल को अपनी आँखों से इशारा कर, पास बुलाया और मोतबरों को इशारे से दूर भेज दिया। दुबारा उन्होंने "यस" कहा।

गोपाल को कुछ कँपकँपी हुई। गला सूख गया। गले को काबू में लाने की कोशिश तो की, लेकिन मुँह से शब्द नहीं निकला। वह अपने आप को कोसने लगा।

"अरे ! ऐसे काँपने वाले तुम इस दुनिया में जिओगे कैसे ? तुम क्या पढ़ रहे हो ? कौन से कॉलिज में ? रहते कहाँ हो ? शायद यह पहली बार है कि तुम फीस भरने के लिए···।"

शशिभूषणराव जी का बायाँ हाथ गोपाल के कन्धे पर वजन के साथ पड़ा। उनके दाहिने हाथ में महँगी जंजीरें थीं। उन जंजीरों के दूसरे छोर पर महँगे कुत्ते बँधे हुए थे। उन कुत्तों ने शशिभूषणराव जी और गोपाल दोनों को एक-दो बार परखकर देखा और दुम हिलाने लगे। खैर, शशिभूषणराव के ही क्या, उस ओहदे के सभी लोगों के कुत्तों को उतनी जानकारी जरूर होती है। वरना उन्हें पालता कौन ?

"जी साहब ! हमारे बाबूजी कुछ दिन पहले ही स्वर्ग सिधार गये। हमारे

गाँव में हरिजनों और गाँव वालों के बीच तालाब के किनारे वाले खेतों के बारे में कई वर्षों से झगड़ा चला आ रहा है। हमारे बाबूजी ने हरिजनों का साथ दिया। हरिजनों की भलाई के लिए काम करते देख, मेरे बाबूजी को गाँव वालों ने मार डाला। लेकिन अदालत में यह साबित किया गया कि बाबूजी पैर फिसलकर तालाब में गिर गये और इस तरह उन लोगों की ही जीत हुई। इसलिए उस गाँव में मुझसे रहा न गया···।" कहते गोपाल रुक गया।

शशिभूषणराव जी के बायें हाथ ने गोपाल के कन्धे को और जोर से कस लिया। उस केस में वकील वे स्वयं थे। पच्चीस हजार रुपये की फीस लेकर उन्होंने अदालत में जबरदस्त शब्दों में साबित कर दिया कि नरसिंहम् (गोपाल के पिता) ने खूब शराब पी ली और उसी नशे में वह पैर फिसलकर तालाब में गिर गया और मर गया।

कन्धों पर, गले के बाजू, पेट के नीचे साफ-साफ नजर आने वाले कुल्हाड़ी व कुदाल के निशान बेचारे पुलिस वालों को कैसे दिखते! अदालत में इन घावों के बारे में उल्लेख तक नहीं हुआ।

सुना है कि शशिभूषणराव को सारे गाँव वालों ने मिलकर चन्दा वसूल कर पच्चीस हजार रुपये दिये। हो सकता है, पाँच हजार कम भी दिये जाते तो वे हरिजनों के लिए वकील बनकर, लड़ सकते थे और केस जीत लेते, गाँव वालों को केस में हरा कर जेल भिजवा देते, कम-से-कम आधे दर्जन लोगों को फाँसी पर चढ़वा देते। शशिभूषणराव जी तो अपनी ओर से पाँच हजार रुपये त्यागने के लिए भी तैयार थे। लेकिन क्या करें? उस त्याग को ग्रहण करने के लिए हरिजन तैयार नहीं थे। अब और कोई रास्ता न पाकर मजबूरी के कारण दूसरी पार्टी की वकालत करनी पड़ी और उन्हें जिताना पड़ा।

"हाँ! हाँ! मुझे मालूम है। तो तुम नरसिंहम् के···?" कहकर प्रश्न चिह्न से उन्होंने गोपाल की ओर देखा। गोपाल कान खोलकर सुनने लगा।

"तुम्हारी पढ़ाई खतम होने तक हर महीने यहाँ आओ और···।"

उनके वाक्य समाप्त होने से पहले ही मोतबर निकट आ गये। श्रीमान् जी के बायें हाथ में गोपाल का कन्धा कसता जा रहा था। गोपाल ने पीछे हटना चाहा। उन बड़े लोगों को मालूम होने से पहले ही गोपाल 'साहब' से आश्वासन पाकर, खिसक जाना चाह रहा था। लेकिन श्रीमान् जी तो उन बड़ों के सामने इसे पेश करना चाह रहे थे। बस, वही हुआ जो श्रीमान् जी चाह रहे थे।

"तो ठीक है। तुमने अपना नाम क्या बताया? हर बार मेरे पास आने की जरूरत नहीं। मुनीम जी से माँग लिया करो। मेहनत से पढ़ो। गरीबी कोई शर्म की बात नहीं है। शर्माओगे तो भी गरीबी को दूर नहीं कर सकते हो।

मुझे तो लगता है कि तुम जैसे लोगों के लिए शायद भगवान् ने ही ऐसा प्रबन्ध किया है। मुझे तो भगवान् पर विश्वास नहीं है। अगर है भी, तो मन्दिर जाने का समय नहीं। फिर अदालत में तो···? समझ गये न ? हमारे उन सभी दोषों को धो डालने के लिए सिर्फ एक ही रास्ता है···वह है तुम जैसे लोगों को कुछ दान में देना। मुझे तो भाषा ठीक से नहीं आती। मुझे मालूम नहीं कि यहां 'दान' अथवा 'सहायता' में से किस शब्द का प्रयोग किया जाना चाहिए। चलो, जो भी हो, ठीक है। अब तुम जा सकते हो।" कहकर शशिभूषणराव जी रुक गये।

उनकी इच्छा पूरी हो गयी। दोनों हाथों से खूब कमाते हुए भी, उसमें से काफी हिस्सा दान-धर्म में खर्च कर देता हूँ—यह बात उन लोगों को मालूम हो जानी चाहिए। जब तक उनको इसकी जानकारी नहीं होगी, तब तक इनकी अन्तरात्मा को शान्ति नहीं।

"दूसरे वकील लोग हमेशा यही रोना रोते हैं कि मैं खूब कमा रहा हूँ। आप अपने दिल में रखिए कि वह सही ही हैं।···क्यों रे ? मैं तो कहता हूँ कि यह केस मुझसे नहीं होगा फिर भी आने वाले लोग मुझे छोड़ते ही नहीं तो क्या करूँ ? आप ही कहिए पिछली जनवरी में नरसिहम् की हत्या का मुकद्दमा आया था···किसी ने नहीं लिया तो मैंने हामी भर दी। बस जीत गया। यह उसी नरसिहम् का लड़का है। अदालत में नारा लगाने लगा कि सच्चाई की जीत हो। शायद वह ठीक कह रहा था। न्याय की ही जीत हुई।" शशिभूषण राव जी ने कहा।

उनकी हल्की-सी हँसी देखकर मोतबर भी हँस पड़े। लेकिन वह हँसी नाजुक नहीं थी। नौकर ने कुर्सियाँ लगा दीं।

शशिभूषणराव जी ने घड़ी देखी। ठीक पौने छह बज चुके थे। ठीक उसी समय वे बैठते हैं। बैठने के समय तक कुर्सी तैयार हो जानी चाहिए।

"चलो !" कहकर उन्होंने जंजीर छोड़ दी तो वे महँगे कुत्ते महँगे अँग्रेजी पौधों के पीछे चले गये। और शशिभूषणराव जी ने कहा, "अब बताइए ! डॉक्टर के पास रोग छिपाना नहीं चाहिए और वकील के पास मुकद्दमा नहीं छिपाना चाहिए। पूरा हाल बताइए।"

झट से बसवय्या ने एक आदमी को दिखाकर कहा, "इसका नाम कान्ताराव है। मेरा भानजा है।"

कान्ताराव एक कमेटी स्कूल का सेक्रेट्री है। उस स्कूल में स्थायी रूप से अध्यापक नहीं होते। हर साल अध्यापकों को नियुक्त किया जाता है। इसमें दो-तीन लाभ हैं। ज्यादा वर्ष तक किसी को रखेंगे तो उसे स्थायी रूप में नियुक्त

करना पड़ेगा। तिस पर नौ महीने अध्यापन के लिए बारह महीने की तनख्वाह देनी पड़ेगी। अब तो हर साल नौकरी के लिए नये-नये लोग आते रहते हैं। स्त्री-पुरुषों से 'जो चाहे सो' ले सकते हैं। इसके विपरीत उन्हें स्थायी टीचर बना दें तो 'जो चाहे सो' लेना सम्भव नहीं होगा।

यह सब सोचकर ही कान्ताराव ने 'स्थायी नियुक्ति' नाम की चीज को ताक पर रख दिया। वे हमेशा कहते हैं कि "अरे! हमारा जीवन ही स्थायी नहीं है तो हमारी नौकरियों की क्या! बकवास है।" सिर्फ कहना ही नहीं, उसे आचरण में लाकर दिखा रहे हैं।

कुछ दिन पहले कुछ नये अध्यापकों को नियुक्त करना पड़ा। कान्ताराव की दृष्टि एक महिला के हस्ताक्षर के साथ भेजे गये आवेदन-पत्र पर पड़ी। तुरन्त उसे बुलवाया। उसे देखते ही मुँह में पानी आ गया। लेकिन उससे कहा—"तुम्हें तो यह नौकरी मिलनी कठिन है।"

उस लड़की···लड़की क्या बीस-बाईस वर्ष की युवती का चेहरा एकदम उदास हो गया। आँखों में आँसू भर आने से वह कान्ताराव को साफ-साफ देख न सकी।

"लेकिन तुम यहाँ से अभी मत जाओ। कमेटी के दूसरे लोगों को भी मैं समझाऊँगा। शायद मान जायेंगे। अभी तुम उस कमरे में जाकर बैठो।" कह कर उसे भेज दिया।

युवती रुकी रही। सन्ध्या के बाद कुछ अन्धकार के फैलते ही कान्ताराव ने उस कमरे में कदम रखा। उसके साथ-साथ एक प्रकार की बदबू भी कमरे में फैल गयी। युवती काँपने लगी तो कान्ताराव ने धीरे-धीरे उसकी कँपकँपी को कम किया। बाद में दो-चार और लोगों ने भी उस युवती की कँपकँपी को कम करने में सहायता प्रदान की। बस बाद में कितने लोगों ने ऐसी सहायता की, यह उस स्त्री को मालूम न था और वहाँ आने वालों को यह मालूम नहीं था कि वह कब मर गयी।

"अच्छा तो यह बात है!" शशिभूषणराव जी ने कहा।

"जी।" बसवय्या ने जवाब दिया।

शशिभूषणराव जी एकदम से हँस पड़े। "अरे! तुम अपना काम पूरा करके आ सकते थे। उस पूरी गैंग को क्यों ले गये? इन चीजों में 'पार्टनरशिप' अच्छी नहीं। दूसरों के हित की बात नहीं सोचनी चाहिए। तुम्हें और तुम्हारे दोस्तों को तो फाँसी की सजा होगी। समझे?"

बसवय्या हाय-तोबा कर बैठा। बोला, "इसीलिए तो हम आपके पास आये हैं। चाहे पच्चीस हजार चले भी जायें तो भी कोई बात नहीं, यही सोच कर चला आया।" बसवय्या श्रीमान् जी के दिल की संख्या को टटोलकर बाहर

निकालने की कोशिश में था। यानि तिहाई या चौथाई एड्वांस देकर जाने की बात हुई। "बाकी भी मुझे दो-तीन हफ्तों में मिल जाना चाहिए। बेटी और दामाद अमरीका जा रहे हैं। मंजूर है तो सही।" कहते हुए शशिभूषणराव जी कुर्सी पर से उठ गये।

बसवय्या ने तो मन-ही-मन गाली दी लेकिन प्रकट रूप से "जो, बहुत अच्छा, अब पीछे जाने का सवाल ही कहाँ?" कहकर चमड़े की थैली खोलने लगा। मुनीम जी नोटों के बण्डल अपनी धोती में बाँधकर अन्दर ले गये।

"अच्छा कान्ताराव! यह घटना कब घटी?—दस तारीख को? है न? तुम तो आठ तारीख को ही अस्वस्थ हो गये। अचानक छाती में जलन, पेट में दर्द के कारण तुम डॉक्टर जगन्नाथराव के अस्पताल में दाखिल हो गये थे। आज भी तुम अस्पताल में ही हो। बिस्तर से उठना या चलना तुम्हारे लिए मना है। अभी डॉक्टर जगन्नाथराव तुम्हारा इलाज कर रहे हैं। आगे आवश्यकता पड़ने पर ऑपरेशन भी करेंगे। जगन्नाथराव जी मेरे भाई हैं। उनको मैं फोन पर बात समझा दूंगा। उनका अपना कुछ तरीका है। पूरा पैसा भरने के बाद तुम वहाँ दाखिला ले लो। हाँ, ये तारीख वगैरह ठीक से याद कर डालो। उस लड़की के मरने से दो दिन पहले से ही तुम बीमार पड़ गये। कमेटी के मेम्बरों ने तुम्हें जगन्नाथराव के अस्पताल में दाखिल किया और तब से तुम्हारी मदद के लिए वहीं पर बैठे हैं। तुम्हारा स्कूल तो शहर से कुछ बाहर है। स्कूल के पास छोटी-सी बस्ती है। शायद उस बस्ती के रहने वाले या और किसी ने इस लड़की को मार डाला। या यह भी हो सकता है कि उस लड़की की हत्या कहीं और कर, तुम्हें बदनाम करने के लिए तुम्हारे विरोधी दल के लोगों ने लाश को स्कूल में डाल दिया। इसके लिए तुम अलग से मुकद्दमा लड़ सकते हो क्योंकि तुम्हारी बेइज्जती हुई है। खैर, उसकी फीस के बारे में हम बाद में बात कर सकते हैं। इसके बाद तुम बाहर कहीं घूमना नहीं। मुनीम जी से माँगकर नीली मोटर ले लो। उसके काले शीशे पूरा ऊपर उठाकर अस्पताल चले जाओ।" शशिभूषणराव जी ने पूरा ब्यौरा बता दिया और उठकर अन्दर की ओर जाने लगे। शाम का साढ़े सात का समय। श्रीमान् जी का 'पवित्रजल' लेने का समय हो गया।

विमला और मोहन कहाँ मिले थे—इस प्रश्न से भी अधिक महत्त्वपूर्ण प्रश्न है कि उनका मिलन कब हुआ था? मालूम नहीं कौन से महूरत में उनका प्रथम मिलन हुआ कि दोनों में एक-दूसरे के प्रति प्रगाढ़ रूप से प्रेम हो गया। उस प्रेम में न मलिनता है और न स्वार्थ।

वैसे मोहन तो धनी परिवार का लड़का था। उसके पिता की चार मिलें

और दो थियेटर थे। ऐसे धनवान् तो देश में कई होंगे। लेकिन उन सबको मोहन जैसा पुत्र नहीं मिला होगा। मिला होगा भी, तो उनको मोहन के समान निर्मल और निष्कलंक प्यार करने वाला दिल नहीं मिला होगा।

विमला एक रुपये की लाइब्रेरी की सदस्या है। वहाँ के सम्पूर्ण 'प्रेम साहित्य' को वह हजम कर चुकी है। अमुक उपन्यास के लेखक कौन हैं? कौन-कौन से लेखक कैसे-कैसे सीन 'अच्छी तरह' लिखते हैं? उनमें नायकों के नाम क्या हैं? अमुक नायक ने कौन-कौन-सी हीरोइन को कौन-कौन से ढंग से 'प्यार' किया और प्यार के बाद कितनी बार अमरीका हो आया आदि-आदि घटनाएँ विमला को खूब याद हैं। उन उपन्यासों के हीरो से अपने मोहन की तुलना कर, विमला मैडम अकसर खयालों की दुनिया में चली जाती है।

मोहन बाबू ने बिम्मी से प्यार किया है। दोनों पार्क और सिनेमा देखने भी चले जाते हैं। जाते समय हर बार विमला को उपन्यासों के हीरो की याद जरूर आती है। उन सन्दर्भों में वे हीरो अपने हीरोइन के साथ कैसा-कैसा बर्ताव करते थे, इसकी याद आकर मोहन बाबू के वैसा न करने के कारण, विमला छटपटा कर रह जाती थी। कभी-कभी विमला के मन में सन्देह भी उठता था कि कहीं मोहन बाबू 'हाथी के दाँत' के जैसा तो नहीं? हालाँकि उसे ऐसा सन्देह नहीं होना चाहिए था। उसने बहुत बार सोचा—मेरे इतने करीब आ जाने पर भी वह मुझसे इतना दूर-दूर क्यों रहता है? उसे लगा कि मोहन के माँ-बाप कुछ ज्यादा ही कठोरता से उसे सीमाओं से बाहर जाने नहीं देते होंगे।

धनी तो बहुत से लोग होते हैं, लेकिन अक़लमन्दी और संस्कार तो कुछ कम के पास ही होते हैं। मोहन बाबू के पास धन है लेकिन वह अकलमन्द नहीं हैं, न ही उसके पास संस्कार हैं। ये दोनों जिनके पास होते हैं वे अपने बच्चों को बुद्धू नहीं बनने देते, बल्कि अपने मनोनुकूल बच्चों का पालन-पोषण करते हैं। मोहन के साथ भी यही हुआ। अब मोहन तो अपना है। उसे अपनी इच्छानुसार रूप देगी।

इस निर्णय पर विमला के पहुँचने के दूसरे या तीसरे दिन मोहन और विमला सिनेमा देखने गये।

"आज मैं तुम्हारे पास आ रही हूँ।" विमला ने डिक्लेयर किया।

"काफी दूर है। फिर से मुझे तुम्हें अपने घर तक पहुँचाना होगा" मोहन ने जवाब दिया।

"जरूरत नहीं। आज रात मैं, तुम्हारे कमरे में तुम्हारे साथ रह जाऊँगी।···इतने बुद्धू मत बनो। चलो-चलो।" विमला ने जबरदस्ती की।

रात के कुछ बीतने के बाद विमला को मालूम हुआ कि मोहन बुद्धू नहीं

है। मोहन ने जैसा व्यवहार विम्मी के साथ किया था, उस प्रकार का वर्णन विमला ने किसी भी प्रेम-कहानी या उपन्यास में नहीं पढ़ा था। प्यार के सागर में मोहन ने विमला को ऐसा डुबो दिया था कि…।

प्रेमियों का संसार अलग रहता है। प्रेमियों के लिए समय उड़ता जाता है। दूसरों के लिए छह महीने का जो समय है, वह प्रेमियों के लिए छः घण्टे क्या, छह मिनट का होता है।

एक दिन विमला ने अचानक पूछा, "हम दोनों शादी कर लें?"

"जरूर कर लेंगे! करने के बाद इससे ज्यादा तुझे और मुझे करना क्या है? फिर शादी न होने की चिन्ता क्यों? मेरे लिए तो यह बात समझ में नहीं आती।"

विमला कुछ सोचती हुई बोली—"बात तो सही है।"

"विमला! तुम मुझसे कुछ छिपा रही हो। मैंने तो ऐसा कभी नहीं किया। बोलो, क्या बात है?" मोहन ने विमला के गाल पर हल्का-सा चुम्बन लेते हुए कहा।

"मुझे तो घिसी-पिटी बातों पर विश्वास नहीं है। तुम यह मत सोचना कि मेरे माँ-बाप मुझे शादी करने के लिए सता रहे हैं। उनको तो यह बात अब तक नहीं मालूम। डर के मारे उनसे कुछ कहा भी नहीं है। यह तो मेरा अपना निजी मामला है। इसमें दूसरों का दखल देना भी मुझे पसन्द नहीं। मुझे मालूम है कि किससे विवाह करने पर मैं खुश रहूँगी।"

बिलकुल उपन्यासों के वर्णन के ही समान मोहन और विमला के एक-दूसरे की आँखों में प्यार भरी नजरों से देखने के बाद, मोहन ने विमला की आँखों का चुम्बन लिया। विमला को सुखद आश्चर्य हुआ। मोहन ने पूछा, "अगर तुम्हारे माता-पिता इस शादी के लिए राजी नहीं होंगे त । क्या करोगी विम्मी?"

"मैं तुम्हारे साथ भाग जाऊँगी। न…न…मैं तुम्हें भगाकर ले जाऊँगी। समझे?" विमला ने मोहन के कन्धे पर धीरे-धीरे काट खाते जवाब दिया।

"विचित्र बात है…।"

एकदम से तीसरे ढंग की कहानियों के ही समान हुआ। यहाँ विमला के माता-पिता ने शादी के लिए हामी भर दी। विमला को दुःख हुआ। उसने सोचा था कि वे नहीं मानेंगे। तो उनसे बहस करेगी। वे लोग और भी हठी बन जायेंगे, तब वह जैसी की तैसी मोहन के पास चली जायेगी। मोहन को ले जाकर दूर-दूर प्रदेश में जाकर अनन्त सुख…। ओह! विमला की इच्छा पूरी ही नहीं हुई।

मोहन के साथ तो कुछ अलग ही हुआ। उसके पिता ने कहा, "मैं नहीं कहता कि तुमने गलती की। तुमने तो पच्चीस साल के होने के बाद प्यार

किया। लेकिन मैंने तो अपने अठारहवें साल में ही प्यार कर डाला था, वह भी अपने से दुगुनी उम्र की स्त्री से। तब तक मुझे स्त्री के बारे में कुछ नहीं मालूम था। मुझे तभी जानकारी हुई थी। न उसने मुझसे शादी की बात चलायी और न मैंने। पच्चीस एकड़ उपजाऊ जमीन दहेज के साथ तुम्हारी माँ से मेरा विवाह हुआ। आज पच्चीस लाख रकम देकर तुमसे अपनी लड़की की शादी करने के लिए पच्चीस लोग लाइन में खड़े हैं।"

पिता तो काफी लोभी थे। अपने चेहरे में किसी भी प्रकार के भाव को न दिखाते हुए मोहन ने कहा, "वैसे हम लोगों को पैसों की क्या कमी है पिता जी ?"

"भिखारी को मुट्ठी भर खाना कम मिले तो वह उसके लिए कमी है। एक जोड़ी बैलों के आसामी को आठ एकड़ की ही जमीन का होना कमी है। हमारे पास चार लाख की बजाय साढे तीन लाख का होना ही कमी है। 'बिड़ला' के लिए पिछले साल से इस बार दस करोड़ कम मुनाफा आना कमी कहलाता है। यह 'कमी' जो शब्द है न, व्यक्ति और व्यक्ति में उसके अर्थ बदलते रहते हैं। बहुत चाहने पर भी हम 'कलर' में सिनेमा का निर्माण नहीं कर सकते। हमारी आँखों के सामने वैसे सवा सौ लोग करके दिखा रहे हैं। क्या यह हमारे लिए 'कमी' की बात नहीं है? अगर तुम मान जाओगे तो तुम्हारे होने वाले ससुरजी का नाम चेंचुरामय्या है। मद्रास में उनका एक स्टूडियो है। हैदराबाद में एक और बनाने वाला है। काकिनाड़ा में फर्टिलाइजर फैक्टरी के लिए पैसा तैयार रखा है। सोच लो।"

मोहन पिता की ओर देखता और सुनता रह गया।

"तुम्हारे पास पैसा न होता तो विमला कभी न तुम्हारे कमरे में आती और न तुमसे प्यार करती। यह मत समझो कि तुमसे अधिक सौन्दर्य वाले उसे नहीं मिले होंगे। वास्तव में तुम्हारे पीछे पैसा है। ढेर सारे रुपयों को उपजाने वाले कारोबार हैं। विमला तुमसे नहीं, तुम्हारे पैसों से प्यार करती है। तुमसे भी धनवान लोग इस देश में हैं लेकिन उन्हें विमला पा नहीं सकती है। चेंचुरामय्या भी तुम्हारे रूप या हुनर को देखकर नहीं, बल्कि तुम्हारे चारों ओर फैले पैसों को देखकर लड़की देना चाहते हैं। तुमसे धनी लड़के को वे खरीद नहीं सकते। तुम्हारा दाम उनकी पहुँच में है, इसीलिए खरीदना चाहते हैं और वे कितना दे सकते हैं—यह भी बताया। तुम पर ज्यादा से ज्यादा मैं कमाना चाहता हूँ। अगर तुम सस्ते में बिक जाना चाहते हो तो तुम्हारी मर्जी। प्यार-व्यार की बातें मेरे पास नहीं। दौलत देखकर विमला तुमसे शादी करना चाहती है। मान लो कि तुम्हारे पास दुगुनी दौलत है तो ऐसी दस विमलाएँ तुम्हारे चारों ओर मँडरायेंगी। अब तुम्हारी मर्जी! सोच लो कि तुम विमला

के पति बनना चाहते हो या चेंचुरामय्या के दामाद ! मुझे कोई भी आपत्ति नहीं।"

बस, गुपचुप मोहन चेंचुरामय्या का दामाद बन गया।

कहानियों जैसा विमला फूट-फूटकर रोयी नहीं। लेकिन अन्दर-ही-अन्दर उसे दुःख हुआ। उसे याद आया कि फलाँ उपन्यास में हीरो ने हीरोइन की एक बार परीक्षा ली। हीरो ने नाटक किया कि उसे चेचक हो गया। लेकिन हीरोइन का तो असली प्यार है। इसलिए उसी नायक से शादी करने के लिए हीरो के पास चल पड़ी। बस...सारा राज खुल गया। दोनों की शादी हो गयी और हनीमून मनाने अमरीका चले गये। 'काश, वैसा होता !' विमला ने सोचा। लेकिन वैसा हुआ नहीं।

विमला की शादी की समस्या आज तक उसकी अपनी समस्या थी। लेकिन आज से उसके पिता की समस्या बन गयी। इसका हल भी वे अपने स्तर में ही ढूँढ़ सकते हैं।

उन्होंने सुना कि कोई एक लड़का है। उन्होंने लड़के को देखा और विमला को देखने के लिए उसे अपने घर बुलाया और घरवालों से बताया, "लड़का बी. ए. पास है। एक प्राइवेट कम्पनी में काम कर रहा है। देखने में कामदेव तो नहीं है...देखिए, मैं भी हलवा-पूड़ी खाना चाहता हूँ। लेकिन मेरे बस की बात नहीं इसलिए दाल-रोटी से मैं खुश हो रहा हूँ। बाजार में इन कम्बख्त लड़कों के दाम बढ़ते जा रहे हैं।"

इस टिप्पणी को सुनकर विमला को कुछ बुरा लगा। कुछ-कुछ गुस्से के साथ बोली, "आप ऐसा क्यों बोल रहे हैं पिता जी ! इसका मतलब यह तो नहीं कि हम सब्जी नहीं खरीद सकते हैं इसलिए मिर्च के साथ खाना खायें !" अपनी बेटी की ओर पिता ने आश्चर्य के साथ देखा। "तुम तो रोटी के साथ अच्छी सब्जी के बारे में सोच रही हो। लेकिन खाने के लिए इस देश में करोड़ों के पास एक दाना भी नहीं है। पाँच-पाँच सौ रुपयों की साड़ियाँ पहनने की इच्छा होना और पहन सकना—दोनों में अन्तर शायद अब तक मालूम हो ही गया होगा।" आवाज में चिड़चिड़ाहट थी—"देखो, तुम वैसी सूरत मत बनाये रखो। तुम भी कोई छोटी-सी बच्ची तो हो नहीं कि मैं एक थप्पड़ मारकर समझाऊँ। मोहन के बारे में आखिरी मिनट तक मुझे कुछ नहीं मालूम। स्त्रियों के शील के सम्बन्ध में मैं सनकी तो नहीं, लेकिन हम लोग सनकी समाज में जी रहे हैं। इसलिए न चाहने पर भी हमें उन पर ध्यान देना होगा। मैं तो सीधा-सादा आदमी हूँ। मैं विरोध कर नहीं सकता। मेरे अन्दर के संस्कारों को मेरी गरीबी ने दबा डाला है।"

विमला कुछ-कुछ समझ गयी। लेकिन बोल नहीं सकी।

वह लड़का आया। विमला ने अन्दर की खिड़की से झाँककर देखा। उसे किसी प्रकार का उद्रेक नहीं हुआ।

"मैं केवल लड़की को देखने के लिए नहीं आया बल्कि इसलिए आया हूँ कि बाकी लोग मुझे देख सकें। शादी के मामले में मैं सीधा-सादा रहना चाहता हूँ। अगर सब कुछ सही चले और मैं आपका दामाद बन जाऊँ, तो बाद में न आप को पछताना चाहिए और न मुझे। अपने बारे में साफ-साफ कहना मुझे पसन्द है। मेरी पढ़ाई आप जानते हैं और मेरे सौन्दर्य को आप देख ही रहे हैं। मेरी तनख्वाह नौ सौ में दस कम है। दो बहनें और एक भाई मुझ पर निर्भर हैं। माँ-बाप चल बसे। हमारे गाँव में एक पुराना मकान है। न खेतीबाड़ी है न जमीन-जायदाद। पाँच रुपये से ज्यादा कभी बैंक में पैसे नहीं बचते। सोच लीजिए···तब आप अपनी लड़की को दिखाइए। अभी मैं यहाँ चार-पाँच दिन दफ्तर के काम से रुकूँगा। आराम से आप सब लोग मिलकर सोचिए और चाहते हैं तो खबर कीजिए। मैं आपकी लड़की को देख लूँगा। वरन् आपकी मर्जी! मैं दफ्तर का काम पूरा कर चला जाऊँगा। वहाँ आकर 'अनन्त' के नाम से पूछ लेंगे तो कोई भी बता देगा। अच्छा, अब मैं चलता हूँ।"

आँखों के सामने घटना के घटने के कारण विमला को लगा कि ऐसा भी हो सकता है। वरन् वह कभी नहीं मानती। दो-तीन दिन तक परिवार वालों से वह बचकर बिताने लगी।

तीसरे दिन शाम को सिनेमा जाने के लिए अनन्त अपने कमरे को ताला लगाकर पीछे मुड़ा कि किसी युवती को सीढ़ियों पर चढ़ते देखा।

"जी! आपको कौन चाहिए?" नम्रता से पूछा।

"आप।"

अनन्त एकदम से चौंक पड़ा।

"क्या आप कोई जरूरी काम से जा रहे हैं?" युवती ने पूछा।

"वैसे तो सिनेमा जाना चाह रहा था। लेकिन कोई बात नहीं। अन्दर आइए···।" कहते हुए अनन्त फिर से कमरे की ओर बढ़ा।

"ताला खोलिएगा नहीं। सिनेमा देखने कल चले जाइए। कुछ देर तक हम लोग पार्क में बैठेंगे।"

"आप···?"

"चलिए। सब कुछ बता दूँगी।"

अनन्त ने अब जल्दबाजी करना अच्छा नहीं समझा। पार्क में दोनों एक कोने में बैठ गये।

"आप मुझे और मेरे परिवार वालों को पसन्द आ गये।" विमला बोली।

अनन्त का चेहरा खिल पड़ा।

"मैं वही बात बताने के लिए आयी हूँ। पिता जी ने आपको खबर भेजना चाहा, लेकिन मैं खुद चली आयी।"

"अरे ! आप किसी से भी खबर भेज देते तो मैं स्वयं चला आता।

"ऐसा नहीं कि आप नहीं आयेंगे। हालाँकि आपके वहाँ आने के डर से ही मैं चली आयी। मुझे तो आप पसन्द हैं। लेकिन क्या मालूम कि आप मुझे पसन्द करेंगे या नहीं ? मान लीजिए कि आपको मैं पसन्द न आयी और आपने यह बात कह दी तो मेरे माता-पिता को 'शॉक' लगेगा। उन्हें उस मुसीबत से बचाने के लिए ही, मैं चली आयी।" विमला बोली।

अनन्त ने सहसा जवाब दिया, "मैं उतना मूर्ख तो नहीं।"

विमला मुसकुरायी।

"जिसे आप 'मूर्खता' कह रहे हैं न, उसके लिए आपको 'निस्संकोच' शब्द का प्रयोग करना चाहिए। क्योंकि हमारे पूछे बिना ही आपने अपने परिवार के बारे में बता दिया है। डर था कि कहीं आप मेरे बारे में भी वैसे ही न कह दें।"

"मुझे आपने पसन्द किया है, इसके लिए कृतज्ञ हूँ।" अनन्त ने कहा।

अपनी बात याद आते ही विमला काँपने लगीं। लेकिन घबराहट को अन्दर छिपाकर अनन्त की ओर देखकर एक बार और मुसकुरायी और बड़ी सावधानी से बोली, "मुझ जैसी कितनी ही लड़कियों को आप जरूर पसन्द आयेंगे···मालूम नहीं कि आपको भी यह सब शायद पहली बार ही होगा।"

"नहीं। इससे पहले दो-तीन रिश्ते आये थे। एक को मेरी नौकरी अच्छी नहीं लगी तो दूसरी को मेरा परिवार।"

"तो तीसरी लड़की पसन्द नहीं आयी ?"

"इन तीनों रिश्तों में मैंने लड़की को नहीं देखा। देखता भी नहीं। पहले मैं यह जानना चाहता हूँ कि वह मेरी जीवन-साथी बनना चाहती है या नहीं। तब तक अपनी राय नहीं बताता हूँ।"

"अभी तक आपने तीसरे रिश्ते के बारे में नहीं बताया।" विमला ने याद दिलाया।

"वे तो पैसे वाले थे। कितना भी हो मूल्य चुका सकते थे। उस मूल्य के लिए बहुत अच्छे रिश्ते उन्हें मिल जायेंगे। इसीलिए मैंने खुद सलाह दी कि ज्यादा दाम लगाकर घटिया माल खरीदना नहीं चाहिए। फिर भी उन्होंने सुना नहीं।···रात-दिन मेरे पीछे पड़ गये। दस दिन के अन्दर लड़की को देखने का वादा कर मैं तब बच गया। लेकिन आज भी एक सन्देह मेरा पीछा नहीं छोड़ रहा है कि वे तो धनवान् हैं। कितना भी हो मूल्य चुकाने के समर्थ हैं। फिर भी बड़े घराने की बजाय मुझ जैसे गरीब से क्यों शादी करना चाहते

हैं ? मैंने यह जानना चाहा और जान भी गया।"

"आपने क्या जाना ?···यह पूछना अच्छा नहीं है न ?"

"क्यों नहीं ? बहुत अच्छा लगेगा आपका पूछना। लेकिन मेरा कहना ही अच्छा नहीं लगेगा। दस दिन के बाद उनके घर गया। वैसे वहाँ भी हमारी एक शाखा है दफ्तर की। मैंने पहले ही उनसे सारी बातें कह डालीं। लड़की चाहती है तो दुबारा बोल सकती थी। लेकिन मुझे मालूम था कि मैं लड़की को पसन्द नहीं आऊँगा।"

"अरे ! यह क्या बोल रहे हैं ? आप जैसे अच्छे लड़के को क्यों नहीं पसन्द करेंगे ?" विमला की हँसी में कुछ बनावटीपन था !

"क्योंकि इससे पहले ही लड़की ने एक और 'अच्छे-से' लड़के को पसन्द कर डाला।"

विमला चौंक गयी। मन के अन्दर की भावनाओं और घबराहट को छिपाने के लिए उसे काफी प्रयत्न भी करना पड़ा।

"दूसरों के प्यार में मैं रोड़ा बनना नहीं चाहता। बस !"

तब तक अँधेरा छाने लगा।

विमला ने साहस जुटाकर अनन्त का हाथ पकड़ लिया। उसका वह हाथ काँप रहा था और ऊपर से ठण्डा भी था।

"मालूम नहीं, मैं आपको कैसे बताऊँ !···मैं तो प्यार के बारे में कुछ नहीं जानती। न मैंने वैसे साहित्य को पढ़ा है। उस दिन मैंने आपको खिड़की के पीछे से देखा और आपको सुना भी। तभी मैं अपनी ओर से 'हाँ' कह देना चाह रही थी। लेकिन झिझक हुई। इन तीन दिनों में न मालूम कितनी बार आपसे मिलने की इच्छा हुई, यह भगवान् ही जानता है।"

तब तक अनन्त का हाथ भी विमला के हाथ को कसकर पकड़ने लगा।

"मालूम नहीं, आपके पास आऊँगी तो आप क्या सोचेंगे। फिर भी साहस बटोर कर ऐसे चली आयी।···मुझे मालूम है कि मुझे ऐसे नहीं आना चाहिए। तीन दिन से अपने आपको रोक रही हूँ। अब वह धीरज नहीं रहा तो सीधी चली आयी।"

अनन्त के हाथों में गर्मी आ गयी। उसकी उँगलियाँ विमला की उँगलियों से खेल रही थीं। विमला ने हल्की-सी आह भरी।

अनन्त ने कुछ हकलाते हुए कहा, "मान लो मैं तुमसे शादी नहीं··· नहीं करूँ !"

"मत कीजिए। लेकिन मैं तो आपसे ही शादी करूँगी। अब उठिए चलेंगे।" विमला अनन्त के काफी करीब आकर बोलने लगी।

"नहीं—नहीं ! मुझसे उठा नहीं जाता। मैं थोड़ी देर और यहीं पर

बैठना चाहता हूँ।" कहते हुए अनन्त ने विमला के गालों तक अपने होंठ पहुँचा दिये।

'ऐ! यह सब यहाँ नहीं चलेगा।आपके कमरे में।' विमला धीरे से बोली।

बस, अनन्त एकदम खड़ा हुआ और विमला को कसकर बाहों में ले, उसे चूमने लगा।

विमला की आँखों में हल्के से आँसू और हृदय के अन्तराल में आहें...।

करीब पन्द्रह साल पहले की बात है, 'नालायक नगरी' में सहकार समिति के चुनाव का ऐलान रजिस्ट्रार ने किया। गाँव इस समय दो टुकड़ों में बँट गया था। एक हिस्से के नेता राजराजेश्वरराव थे तो दूसरे के आंजनेयुलु। राजराजेश्वरराव के पास धन है और उन लोगों से मेल-मिलाप है। उन्हें विश्वास भी है कि इन दोनों को लेकर कुछ भी किया जा सकता है।

आंजनेयुलु के पास यह सब नहीं है लेकिन ईमानदारी और अच्छाई उसके पास है। अच्छाई से सब कुछ कर सकने की प्रबल धारणा भी है। उसे इलेक्शन से हट जाने के लिए राजेश्वरराव ने सन्देश भेजा। सन्देशवाहक से राजेश्वरराव ने मन की बात कही। "उस आंजनेयुलु को क्या चाहिए, पूछो। हम लोग एडजस्ट कर लेंगे। पहले तुम कुछ मत कहना। आंजनेयुलु और उसकी पार्टी के लोग इस स्पर्धा से हट जायें तो एक लाख रुपये भी खर्च करने के लिए मैं तैयार हूँ। हाँ, याद रखना, पापी पैसा!...लालच पैदा कर देता है। इसलिए पहले ही तुम एक लाख कह दोगे, तो वह दो के लिए लालच दिखायेगा। इसलिए सावधानी से पचास हजार से शुरू करो। आवश्यकता पड़े तो पच्चीस हजार और सही। मुझे कोई आपत्ति नहीं लेकिन सावधानी से फैसला कर आना।"

लेकिन इससे काम नहीं बना।

चुनाव हो गये। राजेश्वरराव जी ने धर्म और जाति के नाम पर मतदाताओं को टुकड़ों में बाँट दिया। कुछ लोगों को छिपा दिया। इतना सब कुछ होने पर भी आंजनेयुलु के गुट की ही विजय हुई। राजेश्वरराव के गुट में केवल तीन लोग जीते, स्वयं वे मात्र नौ वोटों से जीतकर मुँह दिखाने लायक न रह गये। सहकार समिति पर अधिकार आंजनेयुलु का हो गया।

वैसे तो ठीक ही हुआ। क्योंकि उसके बाद तीन चुनावों में राजेश्वरराव जी एम. एल. ए. चुने गये। मन्त्रिमण्डल में उनको भी जगह देने की बात उछल रही थी।

पहली बार जीतते ही नालायक नगरी की सहकार समिति के रद्द कराने में आसानी से विजय प्राप्त कर ली। आंजनेयुलु के बड़े लड़के को कॉलेज में सीट नहीं मिलने दी और उनके धान के ढेरों में आग भी लगवा दी। लोगों को

मालूम था कि यह सब उन्होंने ही करवाया है। लोगों का क्या--कुछ भी कह देते हैं। लेकिन इनमें से किसी एक भी इल्जाम में उन्हें कोई भी पकड़ नहीं सका।

बस, बची हुई दो एकड़ जमीन को आंजनेयुलु बड़े सस्ते दामों में बेचकर गुण्टूर पहुँच गये। दो हफ्तों के बाद एक छोटी-सी तम्बाकू की कम्पनी में छोटी-सी नौकरी में लग गये।

लड़के भास्कर को यह पसन्द नहीं आया। उसने पिता से बहस की कि यह नौकरी नहीं बल्कि कुली का काम है। लेकिन पिता ने भास्कर को समझाया—"पहले पढ़-लिखकर कुछ काबिल बन जाओ, ताकि कुछ नेक काम कर सको।" और किसी के मुख से ऐसे उपदेश सुनता तो शायद भास्कर उनका गला पकड़ लेता। लेकिन पिता की परिस्थितियाँ और संघर्ष स्वयं देखने के कारण वह मौन रह गया।

तीसरी बार राजेश्वरराव नालायक नगरी से ही विधान सभा के लिए चुनाव लड़ रहे थे। साथ में ग्यारह और लोगों ने भी नामिनेशन दाखिल किया, जिनमें से दो उनके अपने आदमी थे। लेकिन लोगों को क्या मालूम? हरिजन और मुसलमानों के वोटों में फूट डालने के लिए अपने पैसों से इन दो उम्मीदवारों से नामिनेशन डलवाया। बाकी नौ में वोट बँट जायेंगे तो उनका रास्ता साफ! फिर भी अपने नियोजक वर्ग के बारे में काफी सावधानी से काम लेकर फिर से विभाजन करवाया। तम्बाकू की अनेक कम्पनियों का इन इलाकों में रहना मात्र संयोग की बात थी।

पन्द्रह दिन पहले चुनाव के प्रचार को उनके हितैषियों ने तीव्रतर कर दिया। हाँ, यह सब कुछ बेकार तो नहीं गया। वे इतनी बड़ी मेजोरिटी से जीतेंगे—यह किसी ने सोचा तक नहीं था। उनको फूलों से सजी गाड़ी पर बिठाकर जुलूस निकाला गया। किसी ने उनसे पूछा, "अब की बार और आगे बढ़ने की बात आपने सोची है?" इस सज्जन ने राजेश्वरराव जी के चुनाव के समय अपनी और कम्पनी की मोटरों को देकर सहायता की थी।

"देखना है, ऊपर वाले की क्या इच्छा है।"

"आप की बात तो सच है लेकिन आज के जमाने में ऊपर वाला भी पार्टी के नेता के रूप में ही पृथ्वी पर दर्शन दे रहा है। यहाँ रहेंगे तो बस यहीं रह जायेंगे। सोच लीजिए।"

बस यह बात उन्होंने गाँठ से बाँध ली और वहाँ से अदृश्य हो गये। एक हफ्ते के बाद अखबार में मन्त्रिमण्डल के सदस्यों के नामों में इनका नाम तीसरे स्थान पर था।

रातों-रात तीन बड़ी-बड़ी कारें हैदराबाद पहुँच गयीं। सौ और मोटर-गाड़ियाँ मन्त्री महोदय के सम्मान के सिलसिले में व्यस्त!

सम्मान भारी रूप से हुआ। आस-पास के गाँवों से लोग बैलगाड़ियों पर आ गये। फूलमालाएँ ही एक घण्टा और उन्तालीस मिनट तक पहनायी जाती रहीं। कवि लोगों ने प्रशंसा में कविता-पाठ किया। भाषण दिये। उन सबके प्रति अन्त में मन्त्रि महोदय ने उचित ढंग से कृतज्ञता प्रकट की। तब तक पौने बारह बज चुके थे।

मामूली नौकरी और तम्बाकू कम्पनी के काम में काफी अन्तर है। दफ्तर के काम का निश्चित समय रहता है। समय पर आना-जाना। लेकिन मैनेजमेण्ट में काम करने वालों को यह सब नहीं चलेगा। रात में काफी देर तक बैठकर दिन भर के काम की जाँच-पड़ताल करना, दूसरे दिन के लिए कार्यक्रम बनाना, आदि के बाद ही घर जा सकते हैं। आंजनेयुलु ऐसे ही देर से घर लौटते थे।

लेकिन एक दिन कम्पनी पहुँचने के घण्टे भर बाद ही घर पहुँच गये। आते ही खाट पर लेट गये।

"क्या हुआ ?" भास्कर ने प्रश्न किया।

"नौकरी जाती रही।"

भास्कर मौन रह गया, पत्नी पानी का लोटा ले आयी और बोली, "क्या आपने उनसे नहीं कहा कि मेरे बेटे के कहीं नौकरी में लग जाने तक मुझे नौकरी से मत निकालिए।"

"कुछ नहीं होना था। इसीलिए बस चला आया।"

"असल में हुआ क्या ?" भास्कर ने जिज्ञासा प्रकट की।

"होने को क्या है ? पुरानी शत्रुता को मन में रखकर, राजेश्वरराव ने यह करवाया है। लेकिन ऊपर वाले के पास भी ऐसा कोई सबूत नहीं कि इसे साबित कर सके।"

पत्नी चली गयी। भास्कर का चेहरा तमतमाने लगा।

"दिन रात तुमने इतनी मेहनत की और उन लोगों ने इसके बारे में जरा भी नहीं सोचा ?"

उस स्थिति में भी आंजनेयुलु मुसकुराता रहा और कहने लगा, "इसमें आश्चर्य की क्या बात है ? मुझ जैसे मेहनत करने वाले हजारों लोग मिल जायेंगे। लेकिन नौकरी देने वाले हैं कहाँ ? इस कम्पनी के मालिक को पाँच साल पहले तम्बाकू को उपजाते हुए ढेर सारा नुकसान हुआ। लेकिन आज तम्बाकू के धन्धे में लाखों का मालिक है। इसके पीछे कितने लोगों की मेहनत है, क्या हम नहीं जानते ? जानते हैं फिर भी कोई इस बात पर ध्यान नहीं देता। आगे और भी मालदार बन जायेंगे। कारण यह है कि राजेश्वरराव के चुनाव का आधा पैसा इन्होंने ही लगाया था। वैसे वे खुद राजनीति में भाग नहीं लेते लेकिन सभी नेताओं के 'निकट' के व्यक्ति हैं। अब लन्दन में भी इन्हीं

की चलेगी। राजेश्वरराव और ये दोनों एक-दूसरे के हितैषी बनकर पैसा कमायेंगे—पैसा ! समझे ?"

भास्कर को पिता के नौकरी छोड़ने की बात समझ में आ गयी।

"कोई बात नहीं ! मुझे तो अच्छा भी नहीं लगता कि आप इस उम्र में ऐसी नौकरी के लिए भटकें।" पुत्र के शब्द सुन पिता की आँखों में चमक आ गयी।

"मैं कोई बूढ़ा तो नहीं बन गया। सत्तावन ही का तो हूँ। तीन-चार साल और घसीट लूँ तो···।"

"तीन साल ! यानि तब तक मुझे डिग्री मिल जायेगी। करीब-करीब ग्यारह सौ दिन हमारे पेट भरने के लिए पिता जी अपने आपको कष्ट देंगे। सोच कर भास्कर ने कहा, "अब मैं और आगे नहीं पढ़ूँगा।"

पिता चौंक पड़े।

भास्कर ने अपना तर्क प्रस्तुत किया, "आज की पढ़ाई और नौकरी में सम्बन्ध कहाँ ? बी. ए., एम. ए. वालों को कुली का काम करते देखकर भी, हमारा इस पढ़ाई के पीछे पड़ना मूर्खता है। रोड साफ करने के, मेज पोंछने के, बूट-पालिश करने के काम नहीं आती यह पढ़ाई। तीन साल बाद भी यही करना है तो क्यों न मैं आज से ही करने लगूँ ?"

आंजनेयुलु ने मुँह पोंछकर कमीज उतारते हुए कहा, "तुम्हारी बात भी ठीक है। लेकिन मेरे दिल में, क्या करूँ, कमबख्त एक तमन्ना, मालूम नहीं कब से है। हमारे वंश में कोई भी पढ़ा-लिखा नहीं है। खैर, मैं भी अनपढ़ ही हूँ। इसलिए मैंने सोचा था कि तुम्हें ग्रेजुएट बनाऊँगा। लगता है, मेरी यह इच्छा पूरी नहीं हो सकेगी। देखेंगे क्या होगा। तुम कुछ जल्दबाजी मत करो।" यह सब कुछ कहते समय उनका गला रुँध गया। आँखें भर आयीं।

काफी रात बीत जाने के बाद बाहर का दरवाजा किसी ने खटखटाया तो आंजनेयुलु ने बाहर आकर देखा। सामने दो आदमी खड़े हैं। आंजनेयुलु ने पहचाना नहीं। उन लोगों ने कहा, "आप ही आंजनेयुलु हैं न ? मालिक ने आज आपको नौकरी से निकाल दिया है न ?"

"हाँ-हाँ।"

"यानि ठीक जगह पर पहुँच गये हैं हम। मालिक को आपको जाने के लिए कहने के बाद बड़ा दुःख हुआ। कल सवेरे ही वे बाहर जा रहे हैं। इसलिए आपसे कुछ जरूरी बात करने के लिए उन्होंने बुला भेजा है। साइकिल पर आने की आवश्यकता नहीं, बाहर गाड़ी खड़ी है। आप जल्दी चलिए।"

बाहर कार-गाड़ी है। वह मालिक की ही है। पत्नी को आवाज देकर आंजनेयुलु कमीज पहनकर उन आगन्तुकों के साथ चले गये।

उस घने अन्धकार में चले गये आंजनेयुलु दूसरे दिन दोपहर तक घर नहीं

आये तो भास्कर ने जाकर कम्पनी में पूछताछ की।

"मैंने तो कल ही उनका हिसाब कर भेज दिया था !" मालिक ने जवाब दिया।

भास्कर को बेचैनी होने लगी। रात की घटना के बारे में भास्कर ने मालिक से कहा।

"बकवास मत करो। तुम्हारा बाप घर से भाग गया है तो मैं क्या कर सकता हूँ? जा-जा ! जाकर उन्हें ढूँढ़ लो या पुलिस में रपट लिखा दो।" कहकर गाड़ी में बैठ मालिक चले गये।

भास्कर ने दोनों काम किये। तीन महीने के बाद अखबारों में एनकाउण्टर में आत्म-रक्षा के लिए पुलिस ने गोली चलायी तो आंजनेयुलु के मारे जाने की खबर छपी। साथ में आंजनेयुलु का सम्बन्ध बड़ी-बड़ी चोरियों और हत्याओं के साथ जोड़ा गया। एक पत्रिका के संवाददाता नें लम्बी वार्ता लिखी कि उसके पास खतरनाक बन्दूक, बम जैसे हथियारों के साथ-साथ खतरनाक साहित्य भी था।

"बस ? या ऐसी कहानियाँ और बताऊँ ?" मैंने सत्य जी की ओर देखते हुए पूछा ! वे मेरी ओर अपनी आँखें फाड़-फाड़ कर देख रहे थे।

"ऐसी सत्य कहानियाँ मुझे इतनी मालूम हैं कि आप सुनना चाहते हैं तो पाँच हफ्तों तक लगातार बोलता ही जा सकता हूँ। ये सभी तो सच्चाई ही हैं। इसमें किस सच्चाई के बारें में मैं बात करूँ ? क्या शशिभूषण राव जी को नहीं मालूम कि नरसिंहम् कैसे और क्यों मारा गया ? जानकर भी वे सच्चाई की ओर से लड़ नहीं सके। नौकरी के लिए आयी युवती कैसे मर गयी, यह जानते हुए भी अनजान रह गये। वरन् उनकी बेटी अपनें पति के साथ अमरीका कैसे जा सकती ? विमला की ही बात लीजिए। अगर वह यह बता देती कि मोहन के लिए वह मरती थी और उन दोनों ने स्वर्ग के सुखों को पाया है तो क्या अनन्त उससे शादी करता ? सच्चाई विमला जानती है। शशिभूषणराव जानते हैं। राजेश्वरराव भी जानते हैं। विमला के माता-पिता भी जानते हैं। वेश बदल कर आंजनेयुलु को आधी रात ले जानें वाली पुलिस को सच्चाई की जानकारी है। जानते हो क्या हुआ ? सच्चाई को प्रकट नहीं कर सकते। पन्द्रह साल की कन्या के अपने से चौगुने बड़ी उम्र वाले को शरीर-सुख दे सकने के पीछे, एक शिक्षित युवक के रेल की पटरी पर सिर रखकर आत्म-हत्या कर लेने के पीछे की सच्चाई, एक छोटी-सी नौकरी करने वाली के अपनें मालिक की ओर बार-बार देखकर हँसने के पीछे की सच्चाई, किसी भी उम्मीद-वार के चुनाव में लड़ने के पीछे की सच्चाई, किसी को गद्दी से उतर जाने के पीछे

की सच्चाई, किसी का जीतना, किसी का हारना, किसी रोगी का जीना और किसी रोगी का मरना···ऐसी कितनी सच्चाइयों के बारे में मैं आपको बताऊँ? बाहर कहने का सत्य अलग और वास्तविक 'सत्य' हमेशा अलग ही होते हैं। मैं आपको क्या बताऊँ, आप स्वयं बताइए कि सच्चाई और ईमानदारी से चिपके रहने वालों में से कितने लोगों को सुख मिला? ईसा मसीह को सूली पर चढ़ा दिया गया। गौतम 'बुद्ध' बनकर संन्यासी बन गये। राजा हरिश्चन्द्र को अपनी पत्नी और पुत्र को बेच डालने की नौबत आयी। ब्रूनो को जला दिया गया और सुकरात को विष का पान कराया गया। ऐसे तो हजारों उदाहरण हैं, किन्तु ऐसा तो एक भी नहीं कि किसी ने तुम्हारा सहारा लेकर सुख पाया हो। बस, हम आपसे जितना दूर रहेंगे, हम उतना ही सुख पायेंगे। तुम्हें जितना हम जमीन में गाड़ देंगे, उससे पाँच या दस गुना हम ऊपर उठ सकेंगे। तुम्हें छूने वाले जलकर राख हो जायेंगे।···होंगे नहीं, हो गये। आज तुम मेरे पास आये हो, तुम्हारी बातों में आकर, तुम्हारे बारे में लिख डालने के लिए मैं कोई छोटा बच्चा नहीं हूँ। और कोई यह काम करने के लिए तैयार है तो बेशक तुम उनके पास जाओ। सच्चाई के बारे में लिखने का साहस रखने वाला कोई है, यह देखकर मुझे भी बड़ी प्रसन्नता होगी। मुझे जहाँ तक मालूम है, वैसे पागल तो मेरी नजर में कहीं नहीं आ रहे हैं। बस, मैं सिर्फ तुमको एक सलाह देना चाहता हूँ। तुम भी बूढ़े बनते जा रहे हो और तुम ज्यादा स्वस्थ भी दीख नहीं रहे हो। इस भ्रम में मत रहो कि इससे अच्छा जीवन तुमको भविष्य में प्राप्त होगा। मैं तो पुरानी पीढ़ी का हूँ, इसलिए तुमको थोड़ा-बहुत जान सका। आगामी पीढ़ियों के पास इतनी शक्ति भी नहीं होगी। किसी और की बात क्यों, तुमने स्वयं मेरे बच्चों को देखा है न? वे तुमको पहचान ही नहीं सके न! मुझे मालूम है कि तुम बड़े खरे हो, अच्छे हो। 'टाइम पास' के लिए चर्चा करने हेतु तुम एक अच्छे विषय के रूप में काम आ सकते हो, तुम्हारे इस दुनिया से धीरे-धीरे उठ जाने पर हम तरह-तरह से अफसोस भी प्रकट कर सकते हैं। फिलहाल बस, तुमको इन्हीं बातों से सन्तुष्ट रहना पड़ेगा। आने वाले तो और भी बुरे दिन हैं—यह तो मैं दावे के साथ कह सकता हूँ।" मैंने कहा।

बेचारा, क्या सोच रहा था, लेकिन एक बार मुझे देखकर बस, सिर झुकाकर चला गया।

उसके जाने के बहुत देर बाद मुझे याद आया कि मैंने उसको एक गिलास पानी तक नहीं पिलाया। यह सत्य है!

लेकिन क्या फायदा? अब पछताये होत क्या···।

अनुवाद : डॉ. आर. सुमनलता

अरे, यह क्या करते हो तुम ?

बिस्तर पर लेटने पर भी माधवराव को बिलकुल नींद नहीं आ रही थी। लग रहा था कि अब जल्दी आँख लगेगी भी नहीं। सुजाता तो छोटे बच्चे को लेकर तब तक सो चुकी थी। गोपी माधवराव से लिपटकर चैन से सो रहा था।

बड़े बेटे की ओर पल भर के लिए देखकर माधवराव भीतर-ही-भीतर मुसकुरा उठा। मालूम नहीं क्यों अचानक उसे लगा कि मानव का जीवन ही बहुत बड़ा मायाजाल है। एक माँ की कोख से पैदा होना, मल-मूत्रों में लोटना, बड़े होकर पढ़ना-लिखना, काम-धन्धा कर पेट भरना, शादी-ब्याह करना, बच्चों को जन्म देना, उन्हें काबिल बनाने के लिए तरह-तरह की उलझनों में फँसना, उन्हें पढ़ाना, फिर उनकी शादी कराना, अन्त में मर जाना—बस यही जीवन का चक्र है···

दुर्भाग्य से आज का सारा समाज गन्दगी से भरा हुआ है। गरीबी, बीमारी, ईर्ष्या, द्वेष, लालच, कंजूसी जैसे बुरे गुण मानव-समाज को विषैले कीड़ों के समान खाये जा रहे हैं। किसे मालूम कि इनसे मानव-जाति को कब मुक्ति मिलेगी ! उसे लगा कि इन सब बीमारियों का मूल कारण भगवान है या स्वयं इन्सान, यह भी हम नहीं जानते।

कारण यह है कि किसी धनवान के घर में जन्म लेना या ऊँची जाति में पैदा होना, किसी भी व्यक्ति के हाथ में नहीं है। किसी का जन्म अमीरों के घराने में होता है तो किसी का गरीब-से-गरीब के घर में। लेकिन इसका तात्पर्य यह नहीं है कि गरीबों को जीने का अधिकार ही नहीं। लेकिन आज की परिस्थितियाँ तो गरीबों से उनके जीने के अधिकार को छीन ही रही हैं।

वास्तव में उसके आज ऐसे सोचने का कारण 'रमणी' थी। माधवराव के दफ्तर में एक टाइपिस्ट की नौकरी खाली थी। उस नौकरी के लिए दो सौ से ज्यादा आवेदन-पत्र आये थे। इनमें से ज्यादातर अधिक पढ़े-लिखे लोगों के थे। एम. एस-सी. और एम. ए. की पढ़ाई तक के लोगों ने इस पोस्ट के लिए आवेदन-पत्र भेजे थे। इन सबमें से माधवराव को केवल एक को चुनना था। यह समस्या दो दिन से उसके दिमाग को खाये जा रही थी।

इन सब लोगों को देखकर यह स्पष्ट हो रहा है कि एक नौकरी, चाहे कितनी ही छोटी क्यों न हो, मिलना वास्तव में भाग्य की बात ही है। काफी पैसे लगाकर, रात-दिन मेहनत कर अपने स्वास्थ्य की परवाह न करके पढ़ना, मात्र साठ रुपये की नौकरी के लिए है तो ऐसी पढ़ाई से क्या फायदा ? कल और आज आये उम्मीदवारों से उसने बातचीत की तो माधवराव को लगा कि उन सबको भविष्य का डर है। एक में भी आत्मविश्वास नहीं है। इसका मतलब यह है कि धन और स्वास्थ्य के साथ-साथ यह पढ़ाई आत्मविश्वास को भी खत्म कर दे रही है।

एक-एक व्यक्ति की कहानी सुनते-सुनते मन पिघल गया है। माधवराव को लगा कि काश ! उसके पास अधिकार होता तो वह इन सबके आँसुओं को चुटकी भर में पोंछ देता और एक मीठी मुसकान को उनके चेहरे पर भर देता। लेकिन उसे वह सौभाग्य नहीं। जिन्हें वह सौभाग्य प्राप्त है, वे कुछ करते नहीं।

माधवराव को चिड़चिड़ाहट हुई और उठकर बिस्तर पर बैठ गया। सुजाता ने छोटे बच्चे को अपनी बगल में थोड़ा और समेट लिया। गोपी ने करवट बदली। उसके मुँह से लार गिरकर गालों से होते हुए बिस्तर पर पड़कर सूख रही थी। शाम को लगायी गयी काली बिन्दी दाहिने भौंह तक फैल गयी थी। माधवराव ने बड़े प्यार से गोपी की लार को पोंछकर धीरे से थपथपाया। गले तक चद्दर ओढ़ा दिया। मन में कुछ अजीब-सी भावना उठ रही थी। सिर में दर्द भी धीरे-धीरे शुरू हो गया था। खिड़की खोलकर ठण्डी हवा की भरपूर साँस ली। सिगरेट सुलगाकर कश ली। दूर से घड़ी की ग्यारह बार टन-टन की आवाज सुनाई पड़ी।

"रमणी ! रमणी !" उसने दुहराया। सामने रमणी की मूर्ति ! माधवराव ने पूछा—"तुम्हारा नाम क्या है ?"

"रमणी।"

"तुम्हारी पढ़ाई ?"

"मैट्रिक पास हुई और टाइपराइटिंग फर्स्ट क्लास में पास हुई।"

"इससे पहले कहीं काम किया है ?"

"नहीं।"

"क्यों ?" माधवराव के इस सवाल के जवाब में उसने कुछ कहना चाहा किन्तु कहा नहीं। एक बार माधवराव की ओर देखकर सिर नीचे झुका लिया।

"तुमसे अधिक पढ़े और अनुभवी लोग हैं। तुमने यह कैसे सोचा कि तुम्हीं को यह नौकरी मिलेगी ?" माधवराव ने पूछा।

इस प्रश्न पर भी रमणी मौन रही। लेकिन कुर्सी पर बैठे उसे बेचैनी-सी होने लगी। अपने अन्दर के जोश को निगलने का उसने प्रयत्न किया।

'वैसे तुम्हें यह नौकरी मिल ही जायेगी—इस बात का मैं गारण्टी नहीं दे सकता। लेकिन यदि मिल जाती है तो तुम ठीक से काम करोगी ? अपने अफसर की बात मानोगी ?"

प्रश्न को सुनते ही रमणी के अन्दर एकदम से फुर्ती आ गयी। सिर उठा कर उसने माधवराव के चेहरे को देखा और धीमे से मुसकुरायी। मुसकुराते समय उसके कुन्दकली जैसे दाँतों को देखकर माधवराव परास्त हो गया।

रमणी ने कहा, "जरूर करूँगी। थोड़े दिन के लिए आप मेरे काम करने का ढंग देखिए। अगर आपको इच्छा न लगे तो किसी भी क्षण मुझे नौकरी से हटा देने का हक तो आपको है ही।"

"ठीक है।" माधवराव के कहने का मतलब था कि रमणी अब जा सकती है। लेकिन रमणी कुर्सी से हिली नहीं। अपने नीचे के होंठ को दाँत से धीरे-धीरे दबाते हुए बड़े नाजुक ढंग से उसने पूछा, "फिर मैं आपसे कब मिलूँ ?"

रमणी की इस अदा ने माधवराव को मुग्ध कर दिया। माधवराव को लगा, ऐसे स्वस्थ रूप को देखे कितने वर्ष बीत गये !

"कहिए ना !" रमणी ने माधवराव को करीब-करीब पुचकारने के अन्दाज में कहा।

अचानक माधवराव को दस वर्ष पहले की बात याद आयी। संक्रान्ति के त्यौहार पर माधवराव अपनी ससुराल गया हुआ था। एक हफ्ता भर आराम से गुजर गया। जब दूसरे दिन जाने की बारी आयी तो रात भर सुजाता सिसकती ही रही। दूसरे दिन जाते-जाते उसने सुजाता की आँखों की ओर देखा तो लगा कि सुजाता मुझे बुला रही है। कुछ भूल जाने के बहाने अपनी जेब टटोल कर कमरे में आया तो पीछे-पीछे, "कहीं अपनी कलम तो नहीं भूल गये ?" कहती हुई सुजाता भी घुस गयी। अन्दर आते ही उसने उन्मादिनी की तरह माधवराव से लिपटकर उसके गालों को चूम लिया। बालों में हाथ डाल कर उन्हें बिखेर डाला। अपने होंठों को पति के गालों से लगा दिया। माधवराव ने भी सुजाता के गालों का स्पर्श किया और बड़े नाजुक ढंग से उसके बिखरे हुए बालों को कानों के पीछे सँवारा। बालों में रात को लगाये फूल बिखरकर नीचे जा गिरे। "फिर आऊँगा।" माधवराव को कहते हुए कठिनाई हुई।

"कब ?" सुजाता ने कमीज के बटनों को गोल–गोल घुमाते हुए पूछा।

माधवराव ने सुजाता की चमकती हुई आँखों में देखा लेकिन यह नहीं बताया कि फिर कब आऊँगा। लेकिन सुजाता पति का ऐसा देखना और उसके बाद में होने वाली क्रिया—इन्हें सोचकर खुशी से फूल उठी। लज्जा से

माधवराव की छाती में अपना मुँह छिपाते हुए कहा, "कहिए ना !" माधवराव कुछ जवाब न देकर सुजाता से छूटते हुए बाहर चला गया ।

आज माधवराव को वे सब बातें याद आयीं । माधवराव को लगा कि उस दिन सुजाता की भाँति ठीक उसी स्वर में आज रमणी ने भी कहा, "बताइए न !" माधवराव सोच में पड़ गया कि उसने उस दिन सुजाता को क्या जवाब दिया होगा ।

एक बार फिर रमणी उसकी ओर बड़ी-बड़ी आँखों से देखकर मुसकुरायी और अपने होंठों को गोलाकार में समेटते हुए बोली, "आप सोच में पड़ गये ? बतायेंगे नहीं ?"

माधवराव ने होंठों को जीभ से गीला करते हुए पसीना पोंछने का बहाना किया और कहा, "तुम्हें आने की आवश्यकता नहीं । अपना पता छोड़ जाओ । मैं खबर भेज दूंगा ।"

रमणी ने पता लिखकर दे दिया ।

"चाहें तो आप खबर भेजिए या खुद आप आयें । मैं तो कहीं जाती नहीं । पिताजी लकवे के कारण बिस्तर से उठ नहीं सकते और छोटा भाई स्कूल जाता है ।" कहकर कुर्सी से उठते हुए रमणी ने जाने की आज्ञा माँगी ।

"ठीक है ।" माधवराव ने कहा ।

जाते-जाते रमणी ने एक बार फिर पीछे मुड़कर देखा और अपनी आँखों को आशाओं से भरकर दुहराया, "भूलेंगे नहीं न ?"

"हरगिज नहीं ।" यह जवाब सुनने के बाद रमणी तो चली गयी लेकिन बहुत देर तक माधवराव अपने आपको सँभाल न सका । बाकी उम्मीदवारों से न उसने ठीक से पूछा और न ठीक से उनके जवाबों पर ध्यान दिया । मन विचलित था । इसीलिए क्लब में भी न जाकर सीधे घर लौट गया । "आज बहुत जल्दी आ गये ?" सुजाता ने पति की ओर गौर से देखते हुए प्रश्न किया ।" "पिताजी ! पिताजी !" कहते हुए गोपी उनके पैरों से लिपट गया । माधवराव ने अपने पुत्र को एकदम से उठाकर हवा में घुमाया और उसके गालों को इतने जोर से चूम लिया कि दाँतों की निशानियाँ पड़ गयीं ।

"अरे ! बेटा और खूबसूरत होता तो शायद उसे नीचे चलने ही न देते ।" सुजाता ने फूले न समाते हुए कहा ।

"अपने लाड़ले की आँखों को देखकर तो कोई भी लड़की उसके पीछे पड़ जायेगी ! हाँ ।" माधवराव ने कहा । सुजाता तुरन्त हँस पड़ी ।

माधवराव की आँखें सुन्दर हैं और इसका उल्लेख भी सुजाता ने इससे पहले कई बार किया, "इन आँखों को देखकर कोई भी लड़की आपके वश में हो जायेगी ।" वह बात यकायक दोनों को याद आ गयी और दोनों हँस पड़े ।

ये सब घटनाएँ और संवाद माधवराव को एक के बाद एक आँखों के सामने चलचित्र के समान दीखने लगे। सिगरेट को फेंककर उसने बत्ती जलायी। पास ही रखा हुआ आईना निकाला और उस पर जमी धूल को साफ कर, अपनी आँखों को देखा। आँखें चमकती हुई दिखाई पड़ीं। काफी देर तक वैसे ही बैठा रहा। सुजाता का जागना भी माधव को पता नहीं चला। जब अचानक वह पूछ बैठी, "अभी सोये नहीं ?" तो माधवराव चौंक पड़ा। सुजाता को अपने पति को ऐसा देखकर कुछ भी समझ में न आया।

उसने पूछा "आईने में क्या देख रहे हैं ?"

"आँख में दर्द हो रहा है।" कहते हुए माधवराव ने आईने को यथास्थान रख दिया। सुजाता ने पति की बायीं आँख की परीक्षा की। कुछ था ही नहीं।

"कुछ तो दिखाई नहीं पड़ रहा है। फिर भी कल याद दिला देना। थोड़ा-सा प्याज पीसकर लगा दूँगी तो ठीक हो जायेगी।" सुजाता ने कहा।

बत्ती बन्द कर माधवराज पलंग पर लेट गया। सुजाता ने ठण्डे पानी में मुँह धोया, कुल्ला किया। गोपी को पिता के पास से उठाकर छोटे भाई के बाजू सुला दिया। दोनों बच्चों के दोनों ओर तकिये लगा दिये ताकि वे गिर न जायें। फिर जाकर खुद माधवराव के पास लेट गयी और पति से लिपटकर पूछा, "सो गये क्या ?"

माधवराव में कोई प्रतिक्रिया नहीं हुई। दुबारा प्रयत्न करने पर भी पति के मौन रह जाने पर सुजाता ने गहरी साँस ली।

माधवराव तो रमणी के खयालों में था। उसे लगा कि अपने पास सोने वाली सुजाता नहीं वरन् रमणी ही है। उसके सारे शरीर में बिजली दौड़ने लगी। आँखें बन्द किये हुए ही सुजाता को अपने आलिंगन में कस लिया…

2

रमणी के घर का पता लगाने के लिए माधवराव को अधिक कठिनाई न हुई। उस समय रघू आँगन में खेल रहा था। माधवराव को देखते ही खेलना बन्द कर दिया और अन्दर आवाज दी, "दीदी ! कोई आये हैं।"

"कौन हैं ? जरा पता लगा लो न !" रमणी ने अन्दर से ही कहा।

"लकीरों वाला कोट और काले रंग के बूट पहने हुए हैं।" रघू ने जवाब दिया।

अनायास ही माधवराव की नजर अपने कोट व बूटों पर पड़ी।

"आयी।" कहती हुई स्वयं रमणी बाहर आ गयी। माधवराव को देखते ही एकदम से उसे आश्चर्य हुआ। अपने आप को सँभालते हुए, उसने मन्द हास

किया और "ओह ! आप ? आइए न ।" कहती हुई अन्दर ले गयी। अन्दर जाते समय बरामदे में लेटे हुए बूढ़े व्यक्ति पर माधवराव की नजर पड़ी ।

"मेरे पिताजी हैं ।" परिचय कराते हुए रमणी ने कहा, "बस, एक मिनट में आपके लिए कॉफी बनाकर ला रही हूँ ।"

"नहीं-नहीं, मैं तो कॉफी पीकर ही इस तरफ चला आया हूँ। अच्छा तो आप इस मकान का किराया कितना दे रहे हैं ?"

"बाईस ।"

"यह बाईस क्या ? या तो बीस होता, नहीं तो पच्चीस होता तो अच्छा रहता ।" माधवराव ने हँसते हुए कहा ।

"वैसे किराया तो बीस ही है । ऊपर के दो रुपये बिजली का खर्चा है ।" रमणी ने जवाब दिया ।

"अच्छा-अच्छा !" माधवराव ने कहा ।

इसी समय वृद्ध ने बरामदे से पुकारकर पूछा—"बेटी ! कौन आये हैं ?"

"पिताजी आपसे कहा था न कि मैंने एक ऑफिस में एप्लिकेशन दी है । ये उसी ऑफिस के मैनेजर हैं । मैंने ही इन्हें आने के लिए कहा है । बड़े सज्जन हैं ।" रमणी ने पिता को जवाब दिया । वृद्ध ने बस, और कुछ नहीं कहा ।

रमणी ने माधवराव की ओर देखकर कहा, "आप बुरा न मानें तो मैं दस मिनट में तैयार होकर आ जाऊँ ! तब तक आप यह मैगजीन देखिए ।"

"हाँ-हाँ ।"

रमणी अलमारी से तेल की शीशी निकालकर, अपने दोनों हाथों से बालों को मलने लगी । तब उसके सौन्दर्य से माधवराव विमुख न हो सका । मालूम नहीं, रमणी को इसका एहसास हुआ या नहीं । लेकिन उसका बर्ताव तो ऐसा ही था कि उसने इस बात पर ध्यान ही नहीं दिया । अपने दोनों पैर पसार कर, उनके बीच आईना रखा और अपने मुख को ठीक से देख पाने के लिए थोड़ा-सा नीचे झुकते समय रमणी के पेट पर मोड़ चाँदी के तारों के समान चमक पड़े । कंघी करते ममय रमणी बातें करती ही रही । बालों का जूड़ा बनाते हुए रमणी ने जब कहा "आप पेपर नहीं पढ़ रहे हैं !" तो माधवराव चौंक पड़ा । सचमुच वह पेपर को नहीं, रमणी को देख रहा था ।

"मैं जल्दी ही नहाकर आती हूँ, कम-से-कम अब तो पेपर पढ़िए ।" कहती हुई रमणी चली गयी ।

माधवराव ने अबकी बार पूरे ध्यान से पढ़ने के लिए पेपर खोला । लेकिन पढ़ने में मन न लगा । अपनी ब्लाउज उतारकर, साड़ी से सारे कन्धे को ढककर एक हाथ से बकेट लेकर और उसके भार के कारण थोड़ी-सी झुककर, बाथरूम

में घुसने वाली रमणी के रूप ने माधवराव के मन को विचलित कर दिया। उन चारदीवारों के बीच, बिना किसी आच्छादन के रमणी के शरीर के बारे में सोचकर, उसका खून गरम हो उठा। सारे सौन्दर्य को आँखों से पी-पीकर डकार लेना चाहा। सामने खड़े होने पर लज्जा से सिकुड़ जाने वाली रमणी के शरीर को अपनी बाँहों में कसकर समेटना चाहा।···ऐसे अनेक प्रकार के विचारों ने उसे और भी बेचैन कर दिया। कुर्सी पर पीछे की ओर आराम से लेट गया।

पन्द्रह मिनट के अन्दर ही रमणी तैयार होकर आ गयी। साड़ी को बड़े नाजुक ढंग से पहना। नीली ब्लाउज पहनी। आँखों में काजल की रेखा लगायी। चवन्नी के परिमाण में कुंकुम की बिन्दी लगायी। एक बार अपने मुँह को साड़ी से पोंछा और कोने में रखी कुर्सी को माधवराव के करीब खींचकर रमणी उस पर बैठ गयी।

बात करने के लिए माधवराव को कुछ न सूझा। आँगन में रघू चार बच्चों के साथ गिल्ली-डण्डा खेल रहा था।

"मैंने सोचा नहीं था कि सचमुच आप आयेंगे।" रमणी ने कहा।

"क्यों?" माधवराव ने पूछा।

"मालूम नहीं क्यों? लेकिन कल मैं स्वयं आपके पास आना चाह रही थी।"

माधवराव ने कौतूहल दिखाया और पूछा "किसलिए?"

"आपके लिए। आपने तो कुछ भी स्पष्ट नहीं बताया। इसी के बारे में जानने के लिए आने वाली थी।"

"इसीलिए तो मैं आया हूँ।" माधवराव ने 'इसीलिए' शब्द पर जोर देते हुए कहा।

रमणी ने कुछ नहीं कहा। एक क्षण मौन रहकर माधवराव की आँखों में झाँकते हुए पूछा, "अब क्या करना है?"

माधवराव ने कहा, "कहीं चलेंगे—पार्क या नहीं तो सिनेमा।"

"पहले पार्क में चलेंगे और बाद में सिनेमा देखेंगे।" रमणी ने सुझाया।

"तब शायद फर्स्ट शो तक हम लोग सिनेमा में पहुँच नहीं पायेंगे।" माधवराव ने सन्देह व्यक्त किया।

"कोई बात नहीं, सेकेण्ड शो देखने चलेंगे। रमणी ने 'कुछ भी चलेगा' के स्वर में कहा।

"आते-आते देर न हो जायेगी?"

"हो जायेगी तो हो जायेगी। देर हो जायेगी तो ही अच्छा। सब नींद में रहेंगे। तब हमें कोई नहीं देखेगा। अगर आपको आपत्ति न हो तो···" मालूम नहीं रमणी क्या कहना चाह रही थी। लेकिन उसी समय रघू अन्दर दौड़ते हुए आ पहुँचा।

"रघू, शारदा जी के घर जाकर बता देना कि आज मैं उनके यहाँ पढ़ाने नहीं आ पाऊँगी। मेरे आने तक राधा चाची के घर बैठे रहना। आते-आते मैं तुम्हारे लिए मिठाई ले आऊँगी।" रमणी ने अपने छोटे भाई को लाड़ से पुचकारते हुए समझाया।

"मेरे जूते ?" यह रघू के मुँह से सुनकर रमणी का मुख सिकुड़ गया।

"कल या परसों लाऊँगी। मेरे अच्छे भाई हो न !" रमणी ने और भी लाड़ भरे स्वर में कहा।

"पर तुम अच्छी नहीं हो, दीदी ! झूठ बोलती हो। अप्रैल के महीने से जूते खरीदने का वादा कर रही हो। लेकिन खरीदती क्यों नहीं ?"

"अबकी बार मैं जरूर खरीद दूँगी। मुझे नौकरी मिल गयी है। अब तो तुम्हें बहुत सारे जूते ला दिया करूँगी।" रमणी ने कहा।

"नौकरी" शब्द सुनते ही रघू ने माधवराव की ओर देखा। पता नहीं क्यों, माधवराव ने अपना सिर झुका लिया।

"तब तो मैं ऑल-राइट रहूँगा, दीदी।" कहते हुए बाहर की ओर रघू ने छलाँग मारी। सीढ़ी के पास अपने दौड़ने की तेजी को कम करते हुए पीछे मुड़ा तो रमणी ने पूछा, "अब क्या है ?"

"देखो, मुझे तो ऐसे काले जूते ही चाहिए।"

"तुमने बता दिया न ! बस, जब मैं लाऊँगी तब देख लेना।"

रघू चला गया। बरामदे से वृद्ध का बड़बड़ाना धीरे-धीरे बन्द हो गया।

मानो इस वातावरण से छुटकारा पाना चाहती हो, रमणी ने एक बार अपने शरीर को झटक दिया।

माधवराव एक बार फिर नार्मल स्थिति में आ गया। रमणी की ओर एकटक देखते हुए उसने पूछा, "वास्तव में तुम कहाँ जाना चाहती हो ?"

"इसी बीच आपने क्यों अपना इरादा बदल लिया है ?" रमणी मुसकराती हुई बोली। "जाने की इच्छा तो नहीं है। आप जाना चाहते थे तो मैंने भी हाँ कह दिया। कोई बात नहीं, हम यहीं समय काट सकते हैं।"

माधवराव चुप रहा।

"रघू अभी नहीं आयेगा। पिताजी के बारे में तो मैंने आपसे पहले ही कह दिया है।" रमणी उठ खड़ी हुई।

माधवराव भी अनायस ही उठ गया।

"आपने मकान के किराये के बारे में पूछा था, लेकिन देखा नहीं। आइए दिखा दूँ।" माधवराव मौन ही उसके साथ चल पड़ा।

"यह रसोई घर है। यहाँ मैं सामान रख लेती हूँ। रघू यहाँ सोता है। हाँ, यह कमरा मेरा है।" कहती हुई रमणी एक-एक कमरे को दिखाती हुई

माधवराव को अन्दर ले गयी ।

माधवराव का दिल धड़कने लगा । हाथ काँपने लगे । उसे लगा कि उसकी कनपट्टियाँ अन्दर दबती जा रही हैं । अकेलापन और सामने रमणी और उसकी हिम्मत—इन सब बातों से माधवराव की स्थिति अजीब-सी हो गयी । बिना कुछ बोले, रमणी के पास सरककर उसे आलिंगन में ले लिया । रमणी भी उसकी बाँहों में कबूतर के समान समा गयी । माधवराव रमणी के मुख को अपनी ओर घुमाकर···

माधवराव ऐसे चौंक पड़ा जैसे कि बम गिरा हो । रमणी को छोड़ दूर हो गया । कमरे के बाहर किसी के चलने की आहट हुई ।

"कौन है ?" कहती हुई झट से रमणी कमरे के बाहर आ गयी । माधवराव किवाड़ के पीछे खड़ा हो गया ।

दस मिनट में रमणी वापस आयी । तब भी माधवराव काँप ही रहा था ।

"कौन था ?" माधवराव ने काँपते स्वर में पूछा ।

"कोई नहीं ।" रमणी ने उत्तर दिया ।

"नहीं-नहीं, अवश्य कोई आया है । किसी के चलने की आहट मैंने साफ-साफ सुनी है ।"

रमणी ने कुछ कहा नहीं क्योंकि उसने भी आहट सुनी थी । लेकिन जहाँ तक वह जानती है, इस घर में कोई आता ही नहीं । चाची आती भी है तो उसके चलने का दूर से ही पता लगा सकते हैं । लेकिन यह क्या ?

माधवराव ने लम्बी साँस लेकर कहा, "अब मैं चलूँगा ।"

रमणी खोयी-सी हो गयी और उसकी ओर देखकर अनुरोध करते हुए कहा, "कहीं बाहर जाते तो देर जरूर हो जाती । कम-से-कम उतनी देर तक आप यहाँ बैठ जाते तो अच्छा रहता ।"

"आज नहीं ।" माधवराव ने कुछ डरते हुए कहा ।

रमणी ने और कुछ नहीं कहा ।

"कल", कहकर माधवराव ने थोड़ी देर सोचकर सुझाया, "होटल में जाकर एक कमरा लें लेंगे । वहाँ ऐसी झंझटें नहीं होंगी । ठीक है न ?" यह सुनकर रमणी का चेहरा खिल उठा ।

"रात के आठ बजे तुम वहाँ आ जाओ । मैं भी आ जाऊँगा । भूलना नहीं ।"

"मैं भूलना चाहूँ तो भी आपकी आँखें मुझे भूलने नहीं देंगी । अगर आप प्रशंसा न मानें तो मैं एक सच कहना चाहती हूँ । आपकी आँखें बड़ी सुन्दर हैं ।" मानो रमणी ने फुसफुसाया ।

माधवराव बहुत खुश हुआ और सीटी बजाते हुए बाहर आया । रमणी

दरवाजे से बाहर निकलने तक उसकी ओर देखती रही। बाद में कुर्सी पर जा बैठी और खूब रोयी।

3

उस रात वास्तव में माधवराव नींद से दूर ही रहा। कल मिलने वाले सुख के बारे में सोच-सोच कर आनन्द-सागर में गोते लगाने लगा। उस तल्लीनता में पत्नी का रूप उसे अच्छा नहीं लगा। रमणी और सुजाता के सौन्दर्य की तुलना करने पर पत्नी उसकी बराबरी में टिक ही न सकी। वैसे तो सुजाता देखने में अच्छी ही थी। लेकिन रमणी के सामने एकदम से फीकी पड़ गयी। वैसे भी सुजाता के सौन्दर्य को वह दस वर्षों से जानता है। सुजाता का कुछ भी अंश उससे न छिपा है न वह छिपाना ही चाहती है। शायद इसी आदत के कारण उसका सुजाता के प्रति आकर्षण कम हो गया।

माधवराव ने सोती हुई पत्नी की ओर देखा और एकदम से मुख दूसरी ओर कर लिया। उसने सोचा कि अगर रमणी ही वैसे सोती हुई मिलती तो क्या अपनी जगह ऐसे ही सोया रह सकता है ? मेरे न रह सकने की बात नहीं, बल्कि रमणी का सौन्दर्य ऐसा रहने नहीं देगा। सामने वालों को उकसाने का गुण शायद रमणी में है। वही गुण मुझे उसके चारों ओर मँडराने के लिए मजबूर कर रहा है। रमणी ने भी मेरे उद्देश्य को समझ लिया। सुजाता का कहना ठीक है। शायद मेरी आँखों ने ही उसे आकर्षित कर लिया होगा। लेकिन फायदा क्या ? हाथ में आयी चीज उड़ गयी। मिलती हो···

मालूम नहीं क्या होता। इतने में बड़बड़ाते हुए गोपी उठ बैठा।

"नींद में बड़बड़ा रहा है। जरा उसे थपकी दीजिए न !" सुजाता ने उठते हुए अनुरोध किया तो माधवराव ने हामी भर दी।

"आप अभी तक सोये नहीं ?"

"नींद नहीं आ रही है।"

"बात क्या है ? दो-तीन रातों से आप ऐसे जागते ही रह रहे हैं। क्यों, ऑफिस में कुछ गड़बड़ हुई है क्या ?"

"कुछ नहीं।"

"फिर मैंने तो आपको पहले कभी ऐसा नहीं देखा ! कल भी और आज भी ···आप ऐसे क्यों हैं ?"

"कुछ नहीं। बस मुझे और ज्यादा तंग मत करो। तुम सो जाओ।" माधवराव ने रूखे स्वर में कह दिया।

दूसरे दिन ऑफिस में क्लर्कों को भी यही लगा कि माधवराव चिड़चिड़ा

रहा है। उन्होंने यह भी सोच रखा था कि उस टाइपिस्ट की जगह किसी 'प्रभाकर' नामक व्यक्ति को दी जा रही है, क्योंकि वह कहीं से रिकमेण्डेशन लाया है। रमणी की बात उनके दिमाग में बिलकुल नहीं आयी।

हर एक ऑफिस में कुछ टुच्चे लोग ही रहते हैं कि अपने अफसर या अधिकारी की स्तुति-तारीफ करना और ऑफिस में कौन क्या सोच रहा है, कर रहा है—इन सब बातों को बराबर उन तक पहुँचाना। इन सब कामों के लिए उन्हें मिलता तो कुछ नहीं। लेकिन कभी-कभी वे बड़े अफसर एक बार कन्धे पर हाथ डालकर अपनी कार तक ले जाते हैं। ऐसे टुच्चे लोग माधवराव के दफ्तर में भी हैं। शाम तक ऑफिस के क्लर्कों की बातों को उन्होंने माधवराव तक पहुँचा दिया।

"चलो, यह भी अच्छा ही हुआ। कल अगर मैं रमणी को नौकरी दे भी दूँगा, तो ये सब बखेड़े बाहर नहीं मालूम पड़ेंगे।" माधवराव ने सोचा।

दिन के ढलने के साथ-साथ उसमें बेचैनी बढ़ने लगी। वैसे तो उसने शाम के आठ बजे रमणी को सीधे होटल आने के लिए कहा था। लेकिन खुद ऑफिस से सीधा रमणी के यहाँ पहुँच गया। विचित्र बात तो यह है कि तब तक रमणी भी एकदम तैयार बैठी थी।

"अभी से तैयार हो गयी हो?" माधवराव ने रमणी के गाल पर चुटकी लेते हुए कहा।

"अरे! आपके हाथ में बड़ा स्फुरण है!" रमणी ने अपने गालों पर उँगलियाँ फेरते हुए कहा।

बस, अब तो माधवराव सौ प्रतिशत पागल हो गया। उसे लगा, रमणी के सौन्दर्य में ही नहीं, बातों में भी उद्दीपन-शक्ति है। रमणी ने किस सन्दर्भ के लिए यह कहा, समझने के बाद तो उसके शरीर में ताप बढ़ता गया।

रमणी यह बात पल भर में जान गयी और जल्दी से मुँह फेर कर—"अभी नहीं, पहले हम सिनेमा देखने चलेंगे।" कहकर आगे बढ़ गयी।

"चलेंगे तो सही, लेकिन इधर आकर एक छोटी-सी बात तो सुनो!" माधवराव ने दरवाजे के पीछे से कहा।

रमणी गली में दरवाजे के सामने खड़ी थी। और हँसते हुए कहने लगी—"कहिए। मैं यहीं से सुन सकती हूँ।"

"न! न! पास आओगी तभी कहूँगा।"

"आप क्या कहना चाहते हैं, मुझे मालूम है। वैसे भी आपको इतनी जल्दी क्या है? ये सब बातें करने के लिए तो अभी बहुत सारा वक्त पड़ा है। इतनी जल्दबाजी मत कीजिए। अच्छे बच्चे के समान मेरा कहना मानिए।" रमणी ने अँगड़ाई ली।

अब माधवराव से वहाँ रहा न गया। अँगड़ाई लेती हुई रमणी के शरीर ने उसे एक बार बेचैन कर दिया।

"मुझे तो जीते-जी तुम मार डाल रही हो रमणी ! एक क्षण के लिए मेरी बात सुनकर चली आओ।" माधवराव ने अनुरोध के स्वर में कहा।

रमणी ने दो कदम आगे बढ़कर दरवाजे से टिककर कहा, "हाँ, क्या हैं, बताइए अब ?"

बस, माधवराव ने चालाकी से रमणी का हाथ पकड़कर अपनी ओर खींच लिया। एकदम से रमणी आकर माधवराव पर गिर गयी।

"मुझे ऐसा क्यों सता रही हो ?" माधवराव ने उसके कानों में फुसफुसाया।

रमणी ने कुछ कहना चाहा, लेकिन उसने कुछ कहा नहीं। एकदम से ऐसे बाहर आ गयी कि जैसे बिच्छू ने डंक मारा हो। किसी के आने की आहट हुई—सीढ़ियों पर चलने की ध्वनि। धीरे-धीरे परछाइयां भी इधर-उधर हिलने लगीं। उसी क्षण माधवराव का सारा जोश उतर गया।

"मकान अच्छा है···तो आप बाईस रुपये दे रही हैं। बारिश के दिनों में आपको अन्दर कोई परेशानी तो नहीं होती न ?"—माधवराव ने एकदम से प्रसंग को बदल दिया।

रमणी ने भी, "नहीं-नहीं, वैसी कोई दिक्कत तो नहीं।" कहते हुए बाहर आकर सीढ़ियों पर इधर-उधर देखा लेकिन कोई दिखाई नहीं पड़ा।

"यहाँ तो कोई भी नहीं है न ?" माधवराव ने अपने कलेजे की धड़कन को काबू में करते हुए कहा।

"नहीं" रमणी ने सिर हिलाया और वह उसकी ओर प्रश्नार्थक भाव से देखने लगी।

"लेकिन जरूर कोई आया है। चलने की आहट ही नहीं, मैंने तो परछाई भी देखी है।"

थोड़ी देर तक दोनों एक-दूसरे की आँखों में आँखें डाल, मौन होकर देखने लगे।

"चलो-चलो, पहले सिनेमा देखने चलेंगे।" माधवराव ने कहा तो रमणी हँसकर बोली, "ठीक है, थोड़ी देर तक सिनेमा देख सकते हैं।"

सिनेमा देखने के लिए गये और 'बॉक्स' के टिकट खरीदे। लेकिन रमणी अपने पास है तो सिनेमा देखना क्या, साँस लेना भी माधवराव के लिए दूभर हो गया। ऊपर से वह फिलम भी 'अमेरिकन' थी। उसमें हीरो-हीरोइन का काफी देर तक पीछा करते हुए, अन्त में एक पहाड़ की मोड़ पर उसे पकड़ लेता है। दृश्य अभी रुका नहीं। हीरो ने हीरोइन को झट अपने हाथों में उठाया और एक

छोटे से घास के मैदान पर सुलाकर बस, उस पर झुक गया। उन दोनों का एक-दूसरे को चूमना केमरा में 'क्लोज अप' में दिखाया गया।

माधवराव की तड़पन को इस सिनेमा ने और भड़का दिया। हीरो-हीरोइन के स्थान पर माधवराव अपने और रमणी के बारे में सोचने लगा तो अब और बैठा न गया। अब जाने के लिए रमणी का हाथ पकड़कर वह उतावला हो गया।

"चलेंगे। इस सीन के बाद। देखिए न, यह शाट कितना अच्छा है! अरे ये अमरीका वाले इतने कम कपड़े क्यों पहनते हैं?" इस अन्दाज में रमणी का बोलना माधवराव को बिलकुल अच्छा न लगा। उसके अन्दर अग्नि की ज्वालाएँ भभक रही थीं। तुरन्त कुछ उपशमन की आवश्यकता थी।

"अभी से जाकर क्या करेंगे?" रमणी ने ऐसे पूछा जैसे वह माधवराव के मुख से ही बात कहलवाना चाहती हो।

"क्या करेंगे? ऐसे पूछ रही हो जैसे कि इतना भी नहीं जानती हो।" माधवराव ने घूँट निगलकर कहा।

"ऊँ हूँ। नहीं जानती।" कहती हुई रमणी हँस पड़ी।

"अच्छा। नहीं जानती हो तो मैं बताऊँगा। उठो! चलो।" माधवराव ने धीरे से ही, लेकिन जोर देकर कहा।

"अभी तो नौ भी नहीं बजे। अभी से जाकर फायदा क्या? हमारे लिए पड़ोसी लोग अभी से सो जायेंगे क्या?" रमणी ने पूछा।

"मत सोने दो। हम दोनों आराम से बातचीत करेंगे।"

"वह तो हम यहीं कर सकते हैं।" रमणी माधवराव को बनाने के लिए बोली।

"तुम तो बड़ी जिद्दी लड़की हो।" माधवराव हार गया।

"नहीं तो, आप मुझे बेवकूफ बनाना चाह रहे थे। इतने सारे लोगों के बीच ही आप मुझे आराम से बैठने नहीं दे रहे हैं। होटल जाने के बाद···न बाबा, मुझे तो आप पर भरोसा बिलकुल नहीं।" रमणी अपने गाल को माधवराव के गाल से लगाती हुई कान में फुसफुसायी, "आज रात भर तो हमें वैसे भी जागना होगा। क्यों न हम वह काम सिनेमा देखने के बाद ही शुरू करें? ठीक है?"

"तुम्हारी मर्जी।" माधवराव ने चिड़चिड़ाहट से कहा।

रमणी पलभर के लिए उसकी ओर देखकर अपने अधर को दाँत से दबाती हुई बोली—"अरे रे! आप को तो गुस्सा ही आ गया। मैने क्या कहा? चलिए, चलेंगे।···बाद में आप कुछ मत कहिए। क्योंकि आप की दोनों आँखों को मैं पी जाऊँगी। फिर आप अपनी पत्नी को जो चाहें सो समझाइएगा।" कुर्सी से उठती हुई बोली।

पहले से ही रिजर्व किये गये कमरे को दिखाकर होटल का लड़का चला गया। माधवराव को लगा कि जाते-जाते उस कम्बख्त के चेहरे पर हल्की हँसी थी। लेकिन उसने हँसी की परवाह न की।

कमरे के अन्दर कदम रखते ही उसने दरवाजा बन्द किया और फैन चलाया। तभी बड़ी बत्ती बन्द कर बेडलाइट ऑन करने की जल्दबाजी देखकर रमणी की हँसी रुकी नहीं। लोट-लोट कर हँसने लगी। मालूम नहीं, उस हँसी में मजाक था या दया थी। रमणी हँसते-हँसते थककर पलँग पर बैठ गयी।

"ये क्या पागलों जैसी हँसी ?" माधवराव ने कहा।

"अरे ! आप भी कैसे अजीब और जल्दबाज हैं। कमरे के अन्दर घुसते ही दरवाजा बन्द कर दिया तो दूसरे कमरों के लोग क्या सोचेंगे ? यह बात आप सोचते क्यों नहीं ?"

"कुछ भी सोचने के लिए हम दोनों ऐरे-गैरे थोड़े ही हैं। पति-पत्नी हैं। कुछ काम से इस शहर में आये हैं। यह रात इस होटल में बिता लेंगे और सबेरे ही चले जायेंगे। इसमें कोई गलती तो नहीं है।" माधवराव ने कहा। ठीक ऐसे ही बताकर उसने यह कमरा भी लिया था।

"फिर भी ?" रमणी का प्रश्न।

माधवराव ने कुछ जवाब न देकर अपने साथ लायी मिठाई थोड़ी-सी खुद खाकर, रमणी को थोड़ी-सी खिलायी। पान खाया और रमणी को दिया। लेकिन रमणी को पान पसन्द नहीं। उसने धीरे-धीरे माधवराव को वार्तालाप में फँसाया।

इस प्रकार रात के करीब-करीब ग्यारह बजे तक रमणी अपने वाक्चातुर्य से माधवराव को दूर ही रखने में सफल हुई। लेकिन इसके बाद रमणी को भी अपने आप पर काबू नहीं रहा। रमणी के बालों से गजरा निकालकर माधव राव ने फूलों को सारे बिस्तर पर बिखेर दिया। उसकी भुजा पर अपना हाथ डालने पर लगा कि अपनी उँगलियों में विद्युत् तरंगों का प्रवाह है। लगा कि सारे शरीर में मीठी ज्वाला भर गयी है। अब तक रमणी भी उस स्थिति में पहुँच गयी। उसकी आँखें चमकने लगीं। होंठ काँपने लगे। दिल की धड़कन साफ सुनाई पड़ने लगी। रमणी ने हाथ की चूड़ियों को कोहिनी तक कर लिया। माधवराव के सिर को अपनी छाती से दबाया। बस, एक और पल में माधव राव उस पर 'विजयी' हो जाता।

लेकिन माधवराव को वह भाग्य नहीं मिला। बरामदे में किसी के चलने की आहट साफ सुनाई पड़ी। माधवराव और रमणी दोनों अवाक् रह गये। बस, फिर कुछ आवाज सुनाई न पड़ी।

"कुछ नहीं, दोनों के दोनों डर गये !" माधवराव ने मानो अपने आप को

ही धीरज बँधाने के स्वर में कहा। रमणी ने पसीने को पोंछकर गहरी साँस ली।

"पोंछना नहीं। रहने दो। रोशनी में तुम्हारे चेहरे को चमकने दो।" माधवराव ने उसे बाहों में कस लिया।

अब की बार चलने की ध्वनि बिलकुल दरवाजे के पास ही हुई। लेकिन माधवराव ने उसके बारे में बिलकुल सोचना न चाहा। पागलों की तरह रमणी को बाँहों में जकड़कर, उसके मुख के लिए टटोलने लगा।

अब की बार तो दरवाजे पर जोर की दस्तक हुई। दरवाजे का हिलना भी उन्होंने साफ देखा। "कौन है ?" माधवराव चिल्लाया।

"दरवाजा खोलिए"—उस ओर से सुनाई पड़ा।

"आपको कौन चाहिए ?"

"तेरहवें कमरे में रहने वाले चाहिएँ। आपका ही नाम माधवराव है न ?"

"हाँ।"

"आपसे ही काम है। दरवाजा खोलिए।"

"नहीं। मैं नहीं खोलूँगा। अगर कुछ काम है तो कल दफ्तर में आकर मिलना।" माधवराव ने गुस्से में कहा।

"अभी तुम क्या कर रहे हो ?" उस ओर से सुनाई पड़ा।

माधवराव का दम घुटने लगा और अंग-अंग से पसीना छूटने लगा।

रमणी भी पूरी तरह से काँपती हुई एक कोने में जा खड़ी हो गयी। फिर से सुनाई पड़ा—"बोलो, क्या कर रहे हो ?"

"दफ्तर का काम। दफ्तर में बिल्कुल खत्म नहीं हो रहा है और घर में बच्चों की शरारत। कुछ अर्जेण्ट कागजात भेजने हैं। इसीलिए होटल में यह कमरा लिया।" माधवराव ने सफाई दी।

"मैं अभी-अभी होटल का रजिस्टर देखकर आ रहा हूँ। उसमें तुमने ऐसा तो नहीं लिखा। काम करने के लिए आये हो तो रमणी को साथ क्यों लाये ?"

माधवराव एकदम चित हो गया।

इसके बाद बाहर से भी कुछ सुनाई नहीं पड़ा। काफी देर तक रमणी और माधवराव दोनों नार्मल नहीं हो पाये। दोनों के मुख पीले पड़ गये। माधवराव मानो हवा में तैर रहा था—ऐसी स्थिति में बत्ती जलायी। धीरे से दरवाजा खोला। बरामदे में देखा। कोई नहीं था। बाजू के कमरों से पंखे चलने की ध्वनि के सिवा, बाकी सब ओर सन्नाटा छाया हुआ था।

रमणी पीली पड़ गयी। पहले का वह जोश, उफान, फुर्ती—सब ढीले पड़ गये। ऐसा लगा कि इसी बीच वह आधी दुबली हो गयी। उसकी आँखों में आँसू थे। बोली, "मैं चली जाऊँगी।"

माधवराव ने कुछ नहीं कहा। दोनों ऐसे बाहर आ गये जैसे कि किसी ने

उन्हें भगा दिया हो। लड़खड़ाते हुए सीढ़ियों से उतरे। उस अन्धकार में पीछे से किसी की हँसी का एहसास हुआ। पीछे मुड़ने पर कोई दिखा तो नहीं लेकिन हँसी सुनाई ही पड़ रही थी···

"आप अभी तक क्या कर रहे थे ?" सुजाता ने दरवाजा बन्द करते हुए पूछा।

"ऑफिस के काम से ठहर गया।" माधवराव ने रूखा-सा जवाब दिया।

"गरम पानी शायद ठण्डा पड़ गया होगा। आप एक मिनट बैठें, मैं दुबारा गरम कर लाती हूँ।"

"नहीं-नहीं, मुझे कुछ नहीं चाहिए। मेरी तबीयत कुछ अच्छी नहीं है। आज के लिए मुझे बस, सोने दो।" माधवराव कहते-कहते ही पलँग पर लेट गया और सिर तक चादर ओढ़ लिया।

सुजाता को कुछ समझ में नहीं आया। पति को बिलकुल ऐसे थके हुए देखकर उसे भी कमजोरी महसूस हुई। आँखों में आँसू भर कर पति के शरीर पर हाथ डाला तो लगा कि कुछ ज्वर है। "अभी ऐसे ही सो जाइए। सबेरे मैं थोड़ी काली मिर्च का चूर्ण बनाकर दूँगी। गरम-गरम चावल के साथ खायेंगे तो सब कुछ ठीक हो जायेगा।"

माधवराव ने ये बातें सुनी या नहीं—नहीं मालूम। लेकिन सुजाता को जवाब तो कुछ नहीं मिला।

सुजाता बत्ती बन्द कर, छोटी बत्ती लगाकर सो गयी और थोड़ी ही देर में उसे नींद भी आ गयी। लेकिन माधवराव को तो न नींद ही आ रही थी और न वह पूरी तरह से जागा ही था। बीच की स्थिति में लटक रहा था वह। पिछले चार-पाँच दिनों की घटनाएँ उस पर एक साथ वार कर रही थीं। लगा कि साँस लेना ही मुश्किल हो गया। रमणी के प्रति अपना बर्ताव भयंकर नाग बन फुफकार रहा था। उसे लगा कि वह नाग अपने पर कूद रहा है। उससे दूर हटने के लिए वह इधर-उधर दौड़ लगा रहा था। परछाई के समान साँप पीछा करने लगा। वह कुर्सी पर चढ़ा। साँप भी पलँग से होते हुए कुर्सी पर चढ़ गया। माधवराव ने एकदम से मेज पर छलाँग मारी। साँप भी फन खोल कर मेज पर आ गया। पलँग पर पड़कर उसने अपने आपको पूरा ढक लिया। अपने पैरों के पास दो इंच की दूरी पर नाग का फन दिखाई दिया।

माधवराव के प्राण तो बस उड़ गये। वह पसीने से लथपथ हो गया। साँस लेने के लिए तड़पने लगा। जोर-जोर से चिल्लाने लगा। लेकिन किसी को उसकी आवाज सुनाई न पड़ी। गोपी निश्चिन्त हो सो रहा था। सुजाता भी छोटे बच्चे को छाती से लिपटा कर, आराम से सो रही थी। लेकिन माधवराव साँस न निकलने के कारण तड़प रहा था। आँखें चक्कर खा रही थीं।

साँप धीरे-धीरे उसके शरीर पर चढ़ रहा था और अपनी पूँछ से उसके

गले को पल-पल कस रहा था। माधवराव के गले की नस फूल गयी। हाथ पथरा रहे थे।

अपनी पूरी ताकत लगाकर साँप को निकाल फेंकने की वह कोशिश कर रहा था। पकड़ने के लिए सारे कमरे में बेचैनी से चक्कर मार रहा था।

सुजाता एकदम से चौंक कर जाग गयी। गोपी पलँग के बीच में बैठकर जोर-जोर से रो रहा था। सुजाता ने पति को, दोनों हाथ गले में डाल कर दीवार से चिपककर कमजोर बैठे देखा। पति की आँखें बन्द थीं। शरीर ठण्डा!

"अरे रे! यह क्या है?" कहती हुई सुजाता पति से लिपटकर जोर से रोने लगी। बलात् दोनों हाथों को दूर किया और धीरे से बिस्तर पर लिटा दिया।

चार-पाँच दिन तक माधवराव सँभल न सका। बाद में ऑफिस जाते समय एक बार उसने अपने मुख को आईने में देखा। अपनी आँखें पहले से भी चमकीली और सुन्दर लगीं।

"अगर वह घिनौना काम कर जाता तो कभी भी मैं अपने आपको देख न पाता।" माधवराव ने सोचा।

अब उसका शरीर और आत्मा दोनों निर्मल ही नहीं, हल्के भी थे। रमणी की आर्थिक कठिनाइयों का अनुचित लाभ नहीं उठाया—इस बात पर अपनी प्रशंसा कर ली। धन, पापी धन, मनुष्यों से कितने नीच कार्य करवाता है—अब माधवराव की समझ में आया। उसे अब दृढ़ विश्वास हो गया कि अगर रमणी को किसी भी प्रकार की, छोटी-सी ही सही, एक जीविका होती तो अपने जैसे लोगों के चेहरों को कभी न देखती। अब वह रमणी में भी दोष नहीं निकाल रहा था। शारीरिक सुख के लिए नौकरी देने वाले व्यक्ति हों तो इस दरिद्र देश में शरीरों को बेचने वाली अनेक स्त्रियाँ मिल जाती हैं। तब रमणी का क्या दोष? उसने सोचा कि आज अगर मैं उसे नौकरी नहीं दूँगा, तो कल नौकरी देने वाले किसी और को निस्सन्देह वह अपने शरीर को बेच डालेगी। यह गलत कार्य हो सकता है। लेकिन इसके अलावा बेचारी रमणी कर भी क्या सकती है? उसकी पूँजी और इन्फ्लुयन्स—दोनों उसके लिए मात्र शरीर ही है।

माधवराव ने ऑफिस पहुँचते ही, रमणी को नौकरी की स्वीकृति और तुरन्त आकर भर्ती हो जाने का पत्र लिख दिया। साथ ही और एक छोटे से कागज पर क्षमा की याचना भी की।

"अच्छा किया। बहुत अच्छा काम किया।" किसी ने कान में कहा।

माधवराव ने चारों ओर देखा। लेकिन उस कमरे में अपने अलावा और कोई था ही नहीं।

अनुवाद—**डॉ. आर. सुमनलता**

वर्ग-दृष्टि

अयथार्थ, असन्दर्भ, असहज आदि लक्षणों को हम ठीक से समझ नहीं पाते। जब हमारी पसन्द के खिलाफ कुछ होता है, जब हम विपरीत बातें सुनते हैं, जब अपनी रुचि के प्रतिकूल काम करना पड़ता है तब हम इन शब्दों का प्रयोग करते हैं। हम यह नहीं मानते कि हमारे लिए जो अयथार्थ है, सन्दर्भहीन है, सहज नहीं है, वह दूसरों के लिए भी ऐसा ही हो सकता है। कोई भी बात कितनी अयथार्थ, सन्दर्भहीन, असहज क्यों न हो, फिर भी उसका मूल परोक्षत: किसी यथार्थ में ही रहा होगा। उस मूल तक नहीं जा सकते; इसलिए हम उसके लिए इन मानक शब्दों का प्रयोग करते हैं—ऐसा मेरा विश्वास है। यह बात शरभ शास्त्री के द्वारा प्रमाणित भी हो गयी है।

जो मनुष्य के पास नहीं है, उसके विचार उसी के चारों ओर चक्कर काटते रहते हैं। निपट गरीब आदमी ऐश्वर्य के बारे में, अमीर लोगों की सुख-सुविधाओं के बारे में सोचता है, तो अमीर का गरीब के प्रशस्त जीवन के बारे में सोचना सहज है।

करीब छ: साल के नगर-जीवन से मेरा जी ऊब गया। ठण्डी हवा, स्वच्छता, भावों का आदान-प्रदान नगर के जीवन में कम हो गये हैं। जीवन में यथार्थ का कोई स्थान नहीं है, सब अभिनय है, कृत्रिमता है। झूठी मर्यादा, सब न कह सकने की कमजोरी, वेग आदि को जीवन में बहुत ज्यादा स्थान मिल गया है। लगा कि कुछ दिन इस झूठे जीवन रूपी चोगे को खूँटी पर लटकाकर सहज जीवन बिताऊँ, दफ्तर से एक महीने की छुट्टी लेकर गाँव चला गया। वहीं शरभ शास्त्री से परिचय हुआ।

जब तक मुकुन्द ने नहीं कहा, मैं शरभ शास्त्री के बारे में कुछ नहीं जानता था। जानने की कोई जरूरत भी मैंने महसूस नहीं की। आदमी लम्बा-मोटा है, मूँछें हैं, शादी हुई, दो बच्चे हैं, साँवला है, कुछ पढ़ा-लिखा—यही सब मुकुन्द ने उसके बारे में मुझे बताया।

"यह सब मुझे क्यों बता रहा है?" मैंने मुकुन्द से कहा।

मुकुन्द मुसकुराने लगा, जैसे मैंने उसकी चालाकी को ताड़ लिया।

"यार ! तुम्हें क्या मालूम, इन दिनों बहुत काम रहता है। तुम्हें साथ लेकर खेतों में, बगीचों में घूमने के लिए मेरे पास समय नहीं है। तुम मुझे छोड़ते भी नहीं हो। मैं शरभ शास्त्री को तुम्हारे साथ कर देता हूँ। उसके साथ घूम आना। इसलिए उसके बारे में मैं कह रहा हूँ"—कहा मुकुन्द ने।

"उसको कोई काम-धाम नहीं है क्या ? तुम बड़े कामदार और वह बेकार··· वह शरभ बेकार घूमने वाला है क्या ? तुम्हें फुरसत नहीं है तो उसको क्यों रहेगी ?" उसकी चालाकी ताड़ ली मैंने।

"रहती है।" संक्षिप्त उत्तर था उसका।

दूसरे दिन सबेरे ही, नींद से उठने के पहले ही शरभय्या आ गया था। मुझे कहीं ले जाने की बात शरभय्या और मुकुन्द ने पिछली रात को ही तय कर ली थी।

किसी-न-किसी तरह उठकर बाहर आने तक शरभय्या बाहर मिला।

"क्यों शरभय्या ! आज इसको कहाँ ले जाओगे ?" मुकुन्द ने कहा।

"पहले निकलने तो दीजिए। दरवाजे के बाहर जाने के बाद पैर जिधर जायेंगे, उधर ही सही"—मेरी तरफ हँसते हुए देखकर शरभय्या ने कहा।

उस मजाक को मैं भी इन्ज्वाय करूँ—शायद शरभय्या का यह उद्देश्य था।

गाँव से बाहर निकल गये। दोनों में से किसी ने बात नहीं की। चमारों की बस्ती के बाद नहर के करीब खेत के मेंड़ों पर चल रहे थे। मूँगफली के हरे-भरे खेत लह-लहा रहे थे। कहीं तुअर की बेल पीली-पीली घूँघट में सुहागिन के जैसे लग रही थी। दूर का मचान, झाड़-झंाड़, अनेक सुगन्धों से भरी हवाएँ—सब कुछ बहुत ही अच्छा लग रहा था।

लग रहा था कि इन खेतों के बीच एक झोंपड़ी डालकर, झाड़ों को, खेतों को, खलिहानों को, घास की हरियाली को, छोटी-छोटी रंग-बिरंगी तितलियों को देखते हुए सब कुछ भूलकर यहीं बस जाऊँ। शरभय्या ने मेरे भाव ताड़कर कहा, "यहाँ बैठेंगे।"

दोनों वहीं खेतों के बीच बैठ गये।

शरभय्या उत्तरीय निकालकर कमर में बाँधकर बैठ गया और तम्बाकू पीने लगा।

"इस साल फसल का क्या हाल है ?" मैंने यों ही पूछा।

कहाँ फसल है, बाबू जी। इस साल बराबर बरसात हुई नहीं। इस गाँव की हालत बिलकुल ही अच्छी नहीं है। एक बूंद बारिश का नाम नहीं। छोटे किसानों की हालत बिलकुल खराब है। चार बीघा जमीन है, खेती है, तो भी रामय्या को बेटी की शादी करने में नानी याद आ गयी। बड़ी धूमधाम से

शादी करेगा, ऐसा सोचकर गाँव के गरीब लोग मुँह खोलकर बैठ गये थे। देखें तो क्या—कुछ नहीं। शादी कराने वाले पण्डित को पच्चीस रुपये देकर विदा कर दिया। रामय्या जैसे खाता-पीता किसान ही इस हाल में है तो दूसरों का क्या कह सकते हैं ? हाय-हाय मची है।" कहा शरभय्या ने।

तम्बाकू बुझ गयी। काड़ी की डिब्बी देना चाह रहा था। उसने मना किया। अपने पास के चकमक पत्थर से जलाने लगा।

वह दुकानदार को कोस रहा था कि उसने तम्बाकू अच्छी नहीं दी। उसने यह प्रश्न भी किया—"क्या आप तम्बाकू नहीं पीते ?" एक विशेष तम्बाकू का नाम लेकर कह रहा था—"वह तम्बाकू पियेंगे तो मजा आयेगा। ऐसा लगेगा कि तम्बाकू की नहीं, अगरबत्ती की गन्ध है।"

मैं आज तक यकीन नहीं कर सकता कि तम्बाकू की गन्ध अगरबत्ती जैसी लगेगी। मगर शरभय्या कह रहा है कि ऐसी ही लगती है। मैं उसके अनुभव को भला कैसे इनकार कर सकता ?

"आप जब से आये—आपसे मैं एक बात पूछना चाहता था।" शरभय्या ने कहा।

"वह क्या ?"

"मुकुन्द साहब ने आपको चेतावनी नहीं दी ?"

"नहीं तो।"

"भूल गये शायद, रात को याद दिलायेंगे।"

मैं बहुत देर तक सोचता रहा कि शरभय्या क्या पूछना चाह रहा था। उसको अपने कामों के लिए मेरी मदद की कोई जरूरत नहीं हो सकती थी। फिर भी इतना तो पक्का है कि वह एक खास बात मुझसे पूछना चाह रहा था उसके कहने से शायद मैं इनकार कर दूंगा इसलिए मुकुन्द से कहलवाना चाहा होगा। शरभय्या को यह भरोसा है कि मैं मुकुन्द की बात नहीं टाल सकता।

"हमारा गाँव कैसा है ?" थोड़ी देर के बाद शरभय्या ने पूछा।

"भव्य है।"

आश्चर्य के साथ शरभय्या मेरी तरफ देखने लगा। बाद में थोड़ा मुसकुराया। मुझे लग रहा था कि शरभय्या ने मेरी बात पर विश्वास नहीं किया।

"क्यों साहब, आप कैसी बातें कर रहे हैं ? बड़े-बड़े शहरों में रहकर भला यह कैसे हो सकता है कि ये झुग्गी-झोंपड़ी आपको पसन्द आये। धुत···एक सड़क नहीं, पोस्ट ऑफिस नहीं, बसें नहीं, बिजली नहीं, अस्पताल नहीं। गांधी जी चल बसे तो पन्द्रह दिन बाद हमें मालूम हुआ। कई लोग ऐसा सोचने वाले हैं कि अभी यहाँ गोरों का ही राज है। ऐसा गाँव आपको पसन्द आया—मैं भरोसा नहीं कर सकता।"

शरभय्या के लिए मेरे पास उत्तर तैयार था। उसका खयाल है—सुख-सुविधाओं के साथ सुखी होंगे। इन सबके बावजूद ऐसे लाखों लोग नगरों में हैं जो सुख का नाम नहीं जानते—यह शरभय्या नहीं जानता। अगर मैं कहूँ तो विश्वास भी नहीं करेगा।

मैंने कुछ नहीं कहा तो उसने सोचा मैं उसके साथ सहमत हूँ। "बात सही है न साहब ?" शरभय्या ने विजय-गर्व के साथ कहा।

"ये सब हैं तो, लेकिन तब व्यवस्था भी बदल जायेगी। यह स्वतन्त्रता, खुले दिल से बात करना, एक-दूसरे की मदद करना—ये सब समाप्त हो जायेंगे। सभ्यता के विकास के साथ-साथ आदमी और आदमी के बीच की खाई बढ़ती जा रही है। हर आदमी अपने चारों ओर दीवार उठाकर स्वयं बन्दी हो जा रहा है। बातों में, लिखने में, भाषणों में, सह-जीवन, भाई-चारा, सौजन्य समाप्त होता जा रहा है। सामने वाला भूखा है, यह जानते हुए भी, अनजान बनने का नाटक अभी गाँवों में नहीं फैला। घर में सारी परेशानियों को झेलते हुए ऐसा बर्ताव करना कि कोई परेशानी नहीं है, जितना है उससे ज्यादा दिखावा करना, आत्म-प्रवंचन, षडयन्त्र, धोखा आदि बीमारियाँ शहरों तक ही सीमित रह गयीं। यह एक कारण काफी है गाँवों की प्रशंसा करने के लिए।"

बाद में लगा कि मेरी बातों में कुछ ज्यादती थी। फिर लगा कि मेरी धारणा शरभय्या को पसन्द नहीं आयी। ऐसा लगा कि वह कुछ कहना चाह रहा था, मगर नहीं कह पाया।

धूप बढ़ गयी। गाँवों से गायों-भैंसों के झुण्ड-के-झुण्ड आ रहे हैं। दुपहर के लिए भोजन बर्तनों में रखकर, कपड़े में बाँधकर, उन्हें सिर पर थामें खेतों में काम के लिए औरतें जा रही थीं। झुरमुटों से तरह-तरह के पक्षियों की चह-चहाहट सुनाई दे रही थी। मूंगफली के खेतों से मस्त हवा चल रही थी। छोटे-छोटे बच्चे भैंसों पर सवार हुए आ रहे थे। कोई गाना गा रहा था, बाकी कुछ जोर-जोर से हँस रहे थे।

फिर एक बच्चे ने छड़ी भैंसों पर घुमायी। भैंसों ने दौड़ना शुरू कर दिया। गीत भी जोर पकड़ने लगा। जानवर और उनके साथ वह गीत भी मोड़ से होता हुआ दूर चला गया। मन में इच्छा हुई कि गीत सुनते-सुनते उनके पीछे चला जाऊँ। शरभय्या नहीं होता तो वैसा ही करता।

"चलेंगे साब' !" शरभय्या ने कहा।

मैं उठ खड़ा हुआ।

"शाम को नहर के किनारे चलेंगे।"

"ठीक है।"

कभी-कभी ऐसा होता है कि हम जो मदद करते हैं, उसका विपरीत परिणाम

निकलता है। हमारी मदद उनके लिए बेड़ियाँ भी बन जाती हैं। मुकुन्द ने यह सोचकर शरभय्या को मेरे साथ भेजा था कि वह मेरा साथ देगा। मगर शरभय्या तो मेरे लिए अड़चन ही बन गया। किसी दृश्य को देखने नहीं देता, कुछ सोचने नहीं देता। नहर के किनारे भी उसका यही हाल।

"देखने में कोई खास नहीं है, मगर इसकी धारा बड़ी तेज है। घुटनों तक पानी में भी हम नहीं जा सकते। एक बार तिरुपतय्या जी का बड़ा नौकर कपास के बीजों की बोरियाँ लेकर आ रहा था। सब ने मना किया। मगर वह सिरफिरा कहाँ सुनता, बैल-गाड़ी को पानी में उतार दिया। पानी भी ज्यादा नहीं था। दो कदम और बढ़ जाता तो पार पहुँच जाता। इतने में बैल के पाँव रेती पर टिक नहीं पाये। बैलगाड़ी उलट गयी। दूसरे दिन संगमेश्वर के करीब, उतार की ओर, बैलगाड़ी किनारे लगी। सारा गाँव एकत्र हो गया। बाप मरा तो भी तिरुपतय्या इतना विचलित नहीं हुआ था। इस घटना के बाद तो वह एक महीने तक घर से बाहर नहीं निकला।"

उस रात को मैंने मुकुन्द से कहा कि शरभय्या को मेरे साथ नहीं भेजें।

"नहीं रे, मैंने नहीं भेजा। वही तुम्हारे पीछे पड़ रहा है।" मुकुन्द ने कहा।

"उसने ऐसा नहीं कहा।"

"उसने क्या यह कहा कि मैंने भेजा ?"

सच बात तो यह है कि शरभय्या ने मुझसे यह बात भी नहीं कही तो मैंने ऐसा क्यों सोचा ?

"वह कह रहा था कि उसके बारे में तुम मुझसे कुछ कहने वाले हो।" मैंने कहा।

"मेरी जान खा रहा था तो मैंने कहा कि कह दूंगा।"

"क्या चाहिए उसे ?"

"नौकरी—कोई भी नौकरी मिल जाय। चालीस रुपये मिल जायँ, काफी हैं। उसे इस बात का भरोसा है कि तुम्हें पकड़ लें तो काम हो जायेगा। जाने दो, बेचारे के लिए चपरासी का काम भी मिलता हो तो देख दो। बेचारा बड़ी मुश्किल में है।" मुकुन्द के स्वर में बड़ा दया-भाव था।

शहर से, नौकरी से बेजार होकर मैं गाँव भाग आया और यह शरभय्या मेरे पीछे पड़ा हुआ है।

"अगर इसकी गारण्टी होती कि एक जून की रोटी मिल जायेगी तो भी नौकरी छोड़कर इन खेतों में, एक झोंपड़ी डालकर रहने को तैयार हूँ। क्या शरभय्या के लिए इतनी गुंजाइश भी यहाँ नहीं है ? यहाँ जो जी नहीं सकता, वह वहाँ क्या खाक जी सकेगा ! यहाँ का पानी, खेतों की हरियाली इन सब को छोड़ आने के लिए उसका दिल कैसे तैयार हो रहा है !···मेरी बात पूरी

भी नहीं हुई कि मुकुन्द जाकर सो गये।

मुझे अकेला देखकर चौथे दिन शरभय्या ने खुद मुझसे ही पूछ लिया।

"यहाँ बड़ी तंगी है, बाबू साहब ! खेतों में फसल के दिनों में कोई-न-कोई काम मिल जाता है मगर बाकी दिनों में रोटी के लाले पड़ जाते हैं। आधा पेट खाना। अंग पर पूरे कपड़े भी नहीं। यह भी कोई जिन्दगी है ! दो छोटे-छोटे बच्चे हैं। उनके बदन पर ढंग का कपड़ा भी नहीं। आपकी आँखों के सामने रहूँगा। कोई भी काम, मेहनत-मजूरी करके भी जी लूँगा। आपकी कहीं पहचान हो तो मेरी मदद करें, साहब !"

शरभय्या अँगोछे से आँखें पोंछ रहा था।

मेरी हमउम्र का होगा। दो बच्चों का बाप है। जीने के लिए उसका इस तरह दुःखी होना, मुझसे देखा नहीं गया। मैंने सोचा कि मुझे इसे कोई काम दिलाना चाहिए। यह भी मुझे मालूम है कि यह इतना आसान काम नहीं है। अपनी दम पर या अपने रौब से मैं इतना काम शायद उसके लिए कर सकता। फिर भी मैंने यह बात उससे नहीं कही।···रोज···न···

मैं अपने कार्यक्रम से पहले ही गाँव से निकल गया। मुकुन्द ने बहुत आग्रह करके कहा कि मैं छुट्टियाँ उसी गाँव में बिताऊँ। मैं ही नहीं रह सका। छह दिन में ही मैंने पूरे गाँव, उसके परिसर को देख लिया था, आनन्दित भी हुआ था। बाकी चार दिन बेकार बैठा रहा। वे दस दिन गाँव में जो बिताये—कुछ नहीं सूझ रहा था। पढ़ने के लिए कुछ नहीं, घूमने के लिए नहीं, सोचने के लिए नहीं। संघर्ष नहीं, स्पर्धा नहीं···मगर ऐसा कहना ठीक नहीं है। शायद यह कहना ही ठीक होगा कि यह सब यहाँ मुझे ही नहीं मिल रहा है।

उन दस दिनों के अनुभव से ऐसा लगा कि गाँव के लोग इतने भोले या सच्चे नहीं जितना साहित्य में वर्णन होता है। स्वार्थ, धोखा, व्यर्थ का अभिमान, लूट-पाट आदि सभी लक्षण कमोबेश इनमें भी हैं। नगरों में भारी मात्रा में लूट-पाट है तो तुलना में गाँव में कम है। बाजू के खेत से घास काट लेना, दूसरे के चरागाह में जानवरों को छोड़ देना, खेतों की बँटवाई में धोखा देना, भापने-नापने में धोखा देना, ठीक मजदूरी न देना आदि गाँवों में आम बातें हैं।··

शहर आने के बाद शरभय्या की बात ही भूल गया। मुझे तब याद आया जब मुकुन्द ने अपने पत्र में उसकी चर्चा की।

शरभय्या विजयवाड़ा जाकर बस गया। किसी कम्पनी में छोटी-मोटी नौकरी कर रहा है। उस पत्र में उससे ज्यादा विवरण नहीं था। उसकी मदद करना चाहते हुए भी मैं नहीं कर सका। खैर, मुझे तसल्ली हो गयी कि कहीं न कहीं उसका गुजारा तो हो रहा है।

शरभय्या का पत्र मिलने के बाद ही मुझे मालूम हुआ कि उसकी दशा

कितनी दयनीय है ।

"पचास रुपये दे रहे हैं। दस रुपये घर के किराये में ही चले जाते हैं। बचे हुए चालीस रुपयों से पन्द्रह दिन का गुजारा नहीं होता। बाकी दो हफ्ते कैसे जी रहे हैं, मुझे भी नहीं मालूम। तनख्वाह बढ़ाने के लिए कहते हैं तो नौकरी से निकालने की धमकी देते हैं। इस नौकरी को छोड़कर बाहर जाने का दूसरा कोई जरिया भी नहीं है। मेरे जैसे कई लोग यहाँ परेशान हैं। रोज दस घण्टे काम करते हैं फिर भी प्रोप्राइटर रोता ही रहता है। कुछ लोग कहते हैं कि हड़ताल करेंगे। उससे कोई लाभ नहीं है, पुलिस गोलियों से उड़ा देगी। ढंग से जीने का कोई जरिया नहीं है। उसके लिए कोशिश करने जायें तो मारे जाने का डर। आजादी के बाद इंसानों को मारना और भी आसान हो गया है।"

कुछ इसी ढंग का था उसका खत। पहले उसे ठीक से बात करना भी नहीं आता था, अब उसने इतना कुछ अपने बारे में स्पष्ट लिख भेजा। उसने जो लिखा, उस परिवर्तन का हम गलत अन्दाजा नहीं लगा सकते। मुझे ऐसा कुछ याद है कि मैंने एक सहानुभूति-पूर्ण पत्र शरभय्या को लिखा था।

दो साल तक उसके बारे में मुझे कुछ भी नहीं ज्ञात हुआ। मुकुन्द के खतों में भी उसका कोई जिक्र नहीं था।

1949 में शायद शरभय्या सेण्ट्रल स्टेशन के पास दिखाई पड़ा। मैंने उसको पहचाना भी नहीं। उसी ने मेरा नाम लेकर पुकारा। नाम बताने तक उसे पहचान नहीं सका। वह बहुत बदल गया था। मोटी धोती घुटनों तक, खादी का लम्बा कुरता पहने हुए था। ऐनक, सिर पर गांधी टोपी, बगल में चमड़े की थैली, दूसरे हाथ में चार-पाँच पत्र-पत्रिकाएँ।

उसने जबर्दस्ती कॉफी पिलायी। कॉफी पीते-पीते उसने कुशल-मंगल की बातें पूछीं। उसने पूछा—"हमारी बहन कैसी है? बच्चे कैसे हैं?" उसने ही बिल चुकाया। मेरे मना करने के बावजूद बच्चों के लिए दस रुपये के प्लास्टिक के गुड़िये खरीद कर दिये। सोचने के लिए, बात करने के लिए शरभय्या ने मुझे मौका ही नहीं दिया। मेरे सामने ही टैक्सी में बैठकर एम. एल. ए. क्वार्टर्स चलने के लिए कहा।

उसके बाद तीसरे दिन अचानक दफ्तर में मिला। बेहतरीन रेड मार्क की एक सिगरेट खुद सुलगायी और मुझे भी दी।

शरभय्या ने कहा, "मास्टर साहब! आप शंकर पिल्लै को जानते हैं?"

"कौन शंकर पिल्लै?"

"ज्वाइण्ट सेक्रेटरी।"

"उसको…उसको तो जानता हूँ।"

कुछ देर तक शरभय्या ने कुछ नहीं कहा। सिगरेट का आखिरी कश जोर

से खींचा और उसे एशट्रे में फेंक दिया और फिर चट-चट उँगलियाँ चटकाने लगा। एक-दो क्षण मेरी आँखों में ध्यान से झाँका।

"वह कैसा आदमी है?"

"अच्छा ही है, क्यों?"

शरभय्या ने चारों तरफ देखा। गला साफ करते हुए कहने लगा— "कुछ नहीं, मुझे मालूम हुआ कि मेरा आवेदन-पत्र उनके पास है। बात करके देखिए। जरूरत हुई तो थोड़ा 'खर्च' भी कर देंगे। उनके लिए बहुत कॉम्पटीशन भी है। मुझे पता चला कि वह अगर चाहे तो काम बन जायेगा। उसको मैं नहीं जानता। आपको देखकर मेरी हिम्मत बँध गयी। नहीं तो मैं इस पचड़े में पड़ता भी नहीं। शाम को जब क्लब में मिलेंगे तो उसको याद दिलाना। अब मुझे आज्ञा दीजिए, कल फिर मिलूँगा।"

शरभय्या के जाने के बाद उसी के बारे में सोचता रहा। अचानक मुझे लगा कि शरभय्या बड़ा चालाक है। ऐसा मुझे उस समय क्यों लगा। मैं नहीं कह सकता।

क्लब में शंकर पिल्लै मिला तो मैंने पूछा। मालूम हुआ, वह बस-रूट और किसी के नाम दिया गया है और दो-तीन दिन में ऑर्डर भी निकलने वाले हैं। जब इतना मालूम हुआ तो शरभय्या की बात मैंने शंकर पिल्लै को बतायी ही नहीं।

दूसरे दिन दस बजे तक शरभय्या आ गया। शकर पिल्लै ने जो कहा, वही मैंने उसे बता दिया। शरभय्या का चेहरा उदास हो गया। "आप होटल रूम में नहीं थे शायद। मैंने रात में दो-तीन बार फोन किया।"

"क्यों, क्या बात है?" शरभय्या ने पूछा।

"मैं आपकी कोई मदद नहीं कर सका। मगर आप तो…"

"उसकी कोई बात नहीं।" शरभय्या ने हँस दिया।

"इस समय मेरे पास पैसे भी नहीं। चार-पाँच सौ के कपड़े आपके घर में डाल दिये। घर के लोग समझ रहे थे कि मैंने ही भेजा। कोई बात नहीं, उन्हें वापस कर दीजिए। कपड़े वैसे ही रखे हुए हैं…"

मैं यह सब बोल रहा था और शरभय्या टालता जा रहा था। मैं बुला रहा था फिर भी वह अनसुनी करके चला गया।

चार-पाँच दिन के बाद शंकर पिल्लै दिखाई दिया और बताने लगा कि वह बस-रूट शरभय्या को ही मिला है। उसने कहा, "पुराना ऑर्डर रद्द करते हुए 'ऊपर' से हुकुम आया था।" इससे ज्यादा न उसने बताया और न मैंने पूछा।

फिर शरभय्या से मिलने का सौभाग्य 1953 में मिला। 1949 और 1953 में जमीन-आसमान का अन्तर है। दुमंजिला मकान, सामने छोटा-सा

बगीचा, एक तरफ गैरेज, उसके बाजू बड़े से 'शेड' में चार बसें—सबका सब जोरदार।

"कैसे हैं ? क्या कर रहे हैं ?" यूँ ही मैंने पूछा।

"कुछ करने को फुरसत ही नहीं है। मैं अपना सारा समय देश-सेवा को समर्पित करना चाहता हूँ। राजनीतिक दृष्टि से देश मुक्त हुआ, फिर भी अनेक समस्याएँ ऐसी हैं जिनसे हमें मुक्त होना है। कल-परसों तक अंग्रेजों ने हमें दबाकर रखा। हमारी अपनी प्राकृतिक सम्पदा को उपयोग में लाने नहीं दिया। हमारे अपने उद्योग-धन्धों को प्रोत्साहन नहीं दिया। इसी वजह से उद्योग और खेतीबाड़ी में ज्यादा दबाव है। उस दबाव को कम करना है तो कृषि पर आधारित लोगों को नये-नये काम बताने हैं। उद्योग-धन्धे बढ़ाने हैं। आज स्थिति यह है कि हर चीज हमें विदेशों से मँगानी पड़ रही है। इस दशा से देश को उबारने की सख्त जरूरत है। हर देश-भक्त को चाहिए कि वह ज्यादा-से-ज्यादा उद्योग-धन्धे खोलने में प्रयत्नशील रहे। मैं भी अपनी जिम्मेदारी को निभाने की कोशिश कर रहा हूँ···।"

"महान् उद्देश्य है। पूरा कीजिए।" कहकर बाहर आ गया।

इसके चार महीने बाद 'शरभेन्द्र इण्डस्ट्रीज प्राइवेट लिमिटेड' का सप्लिमेण्ट पत्र-पत्रिकाओं में दिखाई देने लगा।

मुकुन्द से पत्र मिलने तक मैं यह यकीन नहीं कर सका कि यह 'शरभेन्द्र इण्डस्ट्रीज' शरभय्या की ही है। शरभय्या के बारे में सोचने लगा तो लगा कि उसके बारे में सोचने का हक भी मुझे नहीं है। दस साल भी नहीं हुए, वह कहाँ से कहाँ पहुँच गया। इस परिवर्तन का कारण उसका व्यावहारिक ज्ञान और होशियारी ही है, इसे मैं इनकार नहीं कर सकता। चारों तरफ के वातावरण में वह आसानी से घुलमिल जा सकता है। उसे परिस्थितियों को अपने अनुकूल बनाना भी खूब आता है। अगर हम मानें कि जिन्दगी एक रेस (घुड़दौड़) है तो शरभय्या को हम अच्छी तरह समझ सकते हैं। जिसमें दौड़ने की ताकत है वही घोड़ा जीतेगा। जिसमें यह ताकत नहीं वह हार जायेगा। जीते हुए घोड़े को देखकर ईर्ष्या करने से कोई लाभ नहीं है। ऐसा कोई नियम भी नहीं है कि दूसरा घोड़ा न जीते।

कई लोगों ने मुझसे यह कहा कि वह गलत रास्तों से इस मंजिल तक पहुँचा है। इस बात से मैं सहमत नहीं हो सकता। रास्ता कोई भी हो—अपना लक्ष्य उसे मिल गया। सच्चे मार्ग पर चलते हुए तुम जिनको सपने में भी नहीं पा सकते, चुटकी भर में वह करके बता देगा, आकाश-कुसुम तोड़कर बता देगा। उसकी बात में जो असर है, वह तुम्हारे रुपये में भी नहीं, तुम्हारी भलमनसाहत, सच्चाई आदि केवल अलंकार हैं। ये सब बेकार हैं। जो नहीं मानेंगे, मैं उन्हें

मुकुन्द से मिलाऊँगा।

जहाँ तक मुझे मालूम है, मुकुन्द सज्जन है। कई लोगों में जो साधारण बुराइयाँ हैं, उनमें नहीं हैं। कोई भी काम हो, मन से करेगा। मन में एक बात, जबान पर एक बात, मुकुन्द जानता ही नहीं। अपनी बात को अमल में लाकर बताना उसकी विशेषता है। 1940 में नौकरी छोड़कर देशसेवा में लग गया। खादी पहनी। घर में सभी लोगों को भी खादी पहनायी। चरखा काता, ताड़ी की दुकानों के सामने पिकेटिंग की। पुलिस की लाठियों की मार खायी, तीन-तीन महीने जेल में रहकर आया। हरिजनों को घर में बुलाया। उनके साथ पंगत में बैठकर भोजन किया। सभी ने कहा—वह बड़ा महान् है। स्वच्छ सेवक है। प्रशंसा मिली। और क्या मिला ? मुकुन्द अब कहीं का न रहा। सारी जमीन जायदाद स्वाहा हो गयी। अंग्रेजों के प्रति क्रोध के कारण बच्चों को नहीं पढ़ाया। वे किसी काम के नहीं रहे। रोटी के लाले पड़ गये। मुकुन्द ने कुछ-न-कुछ इन्तजाम करने के लिए लिखा। चार दिन सोचने के बाद परिवार के साथ मेरे यहाँ आने के लिए मैंने लिख दिया।

लिख तो दिया मगर मुझे मालूम है कि मैं कोई खास मदद नहीं कर सकता। कुछ कर भी सका तो मुकुन्द के लायक नहीं होगा। फिर भी कोशिश करना तो नहीं छोड़ सकता। भाग्य की बात है—फिर भी कह नहीं सकते।

मुकुन्द ने कभी किसी के सामने हाथ नहीं फैलाया। अपने परिवार के भविष्य के लिए नौकरी के लिए दर-दर भटक रहा है। हिम्मत नहीं, चालाकी भी नहीं है। मुझे ही कुछ ढूँढ़ने के लिए कह रहा था। इस बीच में उसने दो-चार बार शरभय्या का जिक्र किया।

"क्या तुम सोच रहे हो कि शरभय्या तुम्हारे लिए यह मेहरबानी करेगा ?"

"मेहरबानी मत कहो। पैसे यूँ ही देने के लिए नहीं कह रहा हूँ, चाकरी तो करूँगा ही।" उसके लिए उसे पैसा देना पड़ेगा। उसमें मेहरबानी की क्या बात होगी ? मुझे शरभय्या पर न जाने क्यों इतना विश्वास है। एक ही गाँव के हैं। कई दिन मिल-जुल कर रहे हैं। कई बार मैंने उसकी मदद की। लगता है—मुसीबत के दिनों में वह मेरी मदद करेगा।"

मुकुन्द की दशा पर मेरा मन करुणा से भर आया।

मैंने कहा, "मुकुन्द ! मनुष्यों का स्वभाव तुम नहीं जानते। तुम पन्द्रह साल पहले की बात कर रहे हो। तब और अब तुम दोनों की स्थितियों में बहुत बड़ा अन्तर है। यह अन्तर आप दोनों की दोस्ती पर भी अपना असर छोड़ेगा। तुम्हारे पूछने के बाद भी, वह तुम्हारी मदद नहीं करेगा तो तुम दुःखी हो जाओगे। उसके लिए तैयार हो तो चलो।"

"तुम ऐसा क्यों सोच रहे हो ?" हँसते हुए मुकुन्द ने कहा।

"तुम से ज्यादा मैं इन्सानों को पहचानता हूँ, इसलिए ।"

पता नहीं, उसने क्या सोचा—मगर बातचीत को उसने आगे नहीं बढ़ाया। मैंने भी कुछ नहीं कहा ।

नहीं चाहते हुए मैंने शरभय्या को फोन किया । चार बार भी वह नहीं मिला । दो बार खुद मैं गया । घर में नहीं हैं, फैक्ट्री में भी नहीं है । कहाँ गया, किसी को कुछ पता नहीं । ऊब गया, फिर मैं नहीं गया । एक दिन दोपहर के समय मुकुन्द ने कहा, "मैं शरभय्या से मिल चुका हूँ ।"

"कहाँ ? क्या कहा उसने ?"

"समझौता नहीं हो सकता ।" मुकुन्द ने बड़े उदास स्वर में कहा ।

मेरी समझ में नहीं आया कि वह क्या कह रहा था ।

"वही, हड़ताल की बात । चार दिन से मजदूर हड़ताल कर रहे हैं ना ।" मुकुन्द ने कहा ।

"मुझे नहीं मालूम ।"

"मैं भी हड़ताल कर रहा हूँ ।" मुकुन्द ने कहा ।

मैंने पूछा, "क्यों कर रहे हैं ?"

उसकी बातें सुनकर मेरे दिल के टुकड़े-टुकड़े होने लगे । "रोज दस घण्टे काम करते हैं । हर छोटी-मोटी गलती के लिए जुर्माना भरना पड़ता है । कोरे कागज पर हस्ताक्षर करना पड़ता है । वेतन के गलत आँकड़े भरे जाते हैं । छह महीनों से वेतन बढ़ाने के लिए कह रहे हैं और वह टालता जा रहा है । आखिरकार तंग आकर मजदूरों ने एक महीने का नोटिस दे दिया और चार दिन से हड़ताल पर हैं । उसको रोकने की जी-तोड़ कोशिश कर रहा है वह । अगर मैं इस हड़ताल को समाप्त करा सकूँगा तो वह मेरे बच्चों को नौकरियाँ देगा । मुझे भी खाली हाथ नहीं भेजेगा ।"

मेरी समझ में नहीं आया और मैंने पूछा—"इसमें तुम्हारा क्या हाथ है ?"

"मजदूर मेरे निर्णय को मान लेंगे ।" यह बात मैंने शरभय्या को बतायी । उसने डिक्टेट किया कि निर्णय कैसा होना चाहिए । अगर मैं इस निर्णय के आधार पर मजदूरों को मना लूँ तो मुझे ये लाभ होंगे । मुझे पटाना चाहता है, लुच्चा···।"

इतने गुस्से में मैंने मुकुन्द को पहले कभी नहीं देखा ।

मैंने पूछा, "क्या करना चाहते हो भाई !"

"हड़ताल जारी रहेगी । आज से मैं भी सत्याग्रह करूँगा ।" मुकुन्द ने कहा ।

"तो फिर शरभय्या की कम्पनी में बच्चों को नौकरी मिलने की उम्मीद को छोड़ना पड़ेगा ।"

"कोई बात नहीं, ऐसी नीचता के साथ आने वाली नौकरियाँ मेरे बच्चों को नहीं चाहिए ।" मुकुन्द ने कहा ।

दफ्तर से निकलने वाला ही था कि शरभय्या का फोन आया कि वह मुझसे मिलना चाहता है । मुझे लगा शायद मुकुन्द के बारे में पूछना चाहता है, मेरा अन्दाजा ठीक निकला ।

"मुकुन्द को आप भी तो समझाइए । उन मजदूरों को साथ लेकर गड़बड़ कर रहा है । उनकी बकवास को सही मानता है । उनका साथ दे रहा है । दफ्तर से निकलने से पहले अन्दर बुलाकर मैंने उससे बात की । बिलकुल मूर्ख निकला । मजदूरों की बात मानने को कहता है । मैंने इस कारखाने के खोलने का उद्देश्य बताया । मैंने यह भी बताया कि इसके कारण कितनी विदेशी मुद्रा की बचत होती है । आप भी तो बताइए कि इस तरह हड़ताल को प्रोत्साहित करते हुए देशद्रोही न बने । आते-आते मैंने पुलिस को फोन किया, रिपोर्ट कर दी । कल गोलियाँ भी चल जायें तो कोई आश्चर्य नहीं । मैं पहले ही बता रहा हूँ, क्योंकि यह मेरी जिम्मेदारी है । मजदूर अगर बात नहीं मानेंगे तो हड्डी-पसली एक करा दूँगा । सुननी ही पड़ेगी । इन मजदूरों के धमकाने पर डर कर उनके सामने हथियार डालने वाला नहीं हूँ । मुकुन्द और मेरे लिए आप निकट के व्यक्ति हैं । इसलिए बता रहा हूँ । मैंने बच्चों को नौकरी देने की बात कही । अगर चाहे तो वह भी मेरे साथ रहकर मैंनेजमेण्ट का काम देख सकता है । मैं मना नहीं करूँगा—मगर···"

उस रात भोजन के बाद शरभय्या की बात मैंने मुकुन्द से की और अपनी राय भी प्रकट की—"देखो मुकुन्द ! अगर तुम उस हड़ताल में भाग न लो तो तुम्हारा कुछ बिगड़ने वाला नहीं है । तुम देशभक्त हो, जीवन में कई ठोकरें खा चुके हो । अब खाने की ताकत नहीं है । तो भी बच्चों की खातिर कुछ दिन तुम खामोश रह आओ तो अच्छा रहेगा । यह मेरा विचार है, आगे तुम्हारी मर्जी ।"

जब मैं यह बता रहा था, मुकुन्द मेरे चेहरे को ही देख रहा था । फीकी हँसी उसके होंठों पर खेल गयी ।

"मेरी बातें शायद तुम्हें पसन्द नहीं आयीं ।"

"वह बात नहीं ।" मुकुन्द ने कहा । "मुझे समझ में नहीं आ रहा था कि मनुष्य कितनी जल्दी बदल जाते हैं । रोटी-कपड़े के लिए शरभय्या कितना तड़पता था । मगर बड़ी आसानी से वह सब भूल गया । विजयवाड़ा से, जब वह नया-नया वहाँ गया था, उसने एक पत्र लिखा···"

"वेतन कम दे रहे हैं, बढ़ाने के लिए कहने पर निकाल देने की धमकी दे रहे हैं । हड़ताल की बात पर गोली चलायी जा रही है—वही न ?"

"हाँ वही, इन सब अनुभवों के बाद भी शरभय्या इतना कठोर कैसे हो

गया, इसका मुझे आश्चर्य है।" मुकुन्द ने कहा।

"मैं समझ गया।" तीखे स्वर में मैंने कहा।

शरभय्या के बारे में मेरी राय सदा अच्छी रही है। उसकी सबसे बड़ी विशेषता यह है कि उसने कभी अपने आपको छिपाने की कोशिश नहीं की। कुत्ते को कुत्ते के जैसे भौंकना चाहिए, गाय की तरह रँभाना नहीं चाहिए। अगर ऐसा नहीं है तो उसकी सच्चाई पर शक करना चाहिए। मजदूर के रूप में पूँजीपतियों के प्रति क्रोध, जलन, प्रतिकार की भावना उसकी अनुभव की बात है। अब वही पूँजीपति बन गया, उसे मालूम है कि उसके बारे में मजदूर वर्ग क्या सोच रहा है। उसे लगता है—उसके द्वारा एकत्रित धन को लूटने के लिए मजदूर हड़ताल कर रहे हैं। उसका ऐसा सोचना शायद उसकी गलती नहीं है। उसका ऐसा सोचना उस वर्ग का लक्षण है। तब हम उसे दोषी नहीं ठहरा सकते। अपनी स्थिति से अलग अगर वह बात करता तो मजदूरों पर सहानुभूति प्रकट करता, उनकी गरीबी से उसके मन में हलचल होती तो उससे हमें सावधान रहना पड़ेगा। मगर अपनी वर्ग-दृष्टि को प्रकट करने में वह कभी चूका ही नहीं है न?"

"इस परिणाम को उचित मानते हो तो मैं इन चीजों से दूर रहना चाहता हूँ। इस तरह गिरगिट की तरह निरन्तर रंग बदलना मेरे बस की बात नहीं है। न्याय, धर्म, सत्य के लिए मैंने सच्चे मन से संघर्ष किया है।" कहा मुकुन्द ने।

"तुमसे जो बात नहीं होगी, तुम उसे सत्य, धर्म कह कर बदलना नहीं चाहते। परिस्थितियों के अनुरूप जो नहीं बदल सकता, वह जड़ है। मनुष्य को परिस्थितियों के साथ बदलना पड़ता है। प्रश्न यह नहीं कि तुम्हारा अपना जो उपदेश है वह अच्छा है या बुरा। अच्छा ही हो सकता है। मगर अब समाज में तुम्हारे उन विचारों का कोई महत्त्व नहीं है। वे सब खोटे सिक्के हैं। इन खोटे सिक्कों को जेब में भर कर जिन्दगी का सफर तुम नहीं कर सकोगे। तुम्हारा सफर बेकार हो जायेगा। तुम कोई चीज खरीद नहीं सकोगे। ऊपर से लोग इन सिक्कों के कारण तुम्हें धोखेबाज कहकर, केस भी कर सकते हैं। तुम अच्छी तरह सोच लो।"

दूसरे दिन शरभय्या ने फोन पर बताया कि पुलिस ने मुकुन्द को 'अरेस्ट' कर लिया और वह घायल होकर पुलिस स्टेशन में पड़ा है।

मेरी समझ में नहीं आया कि मुकुन्द पर, उसकी दशा पर, तरस खाना चाहिए या दुखी होना चाहिए।

अनु. : डॉ. पी. माणिक्याम्बा

एक चींटी की कथा

पुराने जमाने में एक राजा था। उसके सात पुत्र थे। वे सात राजकुमार नदी में गये, सात मछलियाँ पकड़ लाये। उन्हें सूखने के लिए धूप में डाल दिया। उनमें एक मछली सूखी नहीं।

"री मछली ! री मछली ! तू सूखी क्यों नहीं ?"

"पुआल आड़े में आया।" मछली ने कहा।

"अरे पुआल ! अरे पुआल ! तू आड़े क्यों आया ?"

"गाय ने चरा नहीं।"

"गाय री ! गाय री ! तूने चरा क्यों नहीं ?"

"ग्वाले ने मुझे छोड़ा नहीं।"

"अरे ग्वाले ! अरे ग्वाले ! तूने गाय को क्यों नहीं छोड़ा ?"

"माँ नें खाना नहीं खिलाया।"

"बुढ़िया री ! बुढ़िया री ! तूने खाना क्यों नहीं दिया ?"

"मुन्ना रो रहा था।"

"अरे मुन्ना ! अरे मुन्ना ! तू क्यों रो रहा था ?"

"मुझे चींटी नें काट लिया।"

"चींटी री ! चींटी री ! तूने क्यों काट लिया ?"

"तुम्हें मालूम है कि मैंने क्यों काटा। जानते हुए भी तुम नादानी का अभिनय कर रहे हो, यह मुझे मालूम है। नादान लोगों के प्रति मुझे हमदर्दी तो है लेकिन ढोंग रचाने वालों के प्रति तो घिन है।" चींटी ने मेरी आँखों में आँखें डालकर कहा।

उसकी तीखी नजरों पर मैंनें ध्यान दिया। पल भर में समझ गया कि वह ऐसा क्यों देख रही है। मुझे यह मालूम हो गया कि चींटी यह निर्णय नहीं कर पायी कि मैं सचमुच नादान हूँ या नादानी का अभिनय कर रहा हूँ। किसी निर्णय पर पहुँचने के बाद देखनें का ढंग अलग होता है। अनिश्चय की हालत में देखने का ढंग अलग होता है। देखते ही मैं समझ गया कि चींटी की नजरें दूसरे प्रकार की हैं। फिर भी मैंने सोचा कि क्यों न अभी उसकी मानसिकता की परीक्षा कर ली जाय !

"हाँ !···मेरे बारे में ऐसी बात कहती हो ? एक बात याद रखो। मुझे

अभिनय करना नहीं आता, ऐसी बात नहीं है। लेकिन तुम्हारे सामने अभिनय क्या करूँ? मैंने अब तक सोचा नहीं था कि उसकी जरूरत पड़ेगी! अब भी उसकी जरूरत के बारे में नहीं सोच रहा हूँ, यह बात मैं अपने बच्चों की कसम खाकर कह रहा हूँ, मुझे बिलकुल मालूम नहीं है कि तुमने उस मुन्ने को क्यों काट लिया।"

मेरे वाक्य के पूरा होते-होते चींटी खिलखिलाकर हँस पड़ी।

"यानी—मेरी बात पर तुम्हें विश्वास नहीं है?"

"ऐसा मत कहो। अगर एक बार मैं कह दूँ कि विश्वास नहीं तो बाद में बेमौत मरोगे। खैर, मैं सौ फीसदी तुम्हारी बात पर विश्वास नहीं कर पाऊँगी लेकिन पूरी तरह विश्वास किये बगैर भी नहीं रह पा रही हूँ। मुझे लगता है, तुमने थोड़ा-सच और थोड़ा झूठ दोनों को मिला दिया है।" चींटी ने कहा।

"मैंने अपनी सन्तान की कसम खायी। तब भी तुम मेरी बात पर विश्वास नहीं करती हो?"

अबकी बार चींटी ने ऊपर से नीचे तक मुझे देखा। पल भर के लिए चींटी इधर-उधर घूमती रही। सिर खुजलाया। जम्हाई ली। धीमे से आहें भर लीं।

"ईमानदारी के साथ जीना जितना जरूरी है, उतना ही जरूरी ऐसा जीना भी है कि सब लोग समझ जायें कि तुम ईमानदारी से जीवन-यापन कर रहे हो। यह जीवन का एक महत्त्वपूर्ण तत्त्व है। लगता है, इसे तुम नहीं जानते हो। यदि जान भी लिया तो लगता है तुम जान-बूझ कर उस पर ध्यान नहीं दे रहे हो। मैंने सोचा, तुम नादानी का अभिनय कर रहे हो। लेकिन मन में शंका थी कि तुम ऐसे आदमी नहीं हो। इसलिए मैं दुविधा में पड़ गयी।··· कभी ऐसा आचरण मत करो कि तुम्हारे बारे में दूसरे लोगों के मन में गलत-फहमी हो जाय।" इन शब्दों में चींटी ने मुझे आदेश दिया।

उस जीवन-तथ्य के बारे में सुनकर मानो मैं भौंचक्का-सा रह गया। तब मैंने चींटी को साष्टांग प्रणाम किया।

"मेरे इस सन्देह के लिए कि तुम अभिनय कर रहे हो, मेरे मन में कई कारण हैं। तुम तो केवल इस बात पर जोर दे रहे हो कि मैंने उस मुन्ने को क्यों काटा। इसके अलावा तुम्हारे मन में और कोई सन्देह या प्रश्न ही नहीं!"

"दूसरा कोई सन्देह·· ऊँह···मेरे मन में उठ ही नहीं रहा है। सब प्रश्नों के लिए सब जवाब ठीक ही हैं।"

"हाँ, ऐसा तुम्हारे कहते समय सुनने वालों के मन में सन्देह पैदा होता है

कि तुम अभिनय कर रहे हो।···ठीक है तुम्हारे मन में कोई सन्देह न उठे, फिर भी इस कहानी के बारे में गहराई से सोचें तो कई दोष दिखाई पड़ेंगे। सोचो तो सही ।···एक राजा के सात लड़के थे न ! सभी को क्या एक साथ नदी के पास जाना था ? मान लीजिए, गये। तो क्या सातों को मछली ही पकड़नी थी ?···असली बात तो यह है कि कहाँ राजा के लड़के, कहाँ नदी पर जाना और मछली पकड़ना।···क्या यह असंगत नहीं लग रहा है ? जो राजा होते हैं, वे दूसरों के श्रम का फल भोगते हैं, स्वयं श्रम नहीं करते। वे समझते हैं कि श्रम करना दूसरों का काम है। और उसका फल भोगना अपना धर्म है। तुम्हें कहानी के इस पहले चरण पर ही सन्देह होना चाहिए था। ऐसा क्यों नहीं हुआ ?" चींटी ने पूछा।

इस प्रकार चींटी बढ़-बढ़ कर बोल रही थी तो मेरे मुँह से एक बात तक नहीं निकली। सच है, जैसे चींटी ने कहा—राजा के लड़कों को मछली पकड़ने की क्या जरूरत है ? मन्दबुद्धि वाले के दिमाग में ऐसे सन्देह उत्पन्न होते हैं। मैंने अपने आपको कोसा। लेकिन चींटी के सामने अपनी बुद्धिहीनता को स्वीकार करने में मेरा अहंकार बीच में आया। मैंने कहा, "मैंने तुमसे यह पूछा—मेरे सन्देहों का उत्तर दो। जानती हो तो बता दो। नहीं तो नहीं। लेकिन इस प्रकार सन्देहों की सूची बनाकर मुझे डराओ मत। जो सन्देह तुम्हारे मन में उठे, वह मेरे लिए सन्देह करने योग्य नहीं लगे। तब मैं पूछूँ ही क्यों ?"

चींटी ने कल्पना तक नहीं की थी कि मैं ऐसा बोलूँगा। वह भौंचक्की रह गयी और आश्चर्य से मेरी ओर देखने लगी। राजा के लड़के होकर वे स्वयं नदी के पास गये, मछली पकड़ने के लिए। क्या यह सन्देह करने के योग्य नहीं है ? तुम जिद्दी बनकर तर्क कर रहे हो।···मन की सच्ची बात नहीं बता रहे हो।" चींटी ने कहा।

"सचमुच मेरे मन में सन्देह पैदा नहीं हुआ।···बताता हूँ ध्यान से सुनो। वे राजा थे, यह बात ठीक है। लेकिन कहानी में कहीं यह लिखा नहीं है कि वे किस देश के राजा थे या किस देश पर शासन कर रहे थे।···क्या राजा का नाम नहीं हो सकता ? ऐसा कहीं लिखा नहीं है कि राजा नामधारी को शासक होना ही चाहिए। मान लो, उसका नाम सत्यराजा है। मान लो, उसकी सात सन्तानें हैं। यह भी मान लो कि उस सत्यराजा का पेशा मछली पकड़ना ही है ? सचमुच मुझे ऐसा ही लगा। ऐसी हालत में मेरे मन में सन्देह पैदा होने की नौबत कहाँ आती है ?"

अब की चींटी का मुँह विवर्ण हो गया।

"अच्छी बात है। इस कहानी में कहीं लिखा नहीं है कि वह राजा शासक ही था।" चींटी ने मेरी बात मान ली।

बस अब तो चींटी का मुँह बन्द कराना मेरे लिए बहुत आसान काम हो गया।

"तुमने मध्ययुगीन राजाओं को ध्यान में रखकर बात कही होगी। उस समय के राजा शासक थे। उनका पूर्ण विश्वास था कि जनता पर शासन करने के लिए ही हमारा अवतार हुआ है। काम-मेहनत करना प्रजा का कर्तव्य है, और उस श्रम के फल का उपभोग करना हमारा हक है। आदिम समाज में भी शासक थे। उन शासकों को प्रजा चुन लेती थी। उस समय के शासक भी समाज के अन्य लोगों के समान मेहनत कर अपना पेट भरते थे। उनके मन में कभी यह बात नहीं आयी कि हम दूसरों से बड़े हैं। अन्य सभी लोगों के समान मेहनत करते थे, और अतिरिक्त रूप से प्रजा के कल्याण के लिए भी काम करते थे। एक बार जो राजा था, यह कोई नियम की बात नहीं कि वह बाद में भी राजा बने। सात बेटों को जनम देने वाला वह राजा भी ऐसा ही चुना हुआ राजा रहा होगा। उसके बेटों को मछली पकड़ने में मुझे सन्देह करने की कोई गुंजाइश नहीं दिखाई पड़ी।"

"ठीक है, फिर तुम्हें सन्देह किस बात का हुआ?" चींटी ने पूछा।

"मुन्ने के काटने को लेकर। गड़रिये को बुढ़िये द्वारा खाना न खिलाना मुन्ने के रोने का कारण है। मुन्ने के रोने का कारण उसे तुम्हारा काटना है। तुमने उसे क्यों काटा? इसका कारण मुझे चाहिए।"

"वह तो कहानी में ही है न! उसने मेरे सुनहले बिल में उँगली डाली तो मैं नहीं काटूँगी?" चींटी ने मेरी ओर आश्चर्य से देखते हुए कहा।

मुझे जो वाक्य चाहिए था उसे चींटी ने कह दिया। इसलिए मैं मन-ही-मन प्रसन्न हुआ।

"हाँ मेरा सन्देह यही है।" मैंने कहना शुरू कर दिया।

"मैं तुम्हारे बारे में और तुम्हारे अस्तित्व के बारे में जानता हूँ। दिन-रात पसीना बहाने पर भी मानव-समाज में ऐसे कई लोग हैं जो अपना पेट नहीं भर सकते। यह सत्य है कि हमारे पास कुछ लोगों ने लाखों और करोड़ों की सम्पत्ति जमा कर, गाड़ कर रखी है। उस सम्पत्ति को बचाने के लिए, उसी को पूँजी के रूप में लगाकर और करोड़ों की सम्पत्ति कमाने के लिए वे अनैतिक आचरण कर रहे हैं। अपनी सम्पत्ति को सुरक्षित रखने के लिए और उसे दुगुना-तिगुना करने के लिए हमारे कुछ लोग कई देशों को युद्ध रूपी बाढ़ में डुबो रहे हैं। सुरक्षा के साधनों के लिए अपनी आमदनी का अस्सी प्रतिशत खर्च करने वाले भी हैं। इसी समय खाने-पीने के लिए कुछ न होने से, रहने के लिए सिर पर छोटी-सी छत न होने से, कीड़े, मकोड़ों से भी दुःस्थिति में जीने वाले लोगों की संख्या बहुत अधिक है। हमारे ही देश में भिखारियों से भी बदतर

जीवन बिताने वालों की संख्या बावन प्रतिशत से अधिक है। कहते हैं कुछ और देशों में दस-पन्द्रह परिवारों को छोड़ दें तो बाकी लोगों को एक बार काँजी भी नहीं मिल रही है। हिंसक दरिद्र व्यक्तियों को आलसी मत समझो। दिन में अठारह घण्टे काम करने पर भी उनका पेट नहीं भर रहा है। लेकिन उनके शासक तो सभी प्रकार के विलास-वैभवों का उपभोग कर रहे हैं। वे बिलकुल ही श्रम नहीं करते। सम्पत्ति के उत्पादन में भाग लेने वालों के पास सम्पत्ति जमा हो रही है। जो सम्पत्ति का उत्पादन कर रहे हैं, उन्हें खाने तक को नहीं मिलता। यह है आज के समाज का विधान। अब असली बात पर आ रहा हूँ। तुमने कहा कि मेरा सुनहला बिल। अगर तुमने ईमानदारी के साथ, नैतिकता के साथ, धर्मबद्ध रूप से मेहनत की है, तो फिर तुम्हारा बिल सुनहला नहीं हो सकता। यदि तुम्हारा बिल सुनहला है, तो यह स्पष्ट है कि तुमने अनैतिक विधानों से सम्पत्ति कमायी है। इसे तुम्हारे मुँह से सुनने के लिए ही मैंने यह प्रश्न किया है। अब बताओ। सच्ची बात क्या है ?"

चींटी के चेहरे पर हलकी-सी हँसी दौड़ गयी। उसने कहा—"अरे बेचारे बप्पू ! यह सीधा-सा प्रश्न पूछने के लिए इतनी लम्बी-चौड़ी भूमिका की क्या आवश्यकता है ?" उसने अपना गला साफ करके यों कहना शुरू कर दिया—"आप लोग कैसे जीवन-यापन कर रहे हैं, इसे मैं देख ही रही हूँ। तुम्हारे चारों तरफ के लोग दाने-दाने के लिए तरस रहे हैं। इधर तुम लोग हो कि दावतों में मौज उड़ाते हो। तुम्हारे चारों तरफ के लोग शरीर ढकने के लिए पर्याप्त कपड़े के बिना बिलख रहे हैं और उधर तुम्हारे गोदामों में कपड़ों के थान-पर-थान भरे रहते हैं। तुमने जैसा कहा, जब तुम लोगों में अस्सी प्रतिशत और नब्बे प्रतिशत लोग पशुओं से भी बदतर जीवन बिता रहे हैं, तब भी तुम लोगों ने लज्जा को कहीं दूर छोड़ दिया। तुम जैसे नीच प्राणियों को मैंने कहीं नहीं देखा। तुम्हारी लालच की कोई सीमा नहीं है। तुम्हारे जीवन में नाम के लिए भी सन्तोष नहीं है। समस्त विश्व को लाकर तुम्हारे सामने रख दें फिर भी तुम 'और कुछ' की रट लगाते रहोगे। अपनी इच्छाओं की पूर्ति के लिए तुम लोग अपने-आप को लूटते रहते हो, अपने-आप को पीड़ित करते रहते हो, अपने-आप को धोखा देते रहते हो। और अपने-आप पर युद्ध की घोषणा कर, उसमें अपने हाथों सब नष्ट हो जाते हो। इस प्रकार के विनाश को भी तुम लोग बर्दाश्त कर सकोगे। लेकिन परस्पर सहयोग से जीवित रहना नहीं चाहोगे। जो चीज अपनी नहीं है, उसके लिए तड़पते रह जाना, यह तुम्हारे जीवन का लक्षण बन गया है। नहीं तो उँगली भर का मुन्ना मेरे सुनहले बिल में उँगली क्यों डालता ?"

मुझे कहने के लिए कुछ नहीं सूझा। इसलिए कह दिया—"इतना तो कह

दिया, लेकिन यह नहीं बताया कि तुम्हारा बिल सुनहला कैसे बना ?"

"क्यों नहीं, वह मेरी अपनी कमाई है। मैंने मेहनत करके उसका समुपार्जन किया है। मेरी मेहनत का फल मेरे लिए सुवर्ण ही है। तुम लोग तो—दूसरों के श्रम के माल को अपने लिए सुवर्ण बनाते हो। तुम मानव हो न ! मैं तो चींटी हूँ। मैंने अपने श्रम के फल को स्वयं ही सुवर्ण बनाया है। वह जैसी भी हो मेरी मेहनत, मेरे लिए सुवर्ण ही है। उसे लूटने के लिए कोई भी आये, मैं विद्रोह करूँगी। मेरे श्रम को कोई दूसरा लूट ले, इसे मैं सहन नहीं कर सकती। मुझे मालूम है कि मुझसे बलवान मुझे पल भर में रौंद डालेगा। लेकिन मैं समझती हूँ कि गुलामी में जीने की अपेक्षा स्वतन्त्रता के लिए प्रयत्न कर जीने में ही सन्तोष है। लगता है तुममें से कई लोगों को इतना भी ज्ञान नहीं है। अब तक तुमको मालूम हो गया होगा कि मैंने मुन्ने को क्यों काटा। मेरे मन में उसके प्रति न क्रोध है, न द्वेष। मैंने अपनी मेहनत के फल को बचाने के लिए ही वैसा किया। तुम अपने लोगों से कहो कि वे भी ऐसा ही करें।" यह कहते हुए चींटी अपने बिल में चली गयी।

अरे ! यह तो साधारण-सी चींटी नहीं है। इतनी सामाजिक चेतना से युक्त चींटी को मैंने इससे पहले कभी नहीं देखा। ऐसी चींटियों को जीवित रहने दिया जाय, बढ़ने दिया जाय, तो क्या होगा, आप लोगों को मालूम ही है। इसलिए आगे कभी वह चींटी दिखाई पड़े तो निस्संकोच रूप से उसे मसल डालिए या रौंद डालिए।

अनु. : डॉ. निर्मल

एक मच्छर की कथा

मैंने बहुत सारी कहानियाँ सुनी हैं और पढ़ी हैं। उनमें अनेक राजकुमार राजकुमारियाँ, जादूगर, भगवान-शैतान, भूत-प्रेत, मन्त्र-तन्त्र वाले जादूगर, उड़ने वाले घोड़े, नक्षत्रों के पर्वत, मायालोक, पहाड़ी लोगों की बस्तियाँ बोलने वाले पक्षी जैसी अनेक विचित्र घटनाओं का वर्णन है। घर साफ करते-करते अपना नाम भूल जाने वाली मक्खी की भी मैंने कहानी सुनी है। इनमें से किसी भी कहानी में मुझे सोने के मच्छर के बारे में सुनने के लिए नहीं मिला है। "आखिर तुम आये हो। मुझे बड़ी खुशी हो रही है। बैठो और अपनी कहानी सुनाओ।" ये शब्द मैंने अपने मुख-मण्डल पर मँडराने वाले 'सोने के मच्छर' से कहा।

वह थोड़ी देर तक मुझे गौर से देखता रहा और पास आया। मालूम नहीं, उसने क्या सोचा होगा कि एकदम से छलाँग मारकर दूर चला गया।

"क्यों कुछ कहना नहीं चाहते हो क्या ?" मैंने उससे पूछा।

"क्यों नहीं ? मैं तो तुमसे कुछ कहने के लिए ही आया हूँ। लेकिन दो-चार सन्देह हैं।"

"काजल कहाँ जो आँख फूटे।…"

"कहानी तो बताऊँगा, लेकिन थोड़ा दूर रहकर। तुम तो मनुष्य हो और मैं ठहरा सोने का मच्छर। मामूली मच्छर तो तुम्हें अच्छे नहीं लगते, लेकिन मैं नहीं सोचता कि तुम एक सोने के मच्छर को भी पसन्द न करो।" दूर से मुझे गौर से देखते हुए उसने कहा।

"हाँ-हाँ, तुम जो सोच रहे हो, सो तो ठीक ही है। तुम्हारी स्थिति में रहने वाला कोई भी ऐसा ही सोचेगा। मनुष्यों के बारे में तो तुम बहुत अच्छी तरह जानते हो। पैसों के लालच में अपनी माँ की भी हत्या करने वाले हममें से कई मिल जाते हैं। कोई बात नहीं, उतनी दूर पर बैठकर तुम अपनी कहानी बता सकते हो।"

मालूम नहीं मच्छर ने क्या सोचा होगा, लेकिन एक बार आगे बढ़कर उसने अपने सामने के पैरों को इधर-उधर हिलाया। फिर मेरी छाती पर रखी किताब पर बैठकर उसने कहना शुरू किया—

"रत्नगिरि को अपनी राजधानी बनाकर, एक सुविशाल राज्य के राजा रत्नवर्मा से महान् वीर, महान् योद्धा और महान् पण्डित शायद और कोई नहीं था। उसके दरबार में अनेक पण्डित और कवि थे। जब वे राजा बने, उस समय उनका राज्य साठ योजन तक भी व्याप्त नहीं था। उस छोटे से राज्य की सीमाओं को उन्होंने छः सौ योजन तक फैला लिया था। उनका कोषागार भी बहुत छोटा था, लेकिन छः महीने के अन्दर-ही-अन्दर उसे भी भर डाला। बाद में आने वाली सम्पत्ति को रखने के लिए वह कोषागार छोटा पड़ जाने के कारण उन्होंने एक बहुत बड़े महल को ही कोषागार में बदल डाला। अब वह भी भर गया है। रत्नवर्मा ने एक बार कहा, "अब और कोषागार नहीं बनायेंगे। लालच का तो कभी अन्त ही नहीं। पैसा तो पाप की जड़ है। आप जानते हो या नहीं, लेकिन पैसे के पास एक बुरा गुण यह भी है कि उसे थोड़ा-सा बढ़ाना शुरू करते ही, वह हमें और बढ़ाने के लिए मजबूर करता है। एक बार अगर हमने उसके सामने सिर झुका लिया तो बस कुत्ते जैसा नचाये जायेगा। मुझे अब न धन की आकांक्षा है और न यश की। जमा की गयी राशि का अब सदुपयोग करने की योजना बना रहा हूँ।"

"वाह ! आपने बहुत बढ़िया सोचा है।" भाटों ने झट से कहा।

लेकिन किसी को यह पता नहीं चला कि राजा धन का किस तरह सदुपयोग करेगा और राजा ने भी इस बारे में किसी से सलाह नहीं ली। एक हफ्ते के बाद अपनी योजना को स्वयं राजा ने प्रकट किया—"मुझे बहुत सोचने के बाद यह लगा कि सभी दानों में अन्नदान सर्वश्रेष्ठ है। अमुक दिन से हम अन्नदान का आरम्भ करेंगे। उसके लिए सारे प्रबन्ध किये जायँ।"

वह अमुक दिन आ गया। अन्न को दान में पाने के लिए लोगों की लम्बी-लम्बी कतारें लगने लगीं। कुछ लोगों ने सोचा कि अभी नयी-नयी शुरुआत हुई है, इसलिए राजा में उत्साह है। कुछ ही दिनों में राजा ऊब जायेगा और यह योजना समाप्त हो जायेगी।

झूठ।

ऐसा कुछ हुआ ही नहीं।

एक…दो…तीन…चार महीने क्या, देखते-देखते एक पूरा वर्ष बीत गया। राजा तो नहीं ऊबा, बल्कि अन्नदान के प्रति उसका लगाव दुगुना-तिगुना होता गया। उसके उत्साह के ऐसे बढ़ने में दरबार कवि-गायकों ने बहुत कुछ साथ दिया।

रत्नवर्मा के दान की प्रशंसा में कवियों ने काव्य लिखे तो गायकों ने गीत गाये। ये काव्य देश भर में फैल गये। लोकगीतों के समान जनमानस द्वारा देश के कोने-कोने में फैल गये।

अपने इस अन्नदान के सत्कार्य के बारे में लोग क्या और कैसे सोच रहे हैं—यह जानने की इच्छा राजा के मन में हुई। उसने अपना भेस बदलकर सारे राज्य में विचरण किया। कोने-कोने के लोगों के मुख से अपने ही बारे में सुनकर राजा को विश्वास हो गया कि वह जो कर रहा है, वह सही है। उसने सोचा—यह अगर नेक काम ही है तो इसका मैं विस्तार क्यों न करूँ ? 'न भूतो न भविष्यति' क्यों न कहलाऊँ ?

राजा रत्नवर्मा के अन्नदान सम्बन्धी वर्णन करने में कवियों के बीच स्पर्धा बढ़ गयी। उस स्पर्धा में पीछे रह गये एक कवि को मन में खटकने लगा। सच कहें, तो ये भी कोई ऐसे-वैसे कवि नहीं थे। अपनी सारी शक्ति और लगन को एक कर महान् काव्य लिख लाये। उसे देख दूसरे सब कवियों को जलन होने लगी। बस, उन सबका एक गुट बन गया और कवि की इस रचना को सबने मिलकर घटिया घोषित कर डाला।

राजा से उन सबनें मिलकर प्रार्थना की कि आप जैसे महान् अवतार-पुरुष के सम्बन्ध में ऐसा घटिया वर्णन करने वाले कवि को कृपया क्षमा कर दें और छोड़ दें। कवि ने एक बार राजा से मिलकर प्रार्थना करनी चाही, "मेरा काव्य महान् है। इन सब कवियों ने मिलकर षड्यन्त्र रचा। किसी और कवि से इस काव्य का मूल्यांकन करवाया जाय। फिर यदि वह घटिया ही निकले तो मुझे आप प्राण-दण्ड तक दे सकते हैं।"

इससे पहले ही अन्य कवियों ने मिलकर सोचा और राजा को सलाह दी कि इस कवि को देश से निकाल दें। उन्हें डर था कि कहीं उस कवि के राजा से मिलने पर अपना षड्यन्त्र खुल न जाये। उसी सलाह के अनुसार राजा ने अपने नौकरों को आदेश दिया कि इस कवि को पूरे सम्मान के साथ राज्य की सरहद के बाहर छोड़ दें। राजा की आज्ञा के अनुसार सेवक कवि को रत्नगिरि की सरहद पार कराकर, उदयगिरि के राज्य में छोड़ कर चले आये।

तीन दिन की यात्रा के पश्चात् कवि ने उदयगिरि की राजधानी में प्रवेश किया और राजा उदयवर्मा को अपना परिचय दिया और कहा—"हे राजन् ! मैं रत्नगिरि राज्य से बहिष्कृत होकर यहाँ आया हूँ। राजा के अन्नदान को देखकर मुझे जो विशेष अनुभूति हुई, उसी के आधार पर मैंने एक महान् काव्य की सृष्टि की। दुर्भाग्य से अपने ग्रन्थ के सम्बन्ध में मुझे ही कहना पड़ रहा है, अक्षरशः वह एक महान् काव्य है। लेकिन उस महान् काव्य के बारे में राजा को सही-सही ज्ञात नहीं हो सका। दूसरे ईर्ष्यालु कवियों ने षड्यन्त्र रचकर मुझे देश से निकलवा दिया। कृपया आप मुझे अपने देश का नागरिक बना लीजिए। उस महान् काव्य को एक बार आप भी पढ़िए।"

लेकिन बीच में ही उदयवर्मा ने कवि को रोका और कहा, "यह हमारा

अहो-भाग्य है कि आप हमारे देश में आये हैं और यहाँ आप रहना भी चाहते हैं जो हमारे लिए और भी प्रसन्नता की बात है। समझूँगा कि आप जैसे महान् लोगों का आदर-सत्कार करने का सौभाग्य मुझे भगवान ने इस रूप में दिया है। लेकिन आपने जिस काव्य के बारे में उल्लेख किया है, उसे तो कृपया भूल जाइए।"

कवि को बात समझ में आयी कि वह काव्य तो उनके पड़ोसी राजा रत्नवर्मा के दान-गुणों के वर्णन और प्रशंसा में लिखा गया है, इसलिए यह राजा उसे सुनना तक नहीं चाहते हैं। दुबारा उसने कहा—"हे राजन् ! इससे पहले मैं अपने मन की बात आपके सामने स्पष्ट न कर सका। वह काव्य प्रधान रूप से रत्नगिरि के राजा के अन्नदान की प्रशंसा में है। कहीं-कहीं राजा रत्नवर्मा का भी वर्णन है। आप एक बार उस ग्रन्थ को सुनिए। उस राजा के नाम के स्थान पर आपका नाम जोड़कर···"

राजा उदयवर्मा हँस पड़े और बोले—"हे कवि ! मेरे प्रति आपने जो स्नेह दिखाया है, उसके लिए मैं अपनी कृतज्ञता प्रकट करता हूँ। मैंने आपसे उस काव्य के बारे में भूल जाने की बात इसलिए नहीं कही कि वह काव्य मेरे पड़ोसी राजा की प्रशंसा में है। सत्कार्य करने वाले किसी भी व्यक्ति की प्रशंसा करने में कोई झिझक नहीं होनी चाहिए। आपने अनुभव किया है कि रत्नवर्मा ने अच्छा काम किया है और उसी के आधार पर काव्य की रचना की है। अगर उस काव्य का आनन्द पाना है तो काव्य की वस्तु की जानकारी मुझे स्वयं होनी चाहिए। राजा रत्नवर्मा के बारे में ही मैं बहुत कम जानता हूँ तो उनके अन्नदान के सम्बन्ध में तो बिलकुल ही नहीं जानता। वास्तव में अन्नदान के बारे में मुझे जानकारी रत्ती भर भी नहीं है। आपका सारा काव्य तो अन्नदान के बारे में ही है। अर्थात् मेरे लिए वह काव्य वस्तु बिलकुल अपरिचित ही है। इसीलिए मुझे नहीं लगता कि उस काव्य को पढ़कर मैं कुछ आनन्द पा सकूँगा। आप भी उस भ्रम से दूर रहिए।"

कवि को संशय हुआ कि यह क्या—एक राजा अन्नदान के बारे में कैसे अनजान रह सकता है ? शायद इनके मन में कुछ और है जो बाहर प्रकट नहीं कर रहे हैं। इसीलिए कहा, "प्रभु ! आपकी सत्य-निष्ठा की मैं अपने हृदय से प्रशंसा कर रहा हूँ। आपने कहा कि आप अन्नदान के बारे में कुछ नहीं जानते। आप अगर इसके बारे में सोचेंगे तो आप भी तुरन्त अन्नदान आरम्भ कर सकते हैं। उसे आरम्भ कीजिए और अनुभव करने के बाद ही काव्य का मूल्यांकन कीजिए।"

यह सुनकर राजा और भी हँसने लगा और कवि से बोला, "जो बात आप जानते हैं, उसे ही मैं दुबारा आपको स्मरण दिला रहा हूँ। किसी भी वस्तु

को दान में देने के लिए, उसे ग्रहण करने वालों की आवश्यकता होती है। रत्नगिरि के राजा ने जब अन्नदान की घोषणा की तो उसे पाने के लिए सैकड़ों और हजारों की संख्या में लोग तैयार हो गये। अर्थात् दूसरों की दया पर जीने वाले लोग उस देश में हजारों की संख्या में हैं। वरन् उतने लोग अन्नदान में क्यों आते? मुट्ठी भर दानों के लिए इतने लोग कतारों में क्यों खड़े होते? एक-दूसरे के साथ क्यों लड़ते? दूसरों के सामने हाथ पसारने में जो हीनता है, उसे जानने वाले दूसरों के सामने कभी हाथ नहीं पसारते। इतने सारे लोग हाथ पसारकर खड़े हो रहे हैं तो इसका अर्थ यह है कि वे सभी या तो अत्यन्त हीन स्थिति में हैं या नहीं तो मुफ्त में कोई खिलाने वाले मिल जाते हैं तो खाने के लिए तैयार अकर्मण्य लोग हैं। लेकिन हमारे देश के लोग न तो अकर्मण्य हैं और न ही मुफ्त में दान लेने के लिए हाथ पसारने वाले हैं। इसका कारण आप जानते हैं? यह कि मेरी प्रजा के पास आवश्यकता के अनुसार सब कुछ है। कम-से-कम लोगों के हाथों में अधिक से अधिक सम्पत्ति जुड़ जाने पर और अधिक-से-अधिक लोगों के हाथ खाली रहने पर ही, एक के दान देने की और दूसरे के लेने की नौबत आती है। रत्नगिरि राज्य में सम्पत्ति केवल पाँच प्रतिशत लोगों के हाथों में जमा हो गयी है। बाकी पंचानबे प्रतिशत लोग गरीब हैं और जन्म से ही गरीब हैं। उस राज्य में दान देकर पुण्य कमाने का मौका सौ में से पाँच लोगों के हाथों में है तो उस दान पर जीने का दुर्भाग्य बाकी पंचानबे लोगों का है। लेकिन हमारे राज्य में वैसा सामाजिक न्याय नहीं है। यहाँ दान देकर पुण्य कमाने का लालच लोगों में नहीं है। साथ ही, दान ग्रहण करने की दीन स्थिति में भी कोई नहीं है। इसलिए अन्नदान कर, उस दान से मिलने वाले अनुभव के आधार पर आपके काव्य को पढ़कर आनन्द उठाने का भाग्य भगवान ने मुझे नहीं दिया है। इसके लिए आप मुझे क्षमा करें।" राजा ने स्पष्ट किया।

कहानी यहाँ तक कहकर सोने के मच्छर ने मेरी ओर इस अन्दाज में देखा कि कहो, कहानी कैसी रही?

मैंने झट से कहा, "कहानी का क्या कहना, बढ़िया है। लेकिन इस कहानी के साथ तुम्हारा रिश्ता मेरी समझ में नहीं आ रहा है। उदयगिरि राज्य में शायद गरीबी न हो लेकिन मच्छर तो जरूर होंगे। वहाँ हर जगह की तरह साधारण मच्छर ही होंगे या, नहीं तो तुम्हारे ही जैसे सोने के मच्छर। अच्छा जरा यह भी बताओ कि क्या वहाँ और प्राणी भी कहीं सोने के ही तो नहीं बने हैं? पहले यह बताओ कि वे वैसे सोने के बन कैसे पाये? अब भी उदयगिरि राज्य है? अगर है तो उसका नक्शा कैसा है? उसकी सरहदें क्या हैं? किस दिशा में जाना है? जाने में कितने दिन लगते हैं? कृपया इन सभी प्रश्नों के

उत्तर कुछ विस्तार से बताओ।"

शायद मैंने कुछ ज्यादा ही बेचैनी और उतावलापन दिखाया होगा कि सोने का मच्छर तुरन्त उड़कर दूर जा बैठा, ताकि मेरे हाथ में न आ सके और बोला—'अब पहिचाना कि तुम किस स्वभाव के आदमी हो। 'स्वर्ण' शब्द मात्र को सुनते ही तुम भेड़िया बन गये। मत समझो कि मैंने तुम्हें परखा नहीं है। अच्छा तो तुम चाहते हो कि उदयगिरि राज्य के बारे में विस्तार से बताया जाय।···क्यों भाई क्यों? वहाँ के लोग आराम से जी रहे हैं, इसलिए तुम्हें जलन हो रही है न? तुमसे उनका सुख देखा नहीं जा रहा है। वहाँ का ढेर सारा सोना मिल जाय तो तुम हड़प जाना चाहते हो न? पहले मैंने सोचा था कि तुम अच्छे आदमी हो। लेकिन तुम भी सोने के लिए बड़बड़ाने लगे। तुम से दूर रहना ही अच्छा समझकर मैं यहाँ उड़ आया। एक बात सच-सच बताओ, क्योंकि इस कमरे में तुम्हारे और मेरे सिवा और कोई नहीं है, अगर मैं अब तक उस पुस्तक पर ही बैठा रहता तो तुम क्या करते? बोलो-बोलो।" मच्छर ने रोब से पूछा।

"आप ही बोलिए, महाशय!"

"अपने कलेजे पर हाथ रखकर बोलिए। 'मैं क्या करता और मैंने क्या किया होगा, निर्भीक होकर आप कहिए।"

"अगर आपको आपत्ति न हो तो इस स्थिति में यदि आप होते तो क्या करते? प्रकट कीजिए—अगर आपत्ति है तो आप अपने आपसे कह लीजिएगा।"

अनु. : डॉ. आर. सुमनलता

एक चूहे की कथा

"कहते हैं, एक समय मक्खी अपना घर लीपते-लीपते अपना नाम भूल गयी। ऐसा भूल जाने के लिए शायद मक्खी के अपने कुछ कारण रहे होंगे। लेकिन मेरी बात न सुनने के लिए आपके पास कोई कारण नहीं है। मैं कुछ भी कहूँ, वह आपके कान तक पहुँचती ही नहीं! पहुँचे भी, तो उसे आप अपने कानों में जाने नहीं देते। आपसे कहना और उस दीवार से कहना दोनों बराबर हैं।" पत्नी की आवाज में ऊब जैसी थी।

"सौ बार।" मैंने धीरे कहा।

"वह क्या?"

"यही कि इस कहानी को तुम सौ बार कह चुकी हो।"

लगा, वह हँसकर चुप हो गयी। फिर पल भर मेरी ओर गम्भीरता से देखकर बोली, "मैं तो कितनी बार यह कहानी कह गयी हूँ, इसे बड़े ध्यान से नोट करते जा रहे हैं।…हमारे पिता ने गोरों से लड़कर स्वराज्य प्राप्त किया। हमारे दद्दा ने काले मालिकों से संघर्ष कर अपना अलग स्टेट बनाया था। लेकिन क्या लाभ? मैं तो आपसे चूहों को पकड़ने के लिए एक पिंजड़ा तक नहीं मँगा सकी।" यह कहते-कहते उसने आह भरी।

अब तक आपको पता लग गया होगा—हमारी ससुराल देशभक्तों का परिवार है। उस परिवार में पैदा होने वालों में जो सहजात गुण होते हैं, वे सब मेरी घरवाली में हैं। आश्चर्य इस बात का है कि इतने वर्ष उसके संग रहते हुए भी मुझमें उसका एक गुण भी नहीं आया। खैर! उसके लिए मुझे कोई खेद नहीं है। उन गुणों का समर्थन भी मैं नहीं कर पा रहा हूँ।

चूहों के लिए पिंजड़ा ले जाने में मेरी असमर्थता की कोई बात नहीं है। लापरवाही या आलस्य भी इसका कारण नहीं है। खुशबूदार पकवानों को पिंजड़ों में रखकर, उनके लिए आने वाले चूहों को उनमें फँसाने में, मुझे तो धोखा और वंचना के सिवाय, और कुछ दिखाई नहीं पड़ रहा है।

वैसे मैं इतना नादान भी नहीं हूँ, कि धोखाधड़ी से बिलकुल अपरिचित हूँ। मुझे यह भी मालूम है कि अक्लमन्द लोगों को धोखा देने में एक प्रकार का आनन्द मिलता है। मेरी नजर में चूहे अक्लमन्द नहीं हैं। वे नादान और मासूम हैं। मेरा इरादा है, ऐसे प्राणियों को देखकर तरस खाना चाहिए।

लेकिन उन्हें पकड़कर बन्दी नहीं बनाना चाहिए। मैंने यही बात अपनी पत्नी से कह दी।

"यह बिलकुल मेरी समझ में नहीं आया कि आपको मेरी बात की अपेक्षा उन चूहों के बारे में इतना आदर क्यों है? लगता है, मेरी हर बात को काट देना, यही आपका उद्देश्य बन गया है।" मेरी पत्नी रूठकर बोली।

मुझे लगा, इस मामले को और आगे बढ़ने नहीं देना चाहिए। ऐसा निश्चय करने के बाद मैंने ही सन्धि की बातें शुरू कीं। मैंने कहा, "देखो जी, इस तरह हर एक बात को बढ़ा-चढ़ाकर मत देखो। उस निगोड़े पिंजड़े को घर लाने में मेरे आलस्य के सिवा और कोई बात नहीं है। तुम्हारी इच्छा, बस आज शाम तक पिंजड़ा हमारे घर में होगा। ठीक है न।"

"लेकिन"···उसे लगा, मेरी बात पर रंच मात्र विश्वास नहीं है।

भगवान की करुण कोर से हो, मेरे पूर्वजन्म के पुण्य के कारण हो, मैं जो पिंजड़ा लाया, वह मेरी पत्नी को बहुत पसन्द आया। उस दिन पिंजड़े में पकौड़ी, प्याज, आदि चीजें सजाकर रख दीं। और फिर पिंजड़े को ऐसे कोने में रख दिया जहाँ चूहे खूब फिरते रहते हैं। रोज जिन किवाड़ों को खूब बन्द कर देती थी उन्हें आधा खुला छोड़ दिया। उसे सन्तोष हुआ कि कम-से-कम इतने दिनों के बाद उसकी जिद सफल हुई। इस सन्तोष के कारण उसे नींद आ गयी।

लेकिन, क्षमा कीजिए, मुझे तो नींद नहीं आयी। वह भय मुझे सिर से पैर तक हिलकोर दे रहा था कि किसी भी क्षण चूहे उस पिंजड़े में फँस जायेंगे। थोड़ी-सी आहट होने पर भी कलेजा मुँह को आ रहा था। हालत यहाँ तक आ पहुँची कि अब पिंजड़े के स्प्रिंग को ढीला किये बिना या उसके प्रवेशद्वार को बन्द किये बिना रहना मेरे लिए असम्भव हो गया।

"मैंने सोचा, आप यहाँ तक नहीं आयेंगे। मुझे यह नहीं सूझा कि आपके न आने पर क्या किया जाये। आपको अलग से बाजू में बुलाने का उपाय न सूझकर तब से तड़प रहा हूँ। संयोग से आप आ ही गये।"

यह तो कोई नया कण्ठ-स्वर है! लगा, मुझसे थोड़ी दूर पर कोई काना-फूसी कर रहा है। उस कण्ठस्वर के लिए ध्यान से सुनने लगा।

"मैं यहाँ हूँ, थोड़ा झुककर देखेंगे तभी दिखाई पड़ूँगा। डरिये मत··· पिछले दस-पन्द्रह दिन से आपकी श्रीमती को आँख भर नींद नहीं है। हमें पकड़ने के लिए आप एकदम नया पिंजड़ा लाये। उसे देखकर वह गाढ़ी नींद सो रही हैं।" चूहे के स्वर में थोड़ा-सा मजाक मिला हुआ था।

हत्या करने के लिए जाकर, एक मिनट पहले पकड़े गये हत्यारे के समान मैं चूहे के हाथों में फँस गया।

"इधर भीतर आ जा। उस कमरे में मेरी श्रीमती सो रही है। उसकी नींद क्यों खराब करें? इस कमरे में तो हम लोग आराम से बात कर सकते हैं।" मैंने धीरे से कहा।

चूहा खिलखिलाकर, एक छलांग में आकर सामने वाले तकिये पर बैठ गया। मैं तो कुर्सी पर बैठा हुआ था। मैंने कहा, "मेरी पत्नी उस कमरे में है और उसकी नींद क्यों खराब करें—इस पर तुम क्यों हँस उठे? लगता है तुम्हारे मन में सन्देह है कि मैं श्रीमती से डरता हूँ और इसलिए ऐसा कह रहा हूँ—तुम इसीलिए हँस पड़े हो। है ना?"

"नहीं, नहीं, ऐसा कुछ नहीं।" चूहे के स्वर में दृढ़ता थी। उसने कहा, "आपका अपनी पत्नी से डरना या आपसे आपकी पत्नी का डरना, यह आपकी व्यक्तिगत समस्या है। इन बातों पर हँसने के लिए कुछ नहीं है। आपने कहा, आराम से बातें कर सकते हैं। इस बात पर मैं हँस पड़ा। क्योंकि आराम से दिल खोलकर बातें करना समान स्तर के लोगों के लिए ही सम्भव है। यदि दोनों के बीच में ऊँच-नीच का भाव है तो, यह बात वहाँ समाप्त हो जाती है। बलवान् लोग कहते हैं, और निर्बल लोग सुनते हैं। बलवान् आदेश देता है, निर्बल सविनय उन्हें स्वीकारता है। इसमें स्वेच्छा के लिए गुंजाइश ही नहीं है। आप बलवान् हैं, मुझमें बल नहीं है, आप कहेंगे, और मैं सुनूंगा। इसीलिए स्वेच्छा से बात करना, यह तो सौ प्रतिशत झूठ है।"

यह बात सुनकर मैं तड़प उठा मानो किसी ने गाल पर जोर से थप्पड़ जमा दिया हो। अपने-आपको सँभालने में कुछ समय लगा।

"पत्नी के तगादे को सह न सका मैं, एक पिंजड़ा लाया। उसमें बढ़िया सुगन्धित पदार्थों को रखकर मेरी पत्नी ने वह पिंजड़ा वहाँ रखा। मुझे डर है पिंजड़े की बात को न जानकर, तुम लोग उसमें फँसकर कहीं मर न जाओ। तुम लोगों को मरने से बचाने के लिए मैं आ रहा था। इतने में तुम्हीं आ गये।"

मैं जब तक ये बातें कहता रहा, तब तक चूहा मेरी आँखों में आँखें डाल कर घूरता रहा।

"तुम्हें क्या मृत्यु से भय है, या मेरे जैसे अल्पजीवियों के हाथों मर जाने की बात से भय है?" चूहे ने कहा मानो मेरे जीवन की बात को जानने का प्रयास कर रहा हो।

"मृत्यु से कोई भय नहीं है, यदि वह सहज हो तो। यहाँ क्या हो रहा है? तुम्हारे लिए आवश्यक आहार को पिंजड़े में रख, धोखे से तुम्हें उसमें बन्द कर, उसके बाद मार डालते हैं। धोखाधड़ी से भरपूर इस प्रकार की मारकाट मैं बिलकुल पसन्द नहीं करता। इसीलिए इस धोखे को, इस रहस्य-जाल को सहन न कर सका, तुम्हें छुड़ाने के लिए आ रहा था।..."

चूहे ने विचित्र प्रकार से मुझे नमस्कार किया—"अगर आपकी सभी बातें सच्ची हैं, तो आपके करुण भाव के लिए हजार बार आभार प्रदर्शित करना भी कम है।···अगर आप मुझे क्षमा कर दें तो एक बात कहूँ! आपने जो कुछ कहा, उसमें मुझे अभिनय ही दिखाई पड़ रहा है। ईमानदारी की गन्ध तक उसमें नहीं है। क्योंकि पकवानों का लालच दिखाकर चूहों को मार डालने की पद्धति को आप सहन नहीं कर पाये हैं। लेकिन इससे भी भयंकर लालच दिखाकर असंख्य साधारण मानवों को, अल्पसंख्यक अक्लमन्द लोगों को धोखे में डाल रहे हैं। धोखा और प्रवंचना दिखाई न दे, इसलिए बीच-बीच में प्रजातन्त्र और साम्यवाद की बात कर रहे हैं। समाज के निम्नस्तर से उद्धार हो, ऐसी बातें कर रहे हैं। क्या ये सब सुगन्ध वाले पकवानों से कम हैं? इन्हीं बातों को बार-बार मंच पर से माइक्रोफोन द्वारा कह-कहकर समाज के अधिसंख्यक लोगों को धोखे में नहीं डाल रहे हैं? मेरे पास कहीं यह विवरण नहीं है ऐसे लोगों के बारे में जो इस धोखाधड़ी में फँसकर तड़प रहे हैं। आपने कुछ विचार किया? पेट के लिए, मुट्ठी भर भोजन के लिए चोरी करने वाले, शरीर को बेचने वाले, भीख माँगने वाले, हत्याएँ करने वाले और ऐसा करने पर भी भूख की ज्वालाओं से तड़प-तड़प कर मरने वाले, आत्म-हत्याएँ करने वाले—जहाँ देखिए वहाँ आपको दिखाई पड़ेंगे। आपने कभी उनके बारे में सोचा? तरस खायी? उन्हें उन पिंजड़ों से छुड़ाने का कभी प्रयास किया?" चूहे के स्वर में तीखापन था।

चूहे की बातें सुनकर ऐसा लगा कि बेकार की झंझट सिर पर मोल ले ली।

"तो···तुम्हें छुड़ाने के बारे में सोचना ही मेरा जुर्म है?" आखिर मैंने ऊब कर कहा।

"आप—एक बार और क्षमा कीजिए, मैंने यह नहीं कहा कि मुझे छुड़ाने की बात सोचना जुर्म है। मेरे कहने का उद्देश्य यह है कि अनेक प्रकार के प्रलोभनों के कारण, धोखे के अनेक प्रकार के जालों, पिंजड़ों में फँसने वाले मनुष्यों के बारे में न सोचना जुर्म है। खैर, आप जितना जानते हैं उतना तो मैं नहीं जानता। मैंने अपनी पद्धति में कुछ कहकर आपको उबाया है।" चूहे ने सिर पीट लिया और कहा—"आप के मन में भय है। मैं कहीं पिंजड़े में फँस न जाऊँ। यदि फँस जाऊँ तो मुझे छुड़ाकर एक अच्छा काम करने की सन्तृप्ति पाने की कामना आपके मन में थी। मैं पिंजड़े में न फँसकर सीधे आपके पास आ गया। और आपको उस सन्तृप्ति से वंचित कर दुःखी कर दिया। आप जैसे अच्छे लोगों को इस तरह से दुःखी नहीं करना चाहिए। इसलिए चलिए। पिंजड़े के पास चलेंगे। मैं उसमें घुस जाऊँगा, और फँस जाऊँगा। उसके

बाद मुझे छुड़ाकर उस सन्तृप्ति को आप प्राप्त कर लें।" चूहे ने कहा।

हम दोनों कटघरे के पास पहुँचे। बिना किसी संकोच के चूहे ने पिंजड़े में प्रवेश किया। मैंने पिंजड़े के प्रवेशद्वार को हिलाकर देखा, वह पूरी तरह बन्द हो गया था।

"अब मुझे छुड़ाकर सन्तृप्ति को प्राप्त कीजिए।" चूहे की आँखों में चमक थी।

मुझे जब विश्वास हो गया, पिंजड़े का दरवाजा नहीं खुलेगा, मैं पिंजड़े को वहीं छोड़कर, कमरे के किवाड़ बन्द करने लगा।

"अरे, यह क्या?" चूहे ने घबराते हुए पूछा।

"बस, वह वैसा ही है।"

चूहे ने एक मिनट के लिए मेरी आँखों में आँखें डालकर देखा और कहा—"आपके लिए अरुचिकर सत्य को अरुचिकर पद्धति में मैंने कहा था। इस बात को समझने में मैंने देरी की। दोष तो मेरा है। पिंजड़े में प्रवेश करने से पहले ही मेरे मन में यह सन्देह आना चाहिए था कि आप मुझे छुड़ायेंगे कि नहीं। वैसा मुझे सन्देह नहीं हुआ। यह भी मेरा दोष है। केवल आपके धोखे और प्रवंचना भरी बातों के वश में होकर मैं इसमें फँस गया। लेकिन अपने साथियों को इसमें फँसने से मैंने बचा लिया, यही मेरे लिए बचा हुआ सन्तोष है। मेरे साथी प्रत्यक्ष रूप से इस बात को जान पायेंगे कि मानवों में किस प्रकार के विश्वासघातक, नमकहराम और प्रवंचक होते हैं। मुझे देखकर वे सबक सीखेंगे।"

···पता नहीं मैं वहीं रहता तो वह चूहा और क्या-क्या बकवास करता। उसे जानने की इच्छा भी नहीं हुई। इसलिए किवाड़ बन्द कर बाहर चला आया।

अब मेरे मन में उस चूहे के प्रति तनिक भी दया नहीं है।

क्यों रहेगी?

वह चूहा है, और मैं···

मैं आदमी हूँ।

अनु. : डॉ. निर्मल

□□

परिशिष्ट

साक्षात्कार

एक दिन सबेरे-सबेरे मैं कलाप्रपूर्ण डॉ० रावूरि भरद्वाज के घर पर गया। उनका मकान हैदराबाद के विजयनगर कालोनी में है। वे अपने मकान की पहली मंजिल के अपने कक्ष में बैठे हुए थे। एक टेबुल, एक मामूली-सी कुर्सी और सामने तीन-चार कुर्सियाँ और एक स्टूल पर सुराही और गिलास रखे हुए थे। टेबुल पर दो-तीन डायरियाँ और कुछ पत्रिकाएँ तथा कागज करीने से रखे थे। चारों तरफ पाँच-छः बड़ी-बड़ी अलमारियाँ, पुस्तकों से भरी हुई थीं। कमरे की दीवारों पर न चित्र टँगे हुए थे, न पुरस्कारों के फ्रेम बने फोटो। कमरे में प्रवेश कर मैंने सीधे-सादे वस्त्रों में लम्बे बाल और लम्बी दाढ़ी से युक्त एक व्यक्ति को बैठे हुए देखा। मुझे देखते ही महर्षि जैसा वह व्यक्ति तपाक से उठ खड़ा हुआ और 'आइए, भाई साहब' कहते हुए मेरे स्वागत के लिए आगे बढ़ा। मैं उनके आदर और आत्मीय भाव को देखकर भीतर ही भीतर पुलकित हो उठा। उन्हें मालूम था कि मैं रक्तचाप का बीमार हूँ। इसलिए अपनी पोती को आवाज दी और कहा, "बोर्नवीटा की दो प्यालियाँ ले आओ।" उससे बहुत पहले मेरे रक्तचाप के बारे में चर्चा हुई थी। उनकी याददाश्त को देखकर मैं विस्मित हो गया। मैं अपने आप को सम्हालकर बैठ गया और नमस्कार किया। उन्होंने बड़े वात्सल्य भरे स्वर में पूछा, "कहिए, भाई साब, कैसे आना हुआ?" मैंने कहा, "मैं आपके जीवन, व्यक्तित्व और कृतित्व के बारे में कुछ जानकारी प्राप्त करने के लिए आया हूँ।"···

भरद्वाज : इसके लिए आपको इतनी दूर आने की और इतना कष्ट करने की क्या जरूरत थी? मेरा जीवन और मेरा कृतित्व (ठहाका मारकर हँसते हुए) इनमें कौन-सी महत्त्वपूर्ण बात है? मैं तो एक साधारण व्यक्ति हूँ और मन में जो आये, उसे लिपिबद्ध कर लेता हूँ···

मैं : मैंने सुना आपका बचपन बड़ी दरिद्रता में और कठिनाइयों में गुजरा था। कभी-कभी रोटी का एक टुकड़ा खाकर या कभी-कभी सिर्फ पानी पीकर रह जाना पड़ा?

भरद्वाज : मेरे पिताजी बड़े सत्यवादी और ईमानदार थे। उन्होंने कभी किसी दूसरे को धोखा नहीं दिया और कभी किसी के कर्जदार

बने नहीं रहे। 1941 की बात है, जब मैं चौदह साल का था, उन्होंने अपना सब कुछ बेच दिया और सब प्रकार के कर्ज चुका दिये और खाली हाथ घर आ गये। घर आकर उन्होंने कहा कि "अब मैं मर भी जाऊँ तो भी चिन्ता नहीं होनी चाहिए। इस बदनामी से बच गया कि फलाने पुल्लय्या का बेटा कोटय्या कर्ज चुकाये बगैर मर गया। मेरे किये पर शर्माने की नौबत मेरे बच्चों को नहीं रहेगी।" यही आत्माभिमान की बात मेरी नस-नस में परिव्याप्त हो गयी। और मैंने आत्माभिमान को खोकर कहीं भी नौकरी नहीं की। (हँसते हुए) इसीलिए मैं कहीं भी तीन-चार महीने से ज्यादा, और कभी-कभी दो-तीन हफ्ते से ज्यादा नौकरी नहीं कर पाया।

मैं : दरिद्रता तो मानव को पीस डालती है···

भरद्वाज : नहीं, दरिद्रता यद्यपि कई लोगों को कायर बना देती है। लेकिन मैं तो दरिद्रता में पिसकर अपेक्षाकृत अधिक मजबूत बन गया हूँ। जीवन के संघर्षों को हँसते-मुसकुराते सहन करने का बल मिला है। यदि मैं उस दरिद्रता और उसके कारण अनेक अपमानों का और कठिनाइयों का सामना नहीं करता तो शायद ही मैं लेखक बनता। क्योंकि एक लेखक के लिए जीवन की स्वानुभूति परमावश्यक है।

मैं : आपकी पढ़ाई कहाँ तक हुई थी ?

भरद्वाज : वैसे आठवीं कक्षा में पढ़ते समय हेडमास्टर के क्रोध का पात्र बना और उनके हाथ अपनी मजबूरी के कारण (अच्छे कपड़े पहनकर स्कूल न आने के कारण) बेंत की मार खाकर मैंने स्कूल छोड़ दिया। फिर कभी किसी स्कूल में कदम नहीं रखा···भाईसाहब, यह जीवन-जगत् ही एक बड़ी पाठशाला है। इस बड़ी पाठशाला में मैंने बहुत कुछ सीखा है। और यही मेरी रचनाओं में अभिव्यक्त हुआ है। मैं गड़रिये के रूप में, खेत में, और बढ़ई के पास, कुली के रूप में, मिल में आइल-मैन के रूप में, ग्रेडिंग मजदूर के रूप में काम करता रहा। उसी समय समाज-सुधार और स्वतन्त्रता-आन्दोलन में भी भाग लिया। उस समय कुछ दिन मिलिटरी में भी काम किया। 1945 में द्वितीय विश्वयुद्ध के समाप्त होने के बाद 'प्रजाशक्ति' नामक दैनिक पत्र के लिए सेलस ब्बाय के रूप में काम किया, नेल्लूर और मद्रास में रहते समय तेलुगु के प्रसिद्ध लेखकों के सम्पर्क में आया। उन दिनों कई लोगों ने कई प्रकार से मेरी सहायता की। उनके ऋणभार से मैं कभी मुक्त नहीं हो

सकता।

मैं : आपका विवाह कब हुआ ?

भरद्वाज : 1948 में कान्तम् के साथ मेरा विवाह हुआ। पाँच सन्तानें मुझे देकर और 40 वर्ष तक मेरा लालन-पालन करने वाली वह महीयसी कान्तम् मुझे छोड़कर 1986 में भगवान् के पास चली गयी।

मैं : अपनी सन्तान के नाम…?

भरद्वाज : जीवन के प्रारम्भिक दिनों में जिन महानुभावों ने मेरी सहायता की, उनके प्रति कृतज्ञता सूचित करते हुए मैंने एक का नाम रवीन्द्रनाथ, दूसरे का नाम गोपीचन्द और तीसरे का नाम बालकोटेश्वर राव रखा। भगवान बालाजी के नाम पर एक लड़के का नाम बालाजी रखा तो एकमात्र पुत्री का नाम पद्मावती रखा है।

मैं : आप मद्रास से हैदराबाद कब आये ?

भरद्वाज : 1956 अप्रैल में। 'युवा' मासिक पत्रिका के दो अंक प्रकाशित होने के बाद 1959 नवम्बर 25 तारीख को आकाशवाणी के हैदराबाद केन्द्र में मुझे जूनियर स्क्रिप्ट राइटर के रूप में नौकरी मिली। मेरे शब्दों को पंख देने वाले और उन्हें आकाशगामी बनाने वाले दो व्यक्ति हैं। एक तेलुगु के लब्धप्रतिष्ठ लेखक गोपीचन्द जी, तो दूसरे आकाशवाणी, हैदराबाद के तत्कालीन डायरेक्टर जी. पी. एस. नायर। इन दोनों के ऋण से मैं कभी उऋण नहीं हो सकता।

मैं : मैंने सुना, आपने कई विश्वविद्यालयों को और स्वैच्छिक संस्थाओं को आर्थिक सहायता पहुँचायी है!

भरद्वाज : अरे भैया! इसमें मेरा क्या रखा है? भगवान् ने दिया, उसी को मैंने सेवा-कार्यों में विनियोग कर दिया।

मैं : सुना आपको कई विश्वविद्यालयों ने मानद उपाधियों से सम्मानित किया ?

भरद्वाज : यह उनका बड़प्पन है जो मुझ जैसे अकिंचन व्यक्ति को सम्मानित किया है।

मैं : आजकल आप क्या कर रहे हैं ?

भरद्वाज : मेरी सहधर्मचारिणी कान्तम् को मैं भूल नहीं पा रहा हूँ। जब जब मैं उसे याद करता हूँ, मेरा मन इस भौतिक परतों को बेध कर गगनांचलों में, परमात्मा के अपरिमित और अदम्य प्रकाश में

विलीन हो जाता है। मैं उसी मानसिक अनुभूतियों को लिपिबद्ध करता जा रहा हूँ।

मैं : अन्त में मेरा एक प्रश्न है। साहित्य-रचना के पीछे आपका ध्येय क्या है?

भरद्वाज : मैंने अपनी एक कहानी में निम्न श्लोक को उद्धृत किया है—

"न त्वहं कामये राज्यं, न स्वर्गं न पुनर्भवम्।
कामये दुःखतप्तानां, प्राणिनामार्तिनाशनम्॥"

—यही मेरे जीवन का ध्येय है। और भी,

'सर्वे भवन्तु सुखिनः सर्वे सन्तु निरामयाः।
सर्वे भद्राणि पश्यन्तु मा कश्चित् दुःखभाग्यभवेत्॥"

मैं ऐसे समाज की कामना कर रहा हूँ जहाँ भूख, दारिद्र्य, अज्ञान, लूट-खसोट न हो। ऐसे समाज की स्थापना के लिए मैं सब कुछ निछावर करना चाहता हूँ।

मैं सौ प्रतिशत आस्तिक हूँ। अशाश्वत भौतिक मूल्यों को अपना ध्येय मानकर, उन्हें प्राप्त करने के लिए नित्य अन्वेषण कर रहा हूँ।

हजार-हजार वर्षों से इस जगत् का सामान्य व्यक्ति गूँगा बन गया है। मैं शब्द बनकर, उनके कण्ठरूपी द्वारों को खोल देना चाहता हूँ। भगवान् से मेरी यही प्रार्थना है कि उन्हें जागृत करने—थपथपाकर, मारकर, गाली देकर, चीख-पुकार कर, किसी भी तरह—की शक्ति मुझे प्रदान करे।

उनके व्यक्तित्व की गहराइयों और साहित्यिक उपलब्धियों से अवगत होकर मैंने कृतज्ञतापूर्वक धन्यवाद समर्पित किये और जाने के लिए उठ खड़ा हुआ। उन्होंने अपनी और अपने बारे में लिखी गयी ढेर सारी पुस्तकें मुझे दीं और वह भी ऐसे-वैसे नहीं, अच्छे कागज के पैकेट में बाँधकर दिया। मैंने उन्हें नमस्कार किया और उनसे विदा ली। वे मेरे साथ नीचे तक आये और मुझे आटोरिक्शा में बिठाकर ही वापस गये। उनके इस अकृत्रिम व्यवहार और वात्सल्य भाव के कारण मेरा मन गद्‌गद हो गया। साहित्यिक कृतित्व के महत्त्व के साथ साहित्यकार का व्यक्तित्व भी सचमुच महान् होता है।

—भीमसेन निर्मल

□□